Bodie Thoene

EEN LIED IN SION

Roman

Derde druk

UITGEVERIJ KOK – KAMPEN

Deel 2 in de serie *De Kronieken van Sion*

Deze serie beschrijft in romanvorm de historische gebeurtenissen in het laatste jaar vóór de oprichting van de Staat Israël. Het turbulente leven in het Heilige Land; de intense strijd van de joden, na de verschrikkelijke ervaringen uit de oorlogsjaren, om een thuis te vinden – het spel van krachten en tegenkrachten dat daaromheen speelt. Een weliswaar geromantiseerd, maar historisch juist beeld.

In deze serie zijn ook verschenen:
Deel 1 *De poorten van Sion* (2e druk 1993) ISBN 90 242 0740 1
Deel 3 *Een dochter van Sion* (1993) ISBN 90 242 6242 9
Deel 4 *De terugkeer naar Sion* (1994) ISBN 90 242 6243 7
Deel 5 *Rouw over Sion* (1994) ISBN 90 242 6322 0

CIP-GEGEVENS KONINKLIJKE BIBLIOTHEEK, DEN HAAG

Thoene, Bodie

Een lied in Sion : roman / Bodie Thoene : [vert. uit het Engels door Nico Hart en Aafje Beijer]. – Kampen : Kok. – (De Kronieken van Sion : 2)
Vert. van: The Gates of Zion (2)/A Daughter of Zion (1). – Minneapolis, Minn. : Bethany House, 1987. – (The Zion Chronicles : bk. 2/1).
ISBN 90-242-6665-3
NUGI 301
Trefw.: romans : vertaald.

Oorspronkelijke titel: *A Daughter of Zion* (The Zion Chronicles, Book 2)

Derde druk 1994
Ned. vertaling: Nico Hart en Aafje Beijer
Omslagbelettering: Dick Prins DPD
NUGI 301
ISBN 90 242 6665 3

Voor Brock,
mijn Moshe

„Bij u zullen liederen klinken
als in de nacht,
waarin men zich wijdt voor een feest...”
(Jesaja 30:29)

Korte inhoud van het eerste deel

De jonge Amerikaanse fotografe Ellie Warne werkt bij het Amerikaans Instituut voor Archeologisch Onderzoek in Jeruzalem, waar haar oom (Howard Moniger) hoogleraar-directeur is. In november 1947 besluiten de Verenigde Naties, dat Palestina zal worden verdeeld in een Joodse en een Arabische Staat.

Bedoeïenen bieden het Instituut een oude schriftrol te koop aan; als Ellie er foto's van heeft gemaakt, raakt ze tegen wil en dank verwikkeld in het politieke schaakspel tussen Joden, Arabieren en de Engelse mandaatregering...

Haar hart aarzelt tussen haar ex-vriend David, die vanuit de USA de staat in oprichting is komen helpen als piloot, en Moshe Sachar, overdag archeoloog, 's nachts Haganah-leider.

Het joodse meisje Rachel Lubetkin heeft Auschwitz overleefd, waar haar leven een hel is geweest, en komt met een vluchtelingentransport Palestina binnen, geholpen door Moshe Sachar. Haar grootvader woont nog in Jeruzalem, met zijn enige kleinzoon Yacov...

Inhoud

Deel 1
Het cadeau
december 1947

„De beloofde verlossing zal, als zij
komt, niet alleen voor het Joodse volk zijn,
maar voor de gehele mensheid.
En het voornaamste doel van deze
goddelijke verlossing, die de
Messias teweeg zal brengen,
zal zijn dat er vrede en zegen
over de wereld komt door de verlossing
van het Joodse volk."

Rabbijn Avraham Kook
Opperrabbijn van Palestina

December 1929

1
Terugkeer in Jeruzalem

David schudde de inhoud van de postzak leeg op de tafel in de eetzaal van de kibboets; vervolgens keek hij de zaal rond, totdat hij Rachel zag zitten in de verste hoek, die nerveus slokjes van haar eerste kop koffie nam. Hij trok de witte envelop uit zijn borstzak en hield die hoog boven zijn hoofd. „Stilte!," riep hij, zodat het lawaai verstomde. „Ik heb hier een brief van het Joods Bureau, die ik persoonlijk moet uitreiken." Alle aanwezigen richtten hun blikken op David en zwegen. „Er moet hier een jonge vrouw zijn die al een poos wacht op bericht over haar familie in Jeruzalem."

De leden van de kibboets keken elkaar even steels aan en trokken hun wenkbrauwen op; toen gleden hun blikken naar Rachel. Die bleef doodstil zitten en durfde niet naar David te kijken. David draaide zich langzaam om en om, zodat iedereen de brief kon zien. Hij schraapte zijn keel en riep: „Is hier ene Rachel Lubetkin? Rachel Lubetkin, ben je hier?"

Rachel zette haar kopje op tafel neer en stond trillend op. Ze beet op haar lip om haar emotie in bedwang te houden. Ze liep door de zwijgende groep naar voren, struikelde even en een van de mannen stak zijn hand uit om haar overeind te houden. „Ik ben Rachel," zei ze hardop. „Die brief is voor mij." Ze bleef David strak aankijken, zich bewust dat hij de dankbaarheid in haar ogen kon zien. Ze stak haar hand uit en toen hij haar de brief overhandigde, deed ze verlegen een stap terug en sloeg haar ogen neer. „Dank je," fluisterde ze, „dank je wel."

„Graag gedaan," zei hij en er trok even een vlaag van woede over zijn gezicht toen hij in een hoek twee vrouwen tegen elkaar zag fluisteren. „Mazzel tov, zeggen ze dat niet hier? Veel geluk."

Zonder iets te zeggen, liep ze de eetzaal van de kibboets uit en stopte de kostbare envelop in haar zak. Ze liep vlug naar de sinaasappelbomen, die vol hingen met de rijpe vruchten, ging zitten op de rand van een van de bevloeiingskanalen en trok de envelop uit haar zak. Ze vouwde onhandig de brief open en hield die in haar trillende handen.

Geachte juffrouw Lubetkin,
In antwoord op uw vraag van enkele weken geleden hebben wij een onderzoek ingesteld. Wij kunnen u tot ons groot genoegen meedelen, dat uw grootvader inderdaad nog in leven is en in de Oude Stad in Jeruzalem woont. In normale omstandigheden zouden wij maar al te graag hulp hebben verleend bij het herenigen van u en uw familie. Door de politieke situatie is reizen naar Jeruzalem momenteel echter niet mogelijk. Wij hopen van harte dat wij u zo spoedig mogelijk behulpzaam kunnen zijn bij uw hervestiging in Jeruzalem. U hoort zo spoedig mogelijk van ons.
Shaloom en met de beste wensen, Freda Moskevitch, Hoofd Bureau Gezinsvereniging

Ze las de brief nog een keer en nog een keer. Grootvader leefde nog!! Ze voelde een intense vreugde, dat het hart van de oude man nog steeds sloeg. De brief maakte er geen melding van of hij wist van haar bestaan. En ze wist ook niet goed raad met de zin, dat „reizen naar Jeruzalem momenteel niet mogelijk was". Zou ze vandaag al vertrekken? Wat probeerde men haar precies duidelijk te maken? Ze las de woorden herhaalde malen, en voelde zich ontzettend dom en in het onzekere. En wie kon ze hier genoeg vertrouwen om haar de betekenis ervan duidelijk te maken?

Achter zich hoorde ze een zacht klopje op een van de bomen; er plofte een sinaasappel naast haar op de grond en toen ze omkeek, zag ze David op de tegenoverliggende rand van het kanaal een gepelde sinaasappel staan opeten.

Hij nam een sprong over het kanaal en ging naast haar zitten. „Goed nieuws?," vroeg hij.

„O, ja," zei ze en de emotie overspoelde haar gezicht. „Zeker." Ze reikte David de brief toe. „Maar ik begrijp niet alles wat ze schrijven."

David keek snel langs de regels in de brief. „Nou, schitterend toch? Prachtig, Rachel. Je grootvader leeft dus nog."

„Ja," knikte ze nog eens; daarna wees ze naar de volgende zinnen. „Maar dat snap ik niet helemaal; wat betekent dat nu, weet jij dat?"

„Ja, kijk, ze proberen je te vertellen dat het daar momenteel nogal onrustig is. Daarom kun je de eerste tijd nog niet naar je grootvader toe; eerst moet het iets rustiger worden."

Rachel's glimlach verdween van haar gezicht en ze leunde voorover om de woorden nog eens aandachtig te lezen. „Dat betekent dat ik hier dus nog moet blijven?"

„Tja, daar ziet het naar uit." Hij zag hoe de vreugde die zojuist nog over haar trekken lag, plaats maakte voor teleurstelling. „Niet lang. Totdat de politieke situatie weer rustig is geworden, snap je. Maak je maar geen zorgen.”

„Dus ik moet nog hier blijven,” zei ze toonloos en pakte de brief terug. „Hoe lang nog?,” keek ze vorsend naar David.

Hij voelde haar teleurstelling en perste zijn lippen opeen. „Dat kan even duren. Ik zou ook niet weten wat ik anders moest zeggen.”

Langzaam kwamen de tranen bij haar naar boven. Ze drukte de brief tegen zich aan en haar hoofd zakte voorover. Ze maakte geen geluid, maar David zag de druppels op haar bloes vallen. Hij snoof even verlegen en klopte haar onhandig op de rug. David de IJzeren Hein, die met emoties geen raad wist. Hij zocht naar woorden om haar te troosten, maar wist er geen te bedenken. Na een poosje veegde ze met de rug van haar hand over haar ogen en zei: „Hij is al heel oud, weet je. Heel oud. En ik heb niemand anders meer.”

„Ja, het spijt me voor je.” Hij fronste zijn wenkbrauwen en gooide even een kluit modder naar een sinaasappelschil die voor hem lag. „Het is heel erg voor je. Maar zie je, het Arabisch Legioen heeft blokkades aangelegd op de weg van Tel Aviv naar Jeruzalem. En zo'n mooi meisje als jij komt daar zeker niet langs, dat zien ze van kilometers ver. Snap je?”

Rachel knikte. „Dus jij bent nog de enige die van hier naar Jeruzalem komt, zeker?” Ze keek hem strak aan.

Hij bleef even stil en had geen antwoord. Daarna stond hij op. „Sorry, eh –, dat gaat niet. Geen sprake van. Er zijn heel strenge regels voor wat er wel en niet met het toestel mee mag, en jij staat niet op die lijst, hoe jammer dat ook is. En bovendien: Stel dat je in Jeruzalem komt, hoe kom je dan de Oude Stad binnen? De Moefti laat alle toegangswegen streng bewaken.”

Rachel bleef hem zwijgend aanstaren. David zag de vraag in haar ogen en draaide zijn hoofd weg. Nooit eerder, bedacht hij, had hij zulke mooie ogen in zijn leven gezien. „Kijk me alsjeblieft niet zo aan. Misschien kan ik een brief voor je meenemen en afgeven; maar je meesmokkelen naar Jeruzalem? O nee, vergeet dat maar. Dat gaat niet, juffie.”

Rachel legde verlegen haar hand op zijn arm. „Nee, David, ik snap het best. Je hebt al heel veel voor me gedaan. Ik zou je nooit durven vragen, dat risico voor mij te nemen.”

David keek fronsend en krabde zich op zijn hoofd. „Risico? Risico zit er niet aan. Behalve misschien voor jou, snap je. Voor Jeruzalem is het heel belangrijk dat de mensen die er nog zitten voedsel krijgen. Dat is het risico. Voor mij is het geen risico.”

„Nou, dan vind ik wel een andere manier om er te komen. Misschien kan ik een bus of een auto oppikken."

„Ho-ho, jonge dame. *Dat* zou pas riskant zijn, reken maar. Je kunt beschoten worden, of gegijzeld, of – nou ja, er kan van alles gebeuren. Zeker met zo'n mooi meisje als jij."

„Denk je, dat ik niet weet wat er allemaal zou kunnen gebeuren? Ik weet heus maar al te goed, wat voor wreedheden mannen een vrouw kunnen aandoen."

David sloeg zijn ogen neer. „Wat ik maar zeggen wil..."

Ze glimlachte even droevig en haalde haar hand van zijn arm. „Ze hebben je natuurlijk verteld wat er met mij gebeurd is, David. Ik ben heus nergens meer bang voor, hoor – behalve voor eenzaamheid."

David voelde een golf sympathie voor haar opkomen en zocht wanhopig naar een redelijk antwoord. „Maar via de wegen naar Jeruzalem gaan kun je wel vergeten. Dat lukt gewoon niet."

„Ik moet het toch proberen."

„Ach ja" – hij gooide een stuk schil in het kanaal. „Heb je wel een plekje waar je zolang kunt blijven, totdat we je naar je grootvader kunnen brengen?"

„Je wilt me dus wel meenemen, begrijp ik?"

„Dat heb ik niet gezegd. Ik heb je gevraagd waar je van plan was zolang te blijven."

„Dat weet ik niet. Ik ken daar niemand." Ze keek fronsend. „Ik zal mijn grootvader moeten gaan zoeken, dat weet ik wel."

„Maar je moet van te voren een plan maken, Rachel. Denk je soms dat je zomaar op die kerels van de Moefti kunt afstappen en door de poort binnenlopen? Luister eens," hij zweeg en dacht even na, „ik ken een meisje daar – een journaliste. Misschien kan zij je helpen. Zij weet soms, hoe ze ergens moet komen waar verstandige mensen maar liever wegblijven." Hij moest lachen, toen hij Rachel vragend naar hem zag kijken. „Vanmiddag moet ik toch langs Nahariya vliegen om haar op te halen, samen met nog een man. Misschien kun je een paar dagen bij haar logeren."

„Je neemt me dus mee naar Jeruzalem, David? Vandaag nog?"

David gooide de rest van zijn gepelde sinaasappel op de grond en schudde langzaam zijn hoofd, kwaad op zichzelf dat hij zich zo had laten inpakken. „Ga je spullen maar halen."

Rachel rende terug naar haar slaapplek in de barak, de brief tegen zich aanklemmend. Ze bleef op de drempel even staan en glimlachte tegen de vrouwen, die net uit de eetzaal waren teruggekomen van het ontbijt.

Een magere vrouw, met dunne lippen en een stuurs gezicht, stond toe te kijken hoe Rachel haar schamele bezittingen in een kleine tas wurmde. „Gaat ons Racheltje weg?," zei ze spottend.

Rachel gaf geen antwoord. Ze ging door met pakken en toen ze klaar was, ging ze staan en rechtte haar schouders. Ze keek elk van haar kwelgeesten pal in het gezicht en zei plechtig: „Ik ga naar huis." Toen draaide ze zich om, liep de barak uit en stak het grasveld over naar de eetzaal. Ze duwde de deur open en bleef een ogenblik staan kijken, waar David tussen de andere leden van de kibboets te vinden was. Hij zat aan het andere eind van de zaal tussen een groepje mannen en vrouwen. Zijn bord was volgestouwd met roerei en grof bruinbrood met marmelade, maar hij liet het onaangeroerd. Hij zat rustig te luisteren naar de Engelse zender voor Palestina.

De opgewonden stem van de omroeper las een bericht: „Vanmorgen kort voor zes uur hebben joodse terroristen in de Jeruzalemse wijk Katamon een aanval gedaan en het Arabische Hotel Semiramis opgeblazen. Het aantal doden is, voorzover nu bekend, elf; men denkt echter dat er meer onder het puin begraven zullen liggen. De staf van het Hadassah-ziekenhuis is in allerijl bezig om de gewonden en stervenden over te brengen..."

Rachel deed een stap achteruit en sloot langzaam de deur weer; ze liep naar het toestel, dat op het veld stond te wachten. Ze was zo langzamerhand doodmoe geworden van al dat gepraat over dood en sterven dat ze om zich heen hoorde. En nu, vanmorgen, wilde ze alleen maar aan het leven denken, aan haar grootvader, aan dat thuis van vroeger waarover ze haar moeder zo vaak had horen vertellen. Ze deed de deur van het kleine vliegtuig open en gooide haar bagage achter de passagiersstoel; daarna klom ze zelf naar binnen en deed de deur achter zich dicht.

De warme zon scheen in het interieur van het toestel en Rachel voelde zich slaperig worden. Ze liet haar hoofd tegen het glas van de cockpit leunen en keek uit over het pasgeploegde veld achter de boomgaard. Een jong stel liep hand in hand langs de rand van het veld en sloeg toen af, de boomgaard in. Rachel's ogen schoten vol tranen terwijl ze bedacht wat voor lieve woordjes daar in de boomgaard allemaal zouden worden gezegd. Woorden die zij nooit had gehoord – en ook nooit meer zou horen, met dat schandmerk op haar arm. Geen enkele man zou van haar kunnen houden, als hij eenmaal dat nummer had ontdekt.

David trok de deur open met een harde klik, zodat ze met een schok naar de werkelijkheid terugkeerde. „Aha, daar zit je dus!," riep hij. „Ik was een beetje bang dat je er tussenuit geknepen was."

„Er tussenuit geknepen? Wat is dat?"

Hij moest lachen. „Dat je je stiekum had teruggetrokken."

„Nee hoor, dat heb ik niet," zei ze hoofdschuddend.

„Nu, dat wordt je kans. Er is weer een hotel in rook opgegaan. Volgens de radio zit de Haganah daarachter. Maar dat wil eigenlijk niemand hier geloven, dus we zitten voorlopig met een mysterie. Er is een aantal burgers omgekomen – Arabieren, denk ik."

„Afschuwelijk," zei ze. „Weer verdriet voor een hoop mensen."

David klom naar binnen en wipte de schakelaar voor het contact om, terwijl twee jonge, sterke sabra's de propellor door de compressie trokken. De motor kwam brullend tot leven; het vliegtuig stoof bonkend over het oneffen terrein en trok toen langzaam op, de lucht in. David cirkelde nog een keer over de kibboets en liet zijn vleugels als afscheidsgroet kantelen; Rachel keek vol verbazing naar de nietige gebouwen en bomen onder haar. Er trok een vredig gevoel door haar heen en voor het eerst in jaren voelde ze zich vrij van ketenen.

„Dit is schitterend!," riep ze na een poosje boven het lawaai van de motor uit.

„Heb je al eens eerder gevlogen?" Hij glimlachte naar haar en Rachel bedacht dat ze nog nooit eerder zo'n knappe man had gezien. Ze draaide haar ogen snel af.

„Nee. Maar ik vind het prachtig, dank je wel." Ze voelde hoe zijn ogen nog steeds op haar gericht waren. Ze keek hem heel even snel aan en zei: „Ik weet, wat je denkt. Je hoeft geen medelijden met me te hebben."

„O, maar medelijden is wel het laatste waar ik aan denk. Ik dacht juist bij mezelf: Als je dat allemaal hebt meegemaakt en dan nog niet gek bent geworden, moet je een stevige tante zijn."

„Niet gek zijn is maar een kwestie van hoe je er tegenaan kijkt, nietwaar?"

„Nou ja, dat is één manier van bekijken."

„Och, iedereen heeft wel zijn eigen problemen."

David grinnikte even. Rachel zat en zweeg, bang om nog meer te zeggen – om teveel te zeggen. Tenslotte vroeg ze: „Dat meisje waar ik zou gaan logeren, is dat je vriendin?"

David moest lachen. „Zij zou zeggen: Dat is maar hoe je het bekijkt."

„Maar jullie... Jij houdt van haar?"

„Yep." David trok het toestel in een bocht en zette koers naar Nahariya.

„Ken je haar al lang?"

„Drie jaar nu – sinds 1944. Ik heb haar ontmoet in Hollywood.

Heb je wel eens van die plaats gehoord?"

„Nee."

„Nee, dat zal wel niet." Hij krabde zich over zijn kin. „Je had daar een schitterende zaal bij de filmstudio's, waar ze dansavonden organiseerden voor de soldaten. Hollywood is de plek in Californië waar ze veel films opnemen, snap je. Ken je films?"

„Ik heb er nog nooit een gezien, maar ik heb er wel over gehoord –"

„En af en toe kwamen er ook wel eens een paar van de sterren van die tijd; Lana Turner of Betty Grable – schoonheden, hoor." David's stem werd enthousiast bij de herinnering. „Maar eerlijk gezegd halen ze het niet bij jou..."

Rachel probeerde zijn verhaal te volgen en af en toe een zin in het Pools te vertalen als ze hem niet begreep, maar het meeste ging haar begrip te boven.

„En daar heb je jouw vriendin ontmoet?," vroeg ze. „Is zij ook filmster?"

„Nee. Maar dat had best gekund. Prachtig rood haar..."

„Een sjikse*?"

„Weet ik niet, zal wel. De band speelde *Strings of Pearls*, dat is van Glenn Miller. En toen zag ik haar, voor het eerst. En ik zei tegen mezelf: Dat is de mooiste vrouw die ik ooit heb gezien..." Hij zweeg en keek lang naar Rachel, terwijl zijn glimlach wegtrok.

„Wat is er?," vroeg ze.

David keek haar aan en voelde zich even verloren. „Er is niets; ik heb nog nooit iemand gezien met zulke ogen. Dat is alles."

„Dus ze heeft mooie ogen, bedoel je?"

„Nee. Eh – ik bedoel, jazeker – schitterend! Maar ik had het over *jouw* ogen. Die zijn heel mooi."

Rachel keek van hem weg naar haar handen die ze in haar schoot had gevouwen. Ze voelde een moment van verlegenheid, nee van schaamte dat hij haar had opgemerkt. „Mijn ogen hebben al zo veel gezien, dat er niets moois meer aan is," zei ze.

„Onzin. Je bent wie je bent, nog steeds, nietwaar?"

„Dat heb ik al lang geleden afgeleerd te denken, David."

„Maar het is wel zo. En op een dag speelt de band weer Glenn Miller en dan sta jij daar met een stel meisjes te praten–"

„Net als jouw vriendin toen?"

„Ja, net als Ellie. En dan staat er aan de overkant van de zaal een knul en die ziet je en... paf! Hij komt naar je toe en zegt: 'Hé, schoonheid, zullen wij dansen?' En dan ben je zomaar in de zevende hemel."

Rachel zuchtte. „Het klinkt als een mooie droom. Een Amerikaanse droom."

„O ja? Hoe gaat dat bij jullie dan?"

„Hier zoekt een koppelaar een geschikte familie voor de dochters."

„Een *koppelaar*?," vroeg David ongelovig.

„O ja. Mijn ouders hadden al lang geregeld dat ik zou trouwen met een jongen uit de buurt van Warschau. Ik had hem nog nooit gezien, maar ik moest er vaak aan denken hoe hij er uit zou zien."

„En hoe oud was jij toen, toen ze dat regelden?"

„Negen." Haar ogen lichtten op. „Dat was al oud eigenlijk. Veel meisjes waren al verloofd toen ze jonger waren."

David schudde geamuseerd, maar niet-gelovend het hoofd. „Je hebt gelijk: Niet gek zijn is een kwestie van hoe je het bekijkt." Hij lachte even. „Wat is er van hem geworden?"

Rachel sloeg zenuwachtig haar ogen neer en bleef zwijgend zitten. „Hij is–" ze zweeg opnieuw, zoekend naar woorden waarmee ze het afschuwelijke van de nazitijd kon aanduiden: de uithongering, de massagraven, het zinloze moorden. Ze besloot het zo eenvoudig mogelijk te zeggen. „Hij is gestorven... met zijn hele familie. En mijn vader en moeder en mijn broers ook – iedereen, ook de koppelaar van toen."

David moest even diep slikken. „Neem me niet kwalijk," zei hij zachtjes. „Dat was een stomme vraag."

„Mij hebben ze bij de selectie uit de rij gehaald," ging ze verder, alsof ze niet meer in staat was de vloed van herinneringen stop te zetten. „Ik moest mijn kleren uitdoen en werd onderzocht. Toen kreeg ik een nummer op mijn arm en moest ik naar het bordeel, voor dezelfde mannen die mijn familie hebben vermoord. Sindsdien ben ik geen mens meer."

„Hoe oud was je toen?"

„Veertien."

„Een kind nog."

„Ja, met allemaal dromen." Er stonden tranen in haar ogen. „Neem me niet kwalijk. Dit heb ik nog nooit eerder aan iemand verteld. Tussen al die mensen die ik tegenkwam is er nooit een geweest, die mij echt heeft gezien."

David kneep zijn hand hard om de stuurknuppel, toen hij bedacht hoe eenzaam zij zich moest hebben gevoeld. „Er moet toch ergens wel iemand zijn die dit zou begrijpen." zei hij.

„Nee. Voor mijn eigen volk ben ik een verraadster. Ik had eigenlijk moeten sterven. Ik had..." Haar stem werd zwakker. „Ik had een vriendinnetje in het kamp." De motor ging dreunend verder, terwijl de herinneringen Rachel's gezicht verdonkerden. „Ze was een jaar jonger dan ik. Ze raakte zwanger en wist dat ze naar de gaskamer zou gaan. Zo waren de regels, weet je. Daarom stak ze een kolonel van de SS met een mes." Ze sloot haar ogen. „De volgende morgen werden we op appèl gezet en gedwongen toe te kijken, hoe ze werd geëxecuteerd. Ik wou dat ik zelf ook zoveel moed had gehad als zij toen."

David voelde zich niet in staat een antwoord te geven. Hij zocht wanhopig naar woorden van troost. „Maar jij hebt het allemaal overleefd. Alleen dat zou ik al heel moedig noemen."

„Dank je wel, dat is aardig van je." Ze keek hem aan met ogen die onmetelijke pijn uitstraalden. „Dat was mijn leven. Heel wat anders dan de dromen van dat Amerikaanse meisje daar op de dansvloer. Ik ben nu eenentwintig jaar en al mijn dromen zijn verbrand, meeverbrand in de as van Auschwitz. Ik lig 's nachts in bed en vraag me dan heel vaak af, waar God gebleven is, en waarom ik toen niet mocht sterven. Maar antwoord komt er nooit."

Ellie en Moshe stonden ongeduldig naast een vrachtwagen te wachten, die geparkeerd stond aan de zijkant van het vliegveld van Nahariya. Uit de luidspreker van de radio schetterde het nieuws over de explosie bij Semiramis en Ellie huiverde, niet omdat het vandaag koud was, maar omdat ze met schrik dacht aan Mirjam's zoon en kleinzoon. Hoe zou het met hen zijn? *O, Mirjam is natuurlijk in alle staten*, dacht ze. Ze had toch al zo weinig familie meer over.

„...de namen van de doden en gewonden zijn nog niet vrijgegeven, omdat de familie nog niet is ingelicht," ging de omroeper verder.

Moshe sloeg zijn arm om haar heen. „Je oom is nu immers bij haar, Ellie. Jij kunt hier nu toch niet zoveel doen."

„Ja, dat weet ik best. Maar dat arme mens; ze is al zo oud en nu dit... Moshe, als het waar is dat wij nu samenwerken met mensen die zúlke dingen kunnen uitspoken..."

„Nee," zei hij geprikkeld, „dit was niet de Haganah. Dat kan ik je op een briefje geven. Misschien zouden die idioten van de Irgun zoiets uithalen. Ik weet echt niet hoe het zit, maar het is niet de Haganah. Dan zou ik het geweten hebben en het ook niet goedgevonden hebben."

„Haar kleinzoon is violist." Ellie zag in gedachten de verscheurde lichamen tussen het puin. „Violist," zei ze nog eens. „Het is toch belachelijk, als je je indenkt dat zo iemand beschadigd raakt..."

Moshe wreef vermoeid met zijn hand langs zijn voorhoofd. „In de voorbije zeven jaar zijn er *zes miljoen* violisten, dichters, dromers en dokters omgekomen, alleen maar omdat ze joods waren. Niemand heeft daar ooit van gezegd, dat het enige zin had. Misschien maakt het verhaal van zo'n enkel individu juist daarom meer indruk dan dat van de grote aantallen. Misschien kun je je gewoon moeilijk voorstellen dat er zovelen zonder reden zijn gestorven."

Ellie hief haar gezicht naar de grijze lucht en luisterde of ze het zachte dreunen van David's toestel al kon horen. Ze zette de radio uit en ging ineengedoken op de rand van de treeplank van de wagen zitten, terwijl in de verte een sputterend stipje naderd en groter werd en uiteindelijk een langzame bocht boven hen inzette.

Moshe keek op zijn horloge. „Hij is laat."

„Zoals gewoonlijk."

David maakte een zachte landing op de betonnen strip en liet het toestel, zonder de motor af te zetten, tot vlakbij de wagen uitrollen. Hij schoof zijn deur open en hing de postzak naar buiten, zodat een van de sabra-vrouwen die kon opvangen; toen wenkte hij Moshe en Ellie dichterbij.

Moshe trok de deur van het brommende toestel open en hielp Ellie instappen in het achtervak, waar Rachel met gekruiste benen op een postzak zat. Toen Ellie haar zag, schrok ze even terug en keek David wantrouwend aan.

„Toe, opschieten," zei David. „We zijn laat."

„Dat hebben we al gemerkt," zei Ellie, terwijl ze naast Rachel schoof.

Terwijl ook Moshe instapte, stelde David ze snel even aan elkaar voor. „Dit is Rachel Lubetkin; Ellie Warne." Rachel glimlachte vriendelijk tegen Ellie en stak verlegen haar hand uit. „Dan ben jij dus de vriendin van David."

„Dat hangt er maar van af, hoe je het bekijkt. Maar ja, ik ben Ellie." Ze glimlachte terug.

„En dit is Moshe Sachar."

Moshe draaide zich om en herkende nu pas Rachel daar in het halfdonker van het vrachtruim. Zijn glimlach verstarde en opnieuw kwam hij onder de indruk van haar schoonheid. Toen riep hij stralend: „Jij hier?!"

„U bent het!," riep ze, en enthousiast stak ze haar hand uit en schudde de zijne.

„Dus jullie kennen elkaar al," zei David opgewekt, terwijl hij wegtaxiede om veel bedaarder dan normaal op te stijgen.

„Ja; kortgeleden, in een stikdonkere nacht, heeft meneer Sachar me leren zwemmen," zei Rachel.

Er ging even een golf van jaloezie door Ellie, toen ze zich realiseerde dat dit dus de vrouw was door wie Ehud destijds het spelletje schaak van haar had kunnen winnen. Hij had volstrekt gelijk gehad – meer dan gelijk zelfs.

„Is alles goed met je?," vroeg Moshe; zijn ogen hadden iets dromerigs dat Ellie volstrekt niet beviel.

„David heeft me geholpen, mijn familie terug te vinden." Ze trok de brief uit haar vestzak en gaf die aan Moshe, die hem snel doorlas.

„Gelukgewenst! Mazzel tov," zei hij oprecht. „Dus nu kun je eindelijk naar huis."

„Als dat er tenminste nog staat," flapte David eruit. „Hebben jullie al gehoord dat we een Arabisch hotel hebben opgeblazen?"

„Om te beginnen, waren dat niet onze mensen. En bovendien zitten er goede vrienden van Ellie," sneerde Moshe geraakt.

„O bitter." David zweeg onthutst. „Sorry, Ellie. Ik was weer eens te snel, neem me niet kwalijk."

Rachel beet bezorgd op haar lip en keek vol medelijden naar Ellie. „Ik hoop, dat er niemand, eh, gewond is." Ze wilde even haar hand als troost op Ellie's arm leggen, maar inplaats daarvan sloeg ze haar armen over elkaar en wendde haar gezicht af. „Neem me niet kwalijk."

Ellie gaf Rachel geen antwoord; ze zei: „Het is familie van Mirjam, David. Je kent Mirjam toch wel? Haar zoon en kleinzoon zijn daar."

„Van die oude kratus bij jullie?"

„Jij hebt net zo veel gevoel als een betonnen vaas!," beet Ellie terug.

Moshe stapte snel op een ander onderwerp over. „Waar woont jouw familie?," vroeg hij aan Rachel.

„Geen hele familie; alleen mijn grootvader. Hij is rabbijn en woont in de oude Joodse wijk."

„Heb je ergens een logeeradres, totdat je naar hem toe kunt?"

Rachel keek nerveus naar David. „Nou ja, eh..., David had een idee –"

David kauwde nadenkend op zijn lip. „Ja, ik dacht zo misschien kan ze een paar dagen bij Ellie logeren."

Rachel sloeg haar ogen neer en tuurde naar de postzak; ze deed alsof ze de boze blikken van Ellie niet zag. „Maar als dat lastig zou zijn..."

Ellie staarde even naar de achterkant van David's hoofd. „Nee hoor, helemaal niet lastig," zei ze, even slikkend.

„Mooi," Moshe wreef tevreden in zijn handen. „Dan is dat geregeld."

„Nou, wat heb ik gezegd?," zei David gapend. „Zo is ze helemaal."

Ellie draaide zich om en keek het raam uit. Rachel keek haar aan met begrijpende ogen. Ze stak aarzelend een hand uit en klopte zachtjes op haar arm. Ellie draaide zich half naar haar toe en zei: „Het is heus wel goed met me. Ik was even van de kook, dat wel. Ik maak me zorgen, snap je?"

„Als het lastig is, kan ik echt wel een hotel zoeken."

„Niets daarvan." Ellie schaamde zich over haar jaloezie. „Het komt wel goed."

Rachel zakte gerustgesteld achterover en keek in alle kalmte naar de weg beneden en naar de piepkleine vrachtwagens die vooruitkropen naar Jeruzalem.

In de hal van het Hadassah-ziekenhuis zag Ellie onmiddellijk oom Howard zitten, helemaal aan het eind van een lange, nagenoeg lege rij stoelen. Hij had een ongeschoren gezicht en zijn kleren waren verkreukeld. In zijn hand hield hij het zakbijbeltje dat hij altijd bij zich had en hij zat erin te lezen met een gezicht, waarop een vreemde mengeling van verdriet en vrede te lezen was. De prachtige zondagse sjaal van Mirjam lag netjes opgevouwen naast hem op een stoel.

Ellie liet de anderen bij de deur staan en liep vlug naar hem toe; een bang voorgevoel vervulde haar hart.

„Oom Howard!" Ze knielde bij hem neer en sloeg stevig haar armen om hem heen. Toen ging ze op de stoel naast hem zitten en nam de sjaal in haar handen. Ze keek hem peinzend aan.

Howard haalde een keer diep adem en knipperde een paar tranen weg. „Verschrikkelijk. Onvoorstelbaar, verschrikkelijk."

„De kleine Samuël?," vroeg ze.

„Nee, die overleeft het wel. Hij heeft snijwonden en een gebroken arm, meer niet."

„O, Goddank. En Ismaël?"

Howard schudde langzaam zijn hoofd. „Nee"; meer zei hij niet.

„O, oom Howard!!," riep Elie verschrikt, stamelend van emotie. „Arme Mirjam! O, dat arme mens!" Ze keek snel de hal rond. „Waar is ze? Is het goed met haar?"

Howard legde rustig een hand op Ellie's arm. „Nee, lieve kind. Mirjam is er niet meer."

„Hoezo niet meer? Waar is ze dan? Is ze al naar huis?" Ellie klemde de sjaal van Mirjam tegen zich aan, bang voor het antwoord dat kon komen.

Er drupte een enkele traan langs Howard's wang naar beneden; hij trok zijn kin in en probeerde te spreken. In Ellie's ogen kwam langzaam het begrip, toen hij zijn keel schraapte en de traan wegveegde met de rug van zijn hand. „Ze was gisteravond bij hen blijven slapen," zei hij na een poosje. „In het hotel."

„O, Mirjam!" Ellie begroef haar gezicht in de sjaal, toen de last van het verlies langzaam tot haar doordrong.

„Stil maar, mijn kind," Howard sloeg zijn armen om haar heen. „Met Mirjam is het goed. Mirjam is nu thuis."

„Het laatste van de dertig lichamen is vandaag uit de puinhopen van Hotel Semiramis in de voorstad Katamon in Jeruzalem geborgen. Hoewel in kringen van de Haganah wordt ontkend dat zij bij de explosie betrokken zou zijn, zijn er ook aanwijzingen dat het hotel bij de Arabieren in gebruik was als militair hoofdkwartier. Er waren echter tijdens de explosie geen Arabische militairen aanwezig; de slachtoffers zijn allen burgers. Het Britse Hoge Commando heeft deze nieuwste gewelddaad van de joden tegen de Arabieren scherp veroordeeld en het 'een lafhartige agressie tegen onschuldigen' genoemd."

Hadj Amin liet de krant zakken en keek strak naar het gezicht van Rebbe Akiva, die tegenover hem op de binnenplaats zat. „Niet zo'n fraaie daad, Rabbi, vindt u ook niet?," vroeg hij streng.

Rebbe Akiva schudde het hoofd van schaamte over het feit dat joden nu hun toevlucht namen tot zulke daden tegen onschuldige burgers. „Mijn hart breekt, dat zulke mensen zich joden durven noemen."

„U begrijpt ons dilemma dus? Stel dat wij bereid zijn de doortocht naar de Joodse wijk toe te staan, wat zouden wij dan voor garanties hebben dat de Oude Stad niet met zulke joodse fanatici wordt vervuild, deze moordenaars van mijn onschuldig volk?"

„Hadj Amin, ik had zo het idee dat er wellicht een vorm van schikking zou kunnen worden getroffen. Terwille van mijn medejoden in de Oude Stad."

Hadj Amin's wenkbrauwen gingen belangstellend omhoog. „Een schikking?"

Akiva speelde even met de horlogeketting die over zijn buik gespannen stond. „Het wil mij voorkomen, dat wij een kleine uitwisseling zouden kunnen maken. Er is een mogelijkheid dat ik ergens de hand op kan leggen dat u heel goed zou kunnen gebruiken."

Hadj Amin leunde voorover en keek Akiva gespannen aan. „En wat hebt u, dat ik eventueel zou kunnen begeren, mijn vriend?"

„De overwinning."

„O, die zou in elk geval voor mij zijn," zei Hadj Amin schouderophalend. Hij leunde weer achterover.

„Bent u daar zo zeker van?," zei Akiva glimlachend.

Hadj Amin schraapte zijn keel en schonk opnieuw koffie in voor hen beiden. „En wat zou u in ruil voor deze overwinning tegen de zionisten dan terugontvangen?"

Akiva nipte zelfverzekerd van zijn koffie. „Het behoud van de Joodse wijk. Terwille van mijn mensen. Al de synagoges en de leerhuizen."

„A, juist," glimlachte Hadj Amin. „Onsterfelijkheid voor de naam van Akiva, he? De redder van de oude paden?"

„Net zoals de naam van Hadj Amin Hoesseini ook onsterfelijk zal zijn onder zijn volk."

„Uiteraard, uiteraard." Hadj Amin zette zijn kopje op de lage tafel voor hem. „Onsterfelijkheid. Hm, een niet onredelijk verzoek."

„Misschien kunnen wij als verstandige mensen praten." Akiva plukte aan zijn vest. „En dan is er nog een kleinigheid die ik zou willen," ging hij verder, overtuigd dat een dergelijk detail zonder verder vragen zou worden toegestaan.

„Minder waard dan de Oude Stad zelf, neem ik aan?"

„Zeker; het is niet meer dan een gril van een arme geleerde zoals ik," zei Akiva, nederig zijn hoofd buigend. „Een kleinigheid, van weinig belang voor anderen en zeker voor de wereld."

„In ruil voor de overwinning?," glimlachte Hadj Amin sluw. „Wat mag dat verzoek wel zijn?"

„Ik heb de foto's van de rol gezien en vind ze belangwekkend, evenals de ontdekking van de rol zelf. Ik zou deze rol graag voor nader onderzoek willen bezitten..."

Hadj Amin kuchte heel beschaafd in zijn zakdoek en hief toen zijn hoofd op om de man tegenover hem aandachtig aan te kijken. „Misschien, misschien. Wie weet, kunnen we aan uw wens voldoen, Rabbi." Hij wachtte even, om de spanning op te bouwen. „Maar op dit moment kunnen wij de rol zelf nog goed gebruiken. Misschien kunnen wij, als het zijn bedoeling eenmaal heeft bewerkt, u die dan alsnog schenken."

„Wat zou zo'n oude rol van onze profeten nu voor u voor nut kunnen hebben?," vroeg Akiva nieuwsgierig.

Hadj Amin's gezicht kreeg even een harde trek; hij dronk zijn koffie uit en zei: „Staat er niet in uw eigen heilige schriften geschreven, dat het Woord van God mensen tot zich trekt?"

2
De hoop van Pasen

Ellie staarde met lege ogen naar de ontwikkelbak, terwijl het puin van Hotel Semiramis langs magische weg op het gevoelige papier begon te verschijnen. Aan de ene kant stond een reddingswerker bovenop een vernielde muur. Verder liep iemand met een verbanddoos onder de arm, die niemand veel meer zou baten. Twee andere mannen trokken voorzichtig het zoveelste lichaam onder de hoop stenen en metselwerk vandaan, die inmiddels al voor dertig onschuldige levens het einde had betekend. Ellie pijnigde haar hersens; *hoe zou een enkele foto mogen verwachten, dat ze het verhaal duidelijk maakt?*

Ze wreef volkomen uitgeput met haar hand langs haar voorhoofd. Sinds ze, twee dagen geleden nu, had gehoord dat ook Mirjam was omgekomen, had ze niet meer geslapen. Ze was met Moshe meegegaan naar de plaats van het onheil en had huilend de ene foto na de andere gemaakt, haar eigen verdriet daarmee voorgoed op film vastleggend.

De klokken waren begonnen te beieren in rouw, terwijl ze nog had kunnen fotograferen hoe de enige overlevende van een Christelijk gezin van dertien personen, een klein Arabisch meisje, uit de puinhopen werd gered.

Sinds dat moment waren de klokken van de kerken in de Oude Stad onafgebroken geluid, in een plechtige, sombere cadans. Zelfs achter de dikke muren van haar donkere kamer kon Ellie ze nog horen. De heuvels rondom Jeruzalem, die enkele weken geleden hadden weerkaatst van het vrolijke geluid van de sjofar, krompen nu ineen onder de roep van het klagen over dit redeloze en waanzinnige geweld.

Van de minaretten uit de Arabische wijk riepen de mu'ezzin snerpend de gelovigen op tot gebed en tot het aanhoren van de zoveelste preek van de Moefti. En terwijl de christen-Arabieren de grafkuilen begonnen te graven om hun geliefden snel te begraven, kwamen de moslims bij elkaar op het tempelplein voor de Rotskoepel, waar ze hun vuisten omhooghieven onder de bloedstollende kreet „Djihad! Djihad! Djihad!"

Heilige oorlog. Ellie keek opnieuw naar de foto die voor haar lag.

Haar harnas van afstandelijke professionaliteit smolt weg. Ze boog haar hoofd en sloeg haar handen voor haar gezicht. „O, Heer," riep ze huilend, „dit kan toch Uw bedoeling nooit zijn! Oorlog buiten, maar ook oorlog in mezelf! God, ik wil mij niet langer tegen U verzetten." Ze snikte zachtjes. „Mirjam kende U wel, maar zij is nu dood. Ik ben nog steeds hier, maar ik weet niet waar ik moet zoeken om U te vinden." Ze voelde zich volstrekt nietig en hulpeloos, alsof ze zelf diep onder verstikkend puin lag, onmachtig om er ooit nog onder vandaan te kunnen krabbelen. „Help me alstublieft!," riep ze. Ze proefde het warme zout van haar tranen op haar wangen, liet haar hoofd op de werkbank zakken en sloot haar ogen. Ze wilde, dat de klokken nu eindelijk zouden ophouden. „Ik kan U niet vinden, vindt U mij alstublieft," mompelde ze. Toen zuchtte ze even en zakte langzaam in een diepe, droomloze slaap weg.

De klokken van de kerken in de aangrenzende christelijke wijk beierden hun droefheid over de stad. Grootvader trok zijn jas dichter om zich heen en liep snel de Trappenstraat af in de richting van het hoge, massieve Warschau-Complex. Hier had hij als jongeman veel rondgewandeld. Hij was uit het joodse getto van Warschau naar Jeruzalem gekomen om Tora te studeren en was nooit meer teruggegaan. Hij was inmiddels oud en gekromd geworden en vergrijsd in het onderwijzen van generaties jonge yesjiva-studenten in de studiezalen en de synagoge, die om een groot, vredig gelegen hof waren gebouwd. Zijn baard was grijs, zijn handen stonden krom van het ruim 50 jaren lang omslaan van bladzijden uit de heilige boeken. Alleen het Warschau-Complex zelf was onveranderd gebleven. Al generaties voor de geboorte van grootvader hadden de Poolse joden dit gebouwd als een gedenkteken voor de God van hun vaderen binnen de poorten van Sion. Generatie na generatie jongeren waren hier voor hun studie gekomen. Een enkele, zoals grootvader, was er gebleven, maar de meesten waren naar hun geboorteland teruggekeerd. Nu waren er geen nieuwe jongeren uit Polen meer; die waren met hun vaders omgekomen in de straten van het Warschause getto, toen hun verzet door een pantserdivisie van de nazi's aan flarden was geschoten. *Zij waren strijdend ten onder gegaan*, bedacht grootvader. *Dit hoekje van de wereld was nog overgebleven als herinnering aan wat er vroeger was. En nu worden ook wij met uitroeiing bedreigd.* En daar konden alle loze beloften van rabbi Akiva en Hadj Amin, die vriend van Hitler, niets aan veranderen.

De gebouwen van het Warschau-Complex stonden op de hoek van de meest open zijden van de oude joodse stadswijk. De woningen van de geleerden waren veranderd in loopgraven en bomkraters. Voor de ruiten lagen zandzakken als bescherming tegen geweervuur. 's Nachts werden er zware tafels op hun kant als barricaden tegen de voordeur geplaatst. Binnen twee dagen sinds het opblazen van het hotel in de Nieuwe Stad waren er al drie bewoners gewond geraakt door scherpschutters die vanaf de minaretten schoten. Aan diverse gebouwen waren kogelinslagen te zien. Leden van de Haganah was de toegang tot de Oude Stad verboden, in ruil voor de belofte van de Arabieren aan rabbi Akiva dat de joodse wijk zou worden gespaard. De schaarse voorraad wapens was door de Engelsen in beslag genomen.

Het leek er inmiddels op dat die beloften leugens waren, erop gericht om elke vorm van verdediging te vertragen. *Misschien geloofde Akiva die leugens ook nog*, overpeinsde grootvader. Misschien had hij wel andere bedoelingen met zijn weigering, steun van de joodse verdediging in de Oude Stad te aanvaarden. Akiva stond bekend als een heftig tegenstander van de zionisten, maar daarom ging het nu allang niet meer. Alles was nu geconcentreerd op het puur lijfelijke overleven van de joodse wijk.

Vanmorgen waren tien rabbijnen uit de diverse sektoren van de wijk bijeengeroepen voor een spoedvergadering. Grootvader reciteerde al in stilte: *Komt, laat ons tesamen richten.*

Het grote gebouw doemde recht voor hem uit al op, maar voor grootvader leek het bijna onbereikbaar. Er welde pijn op in zijn borst en hij bleef wankelend staan, om weer op adem te komen. Zijn hoest was de laatste paar weken weer erger geworden en zelfs in de ruige kilte van de morgen parelden de zweetdruppels op zijn voorhoofd. Hij leunde zwaar tegen de gevel van een laag gebouw en sloot zijn ogen. „Ach, Heer, bent U al zo gauw klaar met deze oude man?," zei hij, steeds dieper hoestend. „Gun mij nog een beetje tijd, alstublieft. Voor Yacov." Hij bleef nog vijf minuten staan worstelen tegen de steken, totdat hij ze langzaam voelde wegzakken van een laaiend vuur naar een doffe pijn. Hij richtte zich op en hervatte zijn wankele gang naar het grote gebouw, waar de andere negen op hem stonden te wachten voor hun gesprek over het overleven. „Ja, we zullen het overleven," fluisterde hij, zijn gretige blikken gericht op het enige hoekje van de wereld waar het Warschau van zijn jeugd nog was overgebleven.

Moshe klopte zachtjes op de deur van de donkere kamer bij Ellie thuis.

„Wat is er?," kwam het gedempte antwoord.

„Ben je al klaar? Kan ik binnenkomen?," vroeg hij vriendelijk.

Ellie deed met een ruk de deur voor hem open. Haar ogen waren rood en gezwollen; ze snoof haar neus op en draaide zich met een ruk om, om vervolgens met haar rug naar hem weer op de poef neer te ploffen. Moshe bleef tegen de deurpost geleund staan en keek vertederd naar de achterkant van haar hoofd.

„Moet jij eigenlijk niet slapen?," vroeg hij.

„Ik heb al geslapen," zei Ellie met gebroken stem. „Maar jij hebt me wakker gemaakt en nu zit ik weer midden in een nachtmerrie." Ze liet haar hoofd zakken en de tranen stroomden geluidloos langs haar wangen. Moshe deed een stap naar voren en legde zijn sterke handen op haar schouders.

„Misschien kan ik je niet erg met mijn woorden troosten, mijn kleine sjikse. Maar ik weet maar al te goed, hoe groot je verdriet is. Ook mijn hart is gebroken. Omwille van mijn familie, van mijn volk."

„En wanneer zal dit alles nu eens afgelopen zijn, Moshe?," zuchtte Ellie. Ze vleide haar wang tegen zijn hand. „O, Mirjam was zo... Ze droeg zoveel hoop in zich. Waarom kan ik daar niets van voelen?"

Moshe tastte naar woorden. „Echte hoop, *werkelijke* hoop vloeit voort uit het kennen van de waarheid. Uit het zien van wat mogelijk is en het geloven dat dat ook zal gaan gebeuren."

„Wat zeg je nu toch allemaal, Moshe?" Ze draaide zich om en keek hem onderzoekend aan. „Help me alsjeblieft het te begrijpen."

„Maar ik ben er net aan toe, mezelf te begrijpen. Ik kan je alleen maar vertellen wat mijn hart als waarheid ervaart – en mijn hoofd ook."

„Ik voel me zo verloren. Zo alleen en verward door alles wat gebeurd is."

„Mag ik dan mijn hoop met je delen?"

„O ja, alsjeblieft, alsjeblieft." Ellie kneep in zijn hand en liet die toen los; ze keek hem vorsend aan.

„Weet je nog die dag, aan boord van de *Ave Maria*, toen je het had over God voelen in je hart en Hem kennen met je verstand?"

Ellie knikte en ging achterover zitten. Ze veegde met haar hand over haar ogen. „Ja."

„En dat we toen zeiden, dat dat allebei belangrijk was? Mag ik je dan vertellen wat ik als waarheid ken? Want wat ik voel, kan ik je niet overdragen." Hij wreef even over zijn nek en hees zich op de werkbank, Ellie ernstig aankijkend. „De Heilige Schrift zegt, dat de mens zondig en onvolmaakt in zijn hart is, omdat hij zijn zinnen heeft gezet op wat recht is in zijn eigen ogen. Wij hebben ons hart afgesloten voor de liefde van God en voor onze medemens. Is dat waar?"

„Ja, natuurlijk. Kijk maar wat ze Mirjam hebben aangedaan." Ellie's ogen schoten weer vol.

„Ook ik heb mijn hart afgesloten voor anderen."

„Jij? Maar Moshe, jij bent juist heel aardig en zacht en–," protesteerde ze.

„Nee, ik heb mijn hart vaak afgesloten. En jij niet?," hield hij aan.

Ellie knikte. Ze moest denken aan die dag, toen Mirjam tegen haar had gemopperd over haar kast vol kleren, terwijl die honderden vluchtelingen-vrouwen nog niet eens een dun vest bezaten om zich tegen de kou te kleden. Ze herinnerde zich ook de jaloezie en de boosheid bij haar eerste ontmoeting met Rachel.

„Dus dit gedeelte van wat de Schrift zegt is waar, of niet?," zei Moshe rustig en vol begrip.

„Ja, maar hoe haal je daar dan hoop bij?," vroeg Ellie een beetje onbenullig. „Ik kan alleen maar wensen dat ik een beter mens word. Hoogstens willen dat ik beter had gedaan, meer had liefgehad. En willen dat ik nooit iemand zou hebben gekwetst."

„Ja, wensen; maar dat is nog niet hópen. Hopen is: de waarheid kennen en daarnaar handelen."

Ellie's gezicht toonde verwarring. „Wat is dan die waarheid? Vertel me die dan, Moshe, en sta geen raadseltjes te vertellen."

Moshe fronste zijn gezicht en sloot even zijn ogen. „Hoe hard we ook zoeken en proberen, Ellie, het blijft voor ons onmogelijk om bij God te komen. De Schrift zegt, dat al onze werken 'niet meer zijn dan vuile lompen'. Ze kunnen niet de toestand van ons hart veranderen of onze begane misstappen uitwissen. Dat kan alleen God zelf doen."

„Maar hóe dan?" Haar stem klonk smekend en zwak, als van een kind.

„Ik ben een jood, dat weet je. Daarom zal ik je vertellen hoe ik het als jood begrijp. Ik heb daar nog nooit eerder met iemand over gepraat, dus," zei hij waarschuwend, „zeg maar stop als het verwarrend wordt."

„Doe ik. Ga door, alsjeblieft."

„De profeten hebben lang geleden al geschreven, dat er eens een verlosser zou zijn die naar ons volk zou komen. En niet alleen naar ons volk, ook naar de niet-joden. Wij noemen hem de Messias. Wij hebben altijd gemeend dat hij vooral een soort politieke leider zou zijn. Maar ik geloof dat zijn werk vooral zou zijn, ons terug te voeren naar God. Begrijp je me?"

Ellie knikte, zonder te willen toegeven dat ze nog niet begreep waar hij heen wilde.

„Toen ik nog klein was, was ik het die op het Paasfeest altijd aan mijn vader mocht vragen: 'Waarom is deze nacht anders dan alle andere nachten van het jaar?' En dan vertelde hij weer opnieuw het verhaal, hoe God het volk van de Hebreeën uit de slavernij van Egypte had geleid. Met grote schrik dachten we dan aan die eerstgeboren kinderen van de Egyptenaren die bij de laatste van de tien plagen vóór ons vertrek uit het land waren gestorven. Zij waren toch niet anders dan wij. Zij waren toch ook mensen. Waarom moesten zij dan wel sterven en wij niet? Ik kon dat niet bevatten en vroeg aan God, hoe dat zat. Dan vertelde mijn vader mij, dat ook van die eerstgeboren kinderen van Egyptenaren er nog wel in leven gebleven waren, omdat ze het woord van God gehoorzaamd hadden en het bloed van een offerlam aan hun deurposten hadden gestreken. Want dan was de doodsengel ook aan hen voorbijgegaan. Wie het woord van God geloofden, werden behouden. Ze geloofden het gewoon en namen het offer van het lam aan.

Al deze jaren door heb ik geprobeerd de wet te volgen; ik heb de wetsgetrouwe mensen ongelukkig zien leven, bij al hun gezwoeg om God te behagen. Meer regels. Meer wetten. Ze werden allemaal overtreden. En langs de weg van die regels hebben wij uitgezien naar de verlosser, die ons zou redden van de vervolging en de slechte bejegening door de christelijke en islamitische volken. Wij verwachten een messias die het lichaam zal bevrijden, terwijl onze ziel omkomt. In heel de Schrift wordt hij genoemd en aangekondigd. En ook de oude uitleggingen spreken over hem als het definitieve offer voor al onze zonden en overtredingen. Ze spreken van zijn liefde en zijn vriendelijkheid en vertellen ons, dat hij de enige is die ons kan redden van de dood die in ons hart woont."

„En is hij er, Moshe? Waar is hij?"

„Hij is gestorven aan de vooravond van het Paasfeest, nu bijna tweeduizend jaar geleden. Als het lam voor het offer heeft hij mijn zonden genomen en die bedekt met zijn bloed. Hij was volmaakt en zonder smet of zonde, en hij is gestorven in mijn plaats, zoals de profeten hebben voorzegd. En daarmee heeft hij de dood overwonnen. Ellie, hij is weer tot leven gekomen en leeft ook nu nog en heeft mijn hart tot leven gebracht doordat ik hem mag kennen. Dát is mijn hoop. Mijn echte, ware geloof in wat er werkelijk is gebeurd."

„Maar ben jij dan dus niet een christen?," zei Ellie bedachtzaam. „Net als Mirjam, en als oom Howard?"

„Ik ben Moshe Sachar en ik ben een jood die gelooft dat hij die wij Yeshua noemen de messias is. Daarop hoop ik met een hoop die de waarheid kent. Hij zal terugkomen naar mijn volk, en zij zullen hem kennen zoals hij is en vergeving ontvangen en de vreugde van het hem kennen als een liefhebbende en genadige redder. En wat jou betreft, Ellie: Ik hoop heel erg dat jij je naar hem wilt uitstrekken. Want ik weet dat hij heel veel om je geeft." Zijn gezicht straalde van emotie, terwijl hij op Ellie toestapte en zijn armen om haar heen sloeg.

„Maar wat moet ik nu toch doen, Moshe? Hoe kan ik hem ook kennen en weer hoop krijgen?"

Hij streelde haar haren en gaf haar een kus op haar kruin. „Praat maar tegen hem, lieveling. Vraag hem maar gewoon, je volledig jezelf te mogen laten zijn. Geef je hart aan Hem."

„Maar mijn hart is kapot, Moshe; het is echt gebroken." Ze verborg haar gezicht tegen zijn borst.

„Hij weet alles van gebroken harten af, Ellie. En onze koning David schrijft dat jouw gebroken hart precies het soort offer is dat Hij wil aannemen."

Rachel liep de professor achterna de keuken in, waar ze bijna tegen hem opbotste toen hij opeens bleef staan om het licht aan te steken. Achter het aanrecht glinsterden de blauwe tegels en de vloer was bedekt met kleine mozaïekstenen. Tegen een zijmuur stond een fors uitgevallen gasfornuis en daartegenover een witte koelkast. Midden in de keuken stond een kleine witte tafel, met een vaas vol blauwe bloemetjes die net begonnen uit te lopen. De ogen van oom Howard leken bijna strelend over de bloemen te gaan. Met een dunne glimlach zei hij: „Deze keuken is eigenlijk niet mijn domein." Hij liep naar de tafel, brak een van de bloemen bij de steel en stak die in zijn borstzakje. „Mirjam kon heel lekker koken. Vind jij koken ook leuk?"

„O ja, ik heb al heel jong koken geleerd van mijn moeder. Dan blijf je het leuk vinden," zei Rachel. Ze draaide even de kraan aan het aanrecht open en sloot die weer. „Houdt u zich aan het kasjroet?*"

„De joodse keuken, bedoel je? Mirjam was een Arabische christin," zei hij met gefronste wenkbrauwen.

„Maar dat is heel lekker eten," zei Rachel; ze voelde zich een indringster in de keuken van de oude vrouw.

„O ja, heel lekker. En als Yacov straks ook nog bij ons komt logeren, is het wel belangrijk voor hem, als we dat doen." Hij draaide zich om en trok een van de kastjes open dat vol stond met glazen potten met bonen en pasta, allemaal met duidelijke etiketten in het Arabisch. Hij pakte een pot met linzen en keek droevig maar het handschrift, terwijl zijn vinger langs de letters ging.

„Ik zou het fijn vinden om u voorlopig te helpen," zei Rachel, die deed alsof ze niet opmerkte hoe de professor met zijn gedachten nog bij Mirjam was. Ze voegde toe: „Ik vind het heel erg, wat er met haar is gebeurd."

Howard keek op en glimlachte. „Ja, ik ook. Het was een prachtig mens," zei hij, nog nauwelijks in staat te bevatten dat Mirjam nooit meer een pot thee zou zetten. „Ze wist precies waar ze alles bewaarde. Ik ben bang dat ik hier niet zo goed de weg weet. Maar als ik in die kastjes kijk, voel ik me net als bij een opgraving. Ze is hier nog steeds. Ik weet tenminste zeker dat ze nog leeft." Hij schoof aan de keukentafel.

„Zal ik thee zetten?," vroeg Rachel. Ze vulde de ketel, streek een lucifer aan en stak het fornuis aan.

„Ja, graag," glimlachte hij. „Ik dronk nooit mijn thee hier, weet je. Ze bracht me die altijd. In de werkkamer, alsof ze het dienstmeisje was. Maar eigenlijk hoorde ze gewoon bij de familie."

„Ik begrijp het helemaal." Rachel herinnerde zich het gevoel van leegheid dat ze had gehad, toen ze haar moeder's vest tegen zich had aangeklemd, nadat die was weggevoerd naar haar dood. Hoe wanhopig had ze er niet naar verlangd, dat de slanke armen nog in de mouwen zouden steken en haar zouden hebben omklemd. Ze had haar gezicht in de zachte, zelfgebreide stof begraven en eindeloos gehuild om de leegte die haar moeder had achtergelaten. Het hart van deze man tegenover haar voelde nu die leegte, waarmee Rachel inmiddels elke dag had leren leven. Dit was nog steeds de keuken van Mirjam. Het fornuis siste nog en de ketel floot en trilde, als het theetijd was. Maar zelfs die oude, vertrouwde geluiden leken holle echo's, nu ze er zelf niet meer was.

Rachel zocht in een van de kastjes naar kopjes. Ze zette ze op het aanrecht en goot het hete water door het zeefje, dat aan een haakje op de vensterbank hing. „Melk en suiker?," vroeg ze.

„Nee, dank je," zei Howard. Hij zat nog steeds naar de bloemen te staren. Er hing een zware stilte in de keuken, die zijn gedachten als een gordijn versperden.

„Heeft het praten over haar u verdrietig gemaakt?" Rachel ging tegenover hem zitten en roerde gedachtenloos de stukjes theebladeren in haar kop om.

„Nee, helemaal niet. Ze had het zelf altijd over haar sterven als over een wereldreis die ze ging maken. Ik denk, dat ze het idee prachtig vond om eindelijk een kopje thee voor haar Heer te mogen zetten."

Rachel overwoog aarzelend wat zijn glimlach moest betekenen en keek toen weer naar haar kopje. „Dus ze was er niet bang voor?"

„O, nooit. Ze keek er eerder naar uit."

„En u zelf? Bent u bang?," vroeg ze; ze speurde een verandering aan hem.

„Mijn moeder zei altijd, dat we nu eenmaal niet allemaal tegelijk in deze wereld zijn gekomen en er ook niet weer uit vertrekken – tenzij de Heer ons komt halen. Ik zou wel liever tegelijk gaan met al mijn geliefden, maar bang ben ik niet, nee."

„Ja, ik..., ik heb ook wel eens..., vaak eigenlijk zelfs, gewenst dat ik samen met mijn familie had kunnen sterven. Maar dan denk ik ook: misschien heeft mijn grootvader me nog nodig."

„O, Rachel, ik weet wel zeker dat er velen zijn die jouw zachte karakter nog nodig hebben." Howard slurpte van zijn thee. „En je bent hier welkom voor zolang als je wilt. In ieder geval totdat de Oude Stad weer veilig is. Wij hebben jou in elk geval nodig." Hij gaf een vriendelijk klopje op haar arm.

„Maar misschien is uw nichtje er toch niet helemaal blij mee, dat ik er ben. Deze tijd is moeilijk." Ze vroeg zich even af of dit misschien een goede gelegenheid was alles maar eerlijk te zeggen, en wat hij zou zeggen als hij over haar verleden wist.

„Onzin. Ellie kan nog geen ei koken, laat staan dat ze kosjer eten kan klaarmaken. En eten doet ze zelf maar al te graag," lachte hij, in een poging Rachel op haar gemak te stellen.

De keukendeur, die aanstond, ging met een bons verder open en Ellie tuimelde de keuken binnen met onder haar arm een stapel vesten en bloeses. Haar ogen waren rood en opgezet, maar ze glimlachte dapper om kalm te blijven en schoof de stapel naar Rachel. „Je lijkt me net zo groot als ik. Ik dacht zo: misschien..."

Rachels ogen staarden niet-begrijpend naar haar. „Wil je die allemaal gestreken hebben?," vroeg ze.

„Welnee!," riep Ellie uit. „Ik wil dat je ze *draagt*. Tenminste, als het je een beetje past of zo."

Rachel keek vol verbazing naar de prachtige blauwe en zachtgroene sweaters en bloeses die ze in haar handen had. „Bedoel je, dat dat voor mij is? Om aan te trekken?" Er schoten tranen in haar ogen. „Wat een prachtige kleren, wat een kleuren."

„Kom mee, dan gaan we naar mijn kamer. Ik ben mijn kasten en laden aan het uitmesten. Er is nog een heleboel..." Haar stem klonk vriendelijk en verwachtingsvol.

Oom Howard's wenkbrauwen schoten omhoog. Hij grijnsde naar Rachel. „Wat zei je ook alweer over Ellie?," vroeg hij.

Ellie zette haar handen in haar zij. „Ja, vertel op. Wat waren jullie over mij aan het vertellen?"

Rachel streek met haar hand over een zachte, koningblauwe trui. „Ik vroeg net, of ik je misschien maar kookles moest gaan geven."

De vloer van Ellie's slaapkamer lag bezaaid met kleren die uit haar kasten waren getrokken. Rachel bleef in de deuropening staan en keek schattend naar de puinhoop, terwijl Ellie zich er midden in liet zakken.

„Zoveel dingen," zei Rachel glimlachend.

„Te veel. Ik heb de halve inventaris van de Mirakelstraat meegenomen hierheen."

„Mirakel-wat...?"

„Mirakelstraat; zo noemen we het winkelcentrum in Los Angeles."

„Net zoiets als Parijs vroeger, zeker." Rachel knikte dat ze het begreep.

„Nou, nee, niet zo chique. Maar je kunt er wel al je geld uitgeven." Ellie graaide in een hoopje bloeses en maakte er twee stapeltjes van. „Hier, ga zitten." Ze wees naar een strookje lege vloer. „Kijk; zolang je bij ons bent, kun je het misschien eerst hiermee proberen."

„Wat bedoel je?"

„Nou" – Ellie gooide een blauwwollen broek in Rachel's schoot – „deze zal jou beter staan dan mij."

Rachel keek ongelovig naar het ding. „Dragen Amerikaanse meisjes zulke broeken?"

Ellie keek snel naar de enkellange zwarte jurk van Rachel. „Jep. En zulke dingen dragen bij ons alleen grootmoeders; sorry dat ik het zeg."

Rachel knipperde even en pakte de broek van haar schoot; ze stond op en schoof haar jurk over haar hoofd, erop lettend dat Ellie het nummer op haar arm niet zag. Ze ging op de rand van het bed zitten en trok de broek aan. „Waar ik vandaan kom, worden broeken alleen door mannen gedragen."

„In Amerika dragen vrouwen ook broeken; en ze bouwen er ook tanks en vliegtuigen."

Rachel trok de rits dicht en zei: „In Europa zetten de Duitsers in de wapenfabrieken allemaal joden. Als er dan bombardementen kwamen, kwamen er tenminste geen Duitsers om. Ik heb mensen horen vertellen dat, als er Amerikaanse bommenwerpers overkwamen, veel mensen baden dat de bommen op hen zouden vallen. Als ze niet vielen, is het wel gebeurd dat joodse dwangarbeiders een draad verkeerd hebben aangesloten of een schroef los hebben laten zitten. Misschien hebben we dus toch Amerika een klein handje geholpen, eh?" Ze vouwde haar handen achter haar rug en bleef verlegen voor Ellie staan. „Hoe staat hij me?"

„Schitterend." Ellie gooide een bijpassende bloes omhoog. „Doe die er eens bij aan."

Rachel draaide haar rug naar Ellie en trok de bloes aan, eerst met haar linkerarm in de mouw, zodat die over het nummer viel. Ze deed de knoopjes dicht en draaide zich om. „Draag je zulke bloeses, als je met David gaat dansen bij Glenn Miller?" Ze glimlachte en stak haar armen uit.

„Wie heeft jou verteld over Glenn Miller?," vroeg Ellie stomverbaasd.

„Jouw eigen David. In het vliegtuig heeft hij heel veel over je verteld. Van hem hoorde ik, dat mannen en vrouwen vaak samen dansen. En ook hoe gek hij op jou is."

Ellie schoot op haar hurken achterstevoren. „Heeft hij dat tegen je gezegd?"

Rachel knikte. „Jij mag heel blij zijn met zo iemand die op je gesteld is. Ik heb veel bewondering voor je, dat moet ik toegeven."

Ellie kauwde op haar onderlip en keek naar beneden. „David en ik zijn niet..."

Rachel keek schuin opzij, alsof ze de onuitgesproken zin van Ellie wilde afwachten. „Je boft maar. Reken maar. Er is in zijn hart geen plaats voor een ander dan jou alleen."

„Ik dacht anders, dat hij jou heel aardig vond."

„Mij!?," riep Rachel uit.

„En daarbij: het maakt niet meer uit, wat hij wel of niet voelt."

„Bedoel je, dat jij niet van David houdt?" Rachel ging voor Ellie met gekruiste benen op grond zitten.

„David heeft geen enkel serieus bot in zijn hele lijf. Hij heeft net zoveel principes als een langpootmug."

„Maar dat is gewoon niet zo! Hij is heel aardig en echt vriendelijk. Hij heeft zoveel voor mij gedaan."

Ellie trok haar ogen tot spleetjes. „Dat zal vast. Wacht maar totdat hij komt incasseren. Hij wil er altijd iets voor terug."

Rachel plukte wat aan de zoom van haar bloes; ze trok een strak gezicht en ging rechtop zitten. „Ik geloof niet, dat David zo is," zei ze afgemeten.

Ellie voelde opeens, dat ze Rachel ergens gekwetst had en ze zei vlug: „O, neem me niet kwalijk. Zo heb ik het niet bedoeld. Ik wou alleen maar zeggen: David en ik hebben iets gehad, maar dat is net voorbij en ik voel me een beetje gebruikt, snap je?" Haar stem klonk benepen.

Rachel sloeg haar ogen op naar Ellie en keek haar even diep aan. „Ja, ik snap je wel."

„Jij ook? Ook zo'n dweil van een vent?"

„Ja." Rachel sloeg haar ogen neer. „Maar volgens mij zijn David en Moshe niet zo."

„O, Moshe! Ja, een prachtkerel, vind je niet? Bij hem voel ik me altijd heel vertroeteld."

Rachel glimlachte even droevig, toen ze aan de verhouding tussen Moshe en Ellie moest denken. „Moshe; ja, dat is een aardige man. Ik wist helemaal niet, dat jullie..." Ze slikte een keer. „Maar hij is een jood. En geen Amerikaan."

Ellie haalde haar schouders op en begon weer aan het uitzoeken van de kleren. „Dat maakt niet uit. Hij heeft nog nooit van zijn leven iemand gebruikt. En voor mij is hij heel aardig en lief. Heel bezorgd altijd en voorkomend..."

„Ja. Ik snap het. Dus jij *houdt* van Moshe, zeker?" Ze keek omhoog en staarde naar de foto's die bij Ellie aan de muur hingen. Tussen de gezichten die haar daar aankeken hing die van Moshe, die Ellie net had gemaakt op het dek van de *Ave Maria*, met zijn arm om de schouders van de kleine vluchteling. Zijn bruine ogen leken met hun gloed in haar ziel te prikken. „Hij is heel aardig." Haar woorden waren nauwelijks te verstaan. „Het zijn allebei heel aardige mannen, volgens mij."

3
Broeders

In de straten van Cairo langs het terrein van de El Azhar Universiteit gloeiden de vuurtjes; straatverkopers probeerden hun waren te slijten aan de menigte die bijeengekomen was om de resultaten van de grote vergadering te horen. De leiders van de Arabische naties zaten in besloten vergadering binnen te vergaderen om tot een gezamenlijk Arabisch standpunt inzake het Palestijnse probleem te komen. Journalisten en fotografen stonden tegen de glanzende zwarte limousines geleund, die voor het gebouw geparkeerd stonden. Enkelen maakten nog haastig notities, maar de meesten stonden rustig uit zakken gepofte mais te knabbelen en te speculeren over het resultaat van de conferentie. Ieder van hen was er in zijn hart van overtuigd, dat de menigte mensen tussen wie zij op dit moment stonden te wachten binnenkort onderdeel zou zijn van de machten die de joden de zee in zouden drijven.

Binnen, in de glanzend-marmeren hallen van de El Azhar, streek Hassan een lucifer aan een pilaar aan en stak daarmee de laatste van zijn tweede pakje sigaretten op, terwijl hij stond te wachten naast de zware deuren van walnotenhout. Pal tegenover hem stonden de lijfwachten van koning Abdoellah van Transjordanië en op een paar passen links daarvan de bewakers van koning Ibn Saoed van Saoedi-Arabië. Hassan keek geamuseerd toe, hoe die twee groepen elkaar steels stonden te begluren. Koning Abdoellah haatte koning Ibn Saoed met alle hartstocht van een oude bloedvete. En Ibn Saoed zelf, de heerser over de uitgestrekte ondergrondse oliereserves voor de wereldhandel, verachtte op zijn beurt koning Faroek van Egypte. De dienaren van deze heersers hadden allemaal hetzelfde islamitische geloof, maar deelden ook de achterdocht die hun respectieve meesters voor elkaar koesterden. En ze deelden allemaal nog iets anders ook – een intense haat tegen de joden in hun midden. Hassan wist: Deze haat gaf zijn meester, de Moefti, macht over deze mannen en over de politiek van hun regeringen. Hassan keek snel op, toen Gerhardt en Kadar doelbewust uit de hal op hem kwamen toelopen. Kadar had dezelfde donkere, zelfbewuste gezichtsuitdrukking die ook de Moefti kenmerkte. Gerhardt zag er kwaadaardiger en harder uit dan gewoonlijk. De mannen van Ibn Saoed keken hem nieuwsgierig aan terwijl hij voorbijliep; ze groetten hem allen respectvol met de vingertoppen tegen hun voorhoofd. De lijfwachten van koning Abdoellah, gekleed in uniformen van Engelse snit, bleven hun sigaret roken en onderling babbelen.

„Salaam," Hassan tikte aan de rand van zijn pet.

„Is de vergadering nog niet afgelopen?," zei Kadar met fronsende wenkbrauwen.

Hassan schudde zijn hoofd. „Het is bijna zes uur."

„Er valt waarschijnlijk heel wat te bepraten," zei Gerhardt gelaten. „Maar als het erop aankomt, krijgt de Moefti heus wel zijn zin."

Kadar glimlachte even. „Als Allah het wil."

Gerhardt snoof zijn neus. „Nee, omdat de Moefti het wil. Per slot van rekening zal het om een volledige Arabische oorlog gaan. En stuk voor stuk roepen deze heren hardop weliswaar dat ze daartoe bereid zijn, maar hopen ze stiekum dat die niet doorgaat. Maar hij komt en dan zijn wij hun beste partij. Daarom zullen zij de Moefti geven wat hij ook maar zal vragen. Alles. Zelfs Palestina, eh?"

„Ja, daarover moet deze vergadering ook beslissen."

„Dat is drie dagen geleden al beslist. Toen is koning Abdoellah al voor een privé-bezoek bij de Moefti hier in zijn kwartieren geweest. Iets later kwam koning Ibn Saoed via de achterdeur, en na hem kwam er een gezant van koning Faroek. Nee, dat is al geregeld. Het enige dat nog geregeld moet worden is de hoeveelheid. Hoeveel wapens, hoeveel geld, hoeveel manschappen. En Hadj Amin mag dan mooi uitmaken, waar hij het laatste joodse crematorium wil bouwen. Intussen is het straks onze oorlog, als de Engelsen vertrekken."

„Ja, een oorlog van terroristen." Kadar keek hem met kille ogen aan.

„Van commando's," verbeterde Gerhardt hem. „Van patriotten."

Kadar onderbrak hem ruw: „Er zijn er die zeggen dat er geen Arabisch Palestina meer over is om te verdedigen. Ik ben wel eens bang, dat door al dat terrorisme de wereldopinie zich tegen ons keert en dan kunnen we nooit meer winnen."

„En denk je, dat de Verenigde Naties nog wel zo graag aan de deling zullen vasthouden, als ze zich realiseren dat ze straks in Palestina tenminste één UN-soldaat per aanwezige jood moeten ophoesten?" Gerhardt's ogen vernauwden zich en er kwam een dunne, wrede glimlach om zijn mond. „Ik denk wel van niet, Kadar. En als Ibn Saoed ook nog met zijn olie gaat zwaaien, zullen de Westerse staten snel hun rug naar dat joodse onkruid keren; dat hebben ze ook gedaan, toen Hitler aan zijn karwei begon." Hij keek Kadar verachtelijk aan. „Jij bent te soft, Kadar. De lafaards van deze wereld zullen ons straks proberen te paaien, let maar op. Niet omdat we zo keurig op joden schieten, zodat hun bloed straks wegsijpelt als water uit een kraantje. Nee, straks wordt een onschuldige menigte burgers met een flitsende bom in de cafetaria uit elkaar gereten. Straks liggen er vrouwen en kinderen in stukken gereten als rauw vlees in de etalage van de slager. Alles heel kosjer natuurlijk."

Hassan tipte de as van zijn sigaret op de marmeren vloer en stond zwijgend naar de confrontatie te luisteren. „Je hebt voor een deel gelijk, Gerhardt," zei hij glimlachend. „En Kadar ook. Maar beslissend is tenslotte hoe de Moefti zal besluiten de oorlog op te pakken. En of het op Gergardt's manier of op Kadar's manier gaat, de joden kunnen wel inpakken. Hoe de lijken er straks uitzien, doet er niet veel toe, Kadar."

Kadar haalde zijn schouders op. „Mijn bevelen komen van de Moefti, dat is duidelijk. En die zal ik opvolgen." Hij keek even naar de grote deuren en fronste de wenkbrauwen. „Hoe die ook mogen luiden."

Aan het plafond van Rehavia High School in Jeruzalem hing slechts een enkele kale peer, die haar licht strooide over het groepje van negen mannen dat in een halve cirkel tegenover Moshe op harde metalen stoelen zat en gedetailleerde kaarten van de Oude Stad bestudeerde. Achter hen streken hun reuzengrote schaduwen met hun bewegingen mee over de muur van van vocht druipende betonblokken. *Maar het zijn toch alleen maar mensen*, overwoog Moshe, *geen reuzen. En onze zaak zou eigenlijk reuzen moeten hebben.*

Moshe schraapte zijn keel en sloot zijn instructies af. „Jullie zien het dus wel: omdat de synagoges de meest in het oog lopende gebouwen in onze wijk vormen, moeten we daar onze uitkijkposten installeren." Hij keek de kring van bebaarde gezichten rond, die allemaal naar hem staarden. „Zijn er nog vragen?"

Er schoten vier handen de lucht in, waarvan de schaduwen als een grillig poppenspel over de muur vlogen. Hij wees naar een zeventienjarige jongen, met een rafelig baardje en boze zwarte ogen achter een stalen brilletje. „Wij moeten dus uitkijkposten opzetten in de synagoges, zegt u? Denkt u, dat de rabbijnen daar blij mee zullen zijn? De orthodoxe joden geloven nog steeds, dat de een of andere antieke mythische god ons zal komen redden."

Moshe keek gefronst. „Maar Gershon, met zo'n houding beledig je de rabbijnen en zet je zonder twijfel alles wat we hier in de Oude Stad nog willen redden op het spel. Je hebt je vrijwillig voor deze opdracht aangeboden, maar nu ben ik gedwongen om een andere post voor je te zoeken, waar je ons kunt helpen."

De jongen stond boos op. „Wat bedoelt u? Wilt u daarmee zeggen, dat ik niet mee mag doen?"

„Ja, dat bedoel ik precies. Misschien zou je wel bereid zijn te vechten, maar ik verzeker je, dat je de gebeden en de steun van de rabbinen van de Oude Stad wel degelijk nodig zult hebben, als je wilt volhouden. Juist omdat we te maken hebben de duizenden strijders van de Djihad, die dagelijks in grote aantallen de Arabische sectoren binnenkomen."

„Maar dit kunt u niet doen!" De schaduw liet een boos omhoogschietende samengebalde vuist zien. „Het is allemaal al geregeld."

„Gershon, het blijft zo. Je kunt gaan, ja? We hebben je hier niet meer nodig." Moshe keek hem zwijgend aan; de jongen schoot in zijn jas en dreunde zonder nog om te kijken de zaal uit. „Zijn er nog anderen, die iets op te merken hebben over de mythische God van de Hebreeën?," vroeg Moshe, terwijl de deur van de kelder dichtsloeg en het geluid van voetstappen de trap op langzaam wegstierf. „Jullie zijn allemaal aangenomen," hij keek alle gezichten stuk voor stuk doordringend aan, „omdat jullie uit een orthodox milieu afkomstig zijn. Als jullie nu, om wat voor reden dan ook, die erfenis niet langer meer koesteren, mogen jullie de Oude Stad *niet* verdedigen. Als jullie diep in je binnenste voelen, dat je niet langer grote sympathie hebt voor de oude paden van de rabbijnen, zullen we gewoon een andere plaats zoeken waar jullie van dienst kunnen zijn."

„Maar zijn de rabbijnen dan niet tegen ons?," vroeg een schriele jongeman van circa vijfentwintig jaar.

„De rabbijnen zijn al sinds het begin van de blokkade verdeeld over deze zaak. Rabbi Akiva heeft tot vorige week aan toe nog steeds de beslissende stem in het kapittel gehad. Hij had het beheer over het geld dat binnenkwam voor de centrale keukens en de steun aan de armen. Dat is nu niet meer zo, en daarom is hij heel boos. Zijn volgelingen zijn wat verdeeld en onzeker. Een paar van hen slechts blijven op de hand van de Chassidiem. De Asjkenazische joden sturen ons nu dringende verzoeken om brood en wapens voor de verdediging."

De hoofden knikten, dat ze het begrepen en instemden. Een forse, zwaargebouwde chassidische jongen stond op en zei rustig: „In het getto van Warschau zijn de rabbijnen zelfs op sabbat naar buiten gekomen om ons te helpen bij het opbouwen van onze barricades en zandzakken te vullen. We hadden hun handen nodig, maar hun gebeden en zegen net zo hard. Toen het getto uiteindelijk viel, zijn zij niet weggevlucht, maar heel dapper met de rest gevallen. Ik heb weten te ontsnappen. Met nog enkele anderen. Maar duizenden anderen niet."

„Dat gebeuren zal zich hier niet herhalen, Rasji," zei Moshe, vurig hopend dat hij de waarheid zou vertellen. „Maar je ziet nu wel, hoe belangrijk het voor jullie samenwerking is dat jullie niet vergeten wie jullie zijn en waar jullie vandaan komen." Hij keek voor de laatste keer de zaal rond „Jullie weten nu allemaal wat er van ieder van jullie verwacht wordt." Peinzende gezichten keken hem aan. „Goed dan, God zij met jullie. Jullie zijn ons fundament, vergeet dat niet." Hij knikte; de mannen stonden op en verlieten zwijgend op een rijtje de zaal, via de deur langs de gestalte van de Oude, David Ben-Goerion, die, geleund tegen de muur, op het laatste moment nog naar de vergadering was gekomen.

Toen de laatste een groet had gemompeld en de Oude de hand had geschud, sloot Ben-Goerion de deur achter hem en liet zich in een stoel tegenover Moshe neerzakken. Hij sloeg zijn handen tegen zijn dijen. „Zo dus. Je stuurt ze nu op weg."

Moshe wreef over zijn voorhoofd. „Ja, als schapen naar de slachtbank."

„Dat zullen we niet hopen. Tenslotte moeten we allemaal uitzoeken wat we te doen hebben, noe?"

Moshe perste zijn lippen op elkaar, fronste zijn wenkbrauwen en draaide zich om naar de kaarten en plattegronden van de Oude Stad. „Hebt u nog verder nieuws over de bomaanslag?"

„Ik was al bang, dat je het nooit zou vragen." De Oude stak een sigaret op. „Het was geen joods dynamiet in elk geval."

„Weet u dat zeker?" Moshe rolde een kaart op en deed er een elastiek omheen. „Zit de Irgoen er niet achter? Kunnen zij het misschien toch gedaan hebben?"

„Ze hadden het kunnen doen. Misschien hebben ze zelfs spijt dat ze het niet hebben gedaan." Ben-Goerion inhaleerde diep en blies langzaam de rook uit. „Maar ik heb met die schurk van een Menachim Begin gesproken en hij zegt, dat zijn mannen daar niet achter zitten. Maar, zei hij, het is zeker niet tegen hun principe van oog voor oog en tand voor tand."

„Ja, als het aan de Irgoen lag, liepen we allemaal al met valse gebitten en een blindenstok, nietwaar?," zei Moshe. „Nou, dan kan het alleen maar het werk van Gerhardt zijn geweest."

„En van Hassan, Moshe." De Oude sloeg langzaam zijn ogen op naar Moshe. „Tussen Hassan en jou is al sinds lang geleden kwaad bloed."

„Nee, tussen Hassan en alle joden," zei Moshe.

„Deze man moet toch uitgeschakeld worden, vind je niet? Voordat hij jou uitschakelt."

Moshe gaf geen antwoord, maar begon zwijgend op te ruimen. Hij stapelde de stoelen op tegen de achtermuur, rij voor rij, totdat alleen de stoel van de Oude er nog stond. Hij legde zijn hand op de rugleuning van de stoel. „Wat wilt u dat ik er aan doe?," vroeg hij.

„Hij was eens een vriend van je."

„De vriend van mijn broer, ja."

„Hij was als een broer, waar of niet?"

„Ja, ik geloof het wel." Moshe pakte opnieuw een stoel van de stapel die hij net had gemaakt, klapte die open en ging pal tegenover de Oude Man zitten.

„Wat kun je me vertellen over een man, zoals Hassan was? Deze man was eens de bloedbroeder van een jood, vlucht dan naar de nazi's en wordt daar opgeleid om ons volk te vermoorden."

„Volgens mij hebben u en Alon dat allemaal in het dossier staan."

„Ja, de feitjes. Niet de motieven. En je hebt er nog nooit iets over gezegd, Moshe. Misschien is het daar nu de tijd voor."

Moshe vouwde zijn handen en schoof nerveus zijn duimen over elkaar. „Ik weet niet, waar ik moet beginnen."

„Gewoon, bij het begin."

„We zijn samen opgegroeid, als kinderen. Elk aan een kant van de Straat van de Ketenen. Vanuit ons raam boven de kruidenierswinkel van Cohen..."

„Ja, ik ken de plek."

„...konden wij de Rotskoepel zien en hij moet vanuit zijn raam in elk geval de Westelijke Muur hebben kunnen zien. Op sabbat kwam hij voor ons altijd de kandelaars aansteken. Aan het eind van de Ramadhan brachten wij altijd eten naar hun gezin en hij kwam na de vasten bij ons altijd brood en honing brengen. Zijn vader en moeder waren vrome, vriendelijke moslims, verdraagzaam en hoffelijk. Ibrahim was wel mijn vriend, maar eigenlijk de boezemvriend en bloedbroeder van Eli."

„En Eli was je oudste broer, die is vermoord?"

Moshe knikte. „Ja."

„En Hassan heeft hem vermoord, nietwaar?"

Moshe knikte opnieuw, ditmaal trager. „Heeft hem verraden."

„Maar waarom doet iemand zoiets, Moshe?" De ogen van de Oude Man stonden vol brandende vragen.

„Hij had een zus. Ze was een jaar jonger dan Eli. Eli was helemaal weg van haar, stiekum natuurlijk. En zij hield ook van Eli. Hassan wist dat, maar het leek hem nog prachtig ook. Eli en hij zouden dan echt broers worden. Maar..." Moshe zweeg en schraapte met de punt van zijn schoen door een scheur in de betonnen vloer.

„Maar wàt?," drong de Oude aan.

„Wij zijn joden." Hij haalde de schouders op en dacht terug aan de avond toen Eli zijn vader verteld had over zijn liefde voor het mooie Arabische buurmeisje.

„Weet je wel, wat het voor je zou betekenen als je haar trouwt? Niet alleen voor haar, maar voor ons allemaal?" Eli's vader keek niet vertoornd, maar zijn boodschap was duidelijk. Eli knikte zwijgend en ging naar zijn kamer, waar Moshe zat te lezen in een zwaarbeklede, luie stoel. Hij deed alsof hij niet merkte, hoe Eli languit op het bed ging liggen en de tranen in stilte langs zijn wangen naar beneden liepen. Maar uiteindelijk vroeg Moshe toch aan zijn broer:

„Wat ga je nu doen?"

Eli veegde zijn ogen droog en ging rechtop zitten, met zijn armen om zijn knieën. „Ik kan toch mijn vader zijn baard niet uittrekken? Ik mag haar vanaf nu niet meer zien en spreken."

„Maar waarom?," vroeg Moshe. „Kan ze niet joods worden?"

„Dat wil ze niet. En als ik met haar trouw, betekent dat dat ik mijn familie en mijn geloof opgeef. Dan kun jij" – hij keek met gepijnigde blik naar Moshe – „mij niet meer je broer noemen. Voor jou ben ik dan dood. Dood."

„Maar je houdt toch van haar?!"

„Ja, ja!," schreeuwde Eli. „Maar we zullen het er niet meer over hebben."

Dat was een bittere herinnering, die de tijd nog niet had geheeld. Moshe bleef geruime tijd zwijgend op de klapstoel zitten, denkend aan duizenden dingen, denkend aan Ellie, en aan wat hij zou hebben gedaan als hij Eli was geweest. Zijn vader leefde inmiddels niet meer en Moshe leefde ook niet meer volgens de aloude paden. En hij hield van Ellie, hield van haar zoals hij zichzelf nooit eerder had toegestaan van een vrouw te houden.

De Oude kuchte hardop, om Moshe weer naar het heden terug te halen. „Waar zit je?," vroeg hij.

„In het verleden; en dat verleden lijkt zich af en toe te herhalen," antwoordde Moshe. Hij keek de Oude Man in het gezicht. „Mijn broer heeft toen een beslissing genomen, waarvoor ik de moed en de kracht niet zou kunnen opbrengen. Hij maakte een eind aan de verhouding met het meisje. En voortaan sprak hij niet meer tegen Hassan, als hij hem op straat tegenkwam. Als hij zijn vriend zag, draaide hij zich om en liep weg, een straatje om. Hij hield zich in stilte afzijdig van alles wat hij zo had liefgehad."

„En toen?"

„Hassan's zuster is later uitgehuwelijkt. Ze trouwde met ene Ram Kadar. Hij was lid van de lijfwacht van de Moefti. Kort daarna heeft ze een eind aan haar leven gemaakt. Wij hoorden dat ze nog een brief voor Eli had achtergelaten, maar hij heeft die nooit meer gekregen. Een paar weken later is Eli door een troep Arabieren op de markt letterlijk aan stukken gescheurd; zij beweerden dat hij een Arabische vrouw had aangerand. En die troep werd aangevoerd door Hassan. En u weet, hoevelen er uiteindelijk bezweken zijn. Niet alleen Eli. Maar toen de rellen waren afgelopen, waren door deze oog-voor-oog operatie aan beide kanten vele onschuldige slachtoffers gevallen."

„Ben je wel eens bang voor zijn haat?"

„Niet voor mezelf; alleen als die haat raakt aan mensen die me nastaan. Ik zelf heb alleen maar medelijden met hem."

„Die Ellie Warne van jou is geen joodse," zei de Oude voorzichtig.

„En ik ben niet mijn broer."

David liet zijn hoofd tegen de achterkant van zijn zitbank leunen en keek toe, hoe Michael met gesloten ogen heen en weer wiegelde op de zachte cadans van de trein naar Praag. Hij moest lachen, toen Michael ineens even opschrok en vervolgens weer langzaam onderuitzakte, totdat zijn kin opnieuw op zijn borst steunde. Toen de trein over een houten noodbrug op stutten roffelde, schoot zijn hoofd opnieuw met een ruk omhoog, waarna hij zijn armen over elkaar vouwde en terugviel tegen het raam met zijn mond halfopen. Met een baardgroei van drie dagen en zijn haren verward over zijn kalende voorhoofd piekend leek hij nog het meest op een clochard die een kroegentocht van drie dagen moest uitpitten. David wou dat hij wist hoe hij de zware camera moest bedienen, die hij de morgen daarvoor voor een zacht prijsje in een uitdragerij in Parijs op de kop had getikt. Hij voelde even de aandrang, het ding uit zijn koffer te pakken en op Michael uit te proberen. Maar ineens schoot hem te binnen dat hij immers geen filmpjes had gekocht. Hij zuchtte en moest grinniken, vastbesloten om de aanblik van Michael met zijn opengezakte mond tegen het verschoten fluweel van het compartiment niet te vergeten.

Dit is de trein, waarmee de generaals van het Derde Rijk Europa hebben afgestroopt op zoek naar buit, bedacht David, rondkijkend in het compartiment. De stof van de zitplaatsen was uitgesleten door het schuren van de uniformen van de nazi's. *Net als het land zelf.*

Om hun luxe leventje onder het platgooien van heel Europa te kunnen voortzetten, hadden de bonzen van Hitler hun behoefte gekoeld met het leegroven van hun buurlanden. En nu de oorlog was afgelopen, bleef alleen de bittere last van de wederopbouw over.

De roestende skeletten van Duitse vrachtwagens lagen overal langs de spoorbaan verspreid. David keek het raam uit over het van gaten en putten vergeven landschap; daarna sloot hij zijn ogen bij de herinnering aan de Duitse soldaten die langs deze spoorbaan renden voor hun leven, terwijl hij hun troepentrein onder vuur nam.

Nu stonden de resten van de Duitse Luftwaffe op de verlaten vliegvelden van Tsjecho-Slowakije te wachten op de koper met de dikste buidel. Hij was nu met Michael op weg naar Praag, waar zij Avriel zouden ontmoeten om met hem een vloot ME 109 jachtvliegtuigen te bekijken die door de verslagen vijand was achtergelaten bij zijn overhaaste terugtocht voor het zegevierende Rode Leger

De trein remde af en trok weer op, traag piepend door het geschonden landschap voortschuivend. De grauwe stenen dorpen zagen er allemaal hetzelfde uit – vermoeid, koud en hongerig. De velden, eens rijk aan oogst, zagen er verwelkt uit; de stoppels van de eerste naoorlogse oogst staken door de halfbevroren modder omhoog. Toen het ritmische klikken van de wielen voor wat wel de duizendste keer leek langzaam ophield, vestigde David zijn blikken op een boer, die buiten in een dikke bruine gewatteerde jas met een mand over zijn schouder langs de spoorbaan liep. Zijn rechtermouw was leeg en zat met een speld aan zijn schouder vast. *In wat voor oorlog en voor wat voor rechtvaardige zaak heeft die man zijn arm moeten missen?*, vroeg David zich af. *En is het nog ergens goed voor geweest?* David keek naar zijn eigen handen. Wat wilde hij graag, dat voor hem het leven wel zin had; dat hij in deze wereld die zo'n steriele en hopeloze toekomst leek te bieden nog wel iets kon uitrichten. Hij moest aan zijn vader denken, wiens geloof in staat bleek buiten zijn eigen kringetje iets af te stralen naar het leven van de mensen om hem heen. En Ellie? Zijn eigen egoïsme had haar gekwetst en wonden in haar ziel achtergelaten die net zo diep leken als die van het land waar ze nu doorheen trokken. Hij keek neer op het gras, dat overal tussen de bielzen van opgeblazen stukken rail omhoogpiekte. Dezelfde mannen die er de explosieven tegen hadden geplaatst stonden nu voor de taak ze weer bruikbaar te maken. Het leek David alsof zijn eigen leven een onafgebroken blitzkrieg was geweest, als gevolg waarvan hij nu ook voor de schijnbaar uitzichtloze taak stond om op te bouwen wat hij bijna zelf had vernield. Hij hoopte maar, dat het voor Ellie en voor hem niet al te laat was.

De trein schokte opeens en begon weer langzaam op te trekken; ze reden langzaam langs een dorp waar hij een groep Amerikaanse geniesoldaten aanwijzingen zag geven aan een groep burgers, die met een bulldozer het puin van een gebombardeerd gebouw opzij schoven. Daarna schoof de trein langs een bemodderd veld, waaruit verschrikt een troep kraaien op de wieken ging en tegen de grijze lucht rees en daalde in malle capriolen. In de verte zag David de grote stenen schoorsteen van het crematorium van Dachau; de dikke grijze nevel daarboven had zich inmiddels opgelost en was weggezakt in het omringende terrein. *Zelfs de lucht in Europa is een graf geworden*, dacht David, *en de adem van elke sterveling heeft de laffe schuldige geur van de doodsbarakken*. „Nee," fluisterde hij, „ik wil het anders doen."

Hij leunde achterover in zijn stoel en glimlachte naar Michael, die onder het zachte wiegen van de trein nog steeds sliep. David boog zich voorover en gaf hem een tikje op zijn hoofd. „Hé, Vogelverschrikker, word eens wakker."

Michael deed een oog open en grauwde wat. „Hé, wat moet je?" Hij ging rechtop zitten en wreef met allebei zijn handen over zijn gezicht.

„Ik wilde alleen maar even zeggen dat ik me jofel voel hier, snap je?"

Michael liet zijn ogen rollen en trok een kwaaie grijns. Toen zuchtte hij diep en schurkte zich weer tegen de rugleuning. Nog geen tel later knikkebolde zijn hoofd alweer en lag zijn kin weer op zijn borst, terwijl de trein richting Praag dedoemdedoemde.

Traag kringelde de rook omhoog en maakte kromme halo's boven de hoofden van de mannen in het Koffiehuis De Zoon van Mohammed in Latrun.

Hassan stuurde een ontwapenende glimlach naar de twee Engelse deserteurs tegenover hem aan tafel, die met schuine ogen naar de dansende vrouw op het kleine podium voor hem zaten te kijken. Hun bloeddoorlopen ogen gingen met de maat van de dreunende muziek op en neer. Hassan wist zijn verachting voor deze verraders van hun eigen soort te verbergen en schonk opnieuw hun kopjes vol met koffie, waar ze een forse scheut whisky bijgoten.

„Neem ook een slok, maat." Een van de twee hield een zilveren heupflacon boven Hassan's kopje. Die schoof zijn hand over zijn kop. „Nee; volgelingen van de Profeet drinken geen alcohol."

„Sso, duzz u bent ook al van de bllauwe 'noop?," zei de soldaat beneveld.

Hassan haalde zijn schouders op en dronk van zijn koffie; hij wachtte totdat de dans was afgelopen en de twee soldaten druk boe riepen en applaudisseerden. Daarna dronken ze hun kopje leeg en veegden met de rug van hun hand hun snor schoon. „U vindt onze dansen wel mooi, zeker?," vroeg Hassan.

„Sinds 1945 in Parijs heb ik niet meer zo iets moois gezien. Kunt u er niet voor zorgen, dat we even kennis met haar maken?"

„Met haar? Straks heb je er een aan elke vinger, vriend. Nog een paar dagen en jullie zijn helden voor ons volk – net als Lawrence van Arabië met zijn Bedoeïenen destijds tegen de Turken."

„Mij best, maar waar blijft de poen?" De knorrigste van de twee hield zijn vlakke hand op.

„Komt er aan, geen probleem," verzekerde Hassan. „Wat vinden jullie van dertig pond vooruit en nog eens dertig, als het zaakje achter de rug is?" Hij haalde zijn portefeuille tevoorschijn en telde dertig biljetten voor hen uit op het tafeltje.

„En waar moeten we dat spul afleveren?," vroeg de tweede.

Hassan zei waarschuwend: „Ik heb jullie al gezegd, dat jullie niks vragen en gewoon gaan rijden. Wij zullen jullie wel zeggen wanneer je bent, waar we zijn moeten."

„Op Kerstmorgen dus, hè? Dan gaan die Jezusmoordenaars de lucht in, klaar is kees!" De twee deserteurs tilden hun mokken op voor een toost op de dood en goten ze in een teug leeg.

4
Sabbat

Grootvader wiegde traag voor- en achterover tussen de andere joodse mannen die voor de morgendienst bijeen waren gekomen.

„O Eeuwige, onze God, neem uw volk Israël en zijn gebeden aan, richt de dienst aan uw huis van gebed weer op en neem de brandoffers van Israël en zijn gebeden, in liefde en toewijding gebracht, aan."

Zijn hoofd was bedekt met de blauw-witte *talliet*, die eerder als gebedsmantel al dienst had gedaan voor zijn vader en zijn vaders vader in de priesterlijke lijn van de Kohaniem.

„...En mogen onze ogen het zien, wanneer Gij in mededogen terugkeert naar Sion. Gezegend zijt Gij, Eeuwige, die uw goddelijke roem over Sion herstelt."

Zelfs tijdens het bidden lag er een zwaar-drukkend gevoel van verdriet over grootvaders gebogen schouders. Het was vandaag sabbat – de rustdag, waarop een mens zelfs nog geen zakdoek mocht meedragen naar de synagoge, zodat hij die inplaats daarvan liet vastnaaien aan de binnenkant van zijn mouw. Dit was de dag waarop reizen buiten de sabbatsmijl volgens de wet verboden was en toch was het juist de enige dag waarop de Moefti toestemming had verleend aan joden uit de Oude Stad om te vertrekken, onder voorwaarde dat zij voor zonsondergang zouden terugkeren of anders van hun huis en van de gewijde leerhuizen en de synagoges zouden worden afgesneden.

Grootvader opende zijn ogen en keek naar boven, naar de koepel van de synagoge, terwijl het licht van de vroege morgen door de geblindeerde ramen viel. „O, Eeuwige, genadige God," fluisterde hij, terwijl de mannen rondom hem in een ongelijk ritme bleven deinen en bidden. Grootvader trok aan zijn bakkebaarden. „Ik weet dat de sabbat uw dag is. De Moefti weet dat ook en hij drijft de spot met U doordat hij ons uitdaagt de wetten van de Tora te breken. Maar wij weten beter, noe? Juist vandaag is het een mitswah voor ons, om uw woord te spreken. Misschien heeft Yacov vandaag niemand die Torah voor hem kan lezen en dat mag niet. Ik weet dus, Heer, dat U het zult begrijpen dat ik vandaag wel met de bus *moet* reizen."

De stemmen van de andere bidders omspoelden hem met het uitgesproken Hallel: *Uit de ellende riep ik de Heer aan en de Eeuwige antwoordde mij met groot welgevallen. De Eeuwige is vóór mij, ik zal niet vrezen, wat kan een mens mij aandoen?*

„En U gaat dus met mij mee? Zelfs als ik met de bus naar het ziekenhuis op de Scopusberg ga? En U zult ervoor waken, dat ik vandaag ook weer veilig thuiskom?" Tranen sprongen de oude rabbijn in de ogen, bij de gedachte dat hij Yacov weer zou mogen terugzien. Hij snoof een keer en zei rustig: „U weet, Heer, dat de jongen alles is wat ik heb." Bij de gedachte aan het weerzien met Yacov werd de pijn in zijn borst lichter en kon hij ruimer ademen dan hij in weken had gekund.

Grootvader kwam weer tot de werkelijkheid terug door het afsluitend gebed en de zegen van de kohaniem. De grote koepel van de Nissan Bek Synagoge weergalmde van het laatste „Omein" van de dienst en grootvader voelde in zijn hart, dat de Eeuwige zijn gebed inderdaad had gehoord. Hij kuste de zoom van zijn gebedskleed en maakte zich, voor het eerst in zijn leven, bewust gereed voor het breken van de sabbat.

„Sjaloom, Reb Lebowitz," zei een jonge, schrielbebaarde yesjivastudent tegen hem, toen hij zich langs hem haastte.

„Goed sjabbat, Yosi," wenste hij terug; hij vermeed het in de ogen van de bejaarde rabbijn Eilan te kijken, die zich door de groepen gelovigen in het heiligdom een weg naar hem toe baande.

„Reb Lebowitz!," klonk de gebarsten stem van de rabbijn, die achter Yosi opdook. „Even een woordje met u, alstublieft!," riep hij. „Toe, Reb Lebowitz!"

Yosi fronste de wenkbrauwen en bleef grootvader dicht op de hielen, onderwijl tussen groepjes gelovigen door laverend, die discussies stonden te voeren over diverse bijbelplaatsen. „Reb Lebowitz, ik wil het graag met u hebben over de wetten van *hasjawat aveida*, het teruggeven van verloren bezit, zoals we dat uit Misjna en Gemara hebben bestudeerd; *Baba Metsia* 2: 'Wanneer iemands bezit wordt gevonden...'," begon hij, klaar om een uren durende discussie te beginnen.

Grootvader ging niet langzamer lopen. „Ja, Yosi, zeker. Misschien een andere keer binnenkort. Denk maar aan Leviticus 19:18 en dan komt het wel goed. Nu moet ik opschieten, want anders ben ik niet op tijd voor mijn bus."

De student bleef in opperste verbazing aan de grond genageld staan, zodat rabbi Eilan tegen hem opbotste. „Uw *bus* Reb Lebowitz?," riep hij grootvader na, terwijl die de anderen groette en door de massieve deuren van de Grote Synagoge naar buiten schoot.

De hoge, schrille stem van rabbi Eilan klonk hem nog na in de oren, toen hij al buiten tussen de zwartgejaste menigte liep, die stond te discussiëren over andere punten van de wet en ook over de maatregel van de Moefti, waarbij al het verkeer van en naar de Oude Stad verboden was, behalve op sabbat.

„Mag ik heel even iets zeggen, Reb Lebowitz?"

„Morgen graag! Ik moet nu op tijd zijn!"

Grootvader haastte zich door de kronkelige stegen van de Joodse Wijk naar de rand van de Armeense wijk, waar het toegezegde escorte stond te wachten om hem naar de Sionspoort te begeleiden en naar buslijn twee. De straten waren vol met gezichten die hij al zijn hele leven kende. Hoofden knikten en ogen volgden hem nieuwsgierig, terwijl hij zijn hand snel even ter begroeting opstak.

Recht voor zich zag hij de smalle Mandelbaumpoort, die de grens van de wijk markeerde. Hij keek omhoog over zijn schouder. „En, Heer, U gaat dus met mij mee?" Hij versnelde zijn pas voor de laatste vijftig meter en liep toen onder de poortboog door, totdat hij bij een kleine groep kwam die stond te wachten achter het gelid van de lichte infanterie van de Schotse Hooglanders.

Een forse officier met een roodgegroefd gezicht en een snor als een fietsstuur keek aandachtig de rij van een tiental joden langs. Hij zag grootvader aankomen en trok zijn wenkbrauwen op.

„Goed sjabbat, rabbi," zei hij.

Grootvader keek even achter zich om te zien of de Engelsman het misschien tegen een andere rabbijn had.

„Goed sjabbat," zei hij aarzelend.

„Een beestachtige zaak, nietwaar?"

Opnieuw aarzelde grootvader toen de officier zijn blik liet zakken en hem pal in het gezicht keek. „Hebt u het tegen mij, mijnheer?," vroeg grootvader.

„Jaja, zeker. Beestachtig, deze maatregel waardoor u alleen op sabbat mag reizen en zelfs dan nog onder gewapend geleide. De Moefti probeert de weerstand van de joden in de Oude Wijk te breken, maar dat zal hem toch niet lukken."

„Ik geloof niet, dat wij elkaar al kennen, is het wel?" Grootvader plukte even aan zijn baard en glimlachte in zichzelf over de verontwaardiging van deze niet-joodse meneer over de Moefti.

„Ik ben kapitein Luke Thomas, mijnheer," zei de man, zijn hand uitstekend. „En wie bent u, mag ik vragen?"

„Rabbijn Shlomo Lebowitz." Hij schudde de kapitein aarzelend de hand en lette niet op de pijn in zijn borst.

„Ik zag al aan u, dat u rabbijn bent." Hij stond een beetje op zijn voeten te wiebelen en draaide de punten van zijn snor op.

„Zoals men aan u kan zien dat u een officier bent."

„Zeker," zei hij, zijn keel schrapend. „Zo zo. U moet iets dringends te doen hebben, dat u op sabbat reist."

„Mijn kleinzoon ligt in het Hadassah-ziekenhuis." Grootvader knipperde met de ogen en zette zijn ijzeren brilmontuur recht, terwijl de officier verbaasd zijn wenkbrauwen optrok en vervolgens een leren notitieboekje uit zijn tuniek pakte.

„Ik heb het hier ergens staan." Hij bladerde de aantekeningen door. „Kan dat toevallig een jongen zijn die Yacov Lebowitz heet?"

Grootvader knikte. „Ja, die is het. Maar hoe kon u dat weten?"

„Een heel aardige jongen. Ik heb hem al even gesproken. Toen had hij het er over dat zijn grootvader nog in de Oude Stad zat. Dus dat móet u dan wel zijn."

De oude rabbijn voelde de vreugde in zijn hart stromen. Dat was duidelijk een teken dat God over hem waakte. „Ik weet al een poosje niet meer, hoe het met hem gaat en ik had toch het sterke gevoel dat ik nu bij hem moest zijn."

„Zeker, zeker. Zelfs nu het sabbat is."

„Alleen mannen als de Moefti denken immers toch maar, dat God zo streng zou zijn dat ik op sabbat Yacov niet zou mogen opzoeken. Waar of niet? Dat is duidelijk!"

„Omein," zei een wat oudere vrouw in een lange zwartwollen jurk. „En moge het brein van de Moefti in stoom veranderd worden!"

„Omein," herhaalden twee jonge Asjkenazische studenten tegelijk, terwijl ze ter bevestiging op de grond spogen. „Goed gesproken, rebbe!"

De kapitein gooide zijn hoofd in de nek en lachte luidkeels. „Een waardig gevoel."

„Een terecht gebed," zei grootvader, terwijl de groep dichter op elkaar schoof, in een gemeenschappelijke afkeer van Hadj Amin. „En wanneer vertrekken we naar de Sionspoort?"

„We hebben nog even tijd, voordat de bus komt." De kapitein keek even op zijn horloge. „We willen zeker zijn dat er niemand te laat komt om mee te kunnen. Nog vijf minuten."

De oude rabbijn hief zijn armen in de lucht. „Als dit een gewone sabbat was, zouden we nu net thuiskomen uit de synagoge, nietwaar?" Alle hoofden knikten. „En dan zouden we zingen" – hij verhief zijn stem – „zodat de Moefti ons kan horen:

Als we uit 's levens boze droom ontwaken,

als God afgetobde zielen in vrijheid stelt,
harten die hier door verdriet waren geschokt,
verheug u dan met buitengewone vreugde;

Dan is aan de donkerte alle verdriet ontstegen,
want weg is onze droefheid en binnen treedt de vreugde..."

Het tiental joodse stemmen zong het luidkeels; de echo tegen de gebouwen deed het klinken als een duizendkoppig koor. Toen ze uitgezongen waren en de laatste echo was weggestorven, wendde grootvader zich opgewekt tot de kapitein: „U ziet het – zelfs de engelen voegen zich in ons koor om de sabbat van de Heer te vieren. Het verbod van de Moefti kan ons onze vreugde niet ontstelen."

„Goed gesproken, rabbi!," riepen de beide Asjkenazi's, gevolgd door een krachtige kwat.

Iedereen schudde elkaar nu de hand en binnen de groep ontstond een band van kameraadschap. Ieder van de reizigers had zo zijn of haar eigen aanleiding voor het bezoek aan de Nieuwe Stad; terwijl zij die aan grootvader – de enige rabbijn in de groep – uitlegden, wist hij hen vanuit de Tora gerust te stellen, dat de wet voor bepaalde gevallen dispensatie kende. Luke Thomas stond, met zijn handen op de rug, op korte afstand naast de groep naar elk woord te luisteren. Als grootvader op een bepaald punt een opmerkelijke uitspraak deed, knikte de kapitein nadenkend met op elkaar geperste lippen. Na een poosje kon de rabbijn zich niet meer inhouden.

„Ziet u wel," zei hij tegen de kapitein, „de mannen van Israël zitten in de poorten en houden zich bezig met de heilige boeken. U en uw groep bent Engelsen; u hoort niet bij ons als joden, maar toch staat u te luisteren als een yesjiva-student. Daar staan wij echt van te kijken."

Het joodse groepje gluurde aandachtig naar de lange Engelse militair. Die draaide even aan de punten van zijn snor en liet hen wachten op zijn reactie. „Dat komt eigenlijk omdat ik vind dat wat u zegt, heel veel lijkt op..., nou ja, eh..." Hij zweeg even en zei toen: „Weet u, u praat bijna alsof u een christen bent."

„Aha!" De oude rabbijn schoot in een luide lach en van de weeromstuit lachte ook de groep mee, hoewel niet van harte. „Door wat u daar zegt, voel ik me een beetje alsof ik een christen zou zijn die zou zeggen dat u praat als een jood!"

„Ik ben inderdaad christen, mijnheer," antwoordde de kapitein, terwijl de zes Engelsen dichter om hem heen kwamen staan.

„Zo zo! Een volgeling van die bij ons bekend is als Yesjoea?"

„Zo is het, mijnheer. Ik geloof dat Hij de messias is. Dat hij de vervulling is van de profeten van Israël.”

Grootvader plukte weer even aan zijn baard. Hij was zich er van bewust dat, terwijl hij over een antwoord nadacht, de kring van joodse en niet-joodse aanwezigen zich wat dichter om hem sloot. „Er is een tijd geweest, dat heel wat joden dat met u eens waren, kapitein. Anders zou u hier niet hebben gestaan om mij te vertellen dat u christen bent. Uw voorvaderen hadden het nog druk met het bidden tot de bomen, toen deze Yesjoea zijn onderwijs gaf uit de Tora en zijn joodse leerlingen met elkaar discussieerden over zijn gelijkenissen. Waar of niet? Dat is een ding dat zeker is.”

„Goed gesproken, rabbi,” zeiden de twee Asjkenazi's, terwijl de overigen knikten en bijval mompelden.

Alle ogen richtten zich nu op kapitein Thomas, benieuwd naar zijn repliek. „Zeker, ik erken uw argument. Maar als ik niet mis ben, staat er ook bij Jesaja – Jesaja 52, geloof ik –, dat ook de heidenen de messias zullen zien en zullen geloven!”

„Dat is raak, kapitein,” knikte de oude rabbijn. „Maar ik vrees een beetje, dat die heidenen prompt van Jezus ook een niet-jood hebben gemaakt. Met als gevolg, dat er nu al meer dan tweeduizend jaar lang joden worden vermoord en vervolgd in de naam van die Jezus. En wat denkt u dat de Eeuwige daarvan zal vinden, eh?”

Luke schraapte zijn keel en haalde eens diep adem. „Staat er niet geschreven dat het wezen van de Eeuwige voor altijd gelijk blijft en onveranderlijk is? Wat voor beeld wij ook van Hem maken, en waarom, Jezus is nog dezelfde die hij was toen de eerste joden in hem geloofden.”

„Goed gesproken.” Grootvader stak zijn hand op om een eind te maken aan de jiddische discussie die achter hem aan het eind van de stoet was begonnen. Grootvader had respect voor de vriendelijke en goedmoedige manier waarop deze Engelsman zijn denkbeelden uiteenzette. Hij had al eerder met christenen gediscussieerd en zulke gesprekken waren vaak uitgelopen op vijandige, verhitte debatten en op de beschuldiging dat de joden Jezus zouden hebben vermoord. „Laten we hopen dat we dit gesprek nog eens kunnen voortzetten bij een middagmaal, als de volgelingen van Allah en zijn profeet ons, eenvoudige geleerden, tenminste weer toestaan te eten, nee?”

„Het zal een eer voor me zijn, erbij te mogen zijn, mijnheer.” De kapitein salueerde en draaide zich naar zijn manschappen. „Afdeling, geeft acht! Hoofd front!,” commandeerde hij. „Twee op de flanken, een voorop, een achteraan. Rabbi, wilt u zo goed zijn uw groep in rijen van drie op te stellen?”

Grootvader verzamelde zijn troepen – een vreemde generaal over een vreedzaam leger. Terwijl zij door de vijandige Arabische wijk marcheerden, keken de Engelse soldaten zorgvuldig rond bij elke deur en elk dak dat zij passeerden; de kapitein vlak voor de troep uit, de stengun in de aanslag tegen een eventuele hinderlaag. *Bij een aanval zou hij als eerste worden geraakt*, bedacht grootvader, en hij nam zich voor de kapitein zeker eens uit te nodigen om het brood met hem te breken – als er tenminste nog brood zou zijn om te breken.

Het was zaterdagmorgen. Zes dagen waren verstreken sinds de begrafenis van Mirjam en Ismaël. Samen met een duizend andere Arabische christenen had Mirjam's kleinzoon zijn schamele bezittingen ingepakt en was hij naar het veilige Beirouth in Libanon vertrokken. Dagelijks vertrokken er meer christenen, waardoor aan de overheidsinstanties juist het ontwikkelde kader werd onttrokken en diensten als de PTT met personeelsgebrek kampten. Ellie wist dat de deuren van de christelijke kerken zouden openstaan voor de weinigen die de moed zouden hebben openlijk hun God te aanbidden. Velen van hen die bleven, baden echter zwijgend achter gesloten deuren en keken naar de Olijfberg, hopend dat Christus zou terugkomen en vrede over Sion zou brengen.

Ellie waste de borden af, nog trots vanwege de geslaagde blintzes* die ze onder Rachel's leiding had gebakken. Rachel was – op de hielen gevolgd door Saul – al in haar slaapkamer verdwenen, om zich klaar te maken voor een bezoek aan Yacov in het ziekenhuis.

Oom Howard stak zijn hoofd om de hoek van de keuken. „Ben je al bijna zover, lieve kind?"

Ellie draaide de kraan dicht en droogde haar handen af. „Alleen even mijn jas pakken." Ze draaide het licht uit en liep voor hem uit naar de deur.

Oom Howard floot even goedkeurend bij het zien van de rode rok met trui van Ellie. „Je ziet er uit als een Kerstplaatje," zei hij goedgemutst.

Ellie bleef voor Rachel's deur staan en klopte even. „Kom je al, Rachel?," riep ze.

Rachel deed de deur open; ze droeg een rok die Ellie haar had afgestaan en een fraaie koningsblauwe trui, die precies paste bij de kleur van haar ogen.

„Kijk eens aan, nog zo'n schitterend ogend schepsel!," riep oom Howard verrast uit.

„O, professor, u bent zo'n aardige man," zei Rachel blozend. „Allebei zijn jullie lieve mensen."

Over de bijna lege straten van de Nieuwe Stad ritselden de dorre bladeren. Langs de trottoirs stond prikkeldraad opgesteld, als stervende takken van een gigantisch rozenperk. Ellie keek even bezorgd naar oom Howard, terwijl zij op hun weg naar het Hadassah-ziekenhuis voortdurend moesten uitwijken voor kazematten en omleidingen.

Toen ze langs het hoofdbureau van de Palestijnse politie reden, schoot Ellie te binnen, hoeveel dat opeens leek op het spookkasteel in een sprookje. Het was omgeven door hoge, electrisch-geladen hekken en prikkeldraad, die nog eens extra het idee gaven hoe de Engelse regering dacht over een thuisland voor de joden.

„Is dit de gevangenis?," vroeg Rachel vanaf de achterbank.

„Nee, het hoofdbureau van politie. Met het prikkeldraad proberen ze niet mensen binnen te houden, maar buiten. Bij ons heet het gebouw Bevingrad, naar de Engelse minister van Buitenlandse Zaken die verantwoordelijk is voor heel de troep in dit land. Dat jij Palestina niet binnen mocht, komt door hem. Hij hield de immigratie tegen, om de Moefti kalm te houden."

„Het lijkt bijna grappig," peinsde Ellie hardop. „Al dat prikkeldraad en die geweren. Ze wilden de joden uit Palestina weren en nu zitten ze zelf in een soort gevangenis."

Ze keek achterom naar Rachel en bestudeerde haar profiel. Er was even een droeve glimlach om Rachels lippen gekomen, maar ze keek niet op. *Ja*, dacht Ellie, *ze weet genoeg van gevangenissen.*

„Woont hij hier?," vroeg Rachel, terwijl ze de aanblik van de gewapende Engelse wachten bij de hekken indronk.

„Nee," legde oom Howard uit, „in Engeland."

„Maar waarom doet hij dan zo zijn best ons niet toe te laten? Mijn vader en moeder hebben er voor de oorlog alles aan gedaan om hier binnen te kunnen komen. Als het hun –" Haar stem stokte, maar Ellie hoorde de pijn in de onuitgesproken zin. Rachel schraapte haar keel en begon opnieuw. „Dit is toch niet meer dan een stipje op de wereldkaart?"

„De Engelsen zijn er zeer bezorgd over, dat ze hun wereldrijk kunnen verliezen en daarmee ook de welvaart die ze hebben – Egypte, India, Palestina. Als ze de Arabische staten voor het hoofd stoten, hebben ze misschien straks geen olie meer voor hun auto's," legde Howard uit.

„Dus olie gaat bij hen voor mensenlevens," zei Rachel dof.

„Maar zulke zaken veranderen nauwelijks. Toen Jezus door deze heuvels rondtrok, stond hij op de Olijfberg te huilen vanwege Jeruzalem. Later heeft hij zijn leerlingen alles verteld wat met de stad zou gebeuren. Tot en met de verwoesting van de tempel."

„En is wat hij gezegd heeft ook uitgekomen?," vroeg Rachel.

„Ja, precies. Hij heeft het ook gehad over de dingen die nu gebeuren. En ook precies," herhaalde Howard. Hij knipoogde even naar Ellie: „Ik denk zelfs, dat hij toen al wist hoe benauwd een zekere archeoloog zou zijn elke keer dat wij via de Sjeik Jarrah-wijk naar het ziekenhuis rijden."

„Welke archeoloog bedoelt u, professor?," grapte Ellie.

Rachel leunde voorover met haar armen op de rug van de voorbank. „Hoe is het in Amerika, waar jullie vandaan komen?," vroeg ze gretig.

Ellie gaf haar een exemplaar van *Life*. „Dan kun je er wat aan ruiken. Waar ik woon, is nu alles voor Kerst schitterend verlicht en versierd. In alle warenhuizen zit een Santa Claus en iedereen rent nog de winkels langs voor de laatste Kerstcadeautjes."

„Ik wacht hier wel in de auto," zei Rachel tegen Ellie, toen Howard de parkeerplaats van het Hadassah-ziekenhuis op reed en remde.

„Weet je het zeker?," vroeg Ellie. „Misschien vind je het wel erg leuk. Yacov spreekt zelf ook Pools, geloof ik."

„Nee, gaan jullie maar. Ik vond de rit al prachtig," zei ze, terwijl de anderen uitstapten.

Rachel bleef achter in de oude Plymouth van oom Howard zitten. Hij had het bakbeest, al 15 jaar oud, overgenomen van een vertrekkende Amerikaanse diplomaat uit Palestina. Ze bladerde het exemplaar van *Life* van 22 december 1947 door, dat per speciale koerier van het Joods Bureau was afgeleverd. Op de omslag stond een kind met een gezangboek in de hand, terwijl boven haar hoofd engeltjes op harpen speelden. *In Amerika is het bijna Kerst*, bedacht ze, terwijl ze met een glimlach terugdacht aan het kerstfeest in Polen voor de oorlog, wanneer de niet-joden de straten en de huizen versierden en hun kerstliederen zongen. Meestal viel Kerst bijna samen met het Chanoekka-feest, een van de vrolijkste feesten van het joodse jaar. Ze dacht aan het laatste Chanoekka-feest dat ze met haar familie in het bezette Warschau had gevierd. Haar broertjes hadden om haar heen gestaan, toen ze het eerste van de acht lichtjes voor de feestweek had aangestoken, ter herinnering aan de joodse strijd voor de vrijheid. Er waren cadeautjes uitgedeeld; zelf had ze nog genoeg weten te sparen om voor al haar broers, ook voor Yani, de baby, een tol te kopen. Ondanks de honger en de ellende van de oorlog was het huis vervuld geweest van licht en vrolijkheid. Ze hadden niet beseft dat het hun laatste feest als gezin zou zijn:

Nog geen jaar later waren in het holst van de nacht de deuren ingetrapt door de nazi's en werden de joden in veewagens geknuppeld, terwijl de soldaten met hun geweren hadden staan zingen over het „joodse bloed dat van hun messen zou spuiten".

Als er onder de christenen in Polen niet nog enkele brave mensen hadden gezeten, zou alles verloren zijn geweest. Terwijl ze door de sneeuw naar de veewagens bij het station waren gemarcheerd, had een Poolse vrouw Rachel's jongste broertje van haar moeder aangepakt en haar onder tranen een paar zinnetjes in haar oor gefluisterd. Rachel had toegekeken hoe de vrouw bij de rand van het stationsemplacement door de SS-bewakers was aangehouden en dat was het laatste wat ze van Yani had gezien. Haar moeder had zwijgend gehuild, toen ze in de trein was geduwd en geschopt. Maar ze had hardnekkig vermeden om te kijken naar haar kind, bang dat de nazi's het zouden zien en ontdekken dat het haar kind was, dat die kleine lachende baby ook een gehate jood was.

Rachel sloeg de bladzijden van het tijdschrift om en verslond de plaatjes met haar ogen. Overal zag ze de voorbereidselen voor het feest, in de keukens en de kamers; de kerstbomen die stonden te glanzen, de reclames voor auto's en koelkasten... Ze staarde verbaasd naar de tekst bij de nieuwste koelkast – *„zoiets moois hebt u nog nooit gezien"*. Nee, in Polen had ze nog nooit gehoord van een machine die voedsel dagenlang koel en vers kon houden. *Amerika moet een droomland zijn*, peinsde ze, *al die uitvindingen en dansorkesten en mannen en vrouwen die echt met elkaar dansten, niet alleen in dezelfde kamer, maar zelfs zo dat ze elkaar ook nog aanraakten!*

Toen ze de bladzijden met het society-nieuws en de glamour voorbij was, schrok ze op bij het zien van de foto van de *Ave Maria*, vastgelopen op de zandplaat, terwijl de vluchtelingen zich naar de kust worstelden en de Engelse oorlogsschepen op de achtergrond opdoemden. Het bijschrift vermeldde: „Vluchtelingenboot in Palestina met opzet aan de grond gezet." De werkelijkheid van de gebeurtenis leek zich even van het beeld los te maken en Rachel vroeg zich af of de ogen van de mensen, die zich zojuist aan al die luxe reclames hadden vergaapt, in staat zouden zijn om te begrijpen wat zich daar in het ruim van dat schip aan ellende had afgespeeld.

Ze wees met haar vinger naar de boeg. „Daar heb ik Moshe voor het eerst gezien. En daar, daar zijn we uit de vrachtboot overgestapt. Maar die lezers zien alleen natte mensen op het strand en een nietige vissersboot achter de golven."

Ze sloeg het blad om en schrok bij de tekst boven het hoofdartikel: SCHEPPER EN SCHEPPING. Ze las hardop, langzaam en zorgvuldig om haar Engels te oefenen. „Dezelfde wereld die deze week de geboorte van Christus viert, lijdt aan een gebrek aan invoelingsvermogen om het belang van die gebeurtenis te begrijpen." Ze maakte even een notitie in haar hoofd om straks aan die vriendelijke oom Howard te vragen wat die woorden betekenden. „Wat ons werkelijke probleem is, is de 'secularisatie', dat we kunnen omschrijven als niet de ontkenning van God, maar de praktische uitsluiting van God uit ons leven en denken. God wordt een verre of slechts historische figuur, die met de problemen van ons dagelijks leven niets meer te maken heeft." Rachel zei de laatste zin nog een keer en keek uit over het stadsbeeld van Jeruzalem zoals zich dat onder aan de berg Scopus ontrolde. „Wat hebben die Amerikanen nu aan echte problemen?," vroeg ze hardop. Ze liep met haar wijsvinger langs de tekst in de kolom. „Zo kent Europa nu..." Ze stopte en knikte. „Zie je wel, het gaat over Europa, niet over Amerika." Ze was opgelucht dat een land met zoveel weelde tenminste zulke problemen niet kende en las verder. „Het probleem is niet zozeer een ingestorte brug, of gebrek aan vervoer, maar veeleer een geestelijke ziekte die alleen maar kan worden weergegeven met de wrede woorden 'de dood van het hart'."

Die ziekte kende Rachel maar al te goed. Haar eigen hart was lang geleden doodgegaan en dat zij nog onder de levenden rondliep was juist een vloek over haar leven. Ze keek nog aandachtiger naar de bladzijde en spelde elk woord. „Velen van deze harten zijn gestorven terwijl ze God nog niet vaarwel hadden gezegd, maar tevergeefs zochten Zijn greep op de wereld terug te vinden."

Daar stond haar eigen kwaal met zoveel woorden gespeld, in een Amerikaans tijdschrift. Rachel voelde opluchting. Ze had er nog nooit een naam aan kunnen geven. Ergens tussen de eerste veewagen en de laatste nazi-officier die haar had misbruikt was haar hart doodgegaan. En hoewel ze uit alle macht gezocht had God te vinden in een leven gevuld met schrik en verraad, had ze het gevecht verloren en haar ziel verloren.

Ze staarde naar de ommuurde Oude Stad, waar haar grootvader woonde, onbewust van het feit dat zij nog in leven was. „Misschien is mijn hart altijd al dood geweest," zei ze en ze schrok van het geluid van haar eigen stem. Ze probeerde zich te herinneren of God ooit werkelijkheid voor haar was geweest, dan wel of hij altijd ver weg was geweest, een aanhangsel aan haar geërfd verleden. Ze sloot haar ogen en probeerde zich het gezicht van haar moeder te herinneren aan haar bed, als ze samen baden. „U meet mijn weg af, U kent mijn schreden. Als U mij ondersteunt, wie kan mij dan doen struikelen?"

De woorden uit haar kindergeloof leken met haar te spotten, zoals ze van het dak van de auto op haar neerkaatsten. Hoe was zij niet gevallen!? Zo, dat God noch mens haar ooit weer kon oprichten.

Ze staarde gedachteloos het raam uit en zag een pantserwagen de lange helling van Mount Scopus opkomen. Een lange Engelse officier glipte uit de wagen en liep snel naar de achterkant om de deur aan de manschappenkant te openen. Hij stak zijn hand uit en boog zich voorover om iemand uit de wagen te helpen. Een oude rabbijn, met een breedgerande ronde bonthoed op, was uit de wagen het trottoir opgestapt. Hij glimlachte in zijn lange, grijze baard, trok toen zijn lange zwarte jas dichter om zich heen. Hij maakte een korte buiging voor de officier en draaide zich om naar de ingang van het ziekenhuis. Rachel moest glimlachen om de verschijning van de oude man. *Precies zoals de rabbi's destijds in het getto van Warschau*, dacht ze. Maar dat leek wel een eeuwigheid geleden. „Goed Sabbat, rebbe," zei ze zachtjes, denkend aan de duizenden gezichten die er niet meer waren.

Gerhardt trok de boor terug, waarmee hij het gat in het dashboard van de gestolen Engelse vrachtwagen had gemaakt. Hij pakte het acht centimeter lange stuk pijp van de zitting naast hem en schoof het in de opening. Het paste precies. Hij zou het eerst laten vastlassen, voordat hij de ontstekingsdraden erdoor zou halen. Als de ontsteking eenmaal was ontbrand, zou die in de pijp verdwijnen en niemand zou haar dodelijk pad nog kunnen afsnijden.

Hij stapte uit de wagen en keek met voldoening toe hoe de kisten met explosieven door een ploeg van ervaren Jihad Moqhaden voorzichtig op de vloer van de wagen werden gehesen. Hij trok een grimas en veegde zijn handen aan zijn broek schoon. Hassan dook achter hem op en kuchte nadrukkelijk om zijn aanwezigheid kenbaar te maken.

„Kijk eens aan," zei Hassan verheugd. „Het lijkt erop dat de wens van de Moefti ook de wens van Allah is."

Gerhardt nam niet de moeite zich om te draaien. „Had je daaraan getwijfeld?"

„Je had gelijk en Kadar moest bakzeil halen, eh? Nu staan de regeringen en de naties in de rij om ons alles te leveren wat we wensen, terwijl ze zich tegen de joden op de vlakte houden. Ik mag toch wel vinden dat het terecht is dat wij Palestijnen ons leven wagen voor de Moefti, nietwaar?"

Gerhardt keek hem cynisch aan. „En wat voor stoel had jij op het oog in zijn nieuwe regering straks?"

Hassan negeerde zijn opmerking. „Heb je het al gehoord? De Verenigde Staten hebben weer een schip met explosieven voor de joden onderschept. In New York is een krat uit de stroppen gevallen en opengebroken." Hij glimlachte.

„Wij zullen onze voorraden mooi met de joden delen." Gerhardt wuifde even met zijn hand over de stapel kratten. „Alleen krijgen ze ons geschenk in een iets andere vorm dan je hier ziet."

„Hadj Amin heeft de Jihad Moqhaden opdracht gegeven alle actie te staken, totdat jouw opdracht is uitgevoerd."

„Dat was wijs. Op die manier sukkelen ze even in slaap, zodat wij het pakketje veilig kunnen afleveren." Hij leunde tegen de motorkap en keek Hassan vergenoegd aan.

„Wat zou ik er graag bij zijn, als de Zionisten deze zware klap krijgen opgediend." Hassan klakte van teleurstelling met zijn tong.

„Maar de Moefti heeft voor jou voor de 24ste nog een opdracht in het vat, dacht ik."

„Ja, dat is zo."

„Nou, dan mag je niet klagen. Je doet de wil van Allah."

5
Yacov mag naar huis

Yacov, het zwarte lapje nog over zijn linkeroog, keek knipperend naar de schimmige gestalten van Ellie en oom Howard. Ellie's rode haren staken schitterend af tegen het dichtgeschoven witte gordijn dat het bed van Yacov afscheidde van het rumoer van de kinderkamer. De vriendelijke Engelse dokter paste met zijn witte jas smetteloos in de steriele omgeving, op de helderblauwe zakdoek na die hij op aanraden van Yacov in zijn witte borstzak had gestoken.

„Ik ben blij dat u bij de niet-joden hoort," glimlachte Yacov bij het zien van Ellie's helderrode trui. „U hebt altijd van die mooie kleuren aan!," riep hij. „Hier in het ziekenhuis is alles hetzelfde, allemaal wit. Dan vraag ik me na een poosje af, of ik nog wel iets met mijn goeie oog zie." Howard barste in lachen uit en Ellie schoof naast hem op het bed.

„Daar ben ik blij om, Yacov, dat je mij kunt zien."

„Als dit een echt joods ziekenhuis op sabbat was, zou ik vast denken dat ik nog blind was. Dan zou alles zwart zijn, zelfs de baard van de dokters."

„Jij ziet er trouwens uit als een zeerover," zei Ellie. „Vindt u ook niet, oom Howard?"

„Ja, Zwartbaard. Dat was een orthodoxe zeerover." Oom Howard streek even door Yacov's haren, die net weer tot de bruine lokken van een joodse jongen begonnen uit te groeien.

„Was hij een chassied of een Asjkenazi?," vroeg Yacov serieus.

„Een chassied. Net als jij. En hij was een ruige figuur, geloof dat maar."

„En droeg hij zo'n lapje?"

„Ja, over zijn linkeroog. Het paste mooi bij zijn jas en zijn hoed."

„Mooi," glimlachte Yacov, „dan wil ik wel Zwartbaard zijn."

„Nou," kwam de dokter tussenbeide, „ik geloof dat Yacov alweer genoeg opkrabbelt om van wal te steken."

„Ja hoor, ik voel me goed," antwoordde de jongen gretig. „En ik zou dolgraag weer mijn grootvader en Saul willen zien..."

Ellie en Howard keken verwachtingsvol de dokter aan. Hij tikte met zijn vingers op de spijlen van het bed en speelde met het uiteinde van zijn stethoscoop. „Je bent hier nu drie weken en ik moet zeggen: Als we zien hoe ernstig de schade was, is het bijna een wonder hoe vlug je herstelt."

„Mag ik dan al naar huis?," vroeg Yacov hoopvol.

„Kijk, Yacov, het probleem is dat je goed verzorgd moet blijven. Dat betekent dat je elke week drie keer bij mij terug moet komen. Als je naar de Oude Stad teruggaat, kan dat gewoon niet."

Yacov fronste even en stak zijn onderlip uit. Ellie pakte zijn hand en zei vriendelijk: „Het is vandaag sabbat, Yacov, en alleen op sabbat mogen de joden van de Moefti de Oude Stad uit en weer terug. Het wordt elke dag weer moeilijker voor het Joods Bureau om voedsel en voorraden naar de joodse wijk te brengen, dank zij de Moefti."

„Maar dat weet ik wel. Grootvader zal echt niet komen," zei hij droevig. „Hij zal nooit een sabbatbreker worden."

Howard en Ellie keken even snel naar elkaar. „Dan begrijp je wel, dat het voor de dokter moeilijk wordt om je te verzorgen, jochie." Howard legde een troostende hand op zijn schouder. „Je kunt nu gewoon niet naar de Oude Stad terug."

Yacov knikte opnieuw langzaam.

„Saul heeft het bij ons prima naar zijn zin. Wil jij dan niet ook een poosje met ons meekomen? We hebben daar nog meer aardige mensen te logeren." Ellie probeerde haar stem opgewekt te laten klinken, hoewel haar hart pijn deed om de jongen, die zo breekbaar in de kussens lag. „Moshe heeft beloofd dat hij een Chanoekkadienst bij ons houdt, samen met ons kerstfeest. En er is ook een heel aardig meisje bij ons. Ik weet dat je graag aardige meisjes ziet."

„Ik zou heel graag Saul weer willen zien," zei Yacov met een snik. „Maar dan is grootvader zo alleen met Chanoekka."

Opeens schoof het gordijn achter Howard ruisend opzij. „Alleen met Chanoekka?," gromde een bekende stem. „En dacht jij, dat er niet genoeg studenten bij deze oude man zouden zijn om de kaarsen aan te steken?"

Yacov moest opeens heel diep ademhalen. „Grootvader!," schreeuwde hij blij-verbaasd en sprong in zijn bed omhoog. Hij wierp zich in de uitgestrekte armen van de oude rabbijn, wiens diepe lach de kleine ruimte vulde. „U bent toch gekomen. U bent op sabbat gekomen!"

„Had jij dan gedacht van niet?" Grootvader glimlachte en keek rond. „Wat is dit hier? Het Heilige der Heiligen soms? Alles wit. Word je het niet zat, aldoor wit te dragen, Yacov?" Hij plukte aan zijn zwarte jas, keek toen naar de dokter wiens gezicht in een grijns spleet. „En dit is dan zeker de hogepriester, noe?"

Ellie en Howard schoven opzij en keken glimlachend toe, hoe grootvader en Yacov elkaar weer in de armen sloten. „Het doet me genoegen dat ik u weer zie, rabbi," zei Ellie.

„Mooi. En mij doet het plezier, dat u niet gewond geraakt bent door de Arabieren. Toen ik de volgende dag uw foto's zag, was ik bang dat u ook iets moest zijn overkomen." Hij aarzelde even bij de vreemde oogopslag die over Ellie's gezicht vloog. „En, Yacov," zei hij, de jongen op de rug kloppend, „ben je zo blij mij te zien, dat je je manieren bent vergeten? Wie zijn deze aardige gojiem, die zo goed voor je hebben gezorgd toen ik in de Oude Stad zat opgesloten?"

„Het spijt me, grootvader, ik was even helemaal in de war."

„Dat zie ik." Grootvader veegde een traan van Yacov's wang. „Net als David en Jonathan, eh? Soms mogen er best vreugdetranen stromen. Maar nooit je manieren vergeten."

Yacov leunde weer achterover en veegde zijn neus af aan zijn mouw. „Nee, grootvader."

„Nu, vertel dan wie dat zijn! Toe, waar wacht je nog op, op de Messias?"

„Juffrouw Ellie Warne daar kent u al."

„Zeker, zeker. En de Engelsman heeft me verteld dat zij je leven heeft gered. Daarvoor ben ik de Eeuwige elke dag dankbaar. Moge Hij u in al uw wegen zegenen."

Ellie bloosde. „Dank u wel. Overigens heeft Yacov eerst het mijne gered."

„Het is een goede jongen. Een prachtjongen, die Yacov van mij, en ik ben de Eeuwige daar dankbaar voor." Hij knuffelde Yacov nog eens.

„En dit is haar oom, de professor."

„O ja, de man die zoveel van onze oude dingen houdt. Ik dank u, dat u ook zo goed hebt gedacht om het heel jonge." Hij knikte met zijn hoofd naar Yacov.

„En dit is de dokter, dr. Braun. Hij heeft met engelenhanden voor me gezorgd."

„Dr. Braun?" Grootvader sprak de naam uit met een jiddisch accent. „Moge de Eeuwige u zegenen en u een lang en gelukkig leven schenken. Hij, Die zelf vol erbarmen is, zal deze daad van erbarmen niet vergeten."

„Dank u, mijnheer. Hij Die vol erbarmen is, heeft mij hierbij ook geholpen, dat verzeker ik u."

Grootvader boog even kort. „Natuurlijk. Staat er niet geschreven dat alle goedheid van Hem alleen komt?"

„Omein," zei Yacov.

Oom Howard sloeg zijn arm om Ellie's schouder. „Wij laten jullie even alleen, zodat jullie kunnen bijpraten. Als u klaar bent, vindt u ons in de hal beneden."

Dr. Braun knikte even. „En ik moet naar mijn andere patinten. Ik ben zo meteen terug."

Ze lieten de jongen en grootvader alleen achter en trokken het gordijn achter zich weer dicht voor de knusheid. Toen ze weg waren, sloeg de oude rabbijn zijn armen om de jongen en trok hem dicht tegen zich aan. „Yacov, Yacov, mijn jongen."

Yacov nestelde zich dicht tegen grootvader's jas en liet de eenzaamheid van de voorbije weken wegvloeien. Zwijgend zaten ze een poos tegen elkaar aan, genietend van de ander. Na een poosje zei Yacov: „Maar het is vandaag sabbat! Hoe bent u hier gekomen?"

„O, eerst heb ik met de Eeuwige een appeltje geschild in de morgendienst; daarna ben ik naar de Mandelbaumpoort gewandeld. Daarvoor moest ik eerst ontsnappen aan die windbuil van een Yosi en aan Rabbi Eilan, die natuurlijk met mij wilde praten over het comité voor die jonge Haganah-knapen die stiekum onze wijk binnenkomen. En bij de poort heb ik kennis gemaakt met een heel aardige Engelsman, die een goede kennis is van de professor. Hij heeft onze schamele groep geëscorteerd door de Arabische wijk. Toen ontdekte hij dat ik met buslijn Twee waarschijnlijk niet door dat wespennest van de Sjeik Djarrah-wijk zou komen en dat een eenzame rabbijn die daar wandelt ongetwijfeld om zeep geholpen zou worden of zeker een opstootje zou veroorzaken; daarom heeft hij aangeboden mij in zijn pantserwagen te brengen en te halen."

„Maar het is toch evengoed sabbat, grootvader?"

„Yacov, dacht jij echt dat de Heer zelf, die de sabbat heeft gemaakt, niet zou weten dat de Moefti die voor zijn eigen kuiperijen probeert te gebruiken? Ben je nu al de wet vergeten zoals geschreven in Leviticus 19:18?" Hij snoof in afwachting. "Noe, zeg op. Is je tong soms stom geworden door dat lapje?"

„Gij zult niet wraakzuchtig en haatdragend zijn tegenover de kinderen van..." Yacov aarzelde.

„Ja, toe, ga door."

„...van uw volk, maar van uw naaste houden als van uzelf: Ik ben de Heer." Yacov boog zich voorover.

„Uitstekend. Heeft de Heer de sabbat geschapen?"

„Ja."

„En wat verlangt Hij op Zijn dag van Zijn kinderen?"

„Dat wij de sabbat eren en heilig houden?"

„Is het houden van Leviticus ook heilig?"

„Ja."

„En wat nog meer?"

„Het is onze opdracht en plicht."

Juist. En waarom is deze oude man jou komen opzoeken, mijn zoon?"

Yacov schoot vol. „Omdat..., omdat u van mij houdt?'

„Zoals van mijzelf," maakte de oude rabbijn de zin af. „Goed gesproken, Yacov. Je hebt gediscussieerd als een echte geleerde en een bedrevene. Nu moeten we ook met elkaar over andere dingen praten."

Yacov keek aandachtig naar grootvader's gezicht en knikte. „Ja, grootvader."

„Het is goed, dat we elkaar van aangezicht tot aangezicht zien. De dokter heeft dus gezegd dat je voorlopig elke week een paar keer bij hem moet komen. Hoe doen we dat het best?"

„Misschien kunnen we 's nachts stiekum wegglippen..."

Grootvader schudde heel beslist van nee. „De dokter heeft toch tegen je gezegd, dat je in de Nieuwe Stad moet blijven?"

„Ja."

„Waarvoor?"

„Voor mijn ogen. Maar, grootvader, het zal heus goed met me gaan."

„Kan een man zonder helder zicht in zijn ogen zich verdiepen in de Torah en de Talmoed? Kan hij de geschiedenissen uit de Msjna aan zijn kinderen voorlezen?"

„Nee."

„Dus het is belangrijk, dat je goed kunt zien?"

„Ja."

„Goedzo. Nu hebben we van aangezicht tot aangezicht gesproken." De oude rabbijn sloeg zijn armen over elkaar en gluurde over zijn brilleglazen naar Yacov. „Waar moet jij nu dus zolang blijven?"

„De professor heeft gezegd, dat ik daar mag komen. Saul logeert daar al zolang."

„Aha!," riep grootvader uit en sloeg zich vrolijk op de knieën. „Ik was al bang geweest, dat die jakhals dood zou zijn! Dan moet jij zéker bij de professor blijven. Als ons hart dan eenzaam wordt, kun je gewoon dat harige, stinkende beest met een briefje naar de Oude Stad sturen. Dan stuur ik hem weer terug en op die manier hoeven we niet achter de muren te zitten kniezen en verpieteren, eh?"

„O, grootvader! Dat is een prachtig plannetje! Reken maar, dat Saul graag naar u toe komt en dat niemand hem tegenhoudt. Er lopen in de Oude Stad meer straathonden van de Arabieren dan geiten rond een Bedoeïenenkamp, dat merken ze toch nooit."

„Mooi. Dat is een pak van ons hart. Nu heeft zelfs de Eeuwige in Zijn wijsheid nog een plaatsje ingeruimd voor die jakhals van een Saul, zodat die Hem nog kan helpen." Grootvader knuffelde Yacov opnieuw. „Zo, nu moet ik zo langzamerhand weer weg. Maar eerst –" Hij voelde, hoe de armen van de jongen hem vaster beetpakten. „Hij zal u zegenen...", begon hij het zegengebed.

„Zegenen zal u de Eeuwige vanuit Sion, de Schepper van hemel en aarde," zei Yacov een beetje benepen.

„Luider, Yacov," beval grootvader. „De Eeuwige –"

„O Eeuwige, onze Heer! Hoe machtig is Uw naam over de ganse aarde!" Yacov's stem zwol aan; zijn wanhopige verlangen om grootvader vast te blijven houden maakte plaats voor een serene kalmte.

„En u bewaren!"

„Bewaar mij, o God! Want op U vertrouw ik."

Grootvader sprak ook de volgende twaalf zegenwensen over Yacov uit; aan het slot keek de jongen nog een keer met tranenloze moed naar hem op. Terwijl de oude man zich van hem losmaakte en achter het gordijn verdween, voelde hij dat Yacov het hartzeer dat hij ongetwijfeld nog tegemoetging zou weten te overwinnen. Hij liep schuifelend langs de andere kinderen in de zaal en zegende in stilte elk gezicht, waarop hoop te lezen lag. „En, God," fluisterde hij, „hebben we zo niet een prachtige sabbat gehad, noe?"

Bij de deur bleef hij nog even staan en keek dwars door de zaal naar het gordijn dat om Yacov's bed sloot. Toen duwde hij met een zucht de deur open en wandelde de gang op.

Helemaal aan het eind stonden Howard en Ellie hem op te wachten; ze keken uit over de binnenplaats van het ziekenhuis en praatten zachtjes met elkaar.

„Ahum," zei grootvader kuchend en liep op hen toe.

De twee keken gelijktijdig naar hem op en kwamen hem net voor de deur van de lift tegemoet.

„Ik heb begrepen, dat u in uw huis een plekje hebt voor een heel klein joods jongetje?," vroeg grootvader; hij zocht in zijn zakken naar het pondsbiljet dat Yacov drie weken geleden mee naar huis had genomen. Hij trok het verkreukelde biljet te voorschijn, pakte Howards hand en legde het biljet erin.

„O nee, alstublieft," Howard probeerde het hem terug te geven, „dat kan ik niet aannemen."

„Maar het is maar een kleinigheid."

„Het zal een eer en een zegen voor ons zijn, als wij voor Yacov mogen zorgen." Het biljet hing fladderend aan zijn hand.

„God verhoede, dat ik iemand zijn zegen zou ontstelen. Wel, betalen kan ik u niet. Maar over drie dagen is het Chanoekka, zoals u weet, en ik heb geen cadeautje voor de jongen. Als u dit wilt aannemen, wilt u dan een dreidel* voor hem kopen, eh?," zei hij glimlachend tegen Ellie.

„Wat is een dreidel?"

„Een draaitol. Dat is traditie bij ons, vraagt u me niet waarom. En als er nog iets over is: Yacov is gek op boterballen. Vindt u het goed dat ik zelf nog een kattebelletje voor hem schrijf?" Hij schoof naar de verpleegsterspost, waar hij een pen en een blocnootvelletje leende van een volslanke dame in een hardgesteven uniform en een paar regeltjes op het papier schreef. Hij vouwde het papier zorgvuldig dicht en krabbelde Yacov's naam er op. Hij gaf het aan Howard: „U weet hoeveel zulke kleine dingen voor zo'n jochie betekenen."

Howard knikte. Hij trok zijn portefeuille uit zijn achterzak en stopte het biljet en het briefje zorgvuldig op hun plek. Toen pakte hij een paar krakend nieuwe biljetten van vijf pond uit de portefeuille en overhandigde die aan grootvader. „Voor Chanoekka. Natuurlijk weet ik dat u ook anderen er iets van gunt, niewaar? Ik weet dat het in de Oude Stad momenteel niet makkelijk leven is."

„Daar hebt u gelijk in. En het lijkt wel of er elke dag meer monden bijkomen die moeten eten." Hij pakte de biljetten in Howards uitgestoken hand niet aan. „Iedere jonge knul wil opeens graag onze yesjiva's bezoeken. Ik weet niet, of het voor de studie is of voor het vechten. Maar met elk nieuw konvooi is er weer een student die onder een vrachtwagen of uit een krat meel vandaan kruipt." Hij grinnikte vrolijk.

„Neem het dan alstublieft aan, rabbi. Dan hebt u iets voor Chanoekka voor uzelf en die studenten. Het betekent een zegen van u voor mij, als u mijn geschenk wilt aannemen."

„God verhoede dat ik zou weigeren u te zegenen." Grootvader nam het geld aan en schoof het in zijn zak, met tintelende pretoogjes.

„Dank u wel," glimlachte Howard. „Vrolijk Chanoekka."

„En een goed sjabbat," zei hij terug, Howard over zijn brilleglazen aankijkend. „U bent een goed mens, professor. Neem me niet kwalijk dat ik het zeg, maar het is zonde dat zo'n geleerd mens als u met zoveel kennis en inzicht niet een jood is." Hij kneep nadenkend zijn lippen op elkaar en fronste zijn wenkbrauwen. „En nu nog iets: Hebt u nog enig nieuws over die rol van Jesaja? Ik heb er in deze weken vaak aan moeten denken."

„We hebben twee dagen geleden een telegram van die universiteit in Amerika gekregen." Howard sloeg zijn armen over elkaar. „De fragmenten die we hebben gestuurd, waren volgens hen ongeveer tweeduizend jaar oud. Dat betekent, dat ze ongeveer uit de tijd van de verwoesting van de tempel moeten stammen."

„Oj, kijk es aan!," riep grootvader uit. „Zo oud al, eh?"

Ellie deed een stap naar voren, zodat ze vlak naast Howard stond. „Heb ik goed begrepen, dat u mijn foto's de dag na de rellen opnieuw hebt gezien?"

„Jazeker, zo is het. Hebt u ze, nadat u bij mij bent vertrokken, misschien nog bij iemand anders gebracht?"

„Nee, ik ben ze verloren toen we moesten vluchten."[1]

Grootvader kneep zijn ogen tot een spleet. „Dat dacht ik al." Hij zweeg en keek zorgelijk. „Ze zijn nu in het bezit van iemand in de Oude Stad, wiens betrouwbaarheid inmiddels door menigeen wordt betwijfeld. Hij heeft tegen mij gezegd dat hij wist wie die rol in bezit had en dat die mogelijk van grote waarde is. Is dat juist?"

„Ja, de rol heeft zeker een grote waarde. De waarde van zoiets ouds als dat is vooral, dat ze bevestigt dat de bijbelvertalingen van de laatste tweeduizend jaar zeer nauwkeurig zijn. Die waarde is niet te schatten."

„Juist. En wie twijfelt eraan, dat de Heilige Schriften onveranderd zijn?," zei de oude rabbijn glimtend.

„U waarschijnlijk niet," zei Howard schouderophalend. „Maar menig ander wel. Bovendien het tijdstip waarop ze ontdekt zijn. Nu, na tweeduizend jaar van ballingschap, komen de joden terug naar hun land, precies zoals de profetie in de rol heeft voorzegd."

„U zou bijna een zionist van mij maken." Grootvader trok aan zijn bakkebaarden. „Vertelt u mij eens, professor: Als deze ontdekking zo belangrijk is voor de zaak van de zionisten, zouden de tegenstanders van een thuisland voor de joden er dan niet de grootste baat bij hebben om die rol verstopt te houden? Zou het hun zaak eveneens schaden, als de rol boven water zou komen?"

„Dat die negatieve kant ook aan de kwestie van de rol zou zitten, is nog niet bij me opgekomen; maar ik neem aan dat u gelijk kunt hebben." De verandering van gespreksthema stond Howard niet erg aan.

„Ach, beste professor," knikte grootvader, „had u nu zelf maar op een yesjiva gezeten, want daar leer je nu juist dat soort proble-

1. Zie deel 1 van deze serie, *De poorten van Sion*, Kampen 1992.

men van voor naar achter te doordenken. Zoals geschreven staat: Breng zeven joden bij elkaar om over een probleem te discussiëren en je krijgt veertien verschillende meningen, eh?" Grootvader lachte.

„Maar hoe zijn de foto's van Ellie dan in het bezit van die vriend van u gekomen?"

„Vriend? Er zijn er die zeggen dat hij maar één vriend heeft: zichzelf. Ik weet niet hoe ze bij hem terecht zijn gekomen, maar als u mij het genoegen wilt doen dat ik u mag helpen uw verloren bezit terug te krijgen..."

„Dat zou ik zeker toejuichen, rabbi."

„Dank u," antwoordde hij kort knikkend. „Goed, u zorgt voor mijn lammetje, en ik probeer mij over uw lamshuidje te ontfermen. Is dat niet goed gezegd? Nietwaar? Er staan in de Torah en in de Talmoed wetten beschreven over het omgaan met verloren bezit. Een oprecht man zal zich niet tegen uw eis verzetten. Maar ja, we kennen natuurlijk oprechte mensen en oprechte mensen, noe? Zo, nu moet deze oude man nodig vertrekken." Hij drukte op de knop voor de lift, draaide zich eerst om naar Ellie en legde met gesloten ogen zijn hand op haar hoofd. „Moge God u zegenen en u een lang leven schenken met een man die voor u zal zorgen en u veel kinderen zal schenken. Omein."

„Amen," herhaalde Ellie en ze moest onwillekeurig glimlachen.

Vervolgens keerde grootvader zich naar Howard en herhaalde de procedure, terwijl achter hem de deuren van de lift zich met metalige klank openden. „Moge God u zegenen in al wat u onderneemt en u voorspoed en vrede schenken. Moge Zijn zegen op uw huis rusten. Omein."

„Amen." Howard pakte zijn hand en schudde die krachtig. „God zegene u, mijnheer."

Grootvader stapte achteruit de volle liftkooi in en boog even licht, toen de deuren zich sloten. Zijn argwaan omtrent de oprechtheid van Akiva was nu bevestigd. *Wel, Heer*, bad hij zwijgend, terwijl de lift naar beneden suisde, *misschien is dit belangrijk, misschien ook niet. Maar als ik aan deze gojiem die zo goed voor mijn Yacov zorgen een kleine wederdienst mag bewijzen, zou ik wel wat goede raad in deze zaak kunnen gebruiken, eh? En als onze kleine kudde geleid blijkt te worden door een wolf in schaapskleren, is het misschien ook wel goed dat wij dat nu weten.*

Hij stapte voorzichtig de lift uit; zijn benen voelden beverig van de afdaling. Hij wandelde langzaam de hal uit en de koele decemberlucht in. Hij keek naar de donker wordende lucht in het Westen.

„Krijgen we opnieuw regen en wind, Heer?," vroeg hij hardop. „Mooi. Dan krijgen we tenminste water in de cisternen in de Oude Stad. Dan hebben we daar straks geen gebrek aan." Hij zuchtte en draaide zich om naar de plek waar hij de pantserwagen en de vriendelijke Engelse kapitein had achtergelaten.

„Goed sjabbat, rebbe," hoorde hij een zachte vrouwestem tegen hem zeggen, toen hij langs een zwarte auto op de parkeerstrook liep. Hij zette zijn bril recht en knikte.

„Jaja, goed sjabbat," antwoordde hij tegen de jonge vrouw op de achterbank. Hij bleef even staan, terwijl ze haar glimlachende gezicht met een hoopvolle blik op hem richtte. Het leek wel, alsof ze nog iets wilde zeggen – of misschien verwachtte ze een antwoord van hem. Hij kreeg het gevoel dat ze misschien dacht hem al ergens eerder gezien te hebben, maar hij kon haar gezicht niet in de Oude Stad thuisbrengen. Even voelde hij zich verward door de uitdrukking in haar ogen. „Zo," zei hij nog eens, „goed sjabbat, mijn kind." Toen hervatte hij zijn wandeling naar de pantserwagen die hem thuis zou brengen.

Op Yacov's bed lag een netjes opgevouwen rood-blauw gestreepte coltrui. Hij schoot in zijn bruinwollen broek en knoopte die dicht. Toen bleef hij even onthutst staan en hield de broek bij de band omhoog, terwijl hij naar bretels zocht. Hij vond ze niet, maar zag een dunne leren riem hangen en voor het eerst in zijn leven schoof hij die door de ringen aan zijn broek. Zijn eigen kleren waren op de dag van de rellen kapotgegaan en daarom moest hij het nu met wat snel bijeengezochte afdankertjes van het ziekenhuis doen. „Ik zie er nu net zo uit als de gojiem," mompelde hij, de trui over zijn hoofd trekkend.

„Wat zei je, Yacov?," riep Ellie van achter het gordijn.

Moshe schoof het gordijn opzij en gluurde even bij Yacov binnen. „Hij ziet er uit als een ongelovige," zei hij grijnzend over zijn schouder tegen Ellie.

„Was dat professor Sachar?," riep Yacov.

Moshe stapte de kleedkamer binnen. „Ja, ik was in de stad, aan de universiteit." Hij ging op het bed zitten. „Dus ik dacht: Kom, ik loop even langs om te zien hoe het met je is. En nu hoor ik, dat je al naar huis mag."

„Niet naar huis. Naar professor Moniger zolang. Als ik in deze kleren de Oude Stad binnenloop, denken ze dat ik een afvallige ben." Yacov stopte pruilend zijn trui in zijn broek.

„Net als ik zeker, eh?" Moshe keerde de revers van zijn bruine tweedjasje naar buiten en trok aan de open kraag van zijn hemd.

„Toen u mij voor het eerst kwam opzoeken, zat er nog verband voor mijn ogen. Uw stem klonk niet als die van een afvallige."

Zachtjes zei Moshe tegen hem: „Als je een mens ziet, denk dan weer aan dat verband, Yacov. Kijk met je hart. Professor Moniger is een goed mens, met een vriendelijk hart. Ik denk dat God misschien heeft vergeten dat hij geen jood is. En als je dus straks bij hem thuis bent, moet je respect tonen voor zijn manier van leven."

„Ik heb vergeten aan grootvader te vragen, hoe het met de spijswetten moet," zei Yacov nog zachter terug.

„Maar weet je dan niet, dat zij het kasjroet volgen?" Moshe moest grijnzen, toen hij de opgeluchte blik op Yacov's gezicht zag. „En nu je het over de wet hebt, Yacov, mag ik je even iets vragen? Staat er niet ergens geschreven dat iemand niet mag stelen wat aan een ander toebehoort?"

Yacov zoog hoorbaar zijn adem in. De kleur trok weg uit zijn wangen, terwijl hij met zijn nieuwe wollen sokken worstelde. „Ja."

„Mij is ter ore gekomen dat er regelmatig een jongetje van jouw postuur met een grote hond langs de straat is gesignaleerd..."

„Dit is toch wel een heel mooi overhemd, vind ik..."

„Ja, wel heel iets anders dan de zwarte jas van dat kleine zakkenrollertje."

„Er zijn wel geen bretels bij, maar met die riem blijft de broek ook goed zitten."

„Tja, dat zeiden ze ook: dat zakkenrollertje had wel bretels."

„Ik ben heel erg blij dat deze mooie sokken geen gaten hebben."

„Over de sokken van die jongen is niks gezegd."

„Daar hebben vast gaten in gezeten."

„Ja-ja, net als in jouw geweten zeker, jij chassidisch boefje." Moshe schoof Yacov's haren door de war. „Goed, het blijft ons geheimpje. Maar vergeet dan niet, dankbaar te zijn voor elke zegening, ook als die je door een goj wordt bewezen. Afgesproken?" Moshe genoot van het geraffineerde spelletje met die leuke, schijnheilige boef. De jongen knikte en trok zijn afgetrapte schoenen weer aan.

„Maar ik mag toch wèl een yarmoelke* dragen?," vroeg hij deemoedig.

„Nou, een yarmoelke is misschien toch wel op zijn plaats, zelfs voor iemand die eruit ziet als een echte Nieuwestadter." Moshe trok een prachtig geborduurde, blauwe keppel uit zijn zak en zette die voorzichtig op Yacov's hoofd. „Maar een yarmoelke maakt iemand nog niet heilig, denk daar aan," zei hij ernstig-spottend.

„Nee, Reb Sachar, ik weet het."

Achter het gordijn riep Ellie ongeduldig: „Wat doen jullie daar toch allemaal?"

„O, wij hebben even, zoals jullie Amerikanen zeggen, een gesprekje van man tot man."

„Nou, opschieten. Oom Howard zit waarschijnlijk al beneden in de auto te wachten met Rachel."

Moshe zette Yacov's yarmoelke recht en sloeg zijn arm om diens schouders. „Klaar?"

Samen liepen ze de zaal uit, waar ze door het hele koor werden uitgezwaaid met „Mazzel tov" en „Sjaloom". Bij elke stap voelde Moshe de schouders van Yacov zich ontspannen. Toen ze het ziekenhuis uitstapten, de frisse decembermiddag in, was de jongen al volop aan het ratelen over al de jongens die in het ziekenhuis achterbleven en met wie hij vriendjes was geworden. „Als we allemaal weer beter zijn, zoeken we elkaar op en dan zijn er ook geen explosies meer in de straten." Ellie en Moshe keken elkaar even steels aan. Moshe stak snel een hand uit en wreef even stevig over Ellie's arm, alsof ze daar was gestoken en hij de pijn zo kon wegwrijven.

„O Moshe, wat een prachtige dag," zei ze. „Ik voel me zo gelukkig. Blij?"

Hij knikte en wees naar de auto, waarin Howard zat te praten met Rachel. Zijn ronde gezicht stond heel tevreden en opgewonden van vrolijke voorpret. Ze zagen door de voorruit, hoe Rachel hem het tijdschrift gaf en met een gelukkige blik op een bladzij wees. Howard keek er even aandachtig naar en barstte toen, nogal vals, los in een kerstlied: „Hark, the herald angels sing, Glory to the newborn King." Zijn gebarsten stem werd door de lichte wind meegedragen over de parkeerplaats en Ellie moest ineens denken aan thuis, waar de kerstzangers nu overal op de hoeken van straten zongen. Ze begonnen mee te zingen: „Joyful, all ye nations rise, Join the triumph of the skies; With angelic host proclaim..." „O," lachte ze, „die toon is veel te hoog voor me; dan raak ik altijd van de wijs."

Moshe schraapte zijn keel en begon in falset mee te zingen: „Christ is born in Bethlehem! Hark, the herald angels sing, Glory to the newborn King."

Yacov keek tussen hen tweeën omhoog en tikte tegen zijn slaap. „Mesjoggene!," riep hij.

Howard zag ze aankomen en zwaaide breed. „Moeten jullie toevallig mijn kant uit?," riep hij, „Moshe, wil je een lift? Zolang het maar niet naar de Tempelberg is, tenminste."

„Nee, naar het paleis van de Moefti maar." Moshe priemde zijn hoofd door het portier en voelde prompt een steek door zijn hart, toen hij in Rachels blauwe ogen keek. Hij voelde zich even verlegen worden en zei: „Dag Rachel, blij je te zien."

„Je ziet er goed uit," antwoordde ze en sloeg vlug haar ogen neer. „Is... eh, is alles goed met je?"

„Eh..., ja, jazeker."

„Kom op, Moshe, stap in. We moeten naar huis." Ellie gaf hem een klop op zijn rug.

Moshe keek op zijn horloge, kwam toen omhoog en stootte zijn hoofd. „Half vijf al bijna! Ik wist niet dat het al zo laat was geworden." Hij legde zijn handen op Ellie's schouders en gaf haar een snelle kus op haar wang. „Ik was het bijna vergeten, maar ik moet weg."

„Maar ik dacht dat je naar –"

„Neem me niet kwalijk, dat ik het niet heb gezegd, maar ik heb een vergadering. Dag, lieve kind. Howard. Yacov; fijn dat je naar huis mag. En Rachel." Hij keek niet naar binnen, zodat hij niet zag hoe verbijsterd ze keek, maar haastte zich via de parkeerplaats terug naar de Hebreeuwse Universiteit.

„Nou, leuk van hem!" Ellie deed het portier open.

„Komt hij nu niet met ons mee?," vroeg Yacov.

„Daar lijkt het wel op, zeun," zei Howard glimlachend en startte de wagen.

Rachel keek zwijgend het raam uit, ervan overtuigd dat Moshe niet had willen meerijden omdat zij ook in de auto zat. Ze voelde opeens een golf van schaamte over zich komen en keek nauwelijks op, toen Ellie haar en Yacov aan elkaar voorstelde. Ellie en Howard zaten tijdens de rit gezellig met Yacov te kletsen, maar over de achterbank bij Rachel hing een kille, zware stilte, terwijl ze door het raam uitkeek over de rollen prikkeldraad die de stad in een gevangenis hadden veranderd.

6
Redding komt uit de hemel

De Britse pantserwagen kronkelde langzaam om de Berg Sion heen, het Graf van David voorbij. Vlak daarvoor braakte Lijn Twee zwarte smook uit terwijl hij naar de Sionspoort voortkroop. De zes leden van de Highland Light Infantry stonden tegen de ruw uitgehouwen stenen van de Klaagmuur geleund zachtjes tegen elkaar te praten. Ze wachtten op de groep die zou komen en die zij door de schuine straatjes van de Arabische Wijk naar de Mandelbaumpoort in de schaduw van de synagogen moesten escorteren.

„Daar heb je ze, lui." Eén soldaat doofde zijn sigaret en bracht zijn geweer tegen de schouder.

„De bus en die kapitein van ons, die jodenheuler."

„Pas op je woorden, Tory. De kapitein is heus de kwaadste niet."

„Om hoeveel wedden we dat er maar half zoveel joden zijn als er vanmorgen vertrokken zijn? Lafaards zijn het, die smouzen."

„Twee tientjes dat er twaalf zijn weggegaan en twaalf terugkomen, Tory."

„Daar hou ik je aan, Williams. Nog meer die willen wedden? Ik zeg dat die smouzen bang zijn om op hun heilige dag te lopen. Niet meer dan de helft komt door de Mandelbaum. Zeker weten."

De remmen van de wrakkige, blauw-wit gepantserde bus piepten luid toen hij tot voor de wachtende soldaten optrok. De deuren sloegen open en een vermoeide buschauffeur keek de lachende soldaten in het gezicht.

„Hoeveel stappen er hier uit?," schreeuwde een soldaat.

Langzaam stapte een oude vrouw naar beneden, gevolgd door de twee studenten van de Ashkenazi Yesjiva, en een jonge vrouw en haar bejaarde, orthodoxe moeder.

Een van de soldaten stootte een man naast hem aan. „Ze zijn allemaal naar Beirouth gegaan."

Zijn gezicht betrok toen nog vijf mensen uit de bus stapten. „Dat zijn er nog altijd maar tien."

Kapitein Thomas en grootvader kwamen achter de soldaten staan.

„Tien wat?," vroeg Luke.

„Tien passagiers die zijn uitgestapt, sir." Een soldaat sprong in de houding. „Tory en ik hebben een wedje gemaakt... Ik zeg twaalf eruit en twaalf erin."

„Nou, dan heb je hier nummer elf." Luke knikte naar de oude rabbijn.

„Is er nog iemand binnen?," schreeuwde Tory.

Langzaam stapte tree voor tree een oude man naar beneden en keek om zich heen, met zijn ogen tegen het late namiddaglicht knipperend. „Is dit de Sionspoort?," vroeg hij onduidelijk. „Ik moest naar Katamon." Hij draaide zich om en stapte de bus weer in.

„Dat zijn er nog steeds maar elf."

Het duurde nog een tijdje en Tory stond al met zijn uitgestoken hand tussen de andere soldaten terwijl het troepje bewoners van de Oude Stad zich bij de zware, plaatstalen deuren van de poort verzamelde. Grootvader haalde eens diep adem en schudde gniffelend met zijn hoofd. „Zo," zei hij. „Zo te zien hebben we weer meer studenten voor de Yesjivaschool." Met een knikje van zijn hoofd wees hij naar de deur van de bus.

Vanuit het halfduistere binnenste van de bus kwamen één voor één nog eens acht jonge, in het zwart geklede mannen met barse gezichten te voorschijn. Het geld werd uit Tory's handpalm gegraaid en onder de andere soldaten ging een hoerageroep op.

„Ho, ho! Wacht even, mannen!," riep Tory schril. „Deze lui horen niet bij de weddenschap. Ze zijn vanmorgen niet vertrokken en komen er nu ook niet in, waar of niet, kapitein?"

Luke Thomas wipte op zijn hielen naar achteren en keek de jongemannen eens aan, terwijl ze met hun bagage in de hand in een rij langs de bus stonden. „Ik zie niet in waarom ze de wijk niet in zouden mogen, zolang ze maar geen kwaad in de zin hebben." Met opgetrokken wenkbrauwen keek hij een chassidische jood aan. „Kwaad in de zin, jongeman?"

„Nee, sir," zei de man met een hevig accent in het Engels. „Ik ben alleen maar gekomen om het Woord van God te bestuderen."

„Nou, zie je wel?" De kapitein draaide zich om en liep weg.

„Maar u laat toch geen joden binnen zonder dat u toch op zijn minst hun bagage nakijkt?" riep Tory.

„Natuurlijk niet. Maak je bagage eens open, jongelui. Laat eens zien wat je bij je hebt."

Een voor een maakten de nieuwkomers hun oude, versleten koffers open. Kalm en nonchalant porde kapitein Thomas met het uiteinde van zijn stengun door hun kleren en zei hen, tevredengesteld, dat ze de koffers weer dicht mochten doen. „Heb je nu je zin, Tory? Zo te zien heb je de weddenschap verloren."

„En de vrouwen dan? En die ouwe kerel?" Hij wees naar grootvader.

„Kom op, Tory!" zei een andere soldaat. „Kom over de brug, man."

„De sabbat is straks voorbij," zei grootvader. „Dan moeten we thuis zijn."

Met een stuurs, chagrijnig gezicht draaide Tory zich om en gooide zijn sigarettepeuk op de keien.

„Voor en midden," gaf Luke bevel. Hij draaide zich weer om naar grootvader. „Zou u zo vriendelijk willen zijn om uw mensen in groepjes van vier te verdelen?"

Een veel grotere groep dan 's morgens was vertrokken wandelde door de Arabische wijk terug. En het was ook een veel beter voorbereide groep. In de wijde kledij van de bejaarde, orthodoxe vrouw waren drie granaten verborgen en verspreid door de zak met bonen die haar dochter meedroeg voor het Chanoekka-maal zaten geweerpatronen. Maar het kostbaarste Chanoekkageschenk dat die middag de joodse wijk van de Oude Stad binnenkwam was de gedemonteerde stengun die onder de broekspijpen van de enige rabbijn van de groep was verborgen.

„*Yakoem poerkan min shemaya.* Redding komt van boven." Michael Cohen gaf een klopje op de vliegtuigromp van de glanzend nieuwe Messerschmitt 109 en grijnsde breed naar David.

„Nou, ik heb genoeg van die Duitse dingen uit de lucht geschoten. Maar ik heb nooit gedacht dat ik er nog eens in zou vliegen." Hij draaide zich helemaal om en keek naar een hele serie Duitse surplus gevechtsvliegtuigen uit de oorlog die bij elkaar op de grasmat van het vliegveld van Budejovice in Tsjecho-Slowakije stonden.

„En? Wat denk je ervan?" vroeg Avriel en zette even zijn metalen bril recht.

„Nou, het zijn echte vliegtuigen. Gevechtsvliegtuigen." David schudde zijn hoofd.

„Onvast en wispelturig." Michael haalde eens diep adem en ademde luid hoorbaar weer uit.

„Kun je erin vliegen?" Avriel fronste zijn wenkbrauwen.

David en Michael keken elkaar aan en zeiden hard: „Kunnen wij erin vliegen?"

„Ja, ja, dat is de vraag." Avriel keek hen wantrouwig aan.

„We moeten ze een paar uur uitproberen, Avriel. Je weet dat het geen Mustangs zijn."

„En ook geen Spitfires."

„Maar een Piper kan er niet tegenop.”
„Ik wed dat deze nog zonder stalen band in elkaar blijven zitten.”
„Dus volgens jou hebben ze echte bougies, Michael?” vroeg David schertsend. „Het enige dat mijn motor lopend hield was een overmaat aan angst. Die straalde van mij naar die antieke bougies uit.”
„Dat hoort er allemaal bij als je een goede piloot bent, David. Een vliegtuig moet een uitdaging voor je zijn.”
„*Bedreiging* is het woord,” gaf David terug.
Avriel liet een brede grijns zien. „Begrijp ik goed dat jullie klaarstaan om deze dingen de lucht in te krijgen?”
Michael knikte bedachtzaam van ja. „In de oorlog hebben we al geprobeerd ze *uit* de lucht te krijgen. Nu willen we ze wel eens *in* de lucht zien.”
„Uitstekend. Dat is prima. We kunnen er vijfentwintig krijgen. In mei.”
„In mei!” riep David uit. „En wat had je gedacht dat wij die vier en een halve maand moeten doen?”
„Bidden,” zei Michael zwaarmoedig. Hij keek bedenkelijk en beet eens op zijn lippen. „En hoe krijgen we ze dan van hier naar Tel Aviv? Het vliegbereik van deze dingen is...”
„Daar zullen we ons morgen wel zorgen over maken,” viel Avriel hem in de rede toen hij de dikke, kruiperige, kleine wapenhandelaar over het vliegveld zag komen aanwaggelen.
„Goed. Ja, ja, heren, wat denkt u ervan?” vroeg de wapenhandelaar.
„Het zijn geen Spitfires of Mustangs,” bromde Avriel. „Onvast zijn ze. En heel wispelturig.”
„Misschien is het niet wat u wilt.” De handelaar kneep zijn ogen tot spleetjes en keek triest naar de vliegtuigen.
„Onze mannen zouden getraind moeten worden.”
Het gezicht van de handelaar klaarde op. „Ja, natuurlijk. Er is een voormalige Luftwaffepiloot...”
„Een nazi?”
De handelaar maakte met zijn handen een gebaar van Wie weet? en haalde zijn schouders op. „Dat weet niemand. Misschien is hij voor de Führer, misschien niet. Stemde elke Amerikaanse vliegenier op Rosenfelt?”
„Roosevelt,” verbeterde David.
„Wat doet het ertoe,” snoof de agent en wreef over zijn glimmende, kale schedel. „Hij vliegt voor Duitsland. Misschien hebt u hem wel eens beschoten, en nu gaat hij u leren hoe je een Messerschmitt vliegt.”

De drie Amerikanen keken elkaar eens aan. Michael haalde zijn schouders op. „Waarom ook niet?"

De handelaar sloeg opgewekt zijn korte, dikke handen in elkaar. „Also gut!" riep hij. „Vijfentwintig?"

„Als u er honderdduizend banden munitie bijdoet," bedong Avriel.

„Nee, dat zal niet gaan." De agent schudde bedroefd van nee. „Zeventig misschien."

„Negentig."

„Tachtig."

„Vijfentachtig."

„Verkocht!" De handelaar greep Avriels hand beet en pompte wild op en neer. „En wat die andere kwestie betreft?"

„Welke andere kwestie?" Avriel keek verbaasd.

„De verscheping van de wapens?" De handelaar haalde een vel papier uit zijn zak te voorschijn. „Ja. Hier is het..." Hij ging met zijn vinger langs een lange lijst. „Tienduizend geweren. Hmmm. Machinegeweren. Munitie. Uw andere wapenhandelaar, die lange, donkere man, Kadar..., hij maakt zich bezorgd over de verscheping. Hij hoeft zich geen zorgen te maken. Wij hebben een klein schip dat de order zal vervoeren. Het schip heet de *Lino* en vertrekt al over drie weken. Hier is het reisschema." Hij gaf het papier aan Avriel.

„Uitstekend." Avriel tuurde lang en gespannen op het papier. Michael en David keken over zijn schouder mee naar de indrukwekkende lijst van wapens die niet bestemd waren voor de joodse verdediging, maar voor het arsenaal van de Moefti. „Mag ik dit houden?" Zonder antwoord af te wachten schoof Avriel het in zijn zak. „Goed. Nou, dan kunnen we nu het papierwerk afhandelen?" Hij gaf David een klopje op zijn schouder. „Gaan jullie maar vast naar het hotel. Ik kom zo meteen, zo lang zal het niet duren."

Michael en David reden zwijgend in de kleine, groene taxi terug naar Praag. De taxichauffeur was geen gemakkelijke, zo te zien, en ze waren zich ervan bewust dat hij hen in de achteruitkijkspiegel wantrouwig bekeek. Af en toe lachte David maar eens en gaf hem een knipoog terug. Dan keken de dreigende ogen weer vlug naar de hobbelige, onverharde weg.

Toen ze eindelijk de smerige, naoorlogse straten van het door de Sovjets bezette Praag binnenreden, tikte Michael de man op de schouder en liet hem weten dat ze wilden uitstappen. Ze waren nog wel een paar blokken van het vervallen Hotel Flora vandaan, maar ze wilden allebei niet langer wachten om over de lijst die ze zojuist in handen hadden gekregen te praten.

Michael telde het geld voor de taxichauffeur uit terwijl David probeerde om niet te merken dat een armoedig geklede jonge man met een tweed jas en een wollen zeemanspet naar hen keek. David had het gevoel dat iedereen op dat kleine stukje naar het hotel naar hen keek.

„Zo, dus de Moefti heeft kennelijk ook over oorlogsoverschotten gehoord," fluisterde David.

„Hoeveel vliegtuigen zouden de Arabieren hebben gekocht?"

„Ik vraag me af of diezelfde Luftwaffekerel hun mannen ook vliegen gaat leren."

„Ja. En waar halen zij de piloten vandaan?"

„Waarschijnlijk waar wij ze ook vandaan halen – oorlogsoverschotten van nazi's en Amerikanen. Het begint weer van voren af aan."

„En die lijst met al dat spul? Machinegeweren, geweren, munitie."

„Genoeg om ons van de aardbodem weg te blazen," zei David met een bedenkelijk gezicht.

Michael keek hem glimlachend aan. „Het doet me goed dat je zegt *ons*, David."

„*Ons* opblazen. *Ons* neerschieten. *Ons* in een kist naar huis sturen."

„Het heeft een zekere ondertoon, vind je niet?"

„Michael, ik zeg je, ik heb nog nooit zoiets waanzinnigs gezien. *Wij* hebben een wapenembargo tegen *ons*."

„Daar heb je dat woord weer."

„Dus *wij* kunnen dat spul alleen maar kopen en wachten tot de Britten afhaken. En als die vertrokken zijn, kunnen *wij* over de brug komen. Intussen is de Moefti als een idioot spullen naar de andere Arabische landen aan het sturen, en levert alles af voordat de eerste Engelsman uit Palestina vertrekt. *Wij* zitten er maar mooi door in de nesten."

„Ja," snoof Michael. „Volgens mij moeten we zien of er niet een of andere manier is waarop we die Arabische scheepslading kunnen tegenhouden. Ik weet niet of..." zijn stem stierf weg.

„Ja, denk er maar eens over na, Vogelverschrikker. Als we hier nog zolang moeten zijn gaat het je misschien nog eens dagen."

„Misschien geeft het jou wel de nodige moed."

„Geen probleem."

„Echt niet? Jij en Ellie weer bij elkaar?"

„Dat heb ik niet gezegd."

„Wat bedoel je dan?"

„Dat ik met de Kerst naar haar toega."
„Heeft ze je uitgenodigd?"
„Haar oom."
Michael schudde zijn hoofd. „Nee hoor, geen probleem!"
„Misschien een kleine aanpassing in de plannen."
„Houdt ze van die andere vent? Die Moshe?"
„Ik weet het niet," haalde David zijn schouders op. „Nee, ik geloof van niet."
„Kom op, David, waarom neem je haar niet mee naar een rustig, afgelegen plekje en maak je haar een beetje het hof."
„Nee."
„Waarom niet?"
„Dat heb ik al geprobeerd."
„O ja? En het werkte niet?"
„Nee."
„Dat is dan een probleem, man, een serieus probleem."
„We hebben Kerstmis nog."
„Wat gebeurt er met de Kerst?"
„Ik heb een nieuwe Leica voor haar gekocht."

Er hing al een paar dagen een vreemde, onverwachte kalmte boven de stad, ofschoon het warme weer de hevige haatgevoelens wat had bekoeld. Voor het eerst sinds de rellen in het zakendistrict durfden de winkels weer tot na de middag open te blijven. Vandaag, twee dagen voor de dag vóór de Kerst en het Chanoekkafeest, zouden de marktkramen tot na drie uur open blijven. Dat gaf de handelaars voor het donker werd en de angst de stad weer in zijn greep kreeg ruim de tijd om hun zaak af te sluiten en zich naar huis te reppen.

Taxi's waren schaars in de stad geworden. Een paar moedige chauffeurs hadden stalen platen op hun auto gelast. In weerwil van het feit dat taxichauffeurs voor Arabische sluipschutters bovenop de oude stadsmuur een favoriet doelwit waren geworden, raasden ze door de bochten en voorbij de barricaden. Alleen al vorige maand waren er vijf om het leven gekomen. Ellie liep liever de drie blokken naar de King George Avenue, met naast zich Rachel en Saul er achteraan. Het was een prachtige dag, en de wandeling gaf Ellie de zo noodzakelijke gelegenheid om met Rachel te praten.

Sinds Yacovs komst was Rachel vreemd stil geweest. Als een doofstomme bediende kookte en poetste ze en verdween daarna weer naar haar kamer.

„Praat jij eens met haar," had oom Howard bezorgd gezegd. „Je weet wel, zo van meisjes-onder-elkaar." Vervolgens was hij snel naar het Amerikaanse Instituut vertrokken, waar hij een afspraak had met iemand van de faculteit van Beirouth over het verschepen van resterende kunstvoorwerpen naar veiliger plaatsen.

„Nou, ben je niet blij dat je bent gekomen?" vroeg Ellie en keek omhoog naar de blauwe lucht waar een koppel postduiven naar beneden fladderde om voor de nacht een plekje te zoeken onder de luifels van een winkel op de King George Avenue.

„Ja," antwoordde Rachel en zweeg weer een poosje. „Hij was heel verdrietig, hè?"

„Wie?"

„Dat jongetje. Hoe heet hij?"

„Yacov."

„Ja, Yacov. Hij wilde ook mee. Ik had thuis moeten blijven en hem moeten laten gaan."

Een Britse pantserwagen op patrouille rammelde voorbij. Ellie zwaaide en lachte naar de soldaat bovenin de pantserkoepel. „Hij kon niet mee," zei Ellie. „Jij moet me helpen om dat dreidelding te vinden dat zijn grootvader van plan was hem met Chanoekka te geven. En tussen haakjes, juf..."

Rachel keek haar met een verbaasd lachje aan. „Ja? Juf?"

„Waarom werd jij ineens zo stilletjes toen wij met die jongen thuiskwamen?"

Rachel dacht aan Moshe op de parkeerplaats van het ziekenhuis; hij had haar gezien en was daarna vlug weggelopen. Ze moest er de hele tijd aan denken, maar wilde haar gevoelens niet aan de vrouw die van hem hield onthullen. Eindelijk gaf ze antwoord – eerlijk, naar ze dacht. „Ik ben niet goed met kinderen," antwoordde ze kortaf.

„Wat wil je daarmee zeggen?"

Rachel fronste haar wenkbrauwen bij de herinnering aan de reactie van de kinderen in de vluchtelingenkampen als zij langsliep. Ze hadden dingen gefluisterd die de moeders eerst hadden gezegd. „Kinderen mogen me gewoon niet." Ze haalde haar schouders op.

„Waarom niet? Krijg je soms slagtanden bij volle maan? Je bent heel aardig. Yacov vindt je aardig. Dat zou hij tenminste, als jij een beetje je best doet."

„Daar heb je geen idee van, Ellie. En een heleboel mensen denken er anders over."

„Nou, dan zal ik ze wel eens eventjes." Ellie gaf haar breeduit lachend een klopje op de rug, in de hoop dat Rachel wat zou opvrolijken.

„Maar je snapt het niet. Er zijn dingen aan me die een normaal, fatsoenlijk–"

„Ik hou er een andere filosofie op na," viel Ellie haar in de rede. „Wil je het horen?" Zonder Rachels antwoord af te wachten ging Ellie door. „*Niemand* is normaal. Wat je ook onder normaal mag verstaan. En bijna geen mens is fatsoenlijk, tenminste niet als je diep in hun hart kunt kijken. En iedereen zou een ander met de vinger nawijzen om iets dat die ander hen heeft aangedaan..."

Rachel bleef midden op het trottoir staan. „Ik ben wat mijn volk een *sotah* noemt." Ze keek Ellie aan en het verdriet in haar ogen maakte dat Ellie middenin de zin stopte. „Weet je wat dat betekent?"

Ellie schudde van nee en trok een rimpel in haar voorhoofd. „Nee," zei ze, verlegen met haar oppervlakkige poging om Rachel op te vrolijken.

„*Sotah*. Ontrouwe echtgenote betekent het. Verraadster. Weet je het nu?"

„Omdat jij overleefde en anderen niet?" voerde Ellie aan.

Rachels diepblauwe ogen zochten Ellie's ogen. Rachel stroopte de mouw van haar trui omhoog en hield haar hand op de tatoeage. „Mijn eigen mensen noemen mij een *sotah*," herhaalde Rachel. „Moeders verboden hun kinderen om tegen mij te praten. Ze zullen wel gelijk hebben gehad." Ze stak haar onderarm naar Ellie uit.

Voor het eerst zag Ellie het merkteken waarover Moshe haar had verteld, *Nur für Offiziere*. Ze tuurde ernaar en keek toen met moeite Rachel in de ogen.

Ze zoekt, en kijkt uit het diepst van haar ziel toe, dacht Ellie, *en ze heeft een vreselijke behoefte aan vriendschap*. Ellie pakte Rachels uitgestoken hand beet. Zorgvuldig, heel voorzichtig trok ze de mouw weer naar beneden.

„De wereld is vol boze mensen, Rachel," zei ze zachtjes, meevoelend met Rachels verdriet. „Maar daar hoor jij niet bij."

Onuitgesproken dankbaarheid ging van Rachel naar Ellie uit, en toen Ellie haar een arm gaf terwijl ze verder de straat uitliepen, glimlachte ze.

David liet de motor van het zespersoons Stinson-vliegtuig warmlopen en maakte zich klaar om van de aarden vliegstrip buiten Bari in Italië op te stijgen.

„Dat is zeker wel een verrassing, hè?" zei Avriel.

„Vergeleken bij die kleine gevalletjes waarin jullie ons in Palestina lieten rondsnorren lijkt dit ding wel een oceaanstomer," merkte David op terwijl ze wegtaxieden.

„Dat kun je wel zeggen, ja!" schreeuwde Michael boven het gebrul van de motor uit terwijl David het toerental van de motor voor het opstijgen opvoerde. „En er staat hier genoeg drank om een oorlogsschip tot zinken te brengen.” Hij wees naar de dozen waarop Scotch en Seltzer water gedrukt stond. „Ben je van plan om in Jeruzalem een nachtclub te beginnen?”

„Doe niet zo stom!” schreeuwde Avriel over zijn schouder terug. „De Haganah heeft voor alles een militaire toepassing!”

7
Vakantieplannen

Moshe verplaatste de zware boodschappentas in zijn linkerarm iets en was met een paar sprongen bovenaan het trapje van het huis van de Monigers. Er staken twee lange broden uit de tas en onderin zat een grote, ronde kaas. Moshe klopte hard op de deur en keek toen achterom. Instinctief voelde hij dat vijandige ogen al zijn bewegingen volgden. Yacovs heldere stem weerklonk vanachter de nieuwe sloten en grendels die Howard de vorige week had aangebracht. Saul stond agressief naast de kleine jongen te blaffen.

„Ja, wie is daar?"

„Moshe." Hij veegde met de rug van zijn hand langs zijn mond. „Heeft Saul al ontbeten of ben ik zijn eerste maaltje vandaag?"

Grendels schoven weg, sloten klikten open en met een zwaai deed Yacov de deur wijd voor Moshe open. Saul kwispelde aarzelend met zijn staart en snuffelde vervolgens aan Moshes benen, die over de drempel stapte en de deur achter zich dichttrok. Yacov deed de deur dicht en herhaalde de handeling. Hij zorgde ervoor dat alle sloten goed op slot gingen. „Goedemorgen, professor," zei Yacov lachend. „Het is de professor, zie je wel, Saul."

Moshe stak zijn hand uit om Saul te strelen. „De professor doet niets, hoor," kirde hij. „Brave hond."

„Hij is feller geworden sinds ik gewond ben geraakt," verontschuldigde Yacov zich. „Maar als u niet tussen mij en hem in komt staan, zal hij u ook geen kwaad doen."

Moshe keek nog eens naar de hond en zette toen een stap achteruit bij Yacov vandaan. „Braaf is-ie, hoor," zei hij weer. Hij keek de gang door. „Is iedereen al op?"

„O ja, al uren. Rachel en ik hebben vanmorgen al boodschappen gedaan. Er staan al hele lange rijen bij de bakker, maar we hebben het brood gekocht."

„Je hebt Saul zeker meegenomen?"

„Ja. Ik geloof dat hij Rachel even lief vindt als mij, ook al is ze heel stil en lijkt ze zo treurig dat ze bijna geen mond opendoet."

Moshe fronste bezorgd zijn wenkbrauwen. Hij herinnerde zich Rachels prachtige glimlach die ochtend in Tel Aviv toen ze bij Fanny tegenover hem had gezeten. Hij had gehoopt dat het feit dat ze in Jeruzalem was haar verdriet wat zou wegslijpen. „Misschien vindt Saul haar ook heel erg mooi."

„Dat doet-ie ook," knikte Yacov. „Saul is een heel slimme hond, weet u. Wilt u naar juffrouw Ellie en naar Rachel toe? Ik geloof dat ze in de keuken zijn."

Een zwak koffiearoma wolkte door de gang terwijl Yacov voorop naar de keuken liep. Moshe liep op veilige afstand achter Saul aan, en bleef stokstijf staan toen het haveloze, woest uitziende dier zich een keer omdraaide en hem van onder tot boven opnam. „Braaf beest," herhaalde Moshe.

„Saul!" berispte Yacov hem. „Schiet op." Daarna zei hij over zijn schouder tegen Moshe: „Rachel kan heel lekker koken. Beter dan grootvader en de gaarkeuken. En zoals u zei, kookt ze kosjer. Ze is ook bezig het aan Ellie te leren. Maar ik geloof dat Ellie niet zo goed kan koken."

Yacov duwde de keukendeur open naar de twee vrouwen die met de afwas bezig waren. Moshe moest op zijn lip bijten om niet te lachen.

Ellie had haar donkerblauwe badjas nog aan; Rachel was gekleed in een lichtblauwe lange broek met een bijpassende trui die hij onmiddellijk als van Ellie herkende. „Goeiemorgen," zei hij opgewekt en zette de boodschappentas op tafel.

Ellie keek geschrokken op. „Lieve help, bel je tegenwoordig ook al niet meer aan? Wie heeft je binnengelaten, Moshe?"

„Saul," grinnikte hij. „Tussen haakjes, het Arabische militaire gezag heeft me wel eens vriendelijker welkom geheten!" Hij gaf een knikje naar Rachel, die zwijgend verder was gegaan met borden afdrogen. „Dag, Rachel."

„Hallo," zei ze zachtjes.

„Ik zie er niet uit!" jammerde Ellie.

„Ik heb wel vrouwen gezien die er erger dan jij uitzagen."

„Egyptische mummies zeker! Geloof jij die man?" vroeg ze aan Rachel. Ze droogde haar handen aan de theedoek af en rolde met haar ogen.

„Zo, ik hoorde dat Rachel vanmorgen al op pad is geweest om brood te kopen," sprak Moshe zijn afkeuring uit.

„Ja, dat klopt," was Yacov het met hem eens. Hij pakte vlug Saul bij zijn halsband en dook de deur uit, voor het geval Ellie hem een standje zou geven omdat hij de professor had binnengelaten.

„Hoe zit het met de koffie?" vroeg Moshe en schonk zichzelf het laatste beetje in. „En een welkomstkus?"

Ellie kuste hem licht op zijn wang. „Wat zit daarin?" Ze tikte op de rand van de boodschappentas.

„Kogels, geweren en granaten." Moshe ging zitten. „Hoe ziet het eruit?"

„Uniek, echt uniek. We hebben onze granaten vanmorgen geroosterd en opgegeten."

„De perfecte schuilplaats. Zelfs de Britten zouden er niet op komen om in je maag te kijken. Ik zal het aan de wijkhoofden vertellen. Goed. Waar is je oom?"

Ellie zette haar handen in haar zij. „Een hele week laat je niets van je horen, behalve als je bij het ziekenhuis langsgaat en naar een vergadering wegrent, en het enige dat je nu kunt zeggen is 'Waar is je oom?' "

Rachel borg het laatste kopje op en terwijl ze ervoor oppaste dat ze niet naar Moshe keek, liep ze de keuken uit. „Willen jullie me verontschuldigen," zei ze.

Moshe pakte haar hand beet. „Wacht eventjes," zei hij in het Pools. „Ik heb iets te zeggen dat jou aangaat."

Rachel stond stil, keek hem even aan en trok haar hand terug. „Spreek alsjeblieft Engels. Ik probeer Engels te leren," zei ze onzeker.

„Alsjeblieft, ja," voegde Ellie er aan toe. „Op de middelbare school heb ik vier jaar Pools als keuzevak gedaan, maar ik had altijd ruzie met de tijden van de werkwoorden."

Moshe glimlachte en knikte. „Sorry, hoor. Ik dacht dat het gemakkelijker zou zijn."

Rachel stond nog steeds voor hem. Ze hield haar ogen neergeslagen. „Wat is er dan?", vroeg ze.

Moshe nipte aan zijn koffie en keek Ellie in de ogen. „Is je oom thuis?" vroeg hij.

Ellie trok haar wenkbrauwen op en trok haar badjas strakker om zich heen. „Het klinkt ernstig."

„Belangrijk." Hij zette zijn kopje neer en bleef haar recht aankijken.

„Eén momentje. Ik denk dat hij in de douche is. Ik zal me even aankleden." Ze glipte de deur uit. Een voorgevoel kneep haar maag samen.

Rachel bleef daar bewegingloos staan toen de keukendeur heen en weer zwaaide en ten slotte stopte. Voor Moshe zowel als voor haar werd de stilte pijnlijk. Hij kneep zijn lippen stijf op elkaar en keek door het raam de tuin in, waar de zon helder scheen. „Ga je niet zitten?", vroeg hij.

„Zal ik verse koffie maken?", vroeg Rachel. Ze wachtte zijn antwoord niet af, maar greep de koffiekan van de kachel en liep vlug naar de kraan om er water in te doen.

„Ja, graag. Lekker." Hij zocht naar woorden. Hij wachtte zich er wel voor dat hij zijn ogen op haar slanke leest met een riem eromheen liet vallen, of zijn gedachten liet afdwalen van de reden waarom hij op de ochtend voor het Chanoekkafeest hierheen was gekomen.

Rachel mat zorgvuldig de koffie in de pot af. „Lekker weer is het vanmorgen, hè?", zei ze ten slotte, de stilte niet meer verdragend.

„Ja." Hij aarzelde. „Rachel...", begon hij, en zijn stem klonk bijna smekend.

Ze keek hem toen voor het eerst aan. Even trok ze haar wenkbrauwen op, niet in staat haar blik van hem af te wenden. Paniek overviel haar. Vlug draaide ze zich om en stak met bevende handen een lucifer aan om het fornuis aan te steken. „Het is wel slappe koffie, hoor," zei ze gehaast. „Thuis, toen de oorlog uitbrak, gebruikten we dezelfde koffie steeds weer opnieuw tot het op het laatst geen koffie meer was."

„Rachel," begon hij weer. „Toen ik je een paar dagen geleden in het ziekenhuis zag, kon ik echt niet..."

Ze liep naar het raam en keek naar het stenen pad vol dode bladeren. „Ja. ik begrijp het wel," zei ze zachtjes. „Ik... ik wek een weerzin bij je op."

„Nee!" Moshe vloog uit zijn stoel overeind en ging naast haar staan. Hij was bang om haar aan te raken, maar hunkerde ernaar om zijn arm om haar heen te slaan. Hij keek neer op haar handen, die de rand van het aanrecht vastgrepen. „Dat was de reden niet," zei hij, weer in het Pools terugvallend. „Absoluut niet."

„Ik weet dat de Sabra's voor ons, overlevenden, een bijnaam hebben. Ik heb het van de kinderen in de kibboets gehoord. *Sotah*, zeggen ze. Ze hebben medelijden met ons, maar ergens vinden zij ons minder dan mensen. Ik heb het in hun ogen gezien."

„Je hebt het bij het verkeerde eind, Rachel," zei hij zachtjes. „Zo heb ik nooit over jou gedacht. Ik weet niet wat ik voel; nu, na alles wat je hebt doorgemaakt, moet ik je vragen om weer je leven te riskeren."

„Riskeren?" Ze draaide zich met een bang en onzeker glimlachje om haar mond naar hem toe. „Ik heb mijn leven nooit geriskeerd, Moshe. Ik heb alleen overleefd en daarbij heb ik mijn leven verloren. Vraag maar wat je wilt."

Moshe keek de andere kant op, naar buiten, naar de lege, stenen bank in de tuin. „Goed dan," zei hij in het Engels. Met een bezwaard hart ging hij weer bij de tafel zitten.

Met Howard achter zich aan kwam Ellie de kamer binnenvallen. Ze was aangekleed en zag er in haar roestbruine trui en groen met roestbruin geruite rok stralend uit. Howard droeg een zwarte coltrui met een dikke, vaalgroene, ribfluwelen broek. Wat met de situatie verlegen rommelde Rachel in de kast naar een paar extra kopjes.

„Moshe!" Opgetogen stak Howard zijn hand uit. „Nee, blijf zitten, man. Ellie zegt dat je ons iets opwindends te vertellen hebt."

„Hier, ik help je wel even." Ellie pakte de koffiepot van het fornuis en schonk de koffie in de kopjes. Ze deed net of ze Rachels trillende handen niet opmerkte. „Nou, waar gaat het allemaal om?", vroeg ze en zette het volle kopje voor Moshe neer. Hij keek haar niet aan. Opeens kreeg ze een beschermend gevoel voor Rachel. Ze wilde de koffie wel over hem heen gooien. *Wat is er in die paar minuten dat ik weg was gebeurd?*, vroeg ze zich af.

„Morgen is het de dag voor Kerstmis. En het begin van het Chanoekkafeest," begon Moshe. Ellie en Howard gingen tegenover hem zitten. Rachel bleef bij de gootsteen staan. „Een Britse kapitein is bereid om ons te helpen. Morgen zal er maar een fractie zijn van het aantal Engelsen dat de Sionspoort bewaakt. De kapitein heeft aangeboden ons te helpen om wapens voor de Haganah de Oude Stad in te smokkelen. Hij heeft ons al eens eerder geholpen."

„En wat kunnen wij doen?", vroeg Howard.

Moshe pakte een brood uit de tas en gaf het aan Howard. „We bakken brood voor de hongerigen."

Howard liet een laag gefluit horen en woog het brood in zijn hand. „Zoiets zou Ellie ook wel willen bakken, denk ik," grinnikte hij.

Ellie stootte hem met haar elleboog aan en pakte het brood uit zijn handen. „Allemachtig, Moshe!"

„Ik zei het je toch," glimlachte Moshe. „Kogels, granaten en pistolen." Hij zocht naar de ronde kaas en tilde die met beide handen uit de tas. Hij was bedekt met een rode waslaag. „Het perfecte Chanoekkageschenk, vinden jullie niet? Vijfhonderd kogels in een Cheddarkaas."

„Klinkt pittig." Howard woog de kaas in zijn handen.

„Het wordt een cadeau voor Rachels grootvader," legde Moshe uit en keek Rachels kant op. Verbaasd keek ze terug.

„Mijn grootvader?"

„Ja, we hebben voor jou een speciale toestemming gekregen om de Oude Stad binnen te gaan. Het is vanzelfsprekend dat je cadeautjes meeneemt. Maar de geschenken moeten bij het Warschau-Complex worden afgegeven. Rachel, er is geen tijd om...”

„Dan zie ik hem dus niet?” Even glansden Rachels ogen op, maar meteen daarna keek ze weer gewoon.

„Niet morgenavond. Als dit succes heeft, komen er meer gelegenheden, heus, geloof me. Maar schrijf zijn naam maar voor me op. Ik zal kijken of iemand op het bureau een adres voor je kan vinden.”

„Ja, ik begrijp het,” zei ze haperend. „Ik zal doen wat ik kan om te helpen.” Ze krabbelde de naam van haar grootvader op een stukje van een boodschappenzak en gaf het dichtgevouwen aan Moshe. „Bedankt.”

„Prima.” Hij keek Ellie aan. „Jij bent journaliste van een belangrijk tijdschrift. Met jouw pas zullen we geen problemen hebben. De Heilige Stad op Kerstavond. Dat is wel een paar foto's waard.”

„Wat moet ik meenemen? Behalve mijn camera en film dan?”

„Dat hebben we allemaal op een rijtje staan.” Hij sloeg haar vraag over. „Dan heb ik hier het doorslaggevende argument, Howard. Zonder dat werkt er niets.”

„Wat is het?” Howard leunde voorover.

„Zonder hulp hebben Ellie en Rachel niet de flauwste notie van waar ze heengaan of waar ze geweest zijn.”

„De Oude Stad is niet mijn domein, Moshe. Jij kent alle steegjes en routes over de daken.”

„Niet jóuw hulp, bedoel ik, Howard. We moeten de jongen gebruiken.”

„Yacov?”

„Hij maakt de meeste kans dat hij eventuele Arabieren die tussen hen en de joodse wijk staan kan passeren.”

„Nee, dat mag ik niet toestaan, Moshe. Yacov is nog maar een kind. Stel je voor, dat hij gewond raakt? En zijn ogen zijn niet...”

De keukendeur kraakte open en Yacov stapte naar binnen. „Ik kan de weg blind nog wel vinden, professor. Ik ben al zo vaak aan boze Engelsen ontsnapt. Maar van de Arabieren heb ik nog nooit gestolen, want we zijn buren. Maar als er een probleem is, ben ik heus de beste om juffrouw Ellie en Rachel naar het Warschau-Complex te brengen.”

„En kun je ze daarna ook weer thuisbrengen?”, vroeg Moshe.

„Ik kom weer terug. Ik zou wel heel graag de Chanoekkakaarsen willen aansteken, maar ik kom weer naar dit huis terug.” De jongen keek Howard met zijn ene oog doordringend aan en schoof wat aan zijn zwarte ooglap. „Ik moet u immers met de kaarsen helpen.”

Howard knikte langzaam. „Je bent weer op tijd terug voor het avondeten."

„Ja," lachte Yacov monter, „als Rachel kookt."

Rachel lachte verlegen en Ellie verzuchtte vol ergernis: „Zij kan volgens jou dus lekkerder koken dan ik?"

Yacov haalde zijn schouders op. „Niet ik, maar Saul..."

Ondanks de ernst van het ogenblik moest Howard grinniken. „En ik, Moshe, kan ik ook nog ergens mee helpen?"

Moshe haalde een opgevouwen enveloppe uit het borstzakje van zijn overhemd te voorschijn. „Dit kwam gisteravond op de universiteit aan. Het is van Moddy Elaram in Betlehem." Hij gaf de enveloppe aan Howard.

„De Arabische antiekhandelaar?", vroeg Ellie. Ze had ogenblikkelijk de naam van de handelaar die heel vaak bij hen langs was geweest herkend. *Hij heeft warme, bruine ogen, net als van een Jersey koe*, dacht Ellie, terwijl ze zich hem voor de geest haalde. Meestal had hij informatie of een klein, maar authentiek kunstvoorwerp om aan Moshe of oom Howard te laten zien.

„De brief is kennelijk al drie weken geleden op de post gedaan. We mogen van geluk spreken dat hij aangekomen is," zei Moshe. „Toe maar, lees maar wat hij schrijft."

Howard keek eens naar het gedrongen schrift op de enveloppe, haalde vervolgens de brief eruit en begon te lezen. „Hooggeachte professor Sachar," las hij hardop. „Ik hoop dat de aankoop van de waterkan, twee weken geleden, u genoegen heeft gedaan. Ik heb sindsdien, na het uitbreken van al deze toestanden, gerouwd om het verlies van mijn goede joodse vrienden en klanten. Verder kreeg ik enkele zeer oude geschriften onder ogen die twee Bedoeïenen-schaapherders bij mij brachten. Ofschoon ik deze rollen niet heb gehouden" – Howard keek op toen Ellies adem stokte – „omdat ik het schrift niet kan ontcijferen, heb ik erin toegestemd om als tussenpersoon op te treden. Mochten professor Moniger en u hen willen spreken – om zeven uur op de avond vóór Kerst zijn zij bij mij in de winkel. Dat hebben ze beloofd. De christenen gaan dan naar de kerk en u zult dan minder opvallen. Hoogachtend, Uw Dienaar, Moddy Elaram." Howard staarde naar de brief en liet een laag fluitje horen. Toen keek hij naar Moshe, die opgewonden lachte. „Dat móeten dezelfde mannen zijn," zei hij ten slotte.

„Ze dreigden dat ze naar de antiekhandelaars in Betlehem zouden gaan." Ellie pakte de brief uit Howards hand en liet haar ogen erover heenglijden. „Maar dat is een Arabisch bolwerk."

„Ik denk dat ze bang waren om hier terug te komen," zei Moshe. „We moeten erheen, Howard. We kunnen niet anders."

Toen ze de deur van hun kamer in het Atlantic Hotel in Jeruzalem opendeden kwam de zware lucht van belegen sigarerook David en Michael tegemoet. Het was vroeg in de ochtend en Michael zag er nog uit of hij een week niet naar bed was geweest, vond David, ook al had hij heel de reis van Europa naar hier geslapen.

David mikte zijn canvas plunjezak op een stoel, ritste zijn vliegeniersjack open en liet zich voorover op het bed neervallen. Voor het eerst sinds ze drie dagen geleden uit Praag waren vertrokken hield hij een kussen vast. Zijn benen staken aan de andere kant van het bed uit en Michael gaf er een duwtje tegen aan toen hij er langs liep. „Je kunt beter je laarzen uittrekken, IJzeren Hein," waarschuwde hij. „Als je zo in slaap valt, houden je knieën het niet meer."

Kreunend draaide David zich om. Hij ging overeind zitten en maakte zijn veters los. „Ja, jíj kunt het weten. Jíj bent een expert in gekke slaaphoudingen. Hoe jij je gezicht tegen de cockpit platdrukt en er uren tegenaan leunt terwijl ik vlieg, nou, ik kan er niet bij, hoor!" Hij gooide zijn linkerlaars in Michaels richting, die de badkamer indook.

„Het is angst. Daar word ik als jij vliegt altijd slaperig van," riep hij. David ging staan en mikte zijn andere laars de badkamer in, die pal tegen Michaels achterste aankwam. Een luide kreet slakend gooide Michael de deur dicht. David bonsde met zijn vuist op het dunne hout. „Hé, je gaat toch niet daar slapen?"

De grendel schoof dicht. „Kop dicht, Meyer," riep Michael, „of je zult nooit meer slapen, geloof me."

„Dat zeg jij, ja." David had opeens geen zin meer om zijn vriend te plagen en liet zich nu achterover op het bed vallen. Hij staarde even naar zijn tenen die uit een paar hopeloos grote gaten in zijn sokken staken. „Als ik die vanavond op de schoorsteenmantel hang, zal de kerstman nog de grootste moeite hebben om er iets in te doen," zei hij hardop.

„Wat zeg je?" Michael kwam de badkamer uit.

„Ik zei dat de kerstman niets in mijn sok kan doen." Hij wiebelde met zijn grote teen.

Michael snoof eens en trok een vies gezicht. „Dat wil hij nog niet eens."

„Nu weet ik waarom hij een pijp rookt. De tabak ruikt lekker," zei David slaperig.

„Ik had het er al met je over willen hebben, IJzeren Hein." Michael trok de la van zijn ladenkast open en haalde er een in rood papier ingepakt pakje uit. Hij gooide het naar David toe, die het met zijn linkerhand opving. Hij hield het op en bekeek het eens goed.

„Moet ik raden of zal ik het nu openmaken?"

„Maak nu maar open. Vanavond is het toch zover. Je kunt niet naar Ellie met sokken vol gaten."

„Nog niet zeggen; het is een nieuwe portefeuille vol vijftig-dollarbiljetten."

David legde het pakje tegen zijn voorhoofd. „David ziet alles, David weet alles," dreunde hij. „Een nieuwe Dodge model 1947... o, nee, nee – ik zie het al..." Hij trok het papier eraf. „Een paar splinternieuwe zwart met rode sokken! Fantastisch!" lachte hij, echt blij. „Prachtig!"

„Een fijn Chanoekkafeest." Michael kreeg een kleur. „Het stelt niet veel voor, maar je had ze hard nodig, mogen we wel zeggen..."

„Doe mijn bovenste la eens open," instrueerde David. „Daar ligt ook wat voor jou. Onder mijn T-shirts, in dat groene pakje."

„O, dat had je niet moeten doen." Michael pakte het kleine pakketje uit de la.

„Maak het nu maar open, Vogelverschrikker. Je moet uiteraard je naam eer aan doen, maar ik heb nog nooit iemand met zulke rare plekken op zijn onderbroeken gezien."

„Als ik vlieg geeft het zitvlak van mijn broek af." Michael moest lachen toen hij het pakje openmaakte. Niet één, maar drie onderbroeken met rode harten kwamen te voorschijn. „O, dat had je nou toch echt niet moeten doen."

„Ik heb ze in Rome gekocht. De juffrouw van de winkel heeft er zelfs je initialen op geborduurd."

„O ja?" Michael keek eens goed. „Nou, Vogelverschrikker, bedankt hoor. Ik wist niet dat je zo hartelijk was." Hij moest om zijn eigen woordspeling lachen en wees naar de hartjes op de onderbroeken.

„In ieder geval: vrolijk Kerstfeest, al is het nog een beetje vroeg."

„Bedankt." Michael vouwde de onderbroeken netjes en zorgvuldig weer op en legde ze in zijn bovenste la. David pakte de sokken beet en draaide zich met een zucht van blijdschap om terwijl hij aan het cadeau dacht dat hij keurig ingepakt in zijn plunjezak had. Hij hoopte dat Ellie het briefje zou lezen dat hij haar had geschreven en dat ze wist dat hij meende wat hij die nacht in het vliegtuig boven Jeruzalem had gezegd. *Vanavond is het grote moment*, dacht hij. Hij deed zijn ogen dicht en doezelde in slaap.

8
Kerstavond

De hal van dagblad *De Palestine Post* leek wel iets op die van het plaatselijke krantje in Glendale in Californië, waar Ellie eens een zomer had gewerkt. Op de vloer lagen mozaïektegeltjes in een geometrisch patroon. Hier en daar ontbrak er een of was er een stukje afgebroken. De lange, mahoniehouten balie die de ingang van het administratieve gedeelte scheidde glansde warm van de ouderdom. Naast een paar ingelijste exemplaren van de krant met enkele belangrijke momenten in het bestaan van Palestina, hingen een paar bekroningen. Er hingen foto's van mannen als Theodor Herzl, de man die van het Zionisme geen woord, maar een begrip maakte, en een paar recentere foto's van David Ben-Goerion die groetend zijn hand opstak tijdens de nacht van de scheiding. Drie mannen en een vrouw waren achter met papieren bezaaide bureaus driftig op een paar versleten typemachines aan het tikken.

Toen Ellie en Rachel binnenkwamen, keek alleen de vrouw op. Ze ging door met haar werk toen Ellie een nieuwe krant van een stapel kranten op de balie afpakte en de voorpagina begon door te kijken. De koppen waren niets bijzonders, het meest urgente was het gebrek aan telefoonverbindingen tussen de Arabische en de joodse delen van de stad. *De wereld is weer bezig zich om alledaagse, irritante dingen zorgen te maken*, dacht Ellie. Er was één belangrijk verschil tussen de *Palestine Post* en de *Glendale Herald*: de *Glendale Herald* zat niet middenin een oorlog.

Ellie schraapte haar keel en legde met een klap haar lege, leren fototas op de balie.

De vrouw achter het bureau keek op. „Waarmee kan ik u van dienst zijn?" vroeg ze.

„Ik ben Judith," antwoordde Ellie, herhalend wat Moshe haar de dag daarvoor had gezegd.

„Prima," antwoordde de vrouw opgewekt. „U bent vroeg," zei ze, precies als Moshe had voorspeld.

„Mijn horloge loopt een beetje voor," was Ellies antwoord.

De vrouw ging staan en deed het halve deurtje in de balie open. Ze liet Ellie en Rachel binnen en ging hen zwijgend voor door een matglazen deur die op een trapje naar het souterrain uitkwam. „Rechtdoor naar achteren. In de donkere kamer. Hij verwacht u."

Terwijl Ellie en Rachel de trap afliepen deed de vrouw de deur achter hen dicht.

In het souterrain kwam het zware gedreun en geklang van de drukpers hen tegemoet. Wielen draaiden en draaiden terug terwijl het massieve printblok ritmisch op het papier sloeg. Een jongeman met een leren schort voor hield de pers in de gaten. Op zijn gezicht zaten een paar inktvegen. Hij keek op en glimlachte. Met zijn duim gebaarde hij naar de deur waarop „FOTOLAB" stond.

Ellie klopte op de deur. Vervolgens, ervan overtuigd dat het lawaai van de drukpers haar kloppen had overstemd, draaide ze de deurknop om en liep het rommelige laboratorium dat bakstenen muren had binnen. Harde muziek begroette hen. Ellie herkende onmiddellijk het geluid van het donderende kanon uit de *Ouverture 1812* dat uit een grote, met de hand opwindbare, grammofoon in de hoek rolde.

Een magere, kleine man met een kaal hoofd zat op een kruk bij een balie. Hij was aandachtig met iets bezig. Achter hem kwam het gedender van de drukpers gierend met een laatste klap tot staan. De *1812* denderde voort.

„IK BEN JUDITH," schreeuwde Ellie boven de muziek uit.

Het mannetje keek op alsof hij iets dacht te horen, keek weer naar beneden en ging met zijn werk verder.

Ellie probeerde het nog een keer. „IK BEN JUDITH!"

De man op de kruk draaide zich om. Toen hij de twee vrouwen bij de deur zag lichtte zijn gezicht op. Hij ging staan en liep naar de grammofoon. „U BENT VROEG!" schreeuwde hij terug.

Ellie haalde diep adem. „MIJN HORLOGE," begon ze. De man tilde de naald van de grammofoonplaat op en het werd stil. Ze ging zachter praten. „Mijn horloge..."

„Ja, ik weet het. Het loopt iets voor," maakte hij gemoedelijk de zin af. „Goed. Gaat u zitten, juffrouw Warne. En u bent zeker juffrouw Lubetkin?" Hij schoof twee krukken bij en verdween in een andere kamer. Ellie en Rachel keken elkaar vragend aan; Ellie had een doof gevoel in haar oren van het harde geluid van zoëven. De man kwam weer terug met een grote, kartonnen doos die hij voor zich neerzette. Daarna plofte hij tussen hen in op zijn kruk neer.

„Het is hier nogal lawaaierig, hè?" constateerde Ellie.

„Een noodzakelijk kwaad," glimlachte hij. „Dat is voor het geval we eens zorgeloos mochten worden en onszelf opblazen. We zouden dan niet graag zien dat de Britten hier op onderzoek kwamen." Hij pakte een metalen filmblik uit de doos en hield het omhoog. „Een doodgewoon filmblik, hè?" Hij draaide het deksel open en liet Ellie de film zien die erin zat. „Film, hè?" Hij gaf haar het blik in de hand en tikte tegen de bodem. „Ontstekingspatronen. Om op te blazen, snapt u," zei hij triomfantelijk.

Ellie knikte terwijl hij voorzichtig de ontstekingspatronen terug in het blik deed. „Nu zie ik waarom u de *Ouverture 1812* heb uitgekozen."

„Ja, u moet heel voorzichtig zijn. De lampjes–" hij pakte een flitslampje dat er doodgewoon uitzag op. „Als u dat zou laten vallen vrees ik dat de flits uw foto zou bederven." Hij lachte trots. „Uw camera is ook geladen."

„Nou, u maakt hier wel vuurwerk, professor."

Voorzichtig legde hij het flitslampje weer neer en sloeg zich tevreden op de knieën. „Dat is voor Onafhankelijkheidsdag. Ik zal u helpen uw tas in te pakken. De Engelsen bij de poort zullen u niet lastigvallen. Als u door de patrouilles van de Arabische Militia wordt tegengehouden voordat u de wijk bereikt, kunt u beter een stapje naar achteren doen als ze per se door uw tas willen rommelen. Als ze er niet voorzichtig mee zijn zal de inhoud ongetwijfeld zijn doel een beetje eerder dienen."

„Kan dat spul me opblazen?" vroeg Ellie behoedzaam.

Hij keek haar geïrriteerd aan. „Uiteraard, als u niet de nodige voorzichtigheid in acht neemt."

Ellie zuchtte en lachte toen berustend. „Het is dus gevaarlijk."

„Wat had u dan verwacht – dat het een fluitje van een cent was?"

„Ik weet niet wat ik verwachtte. Maar dit is wel iets meer dan ik had gedacht."

„Goed. Goed." Hij glimlachte en legde haar camera op de tafel. „Dan wens ik u Gods zegen en veel geluk toe." Hij begon de verborgen explosieven met zoveel omzichtigheid in te pakken, dat Ellie er opeens een droge keel van kreeg.

Ellie hield de fototas voorzichtig vast. Ze probeerde natuurlijk te doen toen ze de bakkerij op de hoek van de King George Avenue en de Via Julianus binnenging. De winkel stond vol vrouwen, die bestellingen voor hun inkopen voor de feestdagen over de toonbank heen naar de twee bedienden toe schreeuwden die jachtig in de weer waren en geïrriteerd naar achteren riepen dat ze de bestellingen klaar moesten maken.

„Dit doet me denken aan Saks Fifth Avenue tijdens de uitverkoop!" schreeuwde Ellie naar Rachel terwijl ze achteraan de lange rij gingen staan. Terwijl ze zich zo'n twintig minuten later een weg naar de vitrinekasten vooraan hadden gebaand, keek een vrouw met strak naar achteren getrokken haar Rachel aan.

„Nou, vlug een beetje, graag. Er staan ook nog anderen te wachten," snibde ze toen Rachel aarzelde.

„Ik heet Judith," herhaalde Rachel het codewoord.

„U bent te vroeg," mopperde de vrouw.

„Mijn horloge loopt een beetje voor."

„Nou, ik weet niet of uw bestelling al klaar is." Ze draaide zich om en schreeuwde terug naar de achterkamer: „De bestelling voor Judith!"

Even later verscheen er een grote boodschappentas bij het raam naar achteren. Twee challebroden, het brood voor de heilige dag, staken er boven uit. De vrouw pakte de tas ruw beet. Terwijl ze zich afvroeg waarmee het brood gekruid was, kromp Ellie ervan in elkaar. De vrouw gaf de tas over de toonbank heen aan Rachel, die wilde weglopen. „Dank u," riep Rachel boven het lawaai uit.

„Wacht even. U moet nog betalen!" riep de vrouw.

Rachel verbleekte. Het was niet bij haar opgekomen dat ze voor de schone schijn voor haar aankopen zou moeten betalen. „Hoeveel is het?" Ze frommelde in haar zak.

„Ik betaal wel even." Ellie stapte vlug naar voren en telde het geld op de toonbank uit. Rachel, die geen rooie cent bij zich had, zuchtte opgelucht. Ze zag dat Ellie zorgvuldig haar fototoestel uit de buurt van een stevige vrouw hield die achter hen naar voren schoof.

Rachel hield haar boodschappentas als een kind op de arm terwijl ze zich stukje voor stukje een weg naar de deur van het bedompte winkeltje baanden. „Laat Moshe ons ook nog voor dat spul betalen," zei Ellie. Ze schudde verontwaardigd haar hoofd. „Ik zal hem een bonnetje geven, dan kan hij me terugbetalen."

Hun volgende stop was een kleine kledingzaak op de King George, drie blokken verder. Een bel rinkelde toen ze de deur opendeden en uit de kamer erachter kwam een vrouw van een jaar of zeventig te voorschijn. Ze had grijs haar en was gekleed in een dieprood maatmantelpak naar de laatste mode. „Lieve help," zei ze met een elegant Oostenrijks accent. „Cliënten. Mag ik u helpen?"

„Mijn... naam... is... Judith," sprak Ellie heel zorgvuldig uit.

„U bent te vroeg." Het accent van de vrouw verdween ogenblikkelijk.

Rachel en Ellie keken elkaar geamuseerd aan. „Onze horloges lopen altijd voor," zei Ellie.

De oude vrouw zette een bordje Ben Even Weg voor de etalageruit en deed vervolgens de winkeldeur op slot. Ze ging de meisjes voor naar het souterrain en daar, in anderhalf uur tijds transformeerde ze hen van slanke, goed geklede jonge vrouwen naar slonzige, stevige matrones met op de juiste plaatsen onder lagen dikke stof en opgevulde beha's kogels en granaten verstopt.

„Het belangrijkste, lieve kinderen, is ervoor te zorgen dat de mannen jullie *niet* willen fouilleren," zei de vrouw terwijl ze de deur uit waggelden, „en ik denk dat we daarin zijn geslaagd." Ze glimlachte. Ze deed de winkeldeur dicht en trok het markies op toen ze vertrokken.

Ellie en Rachel hijgden als postpaarden toen ze eindelijk thuiskwamen. Ellie veegde het zweet van haar voorhoofd en ze legden voorzichtig hun bagage op de bank in de voorkamer neer. Oom Howard keek om de hoek en zag hun ruggen. „Wat is hier aan de hand?" klonk zijn woedende stem.

Ze draaiden zich om. Zedig zwaaide Ellie naar haar stomverbaasde oom en sloeg haar ogen neer. „Joehoe!"

„Wel allemensen, kind!" bulderde hij. „Wat hebben ze met jou uitgespookt?"

Ellie keek eens goed naar de gestreepte kledij die hij in zijn armen hield. „Wat zijn ze met u aan het doen?"

„Ik ga als Arabier. Als ik bij de Mamillah begraafplaats ben gooi ik dit over mijn kleren. En dan steek ik over en loop Arabisch grondgebied in. Dat is alles."

„Wanneer gaat u?" Ellie voelde een golf van bezorgdheid en aarzeling over de hele onderneming over zich heenkomen.

„Nu." Howard ving de paniek in haar ogen op. Hij liep naar Ellie en Rachel toe. „Maar dan zullen we toch eerst deze nacht en onszelf in Gods hand geven, kinderen." Hij strekte zijn armen uit en legde zijn armen voorzichtig op hun schouder.

„Een goed idee," zei Ellie en boog haar hoofd. „Eerlijk gezegd weet ik niet waaraan ik ben begonnen."

Howard boog zijn hoofd en deed zijn ogen dicht. Rachel geneerde zich een beetje, maar deed hetzelfde. Howard voelde haar verstijven toen hij bad: „Lieve Heer, we vragen of U vannacht met ons allen bent. Houd ons veilig in uw liefdevolle handen. Waak over ons denken en doen en breng ons weer veilig thuis. Dat vragen we in de naam van Uw Zoon die voor ons stierf. Amen."

„Amen," herhaalde Ellie en gaf Howard een knuffel. „Wees voorzichtig, ouwe teddybeer," zei ze.

Rachel keek verlegen de andere kant op. Howard kuste Ellie bovenop haar hoofd. „Wees zelf ook maar voorzichtig," zei hij. „Ik heb het gevoel of ik zojuist een gordeldier omhelsd heb. Wat heb je allemaal bij je?"

„Het hele idee was dat niemand ons zou willen fouilleren."

„Nou, dat willen ze zeker niet, daar kun je van op aan." Hij wreef over zijn ribben en kromp in elkaar. „Goed. Ik ga er vandoor. Ik zie jullie hier vóór de ochtend weer. Als we niet terug zijn als het licht wordt..."

„Als u niet bij daglicht terugbent, dan wat...?" Ellie keek hem gealarmeerd aan.

„Dan stuur je de cavalerie maar." Hij tikte tegen haar kin en liep toen vlug naar de deur voor zijn afspraak met Moshe.

Gerhardt maakte zijn tweede pakje sigaretten van die dag open en gooide het cellofaanpapier uit het raampje van de vrachtwagen die als een slak langs Bab El Wad kroop. De haveloze Engelse deserteur achter het stuur keek hem ontzet aan.

„Allemachtig! Je gaat dat ding toch niet hierbinnen oproken?" Hij veegde de zweetdruppels van zijn voorhoofd toen Gerhardt een pakje lucifers uit zijn zak haalde. „Er zitten genoeg explosieven in deze vrachtwagen om half Jeruzalem naar de barrebiesjes te helpen."

Gerhardt kneep lachend zijn ogen dicht. Hij leunde naar voren en streek zijn lucifer op het dashboard aan, centimeters van de plaats waar de lont uit een metalen buis kwam. „Alleen maar de joodse helft."

De deserteur vloekte en reikte naar de deurhendel. „Nog één keer, makker, en dan zoek je maar een andere chauffeur!"

Luid lachend sloeg Gerhardt zijn hoofd achterover en inhaleerde vervolgens de scherpe rook. Twee vrachtwagens vol explosieven, met als chauffeur Engelse deserteurs die de joden bijna even intens als hijzelf haatten – het plan was waterdicht, mijmerde hij. Misschien zou het wel de grootste triomf in zijn hele carrière worden.

Het duurde nog meer dan een uur voordat Lijn twee naar de Sionspoort zou vertrekken. Rachel smeerde voor tussen de middag voor Yacov gauw een paar dunne boterhammen met roomkaas en aardbeienjam.

„Je maakt altijd lekkere dingen," zei Yacov in een poging een gesprek aan te knopen. Hij trok eens aan zijn ooglap en nam toen weer een hap.

„Mijn moeder maakte altijd zulke boterhammen voor me klaar," antwoordde Rachel. „Met wilde bramenjam. We plukten de bramen zelf..." Haar stem zwierf weg bij de herinnering aan picknicks bij een brede rivier en de zon die door de groene bladeren boven hen heenfonkelde.

„Lekker," zei Yacov met volle mond.

„Zet je bord maar in de gootsteen als je klaar bent," zei ze, bang voor de herinneringen die zich zo vaak aan haar opdrongen. Ze bleef even met haar rug tegen het aanrecht geleund staan en keek toe hoe Yacov opgewekt verder at. Hoe vaak had ze op het gezicht van haar broers niet diezelfde uitdrukking gezien als ze hun eten naar binnen schrokten en hun boeken bij elkaar pakten. Mama zette dan hun yarmulke recht en trok hun jack goed, en vervolgens trokken ze de deur met een klap dicht en vlogen de straat uit naar de synagoge voor hun lessen.

Rachel slikte hard en liep zwijgend de keuken uit naar de eenzaamheid van haar kamertje. Nog geen uur later zou ze in de straten van de Oude Stad lopen, wist ze. Misschien kwam ze wel langs het huis waar haar grootvader woonde. Misschien liep ze hem op straat wel voorbij, en zou hij haar niet eens herkennen. *Het is niet eerlijk van Moshe dat hij me nog geen vijf minuten de tijd gunde om hem te leren kennen, zijn gezicht aan te raken en te weten dat ik niet alleen op de wereld ben*, dacht ze. Maar Moshe had vast wel geweten dat er nooit genoeg tijd kon zijn om alle dingen die ze wilde zeggen aan de oude man te vertellen. Vijf minuten, een uur, een dag, het kon nooit genoeg zijn.

Ellie klopte op de deur en stak toen haar hoofd naar binnen. „Ik neem mijn 35 millimeter camera mee, je weet maar nooit..." begon ze, maar onderbrak haar zin toen ze de emotie in Rachels ogen zag. „Wat is er?" vroeg ze en ging naast Rachel op het bed zitten. „Ben je bang?"

Rachel schudde haar hoofd. „O, nee," riep ze.

„Zit je ergens over in?" probeerde Ellie haar te ontlokken. Ze was niet het type om het meteen op te geven, ook al vroeg ze zich af of ze zich er misschien maar beter niet mee kon bemoeien.

„Ik heb gewoon heimwee..." Rachel slaagde erin haar stem niet te laten stokken.

Ellie sloeg een arm om haar schouder. „Ja, je bent er nu ook zó dichtbij, hè. Maar je weet dat we weer vóór het donker uit de stad moeten zijn, en de kapitein heeft pas om vier uur bij de poort dienst. We hebben dus een uur, Rachel, misschien iets meer. Je wilt me toch niet vertellen dat we dit spul kunnen afleveren en bovendien je grootvader opsporen? En dat jullie twee dan genoeg tijd hebt om elkaar weer te leren kennen?"

„Ja, je hebt gelijk." Rachels stem klonk weer kalm. „Het zou afschuwelijk zijn hem te zien en dan niet te kunnen blijven."

„Mannen zijn de enigen die de stad ingaan om er te blijven. En het kost Moshe al moeite genoeg om voldoende eten voor hen te versieren. Maar het is wel ontzettend sneu voor je."

„Het is onverstandig en egoïstisch van me. Ik moet wachten, als dat betekent dat ik Moshe bij zijn activiteiten help. Maar ze zeggen dat mijn grootvader nog niet eens weet dat ik leef. Er kan geen boodschap naar hem toe. Was er nou maar een manier als we eenmaal in de Oude Stad zijn..."

Ellie keek bedenkelijk en beet peinzend op haar lip. „Nou, misschien kunnen we wel ergens een briefje voor hem achterlaten. Heb je het er wel eens met Yacov over gehad?"

„Nee, wat zou dat voor zin hebben?"

„Hij komt uit de Oude Stad. Er wonen vast niet zoveel oude rabbijnen. Misschien kent hij hem wel. Of kent hij iemand die hem kent. Je moet er echt met hem over praten, Rachel. Hij spreekt zelfs Pools!" Er klonk ergernis door in Ellie's stem en Rachel schaamde zich voor haar tegenzin om met de jongen te gaan praten. „Hij is hier al drie dagen. Kom nou toch, Rachel. Jij zit hier maar medelijden met jezelf te hebben, en al die drie dagen heb je de enige die je misschien een paar antwoorden kan geven nog niets gevraagd."

Rachel keek de andere kant op. Tranen sprongen haar in de ogen. „Ben je boos op me?" vroeg ze, bang dat ze haar enige vriendin had verloren.

„Boos?" zei Ellie hardop. „Ben je mal! We zijn alleen sufferds dat we daar niet eerder aan hebben gedacht." Ze trok een lang gezicht van frustratie. Langs Rachels wang biggelde een traan naar beneden, maar ze glimlachte opgelucht.

„O, ik dacht dat je boos was."

„Nee. Ik maak altijd een hoop lawaai. Dat is het Ierse bloed." Ze gaf een klopje op Rachels hand. „Goed. Wat is jouw voorstel nu ik mijn zegje heb gedaan?"

„Met de jongen gaan praten?"

„Prima. Op naar Yacov."

„Op naar Yacov." Rachel ging staan en veegde haar tranen weg. Ze liet Ellie op het bed achter en liep naar de keuken toe.

Als een tevreden katje na de maaltijd zat Yacov de jam van zijn vinger te likken. „Moeten we al weg?" vroeg hij, verlangend naar het avontuur.

„Nee," antwoordde Rachel zachtjes. Ze deed water voor de thee in de ketel, ofschoon ze eigenlijk niet eens zo'n zin had in thee. „Zeg, jongetje, luister eens," begon ze aarzelend.

„Ik ben geen jongetje. Ik ben al tien, hoor," zei hij uitdagend.

„*Yacov*," begon ze opnieuw. „Je weet dat ik een grootvader heb in de Oude Stad, en daar kom jij ook vandaan, heb ik begrepen–"

„Nee, dat wist ik niet." Hij vouwde zijn handen op de tafel en keek haar met hernieuwde belangstelling aan.

„Nee, dat zul je ook wel niet weten." Ze zette de ketel op en durfde het hem bijna niet te vragen. *Misschien weet hij het wel helemaal niet*, dacht ze. „Maar het is wel zo. En ik ben heel erg lang weggeweest."

„Heb je in een kamp gezeten?" vroeg Yacov.

„Ja."

„Dat dacht ik al. Alleen heb jij van dat mooie, lange haar. Ik dacht altijd dat ze de hoofden van vrouwen in de kampen kaal schoren."

Paniek overspoelde Rachel. Duizelig draaide ze zich om en liep naar de deur toe. Op dat moment kwam Ellie binnen, pakte haar beide handen beet en hield haar tegen.

Beschaamd boog Rachel haar hoofd. Ellie tilde haar kin op en keek haar recht in de ogen. „Je moet verder, en daar kun je even goed nu mee beginnen," zei ze zachtjes. „Ga zitten."

„Heb ik iets verkeerds gezegd?" vroeg Yacov.

„Nee, Yacov," antwoordde Ellie. Rachel ging aan de andere kant van de tafel tegenover hen zitten. „Je hebt gelijk dat Rachel prachtig haar heeft. Maar daar gaat het eigenlijk niet over." Ze ging naast hem zitten. „Rachels grootvader weet niet dat ze nog leeft, snap je. Dat weet hij nog niet."

„Maar hoe kan dat dan?", vroeg Yacov verbaasd.

„Omdat Rachel heel lang is weggeweest. En nu dachten we dat we hem misschien op de een of andere manier een briefje konden sturen."

„Heeft je grootvader nog meer familie?", vroeg Yacov.

„Nee," antwoordde Rachel. „Ik ben de laatste."

„Ja, dan is het echt wel belangrijk dat hij het gauw te horen krijgt." Hij stak zijn onderlip naar voren. „Alleen zijn kan iemands hart breken. Dat zegt grootvader tenminste."

„Dat is ook zo," was Ellie het er mee eens en ze raakte geruststellend Rachels hand aan.

„Rabbijnen weten dat soort dingen," zei Yacov trots.

Rachels gezicht klaarde op. „Mijn grootvader is ook rabbijn."

„Dan kennen ze elkaar vast en zeker!" Van opwinding ging Yacov sneller praten. „Hoe heet hij dan?" vroeg hij.

„Rabbi Lebowitz," antwoordde ze.

Ellies adem stokte en Yacov trok verbaasd zijn wenkbrauwen op.

„Shlomo Lebowitz?" vroeg hij behoedzaam.

„Ken je hem?" Rachel stak over de tafel haar arm uit en pakte blij zijn hand beet; meteen trok ze die weer terug toen ze ongeloof en ontsteltenis op zijn gezicht las. „Is hij... dood?" vroeg ze.

„Nee," antwoordde Yacov. Hij had het gevoel dat zijn keel werd dichtgeknepen. Hij leunde iets voorover en bestudeerde haar gezicht in een poging zich de foto te herinneren die grootvader hem een hele tijd geleden had laten zien. Maar dit kòn toch niet het gezicht van zijn zusje zijn, nee, dat kon gewoon niet! „Rabbi Shlomo Lebowitz is *mijn* grootvader!"

„Neef en nicht?," stamelde Ellie en keek van de een naar de ander. Ze keek naar de zachte ronding van hun kin. Allebei hadden ze een klein kuiltje erin; en ze keek naar de levendige, ongelooflijk blauwe ogen.

Rachel zag bleek; haar ogen glinsterden van emotie. Voorzichtig stak ze haar hand naar Yacovs gezicht uit. „Ik heb geen neven en nichten," fluisterde ze.

„Ik ook niet," antwoordde Yacov. Eindelijk geloofde hij de heldere blik van het zusje dat hij, behalve in de uitgedroogde, gebarsten afbeelding op een vergeelde foto, nooit had gekend.

„Ben jij dan Yani?" vroeg Rachel, met bevende handen zijn gezicht strelend. „Ben jij Yani Lubetkin?"

„Yani. Ja, ik ben Yani. Maar grootvader heeft me al jaren niet zo genoemd," ratelde hij. „En ik was vergeten dat mijn oudere zus een naam had. Ik was je naam vergeten." Hij begon te huilen, zijn tengere schoudertjes schokten van het snikken.

Rachel ging naar hem toe en sloeg haar armen om zijn schouders. Ze hield zijn hoofd in haar armen vast. „Niet huilen, baby Yani. O, Yani! Ik ben je zusje dat er niet meer was. Ik ben Rachel."

9
Cadeaus voor Chanoekka

Moshe verschoof de hoofdband van zijn keffiyah iets. Onder het zware, zwart met bruin gestreepte, wollen kleed dat hij droeg had hij het haast te warm, maar als het eenmaal nacht was, zou hij blij met die warmte zijn. Het ezeltje dat hij bij de teugel had besnuffelde hem zachtjes. Moshe krauwde hem eens achter de oren en tuurde ongeduldig de weg naar Betlehem af of hij Howard al zag, met wie hij over bijna een uur had afgesproken. Moshe had zijn horloge in zijn appartement achtergelaten uit angst dat het zou verraden dat hij geen Bedoeïene-nomade was. Maar nu wilde hij dat hij precies wist hoe laat het was. Hij keek omhoog naar de lucht boven het krachtstation naast de spoorlijn en de weg, die ver Arabisch gebied in liep. Het was een prachtige, wolkenloze middag. *Vol hoop*, dacht Moshe. De paar christelijke pelgrims die nog restten liepen hem op hun weg naar Betlehem om te aanbidden voorbij.

Normaal gesproken was het op deze avond druk op deze weg. Hele gezinnen reisden dan naar de plaats van Christus' geboorte. De menigten waren dit jaar tot enkele vrome gelovigen uitgedund. Wat één ding betreft hadden de Bedoeïen schaapherders met wie hij en Howard vanavond hadden afgesproken echter gelijk gehad – er was kennelijk niemand die hem met zijn ezeltje opmerkte. Vandaag konden ze zonder pantserwagen en een brigade Haganah-soldaten naar het winkeltje van Moddy Elaram gaan, maar het zou voor de komende maanden ongetwijfeld hun laatste trip zijn. Hij hield zijn hand tegen de felle middagzon voor zijn ogen en keek de mensen in hun gezicht of hij de bekende, joviale lach van Howard onder een Arabische keffiyah bespeurde. *Ik had bij de leegstaande molen van Montefiore op Howard moeten wachten*, piekerde Moshe. Dat was in ieder geval nog op de rand van joods gebied. Hij was gewaarschuwd dat er Arabische scherpschutters in die omgeving waren gesignaleerd. Maar zoals ze nu waren gekleed, zouden ze zich meer zorgen moeten maken dat ze niet door de Haganah werden beschoten. Nog geen vijfhonderd meter van Montefiore vandaan, de Via Julianus af, voorbij het treinstation, bevond Moshe zich al diep in vijandig gebied. Hij hoopte dat er niets was geweest waardoor Howard te laat was of niet had kunnen komen. Ze moesten nog een paar kilometer verder voordat ze eindelijk beschutting binnen de muren van Elarams winkeltje zouden vinden.

Moshe schrok op toen hij achter zich een zware stem hoorde. „Salaam, professor Sachar."

Met een ruk draaide Moshe zich om en stond oog in oog met Howard, gekleed als arme schaapherder; hij rook zelfs naar schapen. Hij grijnsde breeduit om Moshes gezichtsuitdrukking. „Waar kom je zo opeens vandaan?" vroeg Moshe in vloeiend Arabisch.

Zonder ook maar een spoor van een accent antwoordde Howard: „Ik ben je zoëven pal voorbijgelopen. Heb je me niet herkend?"

„Nee, maar ik zal je vast wel hebben geroken," lachte Moshe.

„Wie zal eraan twijfelen dat ik schaapherder ben?" Hij gaf Moshe een klap op zijn schouder en nam de teugel van hem over, op z'n Arabisch met zijn tong tegen het ezeltje klakkend. „En als we echte Arabieren willen lijken, zouden we allebei op de rug van het arme dier moeten klauteren en hem het hele stuk naar Betlehem opjagen."

„Als we moe worden misschien," antwoordde Moshe en liep achter Howard aan.

Een klein jongetje zat op zijn vaders nek. Zijn kleine handjes hield hij stevig om het voorhoofd van de magere man heen geklemd. Een baby in de armen van haar moeder protesteerde luid jammerend tegen het stof van de weg. Het huilen werd beantwoord door een zachte, lieve stem die een liedje zong dat moeders die met hun baby's in de arm langs deze weg liepen al eeuwen hadden gezongen.

„En jij, Betlehem Efrata, al heb je in Juda niet veel te betekenen, toch zul jij... iemand voortbrengen die namens mij over Israël heersen zal. In het verre verleden ligt zijn oorsprong, in lang vervlogen dagen."

De ene groep na de andere nam de melodie over, tot de woorden op het laatst van de kale hellingen naast de oude weg terugkaatsten.

„Maria heeft deze woorden vast en zeker ook gezongen toen ze op reis was naar Betlehem om haar kind te krijgen," zei Howard toen het lied uit was.

Moshe glimlachte en zei: „Daar twijfel ik niet aan, Howard. Er is niet één joodse moeder die deze woorden niet aan haar kinderen leert. Het is uit de profeet Micha, hè?"

Howard knikte. Hij voelde de continuïteit van hen die tweeduizend jaar geleden deze zelfde weg hadden gelopen. „Moshe, m'n beste," zei hij ten slotte. „Je kent alle messiaanse profetieën. We hebben het er samen al over gehad. Als archeoloog weet je hoe de profetieën door de joden uit de eerste eeuw werden ontvangen."

Moshe knikte. „Ja, uiteraard."

„En toch heb je me nooit verteld waarom je niet gelooft in Degene die de profetieën heeft vervuld."

Moshe kneep zijn ogen dicht en staarde recht voor zich uit, dwars door de zee van mensen en het stof dat voortdurend als een wolk om hen heen hing. „Ik heb nooit gezegd dat ik niet in Jezus geloof." Hij draaide zich naar Howard toe en keek hem recht aan. Eén enkel ogenblik ontmoetten hun zielen elkaar in begrip. „Ofschoon de rabbijnen niet geloven dat hij de Messias was, willen alleen domme, onwetende mensen er niets van weten dat Hij een groot profeet was en groot was onder de rabbijnen."

„Vertel me dan wat het over Hem is dat jullie afwijzen," pleitte Howard, in een oprecht verlangen om het te begrijpen.

„Ik ben het oneens met degenen die sinds de allereerste eeuwen zijn joodzijn hebben ontkend. Joden hebben altijd weinig van Jezus afgeweten, en hadden nog wel minder willen weten."

„Maar waarom dan?"

Moshe keek Howard ongelovig aan. „Howard, je bent een intelligent mens. Dan weet je toch wel dat de naam van Jezus voor een jood de gesel Gods is, de duivel in wiens naam kinderen in tweeën zijn gespleten terwijl hun joodse ouders in de Spaanse steden levend werden verbrand! Toen de Kruisridders joodse dorpen verbrandden, joodse huizen plunderden en joodse mannen aan de dakspanten ophingen terwijl ze hun vrouwen verkrachtten, werd dat allemaal gedaan in naam van de Vredevorst, of niet soms?"

„Maar je kunt Jezus toch niet met al die dingen gelijkstellen, Moshe?"

„Dat doe ik ook niet, Howard. Maar in de middeleeuwen ontstond er in de joodse getto's, na de duimschroeven en de foltertafel die aan een aantal joden hun bekeringen hadden ontfutseld, een verzameling legenden over Jezus, de *Toldos Yeshu**. En daarin werd zijn Naam besmeurd en zijn boodschap verdraaid. Na alle onuitspreekbare dingen die hetzelfde volk waaruit Hij voortkwam in zijn Naam is aangedaan is dat, denk ik, ook een vanzelfsprekend gevolg..." Moshe keek peinzend en kneep zijn mond dicht. „De geest van Toldos Yeshu bestaat nog steeds. Voor velen is de naam 'christen' een naamkaartje voor angst."

„Dat was de Inquisitie lang geleden ook. Een afschuwelijke misdaad. Verschrikkelijk."

„Voor mijn volk is er nog nooit een einde aan de Inquisitie gekomen." Moshe ging zachter praten. „In Europa zijn we nog bezig de doden te tellen. En domme, onwetende mannen die zichzelf christen noemen houden de overlevenden nog steeds in kampen en blazen onze schepen uit het water. De moordenaars van Christus verdienen niet beter, heb ik ze zelf horen zeggen."

„Je kijkt naar mensen, niet naar Jezus."

„Dat weet ik. Ik ben heel goed op de hoogte van de onderwijzingen van de Goede Meester." Hij glimlachte bedroefd terwijl ze verder liepen. „Ik vertel je dit alles alleen maar zodat je het kunt begrijpen."

„Niet elke christen ontkent het volk van God."

„De namen van degenen die hun leven riskeerden om joden van de nazi-vernietigingskampen te redden staan in mijn hart gekerfd. Ik voel echt geen verbittering tegen iedereen die zichzelf christen noemt – ik kijk alleen heel goed uit."

Howard zuchtte. „Ik herinner me een uitspraak van Maarten Luther. Mijn vader citeerde die heel vaak." Hij stopte even. „Eens kijken of ik het me nog kan herinneren." Hij wreef bedachtzaam over zijn kin en begon in het Engels: „*'Onze dwazen, de pausen, de drogredenaars en monniken hebben zich tot nu toe zo tegenover de joden gedragen, dat een goed christen liever jood geweest zou zijn. En als ik jood was geweest, en zulke stommeriken en pummels het christendom had zien verkondigen, zou ik nog liever een zwijn dan christen zijn geworden, want ze hebben de joden meer als honden dan als mensen behandeld.'* "

Perplex vroeg Moshe: „Heeft hij *dat* gezegd? Dan is hij in zijn latere leven zeker van gedachten veranderd," voegde hij er duister aan toe. „Hij heeft anders een paar behoorlijk lelijke dingen over de joden gezegd. – Nou ja, hoe het ook zij, goed gesproken, Rabbi, goed gesproken! Weet je wat de Kerk verlangde van een jood die christen werd?"

Howard schudde zijn hoofd. „Nee."

„Hij moest varkensvlees eten; ook weer niet zoiets ernstigs, veronderstel ik, maar het was een ontkenning van het dieet dat in Deuteronomium was voorgeschreven. Nou vraag ik je, mag iemand geen christen en kosjer tegelijk zijn?"

„Ik zie niet in waarom niet," antwoordde Howard nadenkend.

„Goed. En dat was nog het minste vereiste. Een jood moest de Heilige Boeken en alle joodse feesten loochenen. Nou vraag ik je, wat dachten ze dat Jezus tijdens het Pascha in Jeruzalem vierde? De evangeliën staan vol feesten die Jezus ook vierde. En zelfs nu hebben christenen slechts een vage notie van de betekenis die deze feesten in zijn leven en onderwijzingen innamen. Ze hebben van Jezus een heiden gemaakt."

Howards ogen twinkelden blij bij Moshes uitleg. In de acht jaar dat ze nu samenwerkten had hij Moshe nog niet één keer zo uitgebreid over het onderwerp horen praten. „Maar dat maakt hem nog geen heiden, waar of niet, Moshe? Wat kleingeestige en slechte mensen ook van hem hebben willen maken."

„Nee. Hij is jood." Hij stak zijn kin naar voren. „Maar ik geloof dat Hij tot elk mens die Hem wilde zoeken kwam. Als ik de profetie over de Messias in Jesaja 53 goed begrijp, kwam de Messias om als laatste, definitieve offer onze zonden met zijn wonden te genezen. Hij kwam niet voor slechts één volk."

„Nee, maar als Hij voor slechts één mens op aarde had moeten komen en sterven, dan had Hij het toch gedaan. Zo groot is Gods liefde."

„Als jood ken ik de wetten, en ik heb mijn best gedaan om er oprecht naar te leven. Vroeger, toen de tempel nog niet was vernietigd, offerde iemand een lam om voor zijn zonden te betalen. Nadat de tempel was vernietigd waren de wetten er nog steeds. We zondigden nog steeds, maar er was geen offer meer. En nog maar heel kort, sinds we de boekrol hebben gevonden, begrijp ik wat Jesaja 53 betekent. Ik zal mezelf nooit christen noemen, maar ik weet waarom de Messias naar deze wereld is gekomen, en ik geloof dat ik een waarheid heb gevonden die even oud is als het joodse volk. Jezus wil onze offers niet, Hij wil ons *hart*. Dat laatste offer heeft Hij voor ons gebracht. Hij heeft de joodse wet niet tenietgedaan, maar heeft die vervuld." Hij hield op en keek Howard aan. „Klinkt het zinnig?"

„Ja, heel erg. Maar waarom wil je jezelf geen christen noemen als je dit allemaal gelooft?"

„Heb ik je niet verteld wat het laatste vereiste was voor een jood die zich bekeerde? Hij moest zijn volk loochenen en mocht nooit meer met zijn familie spreken. Alles wat hem lief was moest hij de rug toekeren."

„Niemand verlangt dat soort dingen nu nog, Moshe," zei Howard.

„Goed, maar het was een wet die de goedkeuring kon wegdragen van degenen die aan het geloof van hun vaderen vasthielden. Als iemand echter christen wordt, beschouwen de orthodoxe joden hem niet meer als jood. Hij is van alles afgesneden. Hij wordt als dood beschouwd."

„Maar Moshe–"

„Ik ben jood, Howard. Met vele andere joden geloof ik in de komst van de Messias. Ik geloof alleen dat Hij al een keer eerder hier is geweest."

„Een interessante manier om er tegen aan te kijken," glimlachte Howard. „Je kunt jezelf dus niet de naam van degenen geven die eeuwenlang je volk hebben uitgemoord."

„Serieus, Howard, ik geloof dat Jezus leeft in de harten van degenen die Hem werkelijk kennen. Door jouw vriendschap heb ik zijn liefde leren kennen. En daar ben ik dankbaar voor."

De emotie stond op Howards gezicht te lezen. Hij keek Moshe aan en lachte. „Ik wilde dat ik ook als jood was geboren," zei hij.

„Staat er niet geschreven dat je, toen je onze Messias vond, op ons volk werd geënt?" Moshe gaf hem een klap op zijn schouder. „Ik zie je niet als heiden, Howard. Je hebt nooit druk op me uitgeoefend of geprobeerd mij te bekeren tot die agressieve, heidense godsdienst die kerk wordt genoemd. Je hebt alleen naast me gestaan."

„Hoe kan ik je duidelijk maken wat ik allemaal van jou heb geleerd?" zei Howard.

„Is dat echt zo?" straalde Moshe.

„Jazeker."

„Goed. Dan zal ik je nog iets leren: dank God dat je niet als jood bent geboren. De kans is groot dat je dan nu dood was geweest!" Ze lachten allebei, maar de waarheid van hetgeen Moshe zojuist had gezegd was een harde werkelijkheid die geen van beiden kon ontkennen.

Lijn Twee beklom hijgend en puffend de hellingen van de Berg Sion op weg naar de Sionspoort. *Lopend zouden we er waarschijnlijk nog sneller zijn geweest dan met de bus*, dacht Ellie. Maar niemand liep tegenwoordig meer naar de Sionspoort. De hellingen, waar je een open doelwit was voor Arabische sluipschutters die bovenop de muur van de Oude Stad zaten, deden haar, zelfs binnen de beschutting van de bepantserde bus, huiveren.

De middagzon stroomde naar binnen door de spleten die als raampjes dienden. Enkele wat avontuurlijker ingestelde reizigers leunden naar voren en tuurden naar buiten om te zien waar ze waren. Ellie zat, aan de andere kant van het gangpad, één bank verder dan Yacov en Rachel, die zachtjes met elkaar in het Pools praatten. Zelfs in het sombere halfduister binnenin de bus leek dit Ellie het lichtste plekje ter wereld toe. Ze keek naar hen, keek de andere kant op, tot even later haar ogen weer onweerstaanbaar naar die twee werden toegetrokken. Voor haar waren zij er het levende bewijs van dat God wel om de mensen denkt. Het was, zoals oom Howard had gezegd, een ongelukkige situatie die ten goede was gekeerd. Moshe had haar urenlang over dat soort wonderen verteld. *Maar dit wonder is ook van mij*, dacht Ellie terwijl Rachel om Yacov moest lachen en haar hoofd naar achteren wierp. *Ik heb het zien gebeuren.* Op de een of andere manier besefte ze daardoor de realiteit van het gebeurde. Ze was niet bang meer voor de onzekere toekomst die voor haar lag. God kende het eind van het verhaal. Hij had ten slotte het boek geschreven.

De bus kwam aarzelend tot stilstand en de deuren klapten open. Ellie ging staan en pakte haar fototas onder haar stoel vandaan. Rachel droeg een canvas boodschappentas met het brood en de ronde kaas die Moshe voor haar had gekocht. Saul en Yacov sprongen van blijdschap dat ze weer in de straten van hun stad konden lopen van de bovenste tree van de bus naar beneden. Zich bewust van hun tere vrachtje stapten Ellie en Rachel wat voorzichtiger de bus uit.

Een groep van zes soldaten stond bij de grote, vergrendelde ijzeren deuren van de poort te wachten. Een jonge soldaat keek Ellies richting op, stootte zijn metgezel aan en maakte een opmerking over haar omvang. Ze grinnikten, haalden hun schouders op en gingen met hun vorige gesprek verder. De vrouw in de kledingzaak had inderdaad juist ingeschat waar hun veiligheid lag. Deze mannen hadden er niet de minste behoefte aan om een vrouw van op zijn minst dertig kilo te zwaar te fouilleren. Rachel keek naar Ellie, trok haar wenkbrauwen op en gaf haar een knipoog. Voor beiden was dit een nieuwe ervaring.

Er stapten geen andere passagiers uit. De deuren gingen weer dicht en de bus pruttelde met tegensputterende motor weer de heuvel af. Een van de soldaten kwam op Ellie toelopen.

„Wat zijn uw plannen hier, juffrouw?," vroeg hij.

„Ik ben journaliste van het weekblad *Life*. Ik heb speciale toestemming om vanmiddag in de joodse wijk foto's te nemen."

„Dit is geen dansavondje op school, als u dat soms dacht," zei hij met een stuurs gezicht en keek haar doordringend aan. „Daar hebben we niets over gehoord, juffrouw, en we mogen u pas binnenlaten als wij op de hoogte zijn."

„Wie heeft het bevel hier?", vroeg Ellie.

„Dat ben ik. Sergeant Albert Tory," zei de agressieve militair.

„Dat wil zeggen, totdat de kapitein komt, mevrouw," kwam een andere soldaat en keek op zijn horloge. „U bent nog een beetje vroeg. Hij moet er over een paar minuten zijn."

Tory draaide zich naar hem om. „En ik zeg dat er niemand naar binnen gaat. Als die jodenheuler kapitein Thomas iets anders zegt, zullen we dit stel eerst eens behoorlijk fouilleren," gromde hij. Boos keek hij in Rachels richting, die beschermend haar arm om Yacovs schouders hield. „Oké, we beginnen met de jongen. Tegen de muur, jij!" Hij greep Yacov bij zijn arm beet. Saul reageerde onmiddellijk. Grommend en met ontblote tanden sprong de hond tegen de geschrokken Tory op. Doodsbenauwd deed Tory een stap naar achteren en greep zijn revolver uit de holster.

„Nee!" schreeuwde Yacov en wierp zich tussen Saul en het wapen. „Niet schieten!"

Saul bleef naar Tory grommen, die vloekend langs de jongen probeerde te richten.

„Laat hem met rust!" schreeuwde Ellie en pakte haar fototoestel. „Tenzij je over de hele wereld bekend wilt staan als iemand die kinderen en honden neerschiet."

Benauwd keek Tory van haar fototoestel naar de hond en weer naar Ellie. „Doe dat ding weg," bulderde hij.

Ellie zette de lens scherp. „Pas als u die revolver wegdoet."

„Jullie zagen die hond," zei Tory en keek naar zijn geschrokken mannen. „Hij probeerde me aan te vallen, waar of niet, jongens?" Een paar mannen knikten van ja. „Zie je wel? Ik zal u laten arresteren als u zich hierin probeert te mengen, juffrouw. En dan bent u ook die mooie camera van u kwijt."

Rachel ging op haar hurken naast Yacov zitten en legde haar hand op Sauls kop. „U zult mij ook moeten doodschieten," zei ze rustig.

„Arresteer die dame met de camera." Tory wuifde met zijn pistool in Ellies richting.

Aarzelend stapten twee soldaten naar voren. Tegelijk sprong Saul weer op en gromde vervaarlijk. Haastig sprongen ze weer tussen de andere mannen. „Sorry, sergeant – u mag haar hebben."

„Arresteer haar, zeg ik je!" beval hij. „Ik neem die hond wel voor mijn rekening."

Het zware geloei van een pantserwagen deed hen opkijken.

„De kapitein regelt het verder wel, Tory," zei een van de mannen, toen de auto piepend voor de poort tot stilstand kwam.

„Dat klinkt niet onredelijk," zei Ellie en knipte af bij het ontstelde gezicht van Tory.

Kapitein Luke Thomas deed het portier van de auto open en stapte uit. In één oogopslag nam hij het tafereel op. Hij herkende Ellie meteen en knikte even. Toen keek hij dreigend naar Tory, wiens pet op de straat was gevallen. „Heb je een inbreker te pakken, sergeant Tory?"

Met vooruitgestoken kin keek Luke op de gehavende Tory neer.

„Pas op voor die hond, kapitein. Het is een vals beest. Hij probeerde mijn been af te bijten." Tory veegde over zijn voorhoofd.

„Is dat zo, jongen?" Met een schittering in zijn ogen keek hij Yacov aan.

Langzaam schudde Yacov zijn hoofd. „Nee, meneer."

„Berg dat pistool weer op, sergeant," zei Luke en liep op de hond af.

„Maar kap'tein!" protesteerde Tory.

„In de holster! Dat is een bevel!" snauwde Luke.

Met tegenzin, zijn ogen heel die tijd op Saul gericht, gehoorzaamde Tory. Luke liep langzaam naar Saul toe en stak zijn hand uit. Saul snuffelde wantrouwig. „Braaf is-ie, een brave hond is-ie," zei Luke sussend.

Saul besnuffelde zijn hand en kwispelde toen met zijn staartloze achterste. „Hij doet u geen kwaad als u mij ook geen kwaad doet," zei Yacov en keek de bokkige sergeant aan.

Luke krauwde Saul achter zijn oren. „Braaf beest," zei hij zelfverzekerd. Vervolgens keerde hij zich om naar Tory. „Je dienst zit erop, is het niet? Je mag Kerstfeest gaan vieren."

„Maar kap'tein!" sputterde Tory tegen.

„Tenzij je naar de barakken terug wilt lopen, stel ik voor dat je je schietoefeningen op de hond van een ander doet."

Tory keek stuurs en salueerde gemelijk naar Luke terug. Toen pakte hij zijn pet van de grond op en klauterde met drie andere leden van de wacht de pantserwagen in. Met een laatste boze blik sloeg hij het portier dicht.

Ellie gaf een diepe zucht toen Luke zich naar haar toedraaide. „Juffrouw Warne, als ik het goed heb? Ja, nu weet ik het weer. Het spijt me dat dit moest gebeuren. Soms hebben de jongens hun vinger wat te snel aan de trekker. U bent geloof ik hier om foto's van de Oude Stad te nemen, hè?" Zonder antwoord af te wachten draaide hij zich naar Rachel toe. „En u bent..."

„Judith," zei Rachel, de codenaam gebruikend.

„U bent vroeg," antwoordde de kapitein. „Ik heb hier een pas. U mag met de feestdagen naar binnen. Nou ja, we zullen wel uw bagage moeten onderzoeken, vrees ik," zei hij. Zonder plichtplegingen keerde hij zich naar een van zijn mannen om. „Andrews, kijk de bagage na." Hij beende naar de poort toe terwijl de blozende, jonge soldaat vlug een blik in de zak met brood en kaas wierp.

„Alles in orde, kapitein," zei de jongeman.

„Prima," zei Luke. „Jullie zien er ook helemaal niet uit als mensen die wapens de Oude Stad binnensmokkelen. Nu, een prettige dag." Vriendelijk keek hij Ellie aan. „Weekblad *Life* of niet, u zult voor het donker weer terug moeten zijn. We kunnen uw veiligheid niet garanderen als u na het donker in de Oude Stad rondzwerft."

Ellie knikte. „Dank u. U bent heel vriendelijk geweest."

„Open de poort, mannen," gaf hij opdracht.

De grote, ijzeren scharnieren kreunden toen de soldaten de poort openden. Ellie moest denken aan de keer dat ze samen met David naar *De tovenaar van Oz* had gekeken. Hij had een gek gezicht getrokken en gelachen toen de poorten van Oz wijd openzwaaiden en Dorothy samen met Toto en haar vrienden naar binnen was gegaan. Ze keek achterom naar Rachel, Yacov en Saul en moest onwillekeurig lachen. Rachel gaf haar een knipoog, alsof ze wilde zeggen: „Dat viel genoeg mee."

Het stuk van ongeveer honderd meter naar de joodse wijk toe lag verlaten. Twee soldaten escorteerden hen naar de Mandelbaumpoort en speurden de daken af, maar de smalle doorgang deed Ellie aan een verlaten stad denken. Ramen en deuren waren met houten platen en planken dichtgespijkerd. Deze straat, die eens de blijde kreten van spelende kinderen had geëchood, lag nu volkomen leeg en verlaten. „De bende van de Moefti heeft de christenen eruit gejaagd," begon een soldaat. „Nu hebben ze na het donker de hele buurt voor zichzelf. Ze sluipen over de daken en schieten op alles in de joodse sector wat maar beweegt. Denk er dus om dat u vóór zonsondergang weer hier bent, zoals de kapitein zegt. Na het donker komen we niet."

De soldaten keerden om en liepen snel naar de poort terug. Ellie, Rachel en Yacov kwamen bij een barricade van zandzakken en prikkeldraad, bemand door Yesjivastudenten in zwarte jassen.

„Stop!" riep een jongen van een jaar of zestien met een hooivork voor zich uitgestoken.

Yacov herkende hem onmiddellijk en begroette hem opgewekt: „Ha, die Israël Ditkowitz! Ik ben het, Yacov!"

„Wat is het wachtwoord?" baste de jongeman.

„Ik ben Judith," antwoordde Rachel.

De jongen bromde. „Goed. Ga er dan maar langs." Hij bracht zijn hooivork omhoog en liet hen, enigszins onwillig, passeren.

„Je bent een prima soldaat, Israël," riep Yacov toen ze de hoek omgingen.

Ellie knipte af, verbaasd over de veranderingen in de Oude Stad. Een groepje mannen stond bij elkaar op een plek precies onder een plaats op het dak waar iemand van het Suffolk Regiment over hen en de Arabische sector wacht hield. Voor zover Ellie kon zien hadden ze geen wapens. Ze maakten alleen hun aanwezigheid duidelijk. Ze waren voorbereid op de verdediging, ook al waren ze nu nog niet zover.

„Hoe ver is het naar het Warschau-Complex?" vroeg Ellie aan Yacov.

„Een heel eind. En nu moet u opschieten, anders zijn we niet voor donker klaar. Ik moet met mijn zusje nog ergens heen," zei hij vastbesloten.

„Hé, wacht even," riep Ellie toen Yacov met twee treden tegelijk de Straat van de Trappen oprende. „Daar heb je geen tijd voor."

„Als we vlug zijn wel," antwoordde Rachel, blindelings achter Yacov aanlopend. „Het ligt nu anders, Ellie. Nu we elkaar hebben gevonden moeten we hem zien. Het is Chanoekka. God heeft ons een geschenk gegeven."

Ellie keek bedenkelijk. Ze begreep hun verlangen, maar wist niet precies hoe ze het hen moest ontraden. „Maar we redden het niet."

„Niet als we omtreuzelen en foto's maken." Yacov keek haar aan.

„Maar Moshe zei–" begon ze en hield toen op. Yacov en Rachel waren vastbesloten. Ze waren gewoonweg niet over te halen.

Het Warschau-Complex torende voor hen uit omhoog. Yacov ging op een holletje lopen, maar Ellie en Rachel konden hem niet bijhouden. Hun verborgen vracht woog zwaar. Ellie hijgde al na de eerste paar meters.

Yacov draaide zich om en riep dat ze moesten opschieten. Vervolgens liep hij pal tegen de boven hem uit torenende gestalte van rabbi Akiva aan.

Yacov struikelde. Toen hij opkeek staarde hij in het dreigende, boze gezicht van de rabbijn. „Neem me niet kwalijk, rabbi Akiva." Snel sloeg hij zijn ogen neer en bleef vol respect voor de zwarte jas met de dikke, vooruitstekende buik staan.

„Jij daar!" snauwde Akiva. „Jij bent toch Yacov, hè?"

„Gelukkig Chanoekkafeest, rabbi Akiva." Yacov keek hoopvol op en lachte hem toe.

„De poorten zijn gesloten. Behalve als ze willen evacueren komt niemand binnen en vertrekt niemand. Hoe kom je hier dus zo beland? Je hebt onze overeenkomst overtreden." Hij keek naar Ellie en Rachel die de trappen naar boven klommen. „En wie zijn die vreemde vrouwen? Ze zien er niet als fatsoenlijke, chassidische vrouwen uit. Heb jij hen hier gebracht, Yacov? En waarom dan wel?" Hij keek hun kant op en nam hen wantrouwig op.

„Dit is Rachel, mijn zusje," antwoordde Yacov. „We willen naar mijn grootvader toe. Hebt u hem soms gezien?"

„Je hebt geen zus," snauwde Akiva. „Je zus is al jarenlang dood. Wie is deze vrouw?"

Ellie onderbrak zijn steeds verontwaardigder klinkende woorden.

„Ik ben Ellie Warne. Ik ben fotografe van een tijdschrift.” Ze stak haar hand uit. „Ik heb toestemming gekregen om de toestand in de Oude Stad op de gevoelige plaat vast te leggen.”

„Toestand?” zei hij koeltjes. „Er is geen toestand, behalve het gevaar waar die indringers van de Haganah ons in brengen.” Zijn boze blik bleef op Rachel rusten, die met neergeslagen ogen op de straatklinkers neerkeek. „Als ze de zaak overlieten aan degenen die weten hoe ze de zaak moeten aanpakken...” Hij deed alsof hij haar uitgestoken hand niet zag en liep hen vervolgens met van woede vertrokken mond voorbij.

Terwijl hij de brede, heen en weer zwaaiende gestalte nakeek van Akiva die de trappen afliep en de hoek omsloeg, stond Yacov een ogenblik met stomheid geslagen. „Kom,” zei hij zachtjes. „We moeten opschieten.”

„Maar wie is hij?” vroeg Ellie.

„Hij is... misschien was... de burgemeester van de Oude Stad. Hij gelooft niet in zionisme. Ik weet niet wat grootvader zal zeggen als ik hem vertel dat rabbi Akiva heel boos was omdat we de blokkade zijn gepasseerd.” Hij draaide zich om en rende de trappen op, in de schaduw van het Warschau-Complex. Hoog bovenop het siertorentje zag Ellie weer een groepje mannen gespannen naar het noorden staren, waar Arabische mu’ezzins op de minaretten stonden en de gelovigen tot het gebed opriepen. Hun gezang dreef naar de joodse wijk af en vermengde zich met de gesprekken van de orthodoxe joden die in kleine groepjes rond het plein bij elkaar stonden te fluisteren. Ogen gingen nieuwsgierig van Ellie naar Rachel die met hun last over het plein liepen en een smalle trap af naar een klaslokaal in een souterrain gingen.

Yacov duwde de deur open. „Hier bestuderen we de –” zijn opgewekte woorden werden onderbroken toen zijn adem van verbazing stokte bij de aanblik van de tafel vol zakken met bonen. In lange rijen bij elkaar zaten jonge en oude vrouwen bonen te lezen om de kogels eruit te sorteren. Ze keken Yacov aan. Enkele vrouwen glimlachten met een blik van herkenning naar hem en riepen hem iets toe.

Een oude vrouw – stokoud, leek het Ellie toe – gleed van haar kruk af en schuifelde naar hen toe. Rachel deed de deur achter hen dicht en bekeek glimlachend de lopende band van de munitiefabriek. „Sjaloom, Yacov!” zei de oude vrouw met gebarsten stem. „We hebben je bij de keukens gemist.”

„Sjaloom, vrouw Cohen,” zei hij. „Saul en ik zijn weggeweest. Maar we zijn weer terug,” zei hij trots. „En we hebben cadeaus voor

Chanoekka bij ons!" Blij wees hij naar Rachel en Ellie die zich onder hun dikke, met ammunitie beladen kledij enigszins geneerden.

„Je bent een beste jongen, Yacov." Ze gaf hem een goedkeurend klopje op zijn wang. Toen keek ze vriendelijk naar Rachel en Ellie. „Jij bent zeker Judith, hè? Heb je nog een machinegeweer voor ons kunnen meenemen?"

10
Herenigd

De helderblauwe lucht van 's middags vertoonde naarmate de zon verder wegzakte zachte pasteltinten. Ellie keek angstig over de koepeldaken naar boven. Het duister kwam hen al dreigend tegemoet. Nu ze van hun last bevrijd waren konden Rachel en Ellie Yacovs snelle voetstappen op weg naar Chaimstraat nummer 8, zijn huis, wel bijhouden.

Rachels gezicht was gespannen van emotie. Na zoveel jaar en zoveel dromen liep ze eindelijk in de straten waar haar moeder was opgegroeid en getrouwd. Met heel haar wezen dronk ze elk silhouet in; haar voeten prentten zich de straatkeien in en elke stap leek te echoën: „Je bent niet meer alleen. Je bent niet meer alleen." Hier – ironisch genoeg weer temidden van blokkades en oorlog – voelde ze zich eindelijk veilig. Ze stak haar hand uit en ging met haar vingers langs de ruwe stenen van de huizen. Had haar vader aan het einde van elk Pesach niet altijd gezegd: „Tot volgend jaar in Jeruzalem?" En hadden ze niet elke avond om vrede voor de geliefde stad gebeden en vol trots herdacht dat hun grootvader temidden van al die heilige plaatsen woonde? *Papa, hier ben ik*, fluisterde haar hart terwijl ze zich de emotie voor de geest haalde waarmee hij over de Heilige Stad had gesproken. *Hier ben ik*.

Yacov ging de hoek om en liep de smalle Chaimstraat in. „Hier woon ik," riep hij blij. Saul tripte opgetogen in het rond, en rende vervolgens naar het trapje toe dat naar hun kleine appartement in het souterrain leidde. Hij stopte en keek ernstig naar Yacov om zich ervan te vergewissen dat die echt kwam. Toen vloog hij de treden af en baste twee keer om te worden binnengelaten. Yacov ging harder hollen. Ellie en Rachel konden hem niet bijhouden. „Kom!" riep hij. „Schiet op!" Vervolgens, ongeduldig bovenaan het trapje wachtend, pakte hij Rachel bij de hand. „Hier woon je, Rachel," zei hij en leidde haar voorzichtig naar de deur.

Ellie bleef wat achter. Ze voelde zich een indringster. De zon ging al onder. Ze bleef bij de trapleuning staan toen Yacov zachtjes klopte en de deurknop omdraaide.

„Grootvader?" riep hij en duwde de deur open. Geen antwoord.

„Alstublieft, Heer," bad Ellie. „Maak dat hij thuis is."

Yacov en Rachel gingen het appartement binnen en kwamen even later weer naar buiten. „Hij is niet thuis," zei Rachel. Haar stem klonk dik van teleurstelling. Met gebogen hoofd kwamen zij en Yacov het trapje oplopen naar waar Ellie stond te wachten.

„Het spijt me zo." Ellie zocht naar woorden om Rachel te troosten, maar ze kon alleen maar aan de invallende nacht denken. „Als we een paar minuten wachten komt hij misschien wel. We kunnen nog wel een minuutje wachten."

„Hij is weg," zei Yacov verbijsterd. „Hij is er niet."

Ellie wreef in frustratie over haar gezicht. „Waar kan hij dan zijn, Yacov?"

„Misschien in de Nissan Bek Synagoge. Bij de Chanoekka-middagdienst. Maar vroeger gingen we er altijd 's avonds heen."

„Waar is het?"

„Bij het Warschau-Complex."

„Zo ver? Waarom zijn we niet gaan kijken voordat we hierheen gingen?"

„Halen we het?" vroeg Rachel. Haar ogen lichtten op.

„Ik denk het niet," zei Yacov.

„Maar halen we het *misschien*?" vroeg Ellie.

„Misschien," antwoordde Yacov. „Maar we moeten opschieten. Ik weet hoe we kunnen doorsteken. Ik weet hoe goed Ellie over de daken kan lopen. Maar kun jij dat ook, grote zus van me?"

Ellie pakte hem bij zijn arm. „Toe nou maar. Schiet op. Ik ben een idioot, maar ik hou van een goede afloop. Vlug, joh."

Yacov bukte zich en zei „Nissan Bek" tegen Saul. De hond ging er als een pijl in de boog vandoor in de richting waaruit ze gekomen waren. Yacov nam Rachel bij de hand en trok haar mee naar een ladder die bijna verborgen tussen twee gebouwen in stond; hij klom naar boven en gebaarde naar de meisjes dat ze hem moesten volgen. Ellie trok haar rok omhoog en klom vlug naar boven naar het platte dak. Rachel volgde wat aarzelender. Eenmaal boven zag Ellie dat ze misschien een misrekening hadden gemaakt. Een grote, oranje zon verdween achter de horizon. Nog even, dan was het te laat. *We kunnen het net zo goed wel proberen*, dacht ze en ze volgde Yacov van het ene dak naar het andere, naar de massieve koepel van de Nissan Bek toe.

Rachel dacht niet meer aan de ondergaande zon. Naarmate ze dichter bij de grote Nissan Bek kwamen, begon haar hart sneller te kloppen. Yacov klom behendig een ladder af die nog een blok van de synagoge vandaan stond. Het geluid van joodse liederen weerklonk met een obsederende dissonantie, terwijl de mohammedaanse mu'ezzin luid het einde van de dag en de ondergaande zon uitriep. Terwijl ze de versleten stenen trappen van het oude heiligdom oprenden begonnen zich al donkere schaduwen te vormen.

„Jullie moeten naar de vrouwengalerij toe. Ik zal gaan kijken of hij bij de mannen is," instrueerde Yacov nadat ze op het voorplein waren aangekomen, met fresco's van Mozes op de Berg Sinaï die de stenen tafelen van Gods Wet omhoog hield. De stem van de cantor echode van de gewelfde plafonds terug. Ellie en Rachel bedekten hun hoofd met hun sjaal en liepen de trap naar de vrouwengalerij op.

Vrouwen, jonge meisjes en kleine kinderen stonden tegen raamwerk geleund dat hen scheidde van hun echtgenoten en vaders die beneden de dienst bijwoonden. Rachel baande zich een weg naar het raamwerk. Ellie kwam naast haar staan en tuurde naar de lezende mannen daar beneden die in hun gebedsdoeken heen en weer wiegden.

„Daar heb je Yacov," fluisterde Ellie toen ze de jongen door de grote menigte mannen zag gaan, alle gezichten bestuderend. Rachel hoorde haar niet. Haar hart bonkte veel te luid.

„Ik prijs de Heer, die mij raad heeft gegeven." Stemmen klonken als één stem bij het lezen van psalm 16 in het lied van de Hallel. „Zelfs bij nacht onderwijzen mij mijn nieren. Ik stel mij de Heer bestendig voor ogen; omdat Hij aan mijn rechterhand staat..."

Rachel leunde tegen het gordijn. Met haar ogen volgde ze de jongen terwijl hij gespannen de zingende gezichten onder de blauw met witte talliets afspeurde. Ellie sloeg haar arm om Rachels schouder. *Alstublieft, Heer*, bad ze voor hen. In Rachels ogen stonden angst en hoop te lezen. Haar handen grepen het latwerk beet alsof het tralies waren. Ellie tuurde verlangend in de menigte in de hoop dat ze de vriendelijke oude man opeens zou ontwaren.

„O, Eeuwige God," klonken de stemmen, „bevrijd mijn ziel! Genadig en rechtvaardig is de Eeuwige God, vol mededogen onze Heer."

Ellie keek naar beneden. Ze hield haar adem in toen Yacovs gezicht opklaarde van blijdschap. Rachels adem stokte en ze leunde over de balustrade heen terwijl Yacov aan de franje van grootvaders gebedsdoek trok. De oude rabbijn stond met zijn rug naar hen toe, maar hij knielde en veegde de tranen van opwinding van de wangen van de jongen die midden onder het Hallel-gezang druk tegen grootvader praatte. De oude man omhelsde de jongen, trok zijn gebedsdoek om hem heen en omsloot hem met zijn blijdschap. Yacov trok hem mee en begon hem over Rachel te vertellen.

„Want gij hebt mijn ziel van de dood weggenomen, mijn oog van tranen bevrijd..."

Rachels ogen waren op grootvaders achterhoofd gericht. „Hier ben ik, grootvader!" riep ze hardop, enige opschudding onder de mannen veroorzakend.

De oude man keerde zich om. Zijn ogen gingen langs het latwerk dat de gezichten van de vrouwen aan het oog onttrok. Yacov wees, toen Rachel haar hand door een spleet heenstak. Grootvaders gezicht was een en al emotie toen hij zijn oude, knokige handen naar haar uitstak en door de wiegende menigte mannen heenliep, tot hij onder haar uitgestrekte hand stond. „Rachel!" riep hij. „Je bent thuisgekomen!" De tranen liepen hem over de wangen en maakten zijn baard nat.

Het leek alsof hun handen elkaar over de kloof aanraakten en even liefkoosden hun ogen, oud en jong, elkaar. Met van emotie dichtgeknepen stem riep Rachel: „Hier ben ik!"

„Kostbaar voor de Eeuwige God is de dood van zijn vrome volgelingen," las de gemeente. Ogen keken op in grootvaders richting en richtten zich weer op het gebedenboek.

„Rachel!" riep hij weer. Hij stak zijn hand naar haar uit maar greep naar zijn borst van pijn en viel op zijn knieën neer.

Rachel gaf een gil en rende van de galerij naar beneden, de grote ruimte in. Uit de menigte steeg er een gemompel op. Yacov zat op de grond met het hoofd van de oude rabbijn in zijn armen. Rachel rende naar hem toe en knielde naast hem neer. Ze pakte zijn hand beet en legde die tegen haar wang. „Grootvader," zei ze steeds weer.

Er kwamen mannen om hen heen staan en Ellie werkte zich met haar ellebogen tussen hen door en bleef staan toen de oude rabbijn in Rachels ogen keek. „Ben je het werkelijk?" vroeg hij zwakjes.

„Ja. Ja. Ik ben het, Rachel," huilde ze en kuste zijn vingers.

„Ik had het moeten weten," probeerde hij te glimlachen. „Je hebt de ogen van je moeder."

„Sst. Nu niet praten. Later hebben we tijd om te praten." Rachel raakte zijn wang aan.

„Misschien niet. Maar je hebt Yacov en hij–" zijn adem kwam met korte stoten.

Een lange man perste zich langs Ellie heen. „Laat mij erbij," zei hij. De mensen gingen voor hem opzij. Hij knielde naast grootvader neer en maakte snel zijn kraag los. Hij legde zijn oor tegen de borst van de oude man en terwijl hij naar de zwakke harteklop luisterde werd het stil om hem heen. Hij keek naar de jongere gezichten in de cirkel toeschouwers. „Help me hem weg te dragen," beval hij. Rachel en Yacov deden een stap terug en sloegen de armen om elkaar heen.

Voorzichtig tilden vier mannen grootvader van de grond en droegen hem naar achteren, naar een klein bijvertrek. Rachel en Yacov volgden, en de mannen deden de deur achter hen dicht.

Boven het stadje Betlehem schitterden de sterren als diamanten op zwart fluweel. Op de hellingen rond de stad zag je de kampvuren van pelgrims. Sinds Jezus' geboorte in een grot boven het stadje was er in de tweeduizend jaar daarna niet erg veel veranderd, dacht Moshe. Zoals schaapherders de eersten waren die naar een baby, de Messias, koning van Israël zochten, waren Moshe en Howard nu op zoek naar een schat.

Het was bijna zes uur toen ze door de nauwe, met kinderhoofdjes bestrate soukhs van Betlehem liepen. Verkopers ventten met hun waar bij de hongerige reizigers, boden een ieder die stopte om een maal van kebabs van lamsvlees met uien te kopen de warmte van hun vuur aan. Het aroma drong verrukkelijk in alle hoeken en stegen door en wekte de eetlust van Moshe en Howard op.

„Hoe laat is het?" vroeg Moshe aan een grijze verkoper die twee pennen met geroosterd vlees naar hen uitstak.

„Luister naar de klokken," antwoordde de man. „Bijna zes uur. Over een uur begint de mis. Koop bij me."

Moshe gaf hem een muntstuk en nam de stokjes van hem aan. Eén gaf hij aan Howard, die de knoflooksmaak heerlijk vond. Even later begonnen overal in de stad de klokken te luiden.

„We hebben nog een uur," merkte Howard op. Hij gaf de teugel van de ezel over aan Moshe en kocht bij een andere koopman twee geroosterde maïskolven. Hij gaf er een aan Moshe en beet zelf drie rijen korrels tegelijk in één hap af. Ondanks het spaarzame aantal reizigers van die middag op de weg was het nu druk op straat. Overal verdrongen mensen zich om voedsel en kaarsen te kopen voor de kaarsenprocessie die over een uur zou beginnen. „Nu weet ik wat er bedoeld werd met 'Geen plaats in de herberg', " zei hij terwijl hij zijn laatste hap maïs nam. De nog warme kolf gaf hij aan de ezel.

„Laten we hopen dat we vinden waarnaar we zoeken," zei Moshe.

„Zo had ik me ons kerstdiner niet bepaald voorgesteld." Howard keek om zich heen en maakte uit de talloze verkopers van voedsel een keus. Toen verbleekte hij. Met zijn hand sloeg hij zich tegen het voorhoofd. „O nee," mompelde hij.

„Wat is er?" vroeg Moshe gealarmeerd.

„Die jonge man, David. Ik heb hem te eten gevraagd. Ik dacht dat hij en Rachel misschien –"

„Ja?"

„Nou, ik ben vergeten hem te zeggen dat we er niet zouden zijn, dat is alles. Dat ben ik met al die opwinding gewoonweg vergeten."

„Misschien belt Ellie hem wel op." Moshe kocht nog twee vleespennen met vlees.

„Ze wist niet dat hij kwam." Hij haalde zijn schouders op.

Moshe keek hem afkeurend aan. „Ik wist niet dat je er zulke slinkse manieren op nahield."

„Ik was... ik dacht dat ze dan nee zou zeggen. En David lijkt me het type dat een meisje als Rachel wat kan opvrolijken."

„Waar ik vandaan kom noemen ze dat een koppelaar. Ofschoon ik nog niet zo zeker weet of ik het wel eens ben met de koppeling." Moshe keek bedenkelijk en veegde, op de manier van de Arabieren, zijn mond af met de rand van zijn keffiyah.

„Merk ik daar iets van jaloezie? Ik dacht dat jij en Ellie –"

„Ik ben niet jaloers. Alleen, Rachel... ze heeft diepe wonden, weet je, en ik denk dat ze heel kwetsbaar is. Ik mag die David niet zo. Hij heeft Ellie tenslotte ook pijn gedaan."

Howard trok zijn wenkbrauwen op. „O?" Wat ongemakkelijk keek hij de andere kant op. „Vreemd dat je met iemand samen in hetzelfde huis kunt wonen, en niet in de gaten hebt wat er gaande is. Wat vrouwen betreft ben ik nooit zo opmerkzaam geweest."

„Ik ook niet, beste vrind."

„Nou, jij schijnt op alle twee de vrouwen in mijn huis een oogje te hebben."

„Ze zijn allebei naïef." Moshe glimlachte. „Allebei op een andere manier. Tot nu heeft Ellie de naïveteit gehad van iemand die nog nooit de pijn heeft gezien van mensen die lijden. En Rachel, het lieve kind, heeft zonder het te begrijpen geleden, als een klein kind dat op de markt de weg is kwijtgeraakt. Ellies ogen beginnen zich nu te openen. Uiteindelijk zal zij misschien het verdwaalde kind bij de hand pakken en naar huis brengen."

„Dat klinkt niet erg als een man die geen verstand van vrouwen heeft."

„Ik weet dit alleen maar omdat ik ook in blindheid heb geleefd, in hopeloze verwarring om de verschrikkingen om me heen. Wat ik in Ellie zo waardeer is dat ze oog in oog met de verschrikking toch iets kan doen. Rachel heeft dat nog niet geleerd. Zij is nog steeds een slachtoffer dat wacht op de volgende klap. Pas wanneer onze ogen opengaan en we ons verontwaardigd teweerstellen tegen de dingen die verkeerd en slecht zijn, worden we mensen zoals God van ons vraagt. Zo is het toch, hè?"

„Ik snap wat je bedoelt," antwoordde Howard en hij kauwde peinzend op een stukje lamsvlees.

„Ellie weet dat instinctief, geloof ik."

„Ze is een taaie, dat is een feit."

„Niet taai, ze is alleen niet bang. En zelfs wanneer ze bang is zoekt ze naar het antwoord waarmee ze haar angst kan overwinnen. Rachel is alleen maar bang. Zonder hoop in haar hart leeft ze onder degenen wier harten dood zijn. Ik vind het heel erg voor haar. Ze heeft zoveel goeds, zoveel moois in zich. Maar dat is ze vergeten, en ik wilde dat ik..." Zijn stem stierf weg.

„Ik wist niet dat je er zo over dacht. En ik schaam me ervoor dat ik dat niet heb gezien."

„Eerder vandaag heb je me een uitspraak van Maarten Luther laten horen." Moshe warmde zijn handen bij het vuur. „Ik wil je nu met een gedicht van Bialik laten kennismaken."

Howard ging op zijn hurken zitten en stak zijn handen naar het vuur uit. „Graag," zei hij zachtjes.

Moshe hurkte naast hem. De oranje gloed van het vuur scheen op zijn gezicht. De felle, flakkerende schaduwen lieten de bezorgde lijnen rondom zijn ogen nog beter uitkomen. Hij begon:

Alles, alles van jou herinner ik me nog,
Ik neem je mee in mijn omzwervingen –
Je beeld staat voor altijd in mijn hart gegrift.
En ik herinner me ook hoe sterk, hoe krachtig
Het zaad moet zijn dat wegkwijnt op het land.
Hoe rijk gezegend zou ik zijn als één straal
Van levend zonlicht tot je door kon dringen,
Ik vol blijdschap overvloedig oogsten kon.
Als de adem des levens je maar beroeren zou,
En dwars door de Yesjivadeuren heen zou blazen.

Moshe ging zachter praten. Hij haperde even en ging toen weer verder:

Alles, alles van jou herinner ik me nog –
De hongerige kindertijd, de bittere jeugd,
En mijn hart schreit om mijn ongelukkige volk...
Hoe verbrand, hoe verschrompeld moet ons deel zijn
Als zaad dat in de grond ligt weggekwijnd.

11
De val

Een warm briesje kwam David tegemoet toen hij de draaideuren van het Atlantic Hotel uitliep, de Ben Yehudastraat in. Voor het eerst sinds weken waren de winkels en cafeetjes van de Ben Yehuda helder verlicht en was het er druk. Mensen kochten op het laatste moment nog cadeaus voor de feestdagen. De afgelopen anderhalve week was het rustig in Jeruzalem geweest, vond David, wat iedereen een vals idee van veiligheid en welzijn gaf, ondanks het nieuws uit Cairo over de Arabische topconferentie. Christenen en joden zagen vol verwachting naar deze avond uit, en de stenen muren van Jeruzalem weerkaatsten weer blij gelach.

David stopte het cadeau voor Ellie onder zijn arm en keek even langs de scherpe plooi in zijn broek naar beneden. Zelfs zijn stropdas was geperst, en in zijn schoenen weerspiegelde het schijnsel van het glitterende neonlicht van het Atara Café aan de overkant van de straat. Het Atara Café was een ontmoetingsplaats voor de vrijwilligers van de Haganah en van een aantal free-lance journalisten. Door de ruiten zag David groepjes jonge mannen druk met elkaar in gesprek aan kleine tafeltjes met grote pullen bier erop. „Jammer, makkers," mompelde hij opgewekt. „Jullie zullen vanavond zonder David moeten feestvieren."

Onder zijn leren vliegeniersjack had hij een klein model van een Mustang gevechtsvliegtuig van balsahout voor Yacov en twee Italiaanse salamiworsten voor Saul. In Rome had hij tien kilo salami gekocht, en elk open plekje in zijn plunjezak had hij met het gepeperde vrachtje volgestouwd. Hij had nog maar net de zak opengemaakt en was tot de ontdekking gekomen dat al zijn spullen het pittige luchtje hadden aangenomen. Hij snuffelde aan het dunne, vierkante pakje bovenop de doos met de camera. Het papier gaf slechts een vaag aroma af en David hoopte dat de prachtige, zijden sjaal die hij in Rome voor Rachel had gekocht niet helemaal naar salami rook.

Het was maar een paar blokken naar de bushalte, maar David had voor deze gelegenheid Michaels oude autootje geleend. Hij legde de pakjes op de stoel voorin de auto en stapte in. Hij keek op zijn horloge en kon een gevoel van ongeduld niet onderdrukken. Het was nog maar half zeven; een half uur te vroeg. Hij bleef even achter het stuur zitten kijken terwijl een vrijend paartje gelukkig door de straat slenterde, en op de donkerder plekken stopte om elkaar te kussen. Met een wee gevoel in zijn maag dat zich naar zijn armen uitbreidde, herinnerde hij zich Ellie die naar hem opkeek en tegen hem aanleunde toen ze vorig jaar met Kerst over het plankenpad in Santa Monica hadden geslenterd. *Was het nog maar een jaar geleden?* vroeg hij zich vol verbazing af. Toen bedacht hij hoe nieuw en fris de gevoelens in zijn hart waren. Elke emotie, elke beroering leek gisteren te zijn geweest. Met een diepe zucht startte hij de auto. „Nou, dan ben je maar een beetje te vroeg," zei hij. „Dan kun je haar mooi helpen om de aardappels voor de puree te stampen."

David nam de omweg naar het huis van de Monigers en vermeed zo de wegversperringen van prikkeldraad langs de donkere, troosteloze militaire zones. Hij moest door een controlepost van de Haganah en werd ogenblikkelijk herkend door een man die hij in het kantoor van de Oude Man had gezien.

„Laat hem door," kwam het bevel. „Het is in orde." David stak zijn hand op en draaide het raampje open om iets tegen de grimmige verzameling mannen op de buitenpost vlak voor het Joodse Agentschap te schreeuwen.

„Vrolijk Kerstfeest!" riep hij.

De mannen lachten en wuifden terug. Opeens, impulsief, pakte David een salamiworst en gooide die in de handen van hun leider. Even leek de man te schrikken, toen lachte hij en keek naar David. „Pas op naar wie je salami gooit. Iemand mocht eens denken dat het een granaat is en... ratatat!" Hij richtte zijn wijsvinger op David. „Maar bedankt! En u ook vrolijk Kerstfeest!"

Door de gesloten luiken van de Rehaviahuizen zag je licht branden. Een paar huizen waren donker en verlaten, door hun eigenaar voor een veiliger plekje verruild, maar voor het merendeel hadden de joden zich gehouden aan Ben Goerions verzoek om geen stukje van de stad zonder strijd op te geven.

De joodse buitenposten en kibboetsen waarover David en Michael vandaag waren heengevlogen gonsden van activiteit. Zelfs van hun hoge standpunt had David gezien hoe mannen en vrouwen zigzagvormige greppels rond hun kleine nederzettingen aan het graven waren. Het grootste deel van het joodse land was bijna een eeuw geleden aangekocht door de joden in Europa, die dit moment in de geschiedenis hadden voorzien. Nu begon het land, dat kaal en verlaten had gelegen, te bloeien met de hoop van een nieuwe natie. Op dit punt, wist David, werden deze mensen alleen door hoop overeind gehouden. Ze hadden weinig anders om de voortdurende bedreigingen en steeds veelvuldiger terroristische incidenten te bestrijden.

Sommige joden bestreden terrorisme met terrorisme. *Als er iets is dat het besluit van de Verenigde Naties om de Onafhankelijkheid en een joods thuisland te steunen zal vernietigen, zijn het wel door de joden begane wreedheden*, dacht David. Het geweten van de wereld was nog rauw van de aanblik van de vernietigingskampen van de nazi's. Strijdbaarheid onder de Zionisten diende alleen maar om de collectieve schuld van de wereld te verdoven. Hij gaf het niet graag toe, maar Moshe had het wat Ellies foto's betreft bij het rechte eind gehad: ze toonden de ware situatie aan een wereld die elke verontschuldiging aangreep om te vergeten dat het uitverkoren volk niet om land of grondgebied worstelde, maar om te overleven.

Hij reed de hoek van de straat om waar Ellie woonde en gaf een klopje op de doos in het rode cadeaupapier met daarin haar nieuwe camera. Dat hij wilde dat ze bleef was verkeerd geweest, dat wist hij nu. Hij hoopte alleen dat de Leica de boodschap dat hij geloofde in wat zij deed zou overbrengen. Er ging geen dag voorbij of iemand uit de Haganah noemde wel een brief van een familielid uit de Verenigde Staten dat haar foto's had gezien. Elk beeld was indringend, en particuliere hulp scheen aan stootkracht te winnen. Terwijl de officiële houding van de Verenigde Staten hachelijk balanceerde tussen steun voor Onafhankelijkheid en de dreiging van een herroeping, woonden mannen en vrouwen in heel Amerika feestelijke diners bij om Golda Meir te horen spreken over de dringende behoeften van de Yishuv. Elke dag stroomde er geld binnen. David dacht aan de Messerschmidts en lachte grimmig. Hij wilde alleen dat er genoeg geld was om een serie Mustangs te kopen. Dat waren prettige, stabiele vliegtuigen, en geen enkele ME 109 kon het tegen hem in de cockpit van zijn kleine jager opnemen.

Hij parkeerde voor het huis van de Monigers en zette de auto op de handrem. Hij bleef een tijdje naar het huis kijken, want hij begreep niets van de donkere ramen. Het leek wel of er niemand thuis was. „Misschien zijn ze aan de achterkant," mompelde David terwijl hij uit de auto op het trottoir stapte. Hij krabbelde eens over zijn kin, pakte vervolgens de pakjes van de stoel voorin op en liep het trapje bij de voordeur op. Hij tikte kortaf op de deur. Hij keek op zijn horloge en wachtte. *Ik mag dan wat aan de vroege kant zijn, maar er zou toch wel iemand thuis moeten zijn*, dacht hij. Hij klopte nog eens, wat harder; toen niemand opendeed ging hij in de auto zitten wachten.

De petroleumlampen van de Nissan Bek Synagoge walmden en flakkerden boven Ellies hoofd. De grote zaal was nu bijna leeg. Een rabbijn zei fluisterend iets tegen twee jonge verdedigers. Een derde man lag op een steiger hoog in het gewelf van de koepel, ver boven de vloer van de grote zaal. Ellie keek omhoog toen hij hoestte. Vanaf beneden zag ze hem door het raam op het noorden naar buiten turen. In het duister speurde hij de moslimwijk pal aan de andere kant van de dikke muren van het gebouw af. Een jonge vrouw in een lange, zwarte japon, met een sjaal om haar hoofd, kwam vlug binnenlopen en zette een klein mandje in de grote mand die aan de steiger hing.

„Gelukkig Chanoekkafeest, Shimon," zei ze met een glimlach naar boven. Haar stem echode door het gebouw.

„Dankjewel, Leah," zei hij zachtjes terug. „En kun je misschien voor nog een deken zorgen? Het is koud hierboven."

De vrouw zwaaide en liep toen snel weer naar buiten. In het voorbijgaan keek ze nieuwsgierig naar Ellie. Ellie keek toe hoe de man op de steiger de mand naar boven hees en zorgvuldig zijn eenzame maal uitpakte. Ze dacht aan alle paalzitters en staaldraadlopers die op de voorpagina's van de kranten uit haar kinderjaren hadden gestaan. Hier zat nu een man, hartje winter in Jeruzalem, hoog boven haar hoofd op een paar planken. Hij had toch wel een titel verdiend: *Eenzaamste buitenpost* of *Wachtpost bij de hemel*. Ellie tikte met haar duim tegen haar zwarte fotokoffer. *Wat een voorpagina zou het worden!* dacht ze. Maar ze was door haar film heen. De man hoestte weer en Ellie keek omhoog. Hij nipte aan zijn hete koffie en verorberde hongerig een boterham. *Elke jood in Palestina is in zekere zin een paalzitter*, mijmerde ze. En vanaf de grond keken de Verenigde Naties en de mensen die zij vertegenwoordigden met afstandelijke belangstelling toe of de joden uiteindelijk hun evenwicht zouden kwijtraken en in de boze handen van de Arabieren zouden vallen. Ze dacht aan haar foto's die tussen advertenties voor zeep en sigaretten in stonden. Misschien keken de mensen thuis er wel hoofdschuddend naar en mompelden ze zoiets als „waanzinnig" en draaiden vervolgens de pagina om. „U zult hier ook wel op de paal zitten, Heer," zei ze zachtjes. De wachtpost hoorde haar gemompel en gluurde over de rand van zijn hoge zitplaats heen. Ellie lachte en zwaaide. Hij zwaaide terug en ging weer verder met zijn sobere maal.

Even later ging de deur naar het kleine kamertje open. Rachel en Yacov kwamen naar buiten, gevolgd door de lange man die het eerst naar grootvader had gekeken. Ellie ging staan en liep naar hen toe.

Ze omhelsde Rachel die haar hoofd als een kind tegen haar schouder legde.

„Hoe is het met hem?" vroeg Ellie.

„Ik heb in de oorlog voor dokter gespeeld, meer niet. Hier kan ik niets voor hem doen. Hij moet medische zorg hebben. In het Hadassah."

„Het is zijn hart. Volgens de dokter heeft hij al maanden..."

„Dat heeft hij me nooit verteld." Yacovs gezicht betrok en hij keek vlug de andere kant op.

„Ik kan hem niet..." begon Rachel. „We kunnen hem nu niet alleen laten."

„Dat had ik ook niet verwacht. Het is in orde. Ik zal het wel aan Moshe uitleggen."

„Moshe." Rachel herhaalde zijn naam met een tederheid die Ellie even verbaasd deed staan.

„Hij begrijpt het wel, Rachel."

„Hij denkt dat ik..."

„Hij denkt echt niet dat je hem hebt laten zitten. Hij begrijpt het heus wel. Je ziet hem wel weer terug en dan komt alles weer goed." Ellie legde haar hand op Rachels arm en zei zachtjes: „Je houdt van hem, hè?"

Rachel sloeg haar ogen neer en keek naar de marmeren vloer. „Ellie, ik zou er nooit aan denken... ik geef ook een heleboel om jou. Om jullie allebei."

„Soms ben ik een echte idioot, weet je dat, Rachel? Als er één ding duidelijker is dan twee mensen die elkaar zitten aan te staren, is het wel twee mensen die proberen dat *niet* te doen."

„Maar Ellie... dat doet Moshe niet."

„Laat maar zitten. Ik denk dat Moshe probeert om dat *niet* te doen. Daartussen is een heel groot verschil." Ze glimlachte, ervan overtuigd dat ze de waarheid zag. Ze keek de lange man aan. „Kan ik met Rachels grootvader helpen?" Abrupt veranderde ze van onderwerp.

„Tenzij u een ambulance hebt om hem naar het Hadassah-ziekenhuis te vervoeren, zou ik het niet weten," zei hij grimmig. „Maar er komen geen ambulances deze kant uit."

„O." Ze pakte Yacov bij zijn kin beet. „Ik weet dat jij hier blijft, kerel, maar je moet me wel hier weg zien te krijgen."

„Saul brengt u wel naar huis. En als hij dat gedaan heeft kunt u hem weer terugsturen."

„Waarschijnlijk ben ik met hem veiliger dan met het hele Suffolk Regiment," zei Ellie zachtjes. Ze keek de lange man weer aan.

„Waar brengt u rabbi Lebowitz heen?" vroeg ze.

„We vervoeren hem niet. In ieder geval vannacht niet."

„Hij blijft hier dus in ieder geval tot morgen? Uitstekend," zei ze. Ze raakte Rachels wang aan. „Tot ziens, joh."

Rachels kin begon te trillen, maar ze zette haar tanden in haar lip. „O, Ellie!" huilde ze. „Wees alsjeblieft voorzichtig"

Ze liep naar de deur toe. „Oké, Yacov. Waar is Saul?"

Duizenden lichtjes van kaarsen flakkerden in de donkere straat en verlichtten oude en jonge gezichten – gezichten vol hoop die tegelijk wanhoop was. De kaarsvlammen dansten in de ademtocht uit monden die een oud lied zongen, dat de geboorte bezong van Hem die Immanuël, God met ons, heet.

Met hun ezeltje op touw liepen Moshe en Howard stukje voor stukje tegen de menigte in die langzaam door de doorgaande weg van Betlehem naar de kerk liep waarvan sommigen zeiden dat die de kribbe markeerde waar de Christus was geboren. Moshe en Howard waren wel al honderd keer naar het winkeltje van Elaram geweest, maar al die keren hadden de straten slechts gegonsd van het geluid van zoemende vliegen tegen de achtergrond van toeristen die over de prijs van een uit olijfhout gesneden kribbe pingelden. En net als de toeristen hadden de archeologen ook altijd over de prijs van een oude munt of een stuk gereedschap uit de Bronstijd gepingeld. Elaram ging niet gauw met zijn prijs naar beneden, wist Moshe. Hij had splinternieuwe briefjes van Engelse ponden onder zijn kleed, veilig in zijn portefeuille onder de zware Smith and Wesson .38 in de holster rond zijn middel.

Ten slotte kwamen ze bij de hoek van de straat waar Elarams winkeltje was. Ze sloegen af, het verlaten steegje in, en gingen nog een bocht om die naar een kleine schuinte leidde. De stemmen van de pelgrims volgden hen en weerklonken zachtjes, als een koor in een kathedraal. De ezel struikelde over een traptrede in de straat.

„Laten we hem hier vastbinden," stelde Howard voor. „Geen mens zal hem meenemen."

Moshe keek hem bedenkelijk aan. „Hoe dacht je dat ik eraan ben gekomen?"

Howard klakte afkeurend met zijn tong. „Nou, dan steelt de eigenaar hem misschien weer terug." Hij bond het touw vast om een ijzeren staaf in het raam van een huis dat er verlaten uitzag.

Moshe gaf het dier een paar klopjes op zijn romp en liep toen achter Howard aan het steile trapje op naar het winkeltje van Moddy Elaram. Howard hijgde toen Moshe ten slotte de winkelbel naast de deur van ruwe, houten planken liet rinkelen. Uit de ramen scheen slechts een zwak licht naar buiten. Moshe lichtte de klink op en duwde voorzichtig de deur open. Hij trok aan een andere bel die boven de deur hing.

„Moddy?" riep hij en keek in het bedompte winkeltje om zich heen. Boven een korte toonbank waarop voor het ongeoefende oog afval van een pottenbakker leek te staan, hing een sissende gaslamp aan de muur. Gebroken stukken van aardewerken kruiken lagen tussen kleine kommetjes die nog heel waren en een halve oude huisgod van klei. „Er zijn dingen die nooit veranderen." Moshe stapte verder naar binnen en bekeek het allegaartje kruiken dat tegen de muur opgestapeld stond.

„Rotzooi en schatten," zei Howard die achter hem aan kwam.

„Moddy?" riep Moshe nog een keer.

„Ik dacht toch niet dat we te vroeg waren."

Voor de doorgang achter in het winkeltje hingen donkergroene, handgeweven gordijnen. Opeens gingen ze open en een jonge man, gekleed in een slecht zittend pak met rafelige mouwen en een versleten kraag kwam vanachter het gordijn te voorschijn.

„U wilde mijn oom zien?" vroeg hij en keek hen behoedzaam aan.

Moshe en Howard keken elkaar aan. „We hadden hier een afspraak met hem." Moshe zocht in zijn zak en pakte de brief en gaf die aan de grimmig kijkende jonge man. Moshe keek naar hem terwijl hij de brief las. De zwarte ogen leken bijna levenloos. Hij had een baard van een paar dagen oud om een mond die vertrokken en vijandig leek, en bij de mondhoeken naar beneden wees alsof hij met een draad van verbittering was vastgenaaid. Zijn verwarde haar vol klitten viel in vettige krullen over zijn voorhoofd heen. Nadat hij de brief had gelezen keek hij Moshe uitdrukkingsloos aan. „Helaas ligt mijn oom in Jeruzalem in een ziekenhuis. Maar ik neem zijn zaken waar."

„Wat heeft hij? Is hij al lang ziek?"

„Het is zijn hart, helaas." Zijn stem klonk zonder emotie. „Net een week geleden. We hopen op zijn herstel. Maar nu moet ik voor zijn zaken zorgen."

„Zoals u ziet vroeg hij ons om hier te komen zodat we de Bedoeïenen-schaapherders konden ontmoeten. Met betrekking tot de boekrollen."

„O ja. Ja, u wordt verwacht. Mijn oom heeft me verteld dat u komt en wanneer, en wat u graag wilt zien."

„Wanneer komen de schaapherders?" vroeg Howard.

„Helaas. Nee, ze komen niet."

„Maar de–" protesteerde Moshe.

„Ze zijn geweest en weer vertrokken en hebben deze zaak aan mij overgelaten. Als u even geduld hebt, doctor professor Sachar..." Hij schudde met zijn wijsvinger naar Moshe. Toen glimlachte hij half. „We hebben tijd genoeg. Er is tijd genoeg." Hij liep naar het gordijn toe en verdween er weer achter.

Howard boog zich naar Moshes oor. „Als de eerste brief er drie weken over deed om ons te bereiken, was er niet genoeg tijd om ons bericht te sturen," fluisterde hij.

„Ik hoop alleen maar dat dit alles niet voor niets is." Geïrriteerd fronste Moshe zijn wenkbrauwen.

De jonge man kwam weer vanachter het gordijn te voorschijn. Pas toen hij voor hen stond merkten ze dat hij de winkel weer was binnengekomen. Toen ze hem in de ogen keken leek het alsof hij tot leven kwam. „Gaat u zitten, heren. Gaat u zitten." Zijn glimlach leek oprechter, hij stelde Moshe op zijn gemak.

Moshe keek naar een stoel en zag dat elk beschikbare plekje ruimte door stapels oude kranten en kunstvoorwerpen in beslag was genomen. Howard zag een krakkemikkige kruk verborgen onder een stapel stoffige gebedsmatten staan. Zijn voeten deden pijn van de hele dag lopen, dus haalde hij zijn schouders maar eens op en legde de stapel matten bovenop een andere stapel. Vervolgens schoof hij de kruk aan bij de toonbank en plofte er met een zucht op neer.

„Ach, die oom van mij," zuchtte de jonge man. „Je kunt niet zeggen dat zijn winkel er bepaald netjes uitziet, vindt u niet? Misschien als hij op een goede dag nog eens van mij wordt–" hij maakte zijn zin niet af en richtte zijn duistere blik op Moshe. „Gaat u zitten. U ziet deze heer hier, hij schuift de dingen gewoon van de stoel. Dat geeft niet."

„Nee, dank u." Moshe leunde tegen de toonbank. „Ik blijf wel staan."

„Zoals u wilt."

Moshe keek naar de zware, leren zak die de jongeman stevig vasthield. „U kent onze namen, maar ik geloof dat u zich nog niet hebt voorgesteld."

„Duizend maal vergiffenis, professor doctor," en hij maakte een lichte buiging. „Mijn naam is Ral Irman. Neemt u mij mijn onbeleefdheid niet kwalijk; maar zoals u weet, kun je niet voorzichtig genoeg zijn. Ik had gehoord hoe u eruit ziet en ik verwachtte niet iemand die zoals u gekleed was. Bovendien verwachtte ik slechts één"– en hij knikte in Howards richting – „en geen twee eminente personen zoals professor Moniger."

Moshe fronste zijn wenkbrauwen en gebaarde naar de leren zak. „We komen van ver en we moeten nog een heel eind verder. Wat wilde Moddy ons laten zien?"

Ral Irman trok zijn wenkbrauwen op en kneep zijn lippen samen. „O, ja." Hij legde de zak op de toonbank en veegde de potscherven met zijn arm opzij. „De boekrollen," zei hij.

Howard leunde naar voren, zijn ogen strak op de zak gericht. Moshe bedwong de aandrang om het ding uit de klauwige handen van Moddy's neef te trekken. „Ja," zei Moshe zacht. „De rollen."

De mond van Ral Irman krulde iets naar boven alsof hij plezier had in de spanning die hij bij de twee mannen had opgeroepen. Langzaam maakte hij de zak open, zijn ogen onafgebroken op Moshe gericht. Het leek of zijn hand de opening binnenkroop. Zijn ogen verwijdden zich toen hij iets vastgreep en naar buiten trok.

Moshe kreeg een schok. Daar voor hem lag een bruine rol, ongeveer even groot en dik als een opgerolde krant. Hij zag eruit of hij van boombast was gemaakt, en of de tijd de vouwen aan elkaar had gelast.

Ral Irmans gezicht betrok. „Is het niet naar uw zin, professor?"

Moshe en Howard bogen zich over de rol heen en onderzochten die in het karige licht. Er kleefden teer en kleine stukjes stof aan vast.

„Hij is nog nooit geopend," zei Howard.

„En zonder speciale apparatuur gebeurt dat ook niet," antwoordde Moshe.

„We hebben er nog meer." Ral Irman hield de zak ondersteboven en liet de inhoud onverschillig op de toonbank vallen. Nog vijf rollen vielen eruit en Moshe snauwde geërgerd naar de jongeman.

„Idioot! Heeft uw oom niet gezegd dat die rollen heel teer zijn?"

„Duizend maal pardon dan," zei hij en stak pruilend zijn lippen naar voren. Hij deed een stap achteruit naar de wankele plank met aardewerken kruiken achter zich.

Moshe en Howard bestudeerden eerbiedig de zes stokoude cilinders en legden ze zorgvuldig op een rij. Eén leek van papyrus te zijn gemaakt. Een andere rol was verzegeld, maar was duidelijk van koper. „We durven het niet wagen om de rollen in deze staat te onderzoeken," zei Howard. Vervolgens keek hij op naar het peinzende gezicht van Ral Irman. „Waar is de andere rol?" vroeg hij, zeker wetend dat Ellies rol van Jesaja niet bij de rij tere, fragiele boekrollen voor hem lag.

„De andere?" Ral Irman keek hem aarzelend aan. „Mijn oom heeft me opdracht gegeven om een prijs voor deze zes rollen hier vast te stellen."

„En wat is zijn prijs?"

„Duizend pond. In contanten. Vanavond."

Moshe keek de jongeman aan. „Duizend pond zegt u?"

„Voor alle zes samen."

„En de zevende rol? Die willen we zien voor we het over de prijs voor deze zes eens worden," hield Moshe vol.

Zonder iets te zeggen verdween Ral Irman weer achter het gordijn. Even later kwam hij met nog een cilinder aan. Deze was zorgvuldig in een zachte, katoenen lap gewikkeld. Moshes hart klopte in zijn keel. *De rol van Jesaja,* dacht hij, *na tweeduizend jaar compleet en onveranderd. Het woord van God zoals het in de dagen van Jezus bestond!* De profetieën over de terugkeer van Israël en de komst van de Messias waren in de tweeduizend jaar van de Diaspora onveranderd gebleven.

„Laat me ernaar kijken," verlangde Moshe, niet in staat om de emotie in zijn stem te verbergen.

„Ik heb opdracht om eerst uw geld te zien," zei Ral Irman tergend en hield het kostbare stuk dichter tegen zich aangedrukt.

„Betaal hem nou alsjeblieft voor die andere zes, Moshe," pleitte Howard. Hij begon de rollen zorgvuldig in de leren zak terug te doen, en maakte op de toonbank ruimte voor de zevende rol. Moshe greep in zijn zak en haalde zijn portefeuille eruit, waar meer dan genoeg in zat om voor de zes rollen te betalen. Hij telde tien briefjes van 100 pond uit en zag Ral Irmans ogen plotseling tot leven komen.

„Goed," zei Moshe. „Duizend pond. Laat ons nu de zevende rol zien."

Ral Irman graaide de biljetten van de toonbank en liet de laatste rol voor hun neus op de toonbank vallen. Zijn ogen glinsterden van hebzucht, maar dat zagen Moshe en Howard niet. Behoedzaam, heel voorzichtig, haalden ze de lap van de rol af. Vol verbazing ademde Howard diep in. Toen hij naar de warme rijkdom van het materiaal van de rol keek voelde hij de tranen in zijn ogen komen. De randen brokkelden af, maar in tegenstelling tot de andere zes rollen viel deze rol alleen al bij de aanraking van Moshes vinger open. Het volmaakte, precieze handschrift liet het negende hoofdstuk van het boek Jesaja zien. Moshe schraapte zijn keel en las de woorden, liefkoosde ze met zijn ogen en verhief ze met zijn stem.

> Want een kind is ons geboren, een Zoon is ons gegeven, en de heerschappij rust op zijn schouder en men noemt hem Wonderbare Raadsman, Sterke God, Eeuwige Vader, Vredevorst.
> Groot zal de heerschappij zijn en eindeloos de vrede...

Toen hij klaar was keek Moshe Howard aan en glimlachte. „Samen hebben we hem gevonden, beste vriend.” Howard knikte. Emotie kneep zijn keel dicht. Moshe schrok op van de sluwe stem van Ral Irman.

„Hooggeleerde doctoren, u bent dus tevreden met ons kleine juweeltje? U hebt het gelezen en daaruit blijkt, misschien, dat het inderdaad echt en waardevol is?”

„Hoeveel moet u voor deze rol vragen?” Moshe nam zijn onderhandelaarsrol weer aan.

„Deze rol is niet te koop.” Ral Irman lachte wreed.

Moshe keek op. Deze verlopen onderkruiper maakte hem woedend. „Waarom niet?” vroeg hij bruusk.

„Hij is al van iemand anders.” De stem kreeg een arrogante klank.

„Van wie dan?” Moshe ging harder praten en deed dreigend een stap in de richting van Ral Irman. De glimlach verdween ogenblikkelijk van diens gezicht.

Achter hem ritselde het gordijn en ging vervolgens open. Moshe zag eerst de glimmende blauwe loop van een revolver die in een zwart gehandschoende hand over Ral Irmans schouder op hem gericht was. Met het gordijn als omlijsting zag hij een wreed lachend gezicht met een mond waarin een paar tanden misten. „Hij behoort aan Hadj Amin, de Grootmoefti van Jeruzalem,” zei de sinistere stem van Hassan.

Alsof hij een klap had gekregen deed Moshe een stap naar achteren. Howard zat op zijn kruk genageld in het besef dat dit alles een val was.

„Hassan!” zei Moshe en hij spuwde de gehate naam als was het vergif uit.

„En zo ontmoeten we elkaar weer, broeder van mijn vriend.” Hassan schoof Ral Irman opzij, die in een stapel boeken zijn evenwicht trachtte terug te vinden.

„Je bent niemands vriend, Hassan,” gaf Moshe terug.

„Misschien niet. Maar het is niet verstandig om degene met de revolver in de hand beledigingen naar het hoofd te werpen.”

„Wat heb je met Moddy gedaan?” vroeg Moshe.

Hassans ogen knepen zich in wreed leedvermaak dicht. „Hoorde je dat dan niet? Zijn hart.” Hij gaf een hoofdbeweging in de richting van de achterkamer. „Vieze bedoening, die zwakke harten.” Hassan deed een stap naar voren toen Ram Kadar de gordijnen achter hem helemaal open schoof en de winkelruimte binnenkwam.

„Ik heb nog niet het genoegen gehad,” sneerde Kadar naar Moshe.

„Dit is de broer van de geliefde van je overleden vrouw, Kadar."

Kadar keek hem boos aan en legde Hassan voor het ogenblik het zwijgen op. „Je bent toch Moshe Sachar, de Zionist?" Zijn hand ging, met ook een revolver erin, omhoog.

Moshe keek naar het wapen. „En wat hebben jullie met de Bedoeïenen gedaan?" vroeg hij. „Zijn die ook dood?"

„O, nee," antwoordde Hassan. „Ze deden maar al te graag mee met ons feestje vanavond. En ze lieten de rollen grif achter om zich naar hun tenten terug te spoeden. Deze rollen zijn voor een jood. De opperrabbijn van de Oude Stad heeft ze gekocht."

„En wat heeft hij ervoor betaald?"

Hassan lachte, zo lang mogelijk de kwelling van Moshes vraag rekkend. „Inlichtingen, beste Moshe. En het bloed van je armzalige troepje Haganah-soldaten achter de muren van de Oude Stad."

Moshe keek vlug naar Howard; het besef dat Akiva voor verrader had gespeeld stond duidelijk op zijn gezicht te lezen. „O. Mannen tegen rollen. Dus de Moefti heeft zowel binnen als buiten de joodse wijk een marionet die naar zijn pijpen danst."

Hassan sprong naar voren en gaf Moshe boos met de loop van zijn revolver een klap tegen zijn wang. Moshe viel hard tegen de muur aan, rakelings langs Moddy's aarden waterkruiken die hachelijk bijna tot aan het plafond stonden opgetast. Howard sprong overeind en wilde naar de verdoofde Moshe toelopen, maar werd abrupt tegengehouden door een por in zijn middel met de loop van Kadars revolver.

„En wie ben jij wel, kereltje?" vroeg Kadar minachtend. Howard gaf geen antwoord maar keek hem uitdagend aan. „Doet er niet toe," gromde Kadar. „Zonder naam ben je er even goed geweest."

Ral Irman gniffelde toen Moshe kreunend overeind probeerde te komen. Kadar draaide Howards arm achter op zijn rug om en gaf hem een duw zodat hij naast Moshe neerkwam. „Op je knieën. Knielen, zeg ik. Naast dit joodse ongedierte."

Howard knielde naast Moshe en keek de winkel door. *Het laatste dat ik zie is zo'n grote wanorde van oude aarden kruiken en kunstvoorwerpen dat een archeoloog zich ervan kapotschrikt*, dacht hij met een grimmig plezier. *Een passend einde voor een archeoloog.* Hij hoorde hoe Hassan de haan van zijn revolver spande en keek, vreemd kalm, in de loop.

„Wacht!" schreeuwde Ral Irman en haastte zich naar voren. „Nog niet schieten! Ze hebben hun zakken vol met briefjes van honderd pond en als u schiet komen ze onder het bloed te zitten. Ik mocht hun geld voor mijn aandeel hebben. Dat hebt u zelf beloofd!"

„Jij daar!" snauwde Hassan naar Howard. „Haal langzaam je zakken leeg." Howard tastte onder zijn kleed en leegde zijn zakken. Hij haalde zijn portefeuille te voorschijn en gooide die op de grond.

„Nu hij." Hassan gebaarde met zijn revolver naar Moshe die in een poging wat helderder te denken zijn hoofd heen en weer schudde. Howard boog zich naar hem toe.

Howard keek hem strak aan en liet zijn blik niet los. Er stond van alles in te lezen; hij wilde iets zeggen. Howard fronste zijn wenkbrauwen en lichtte Moshes kleed op. Moshe keek even naar de opgestapelde kruiken en sloot toen vlug zijn ogen weer. Howard tastte naar Moshes portefeuille en voelde opeens de adrenaline vloeien toen hij het harde staal van de .38 voelde.

„Geen handigheidjes. Je bent er trouwens toch geweest," waarschuwde Kadar. „Haal langzaam je hand te voorschijn." Howard voelde de twee wapens op zich gericht. Hij zou ze met schieten nooit te vlug af kunnen zijn. Zijn hand pakte de kolf van het wapen beet. Zijn ogen gingen naar de kruiken. En opeens wist hij wat hij moest doen. „Ik heb hem al," zei hij. Vervolgens richtte hij de revolver door Moshes mantel heen en haalde de trekker over. De kogel ging door de stof heen en sloeg in de onderste rij kruiken in. Aardewerkscherven vlogen door de hele winkel heen en de wankele muur van kruiken kwam bovenop de hoofden van de geschrokken Hassan, Kadar en Ral Irman terecht. Hassan gaf een schreeuw en vuurde zijn revolver af toen de lawine van aardewerk een kettingreactie van kruiken veroorzaakte die van de muren achter hen naar beneden tuimelden. Met een kreet van pijn greep Moshe zijn bovenarm beet toen Hassans kogel zich erin boorde, het bot versplinterde en aan de andere kant weer naar buiten kwam.

Howard trok hem overeind en, hem onder zijn armen vasthoudend, sleurde hij hem half over de kapotte kruiken die over de vloer verspreid lagen. Hij greep de leren zak en de rol van Jesaja en haastte zich door de gordijnen heen naar de achterkamer. Vandaar kwam er een trap op de straat uit. En daar lag Moddy op de grond, drijvend in zijn eigen bloed. Zijn vriendelijke bruine ogen staarden in blinde afschuw leeg voor zich uit. Binnen een paar tellen zouden de moordenaars zich herstellen en de achtervolging op hen inzetten, wist Howard.

„Schiet op, Moshe!" riep hij. „Kom op de been, man! Ik kan je niet dragen!" Howard gooide de deur wijd open en sleurde hem naar buiten.

Met een geweldige krachtsinspanning hapte Moshe naar adem. Op Howard leunend dwong hij zijn benen ondanks zijn schotwond te bewegen. De frisse, koele lucht bracht hem bij zinnen, en Howard hielp hem snel het steile trapje af naar de straat beneden. Hij keek achter zich en zag dat Hassan al in de deuropening stond, op hen richtte en schoot. De kogel ketste een paar centimeter van zijn voeten vandaan af. Howard hield Moshes revolver omhoog en zonder ook maar te richten schoot hij terug, zodat Hassan snel weer in de winkel dekking zocht.

„Schiet op, Moshe! We hebben in ieder geval een kleine voorsprong in tijd!"

12 Heiligdom

Ellie knoopte het gerafelde touw strak om Sauls nek. Hij trok haar door de donkere straten heen als een hond die op jacht is. Meer dan eens nam hij Ellie mee onder lage overkappingen door en om boordevolle bakken met afval in kleine steegjes heen. Maar Ellie moest het hem toegeven: het leek of hij *ergens* heen ging.

„Weet je zeker dat we zo de stad uitgaan, hond?" mompelde ze buiten adem, niet helemaal zeker of ze haar veiligheid wel aan een ruig, woest beest met vier poten had moeten toevertrouwen.

„Saul zal u naar huis brengen," had Yacov haar verzekerd. „Maar u moet het touw niet loslaten, anders is hij al thuis terwijl u ergens bent waar u niet moet zijn." Daarna had de jongen Saul een paar magische woorden ingefluisterd, en weg waren ze.

Op dit moment, zich door een steegje wringend, stinkende afvalemmers omgooiend die omrolden en achter hen aan kletterden, was de verleiding groot om Saul los te laten en haar eigen neus naar wat frissere lucht te volgen. Maar ze hield vast, struikelend over de laatste treden voor de Mandelbaumpoort. Daarboven lag het groepje chassidische bewakers lui op de zandzakken niets te doen.

„Sjaloom!" riep Ellie terwijl Saul haar naar de buitenpost toetrok.

„Halt!" riep dezelfde jongen die Yacov bij de naam had begroet. De mannen sprongen overeind en blokkeerden de weg.

Saul gromde en de haren op zijn nek gingen overeind staan terwijl Ellie met hem voor de mannen stond. „Rustig." Ellie aaide over zijn kop. „Ik moet naar de Nieuwe Stad toe," legde ze uit. Saul gromde weer en de vier mannen deden een stapje terug.

In een taal die ze niet verstond praatten ze snel tegen elkaar en bepaalden toen hun aandacht weer bij haar. „Rebbe Akiva en een klein groepje rabbijnen zijn vanavond naar de Klaagmuur gegaan om te bidden, zoals ze altijd met Chanoekka doen. Ze zijn nog niet terug en we vrezen voor hun veiligheid. We denken dat de Arabieren hen gevangen hebben genomen en u, een vrouw, bent verderop zeker niet veilig."

„Hebt u een boodschap aan de Britse soldaten bij de Sionspoort gestuurd?" vroeg ze.

De oudste wachtpost lachte verbitterd. „En wat kunnen zij doen? Ons arresteren omdat we op wacht staan, dat is alles."

„Ik móet naar de Nieuwe Stad!" hield Ellie vol en keek hen voorbij de donkere straten in van de sector die verderop lag.

„Madame," zei een ander met een zwaar Frans accent. „U begrijpt niet..."

„Ik begrijp het uitstekend. Het leven van een man staat op het spel; misschien zijn jullie te trots om hulp te vragen, maar ik niet."

Het geluid van schuifelende voeten achter de barricade deed haar middenin de zin stoppen. De wachtposten draaiden zich om en namen hun positie achter de barricade in.

„Halt!" riep er een beverig. „Wie is daar?"

Vanuit de donkere straat kwamen vage schaduwen op hen af. Ellie gaf Saul een duwtje zodat hij ging zitten en ging op de keien naast hem zitten.

„Wie is daar?" vroeg een bewaker nog een keer.

De oudere man had een revolver tussen twee zandzakken weggepakt. De loop glom in het licht van de sterren.

„Rabbi Akiva," klonk het ernstig.

Onder het troepje mannen ging een gejuich op. Vlug krabbelden ze overeind om de barrière te verwijderen en de doorgang te openen voor de stevige gedaante van de rabbijn en de vier anderen die bij hem waren.

„Welkom, rabbi!" riepen ze. „We waren al bang dat u iets was overkomen toen u maar niet terugkwam."

„Wanneer zullen jullie het ooit leren?" antwoordde Akiva streng. „Deze barrière is onnodig. Onze vrienden hebben tegenover ons geen kwaad in de zin. De Haganah en de zionisten zijn de vijanden van onze vrede in de Oude stad."

„Bent u dan niet door de Arabieren tegengehouden?"

„Ofschoon de andere rabbijnen weigeren om ons te vergezellen, zijn wij er het levende bewijs van dat de Arabieren van goede wil zijn. Dit alles is echt niet nodig." Boos gebaarde hij naar de barricade. Hij liet zijn handen naast zijn lichaam vallen toen hij Ellie aan de kant van de barricade zag zitten. „En wat heeft dit te betekenen?" sneerde hij. „Hebt u al uw foto's genomen?" Hij nam haar zorgvuldig van onder tot boven op en zag dat ze een heel stuk magerder was dan de eerste keer dat ze elkaar die dag hadden ontmoet. „U daar! U bent journaliste, zegt u. Nou, neem hier dan maar een foto van, want wij zijn de enige mannen die in joods Palestina nog een beetje verstand in hun hoofd hebben!" Hij strekte zich uit en keek uitdagend op haar neer.

„Rabbi Lebowitz is heel erg ziek. Hij heeft een ambulance nodig," legde Ellie zachtjes uit. „Denkt u dat er een manier is–"

„Rabbi Lebowitz!" spuwde hij de naam uit. „Een verrader. Gods straf is rechtvaardig." Zijn ogen vernauwden zich en hij glimlachte naar Ellie. „Maar ga, mijn kind. Je ziet, wij zijn zojuist door de straten van de Arabische wijk gelopen en ons is niets overkomen. Ga, als je zo nodig moet."

Ellie keek naar hem op en wilde haar mond opendoen om iets te zeggen; toen keek ze naar de bewakers die met beschaamde gezichten tegen de barricade geleund stonden.

„Kom, Saul," zei ze tegen de hond. Ze liep de veiligheid van het beschutte gebied uit, het niemandsland van de straat verderop in.

Het krassende geluid van Sauls nagels over de keien mengde zich met haar zware ademhaling; dat was het enige geluid langs de smalle doorgang. De duisternis was drukkend en in iedere schaduw zag ze een gezicht voor zich, uit elke steegje een hand die zich naar haar uitstak. Haar handen werden klam en zij voelde een harde bonk in haar maag. Opeens wilde ze dat ze naar de w.c. was gegaan voordat ze de Oude Stad had verlaten. „Je bent bang, meid," zei ze tegen zichzelf. „God, bent U er nog steeds?"

Opeens bleef Saul toen ze een hoek omgingen stokstijf staan. Ellie struikelde over hem en viel languit op de straat. Ze schreeuwde het uit en greep naar het eind van het touw. Grommend liep Saul een stukje naar achteren. Ellie hield haar adem in en huiverde in haar blouse die dreef van het zweet. „Wat is er?" fluisterde ze naar de hond. Haar adem ging stokkend, angst greep haar bij de keel. Ze pakte het touw beet en trok de hond naar zich toe en sloeg haar armen om zijn nek. Vlak achter zich hoorde ze voetstappen en ze draaide zich met een ruk om. Een meter of vijf van haar af kwam er een schimmige figuur tussen twee leegstaande gebouwen vandaan aanlopen. Achter hem kwamen drie andere mannen met mantels die spookachtig in de wind flapperden. Ellie schreeuwde het uit en probeerde overeind te krabbelen. Ze zocht een manier om weg te komen, maar aan weerskanten was de weg afgesneden. Ze liep achteruit tot ze tegen een muur stond en liet Sauls touw op de grond vallen. De hond blafte, gromde en vloog toen weg, tussen de benen van de geschrokken Arabieren door die Ellie insloten. „Saul!" riep ze. „Kom terug!"

Een van de Arabieren liet een korte, brute lach horen. „We hebben naar je gezocht, Haganah-vrouw," zei hij. „Je hond zal je niet redden."

„Nee, u vergist u." Ellie pakte haar fototoestel. „Ik ben persfotografe." Van paniek struikelde ze bijna over haar woorden.

„Dus dit is degene die foto's maakt," klonk een temerige stem van onder de geblokte keffiyah rechts van haar. Ze kon hun gezichten niet onderscheiden, ze zag alleen donkere schaduwen die gemarkeerd werden door de lichte hoofdbedekking. Acht mannen drongen zich om haar heen op.

„Ja. Voor het weekblad *Life.*"

„Aha, een vrouwelijke journalist." De stem had een kordaat Brits accent.

„Naar u hebben we gezocht." Anderen knikten en er ontstond een meningsverschil toen een van de mannen zijn hand uitstak en lachend haar hals met zijn vingertoppen streelde. „Waar zijn de anderen, Haganah-vrouw?" vroeg een stem.

„Ik weet niet waar jullie het over hebben." Ellie probeerde rustig en uitdagend te klinken. „Ik ben Amerikaans staatsburger en ik eis dat jullie–"

Een in het wit geklede figuur greep haar bij de keel en trok haar lichaam hard tegen het zijne aan. „Jij hebt niets te eisen, vrouwmens!" snauwde hij. Zijn hete adem drong haar neusgaten binnen.

„Laat me los!" Ze worstelde om los te komen.

„We zullen je ook laten gaan, naar Hadj Amin toe. Maar eerst moeten wij met je aan onze trekken komen, Haganah-vrouw!" Zijn hand ging over haar lichaam heen. Ze kreeg een misselijk gevoel in haar maag.

„Alstublieft," snakte ze naar adem.

„Sla de deur in!" schreeuwde de man. Geweervuur ratelde toen ze het slot uit de deur van een verlaten huis schoten. Twee mannen sleurden Ellie schreeuwend naar het duister van de deuropening. Handen raakten haar aan en ze schopte alle kanten uit.

„Laat me los!" huilde ze.

Iemand deed een lamp aan die schimmig op een ruwe, houten tafel flakkerde. Ze trokken aan haar kleren en wierpen haar ruw op de grond; toen waren de schimpende, schreeuwende mannen overal om haar heen.

„Heer! Help me!" schreeuwde ze toen het wellustige gezicht van een bebaarde Arabier vlak bij het hare kwam.

Opeens barstte er vanuit de deuropening geweervuur los. Kogels sloegen in het plafond boven hen in, waardoor stukken pleisterwerk op Ellie en de mannen terechtkwam. De Arabieren sprongen overeind en draaiden zich met een ruk om. Het lachen hield op en er viel een doodse stilte. Ellie sloot haar ogen. Haar lichaam schokte van het snikken. Toen hoorde ze het lage gegrom van Saul. Vanuit de deuropening klonk de stem van kapitein Luke Thomas met zijn zware accent.

„Zo, jullie zijn dus met een feestje bezig," zei hij.

Ellie deed haar ogen open en zag de Arabieren achteruit, bij haar vandaan lopen. Hun ogen waren vastgeklonken aan Lukes stengun.

„Ze is van de Haganah!" schreeuwde een jonge Arabier. „Ze smokkelt wapens voor de joden naar binnen. We hebben het zelf gehoord. Arresteer haar!"

„Jij dom, onwetend uitvaagsel," zei de kapitein boos. „Ik moest jullie opblazen en voor de buizerds laten liggen. Hangen is nog te goed voor jullie." Er liepen nog vier Engelse soldaten langs hem naar binnen. „Doe ze de handboeien om. En strak," beval hij. „Tegen de muur jullie!" schreeuwde hij.

Saul rende naar Ellie toe en likte haar over haar gezicht, likte haar tranen weg en besnuffelde haar wang. Ze sloeg haar armen om het dier heen. Ze was nog zo beverig dat ze niet op haar benen kon staan. „O, jij bent het," snikte ze. „Je bent een braaf beest, hoor."

De lange, magere kapitein boog zich over haar heen. „Is alles met u in orde, juffrouw Warne?" vroeg hij vriendelijk.

Met de rug van haar hand veegde Ellie haar tranen weg. „Ik geloof van wel. Alleen bang en geschrokken." Ze probeerde te glimlachen.

Hij gaf haar een zakdoek en ze snoot haar neus. „Ik ook wel een beetje." Hij deed zijn jas uit en wikkelde die om haar schouders, zodat haar gescheurde kleren bedekt waren. Toen hielp hij haar overeind en bracht haar naar buiten, naar het duister van de straat. „Houd je geweer op hun hoofd gericht," beval hij zijn mannen. „En als ze moeilijk doen mag de Moefti de troep opruimen."

„Hoe hebt u me gevonden?" vroeg Ellie terwijl ze tegen het gebouw aanleunde.

„We hebben naar u uitgekeken. Toen het dier als een dolle hond blaffend naar buiten kwam, wist ik dat er iets aan de hand was. U bent nog geen vijftig meter bij de poort vandaan. We hoorden het geweervuur en zagen toen het licht."

Ellie knikte. „Dank u wel."

„Waar zijn de anderen, juffrouw Warne?"

„Yacovs grootvader is heel ziek geworden. Ze zijn achtergebleven."

„Rabbi Lebowitz?" Zijn stem klonk bezorgd.

„Ja. Ik denk dat het een hartaanval is. Ik probeerde een ambulance te krijgen."

„Lieve help." Hij klakte met zijn tong. „Hij is een fantastische oude man; dat was heel moedig van u."

„We moeten toch iets kunnen doen." Ze moest weer huilen, en weer haalde de kapitein zijn zakdoek uit zijn zak.

„Kom." Hij sloeg zijn arm om haar schouder en bracht haar naar de Sionspoort. „We moeten zorgen dat u thuiskomt. Ik zal kijken wat ik voor de rabbijn kan doen."

„Wacht even," Ellie aarzelde. „Mijn fototoestel moet hier nog ergens zijn.

Samen met Luke zocht ze de straat af en eindelijk vonden ze de kapotte camera. Luke gaf hem aan haar. De film hing uit de gebroken kast.

„Die is niet veel meer waard," zei hij.

„Dit is het tweede fototoestel dat ik ben kwijtgeraakt. Nou, nog even en dan maak ik me echt kwaad op die kerels."

Het was weer koud geworden. Davids adem deed de raampjes van de auto beslaan. Voor misschien wel de honderdste keer schoof David zijn mouw omhoog en keek op zijn horloge. Bijna negen uur. Hij glimlachte quasi-zielig. Wat een idioot was hij dat hij hier twee en een half uur als een verliefde jongen had zitten wachten. Ze kwamen niet. Ze hadden andere plannen gemaakt. Misschien had iemand wel een briefje voor hem achtergelaten bij de balie van het hotel. Hij had ten slotte niet gevraagd of er boodschappen voor hem waren.

Hij pakte zijn pakjes bij elkaar en stapte de kille nachtlucht in. Hij stopte ze in zijn jaszakken en klom over de stenen afscheiding het kleine, bestrate tuintje in dat naar de achterkant van het huis liep. Hij trok de rits van een zak van zijn vliegeniersjack open en haalde een klein notitieboekje met potlood te voorschijn. „Els," krabbelde hij. „Het spijt me dat ik je gemist heb. De pakjes liggen bij de achterdeur. Vrolijk Kerstfeest. David." Hij schoof het briefje tussen de deur en de deurpost. Eenzaam en teleurgesteld klauterde hij de auto weer in. Hij bleef nog vijf minuten zitten wachten, in de hoop dat hij zometeen nog de lichten van Howards Plymouth zag aankomen. In gedachten zag hij het al, zag hij Ellie haar armen om hem heenslaan, opgetogen dat hij had gewacht. „We hadden een lekke band. De benzine was op. We zaten in een file," zou ze verontschuldigend uitleggen. En daarna zouden ze met z'n allen naar het Koning David Hotel gaan en toch een kerstdiner hebben. Het was Kerstavond en van zijn opwinding was niets meer over. Hij keek weer op zijn horloge en startte toen de motor, die brullend aansloeg. De auto gierde weg en liet een zwarte streep rubber op de straat voor het huis achter. Met zijn hand gaf hij een klap op het stuurwiel en reed terug naar het Hotel Atlantica, ervan overtuigd dat alles zijn eigen schuld was. Er was vast een briefje of telefoontje voor hem geweest. Hij zou er bij de balie naar vragen; en dan zou hij Ellie opzoeken. Beter laat dan nooit.

Voor het Hotel Atlantica kwam de auto piepend tot stilstand. Met een sprong was David de auto uit, de roldeuren door en stond hij in de bijna verlaten lobby. Met grote passen beende hij naar de balie en drukte ongeduldig op de bel.

„Kan ik u van dienst zijn?" vroeg een nors kijkende receptionist.

„David Meyer. Zijn er boodschappen voor mij gekomen?"

De receptionist nam hem even op. „Uw kamernummer?"

„349."

De man schuifelde naar het rek met postvakjes en ging met bijziende ogen over de nummers heen. David had al gezien dat het vakje met zijn kamernummer leeg was.

„Geen boodschappen."

„Een telefoontje misschien?"

De klerk haalde zijn schouders op. „Niet dat ik weet."

„Kijk dan, man!" snauwde David.

De man stak zijn onderlip naar voren en keek met tegenzin een klein stapeltje neergekrabbelde telefoonnotities door. Met een klap legde hij ze weer terug en glimlachte minzaam. „Geen boodschappen," zei hij zelfvoldaan.

David kneep zijn lippen op elkaar en fronste zijn wenkbrauwen. „Oké. In ieder geval bedankt." Hij draaide zich om en voelde zich eenzamer dan ooit. Hij stapte weer naar buiten, de drukke straat op en tuurde door de ruit van het Atara Café. *De jongens zullen nu wel goed dronken zijn*, dacht hij. *En iedereen wil natuurlijk weten hoe het met mijn afspraak met Ellie zit*. Hij keek naar de grond en probeerde genoeg moed te verzamelen om hun vragen af te wenden. Zijn rammelende maag herinnerde hem eraan dat hij sinds een licht ontbijt die morgen in Tel Aviv nog niets had gegeten. Met een zucht haalde hij zijn vingers door zijn haar en stapte toen weer in de auto. Hij kon zijn vrienden in het Atara niet onder ogen komen. *Als Michael gelijk heeft en mijn ego het enige is dat me meezit*, dacht David, *is dat ego nu goed de grond in geboord*. Ellie had hem gewoon niet willen ontmoeten, redeneerde hij. Toen haar oom haar had verteld dat hij zou komen, had ze gevraagd om Kerstavond ergens anders te gaan vieren.

Hij reed naar de massieve citadel van het Koning David Hotel, vastbesloten om toch in ieder geval lekker te eten; half hopend dat

Ellie daar zou zijn, zodat hij koeltjes langs haar tafeltje kon slenteren en haar vertellen hoe het hem speet dat hij haar uitnodiging was vergeten. Een hotelbediende met een rood jasje aan deed het portier open toen hij voor het hoofdgebouw stilhield. David liet de sleuteltjes in zijn hand vallen.

„Zijn ze nog steeds het diner aan het serveren?" vroeg David.

„Tot tien uur, meneer."

„Bedankt." David gaf hem een fooi zonder naar de waarde op het biljet te kijken.

„Dank u wel, meneer!" riep de verbaasde hotelbediende uit. „Ik wens u een heel vrolijk Kerstfeest toe!"

Bloed uit Moshes wond markeerde een gemakkelijk te vinden spoor door de met keien bestrate steegjes van Betlehem. Howard wierp een blik achterom en bleef kijken toen een zwaaiende lantaren een klein stukje boven de keien bleef hangen. Hassan en Kadar kwamen langzaam vooruit; wat dat betreft waren Moshe en hij iets in het voordeel.

Moshe struikelde en leunde zwaar tegen Howard aan. „Ga maar alleen verder," ademde Moshe zwaar. „Geef mij de revolver maar en ga verder."

„Je bloedt hevig, vriend." Howard zette hem rechtop tegen de muur van een gebouw en trok de hoofdband van zijn keffiyah af. Moshe smoorde een kreet van pijn toen Howard de band stevig om de wond dichttrok. „Nog een klein stukje, Moshe. We zullen zien of ons ezeltje er nog staat." En hij fluisterde er achteraan: „Alstublieft, Heer."

Moshe legde zijn goede arm om Howards schouder en als twee dronken kameraden die een avondje aan de boemel zijn liepen ze het steegje uit. Er drupte nog steeds bloed van Moshes vingertoppen; zijn arm hing slap en onbruikbaar langs zijn lichaam. Weer struikelde hij, bijna bewusteloos door het bloedverlies.

„We redden het wel, Moshe," drong Howard aan. „Kom op, jongen."

Moshe glimlachte in dronken verbazing naar hem. „Ik wist niet dat je het in je had."

„Ik ben niet mijn hele leven vijftig geweest, hoor. Dit is nog niet half zo erg als Verdun in de Eerste Wereldoorlog. Daar was het allemaal man-tegen-man." Hij probeerde rustig door te blijven praten, stelde Moshe allerlei vragen in de hoop dat hij bij bewustzijn zou blijven.

Eindelijk gingen ze een hoek om en liepen bijna pal tegen het ezeltje aan. „Goddank," zuchtte Howard. Hij tilde Moshe op de rug van het dier en maakte vlug het touw los. Achter zich hoorde Howard Hassans stem toen hij het bloedspoor dat het steegje uitleidde ontdekte. „Hou je vast!" riep Howard tegen Moshe. Met zijn tong klakte hij het beest aan tot een draf de glibberige helling af die naar de hoofdstraat van de stad leidde.

De klokken beierden nu door stille en lege straten. Een paar pelgrims sliepen rond de vuren in de soeks, maar niemand keek op toen Howard hen op een sukkeldrafje voorbijliep. De hoeven van het ezeltje klikklakten op de stenen. Howard keek precies op het moment achterom dat hij de gedaanten van Hassan en Kadar naar het midden van de straat kon zien rennen en in beide richtingen zag kijken. Vlug stuurde Howard het ezeltje de schaduwen in en deed hij eventjes vermoeid zijn ogen dicht. Moshe leunde naar voren, tegen de nek van de ezel aan. Hassan gebaarde naar Kadar die in de andere richting rende, terwijl Hassan zelf met doelgerichte passen op hen afkwam. Bij elk vuur bleef Hassan even staan om de gezichten van de rustig slapende mensen te bekijken. Met het zweet in de handen greep Howard de handgreep van de revolver. Hij keek omhoog naar het gebouw dat hen schaduw bood. Hoge torenspitsen verhieven zich in de nachtelijke lucht. Hij drukte zich tegen de ruwe steen van het kerkgebouw en drong zachtjes de ezel aan om achter hem aan te lopen. „Moshe," fluisterde hij, „ben je er nog bij, jongen "

„Uh," kreunde Moshe.

Opeens botste Howard tegen een man aan. Het was een oude Arabier die hem vanonder zijn geblokte keffiyah tandeloos toelachte. Hij stak zijn kin naar voren en staarde Howard aan; toen keek hij langs hem heen en zag de snel dichterbij komende gedaante van Hassan.

„Kom mee," zei hij bevelend. „U bent onder mijn bescherming." Hij draaide zich om en schuifelde langzaam voor Howard en Moshe uit, de hoek om, naar de achterkant van de kerk. „Kom," zei hij weer tegen Howard, die gewoon te geschrokken was om zich te verzetten. De oude man ging hen voor naar een kleine alkoof in de zijkant van het gebouw en schoof met een klik de grendel open. „Ga naar binnen." Hij bleef opzij staan.

„De ezel–" protesteerde Howard.

„Die houd ik wel vast. Ga nu maar." Howard trok Moshe van de ezel af. Het geluid van Hassans rennende voetstappen kwam al dichterbij de hoek van de kerk. Howard sleepte de nu bewusteloze Moshe door de kleine, bijna verborgen deur en de oude man trok hem achter zich dicht. Het was aardedonker in de ruimte, en het rook er vochtig en muf. Howard knielde op de grond en hield Moshe half in zijn schoot. Hassans voetstappen kwamen steeds dichterbij en echoden in de slapende straten. Howard kon nauwelijks ademhalen en als Moshe kreunde legde hij zijn hand op de mond van zijn vriend. De voetstappen hielden bij de deur stil en de klink rammelde vervaarlijk toen Hassan het slot probeerde te forceren. Hij vloekte luid in het Arabisch en holde toen verder de straat in. Het geluid van zijn voetstappen stierf in de verte weg.

Uitgeput deed Howard zijn ogen dicht. Vermoeidheid overmande hem. Zijn hoofd knikte op zijn borst naar beneden toen hij bijna ogenblikkelijk in slaap viel.

Ellie stapte stijf uit de pantserwagen van Luke. Hij wachtte tot Saul achter haar aan was gesprongen, lachte toen grimmig en deed het portier weer dicht.

„Misschien is het verstandig als ik het huis voor u controleer nu uw oom weg is en u alleen bent."

„Echt, ik ben in orde. Ik wilde dat u me mee liet gaan naar het Hadassah-ziekenhuis om voor een ambulance te zorgen."

„Ik zou denken dat u voor vanavond genoeg actie hebt gezien." Hij pakte de sleutel van haar aan en liep met twee treden tegelijk het trapje op. Hij pakte Davids briefje van de deur en gaf het haar terwijl ze in elkaar gedoken tegen de leuning van de trap leunde.

Vlug las Ellie het briefje en glimlachte. „David, lieve, lieve David," zei ze zachtjes.

„Is het belangrijk?" vroeg Luke. Hij gooide de deur wijd open en deed een stap opzij om haar door te laten.

„Ja," antwoordde ze. „Ik was vergeten dat het Kerstmis is."

„Ja, het is Kerstmis. God zegene u." Hij tikte zijn pet aan.

Saul rende voor haar uit het huis binnen en Ellie liep achter hem aan. „Dat heeft Hij al gedaan," antwoordde ze. „Gelukkig Kerstfeest, kapitein."

„U ook." Hij stapte de pantserwagen weer in en reed met brullende motor naar de Scopusberg en het Hadassah-ziekenhuis.

Ellie deed de deur achter zich dicht en schoof alle grendels erop. Toen draaide ze elk lichtknopje om waar ze op weg naar de achterkant van het huis langskwam. Ze had vanavond al genoeg schaduwen gezien. Saul liet zich voor de keukenkachel op de grond ploffen en keek haar troosteloos aan terwijl zij water opzette, de achterdeur openmaakte en de cadeautjes die David had achtergelaten oppakte. Ze legde ze op tafel neer. Glimlachend vroeg ze zich af hoe hij zijn avond had doorgebracht. Ondanks het feit dat ze doodop was, moest ze aan de Kerstavond van vorig jaar denken. Toen had ze op het plankenpad gelopen terwijl de golven op het strand sloegen.

Ze trok een stoel bij en ging zitten. De pakjes lagen voor haar op tafel. Met haar kin op haar arm gesteund las ze de etiketten en moest hardop lachen toen ze las wat hij voor Saul had geschreven. De hond keek op toen hij zijn naam hoorde noemen. Ze wierp hem het salamiworstje toe dat hij zonder enige moeite in zijn bek opving en begon te verorberen. Ellie trok de witte enveloppe van haar pakje af en las het briefje dat David haar had geschreven.

> Vrolijk Kerstfeest, lieve Els,
>
> Terwijl ik dit schrijf sta ik stevig met beide benen op de grond. Ik kan alleen maar zeggen dat ik de laatste paar weken ben gaan inzien dat je, wat mijn leven betreft, volkomen gelijk had. Ik heb alleen maar voor mezelf geleefd; alleen maar voor mijn eigen voordeel liefgehad, en nooit gezien wie jij werkelijk bent. Misschien komen deze woorden te laat en heb jij de deur al voor me dichtgedaan. Ik hoop van niet. We hebben zoveel met elkaar beleefd en ik ben meer, en anders, van je gaan houden nu ik de vrouw die jij bent geworden begrijp en respecteer. Ik heb ook een doel in mijn leven gevonden, hoewel de weg nog lang is. Wat de toekomst ook in petto heeft, van één ding ben ik zeker: ik zal altijd van je houden.
>
> David.

Ellie las de brief steeds weer opnieuw tot de letters voor haar ogen begonnen te dansen. Langzaam legde ze Davids brief op de tafel voor zich neer. Ze was nog steeds boos op hem, maar ze wist ook dat ze van hem hield. Voor het eerst boog ze haar hoofd en bad voor hem en voor zichzelf. Ze bad om duidelijkheid in haar hart. Ze was al zo lang tussen hem en Moshe heen en weer getrokken. Nu wist ze dat Moshe, ondanks zichzelf, misschien van iemand anders ging houden en ze wilde geen beslissingen nemen op grond van het feit dat ze misschien alleen zou zijn.

Zorgvuldig haalde ze het cadeaupapier van de doos voor zich op tafel af. Ze probeerde het niet te scheuren. Ze nam het deksel van de doos en haalde de verfrommelde krant van het cadeau af. Haar adem stokte toen ze de glimmend zwarte kast van een nieuwe Leica zag. Voorzichtig tilde ze de camera uit de doos en nam hem op schoot. Aan de lens hing een briefje: „Voor de vrouw die het gezicht van Gods uitverkoren volk in de harten van de wereld heeft gegrift. Ik ben trots op je. David."

„Gelukkig Kerstfeest, David," zuchtte ze. „Dank je wel." Toen draaide ze het gas uit en deed het licht uit. Ze was achteraf toch te moe voor thee.

13
Het graf

Howard opende zijn ogen toen de deur onverwacht openging en langzaam op zijn krakende scharnieren draaide. Hij grabbelde naar de revolver. Het zweet brak hem uit terwijl hij wachtte tot het gezicht van Hassan verscheen. Het was nog donker buiten, maar hij kon de vage, grijze schaduw van de ezel buiten de deur ontwaren. Even later legde hij Moshe op de stenen vloer en ging staan om voorzichtig een blik naar buiten te werpen. De straat lag verlaten. Zelfs de oude man was verdwenen. Hij had het ezeltje met het touw loshangend achtergelaten.

Howard had er geen notie van hoe lang hij had geslapen, maar hij voelde zich verkwikt. Hij voelde om zijn pols naar het horloge dat hij thuis had lagen liggen. Wist hij maar hoe laat het was.

Hij liep weer naar Moshe terug en voelde naar de polsslag in zijn hals. Moshes hart klopte nog krachtig. „Moshe," riep hij. „Moshe," zei hij nog eens.

„Waar ben ik?" kreunde Moshe zacht.

„In de kerk, kerel. Help me. Sta op. We moeten die rollen in Jeruzalem zien te krijgen. We moeten je mannen waarschuwen voor rabbi Akiva. En we moeten jou in een veilig ziekenhuis krijgen."

In elkaar krimpend van pijn kwam Moshe met moeite overeind. Zijn arm klopte en deed verschrikkelijk pijn toen hij op Howard steunde, en met zijn tweeën liepen ze hun schuilplaats uit. Howard tilde Moshe op de ezel en klakte de ezel in beweging. Hij zuchtte toen ze de buitenwijken van de stad uitliepen en weer op de weg waren die hen vóórdat het dag werd, naar hij hoopte, terug naar Jeruzalem zou brengen – of in ieder geval naar het Mar Elyas klooster, waar ze toevlucht konden krijgen.

Gekleed in het uniform van een Britse officier leek het of Gerhardt niet op zijn plaats was in de kleine privémoskee van Hadj Amin op het terrein van de Rotskoepel, waar hij samen met hem in gebed neerknielde. Hadj Amin keek van het donkere oosten weg en draaide zich naar Gerhardt toe. „We twijfelen er niet aan dat u succes in uw missie zult hebben," zei hij bedaard.

„Ik voel me zeer vereerd dat u zo vroeg bent opgestaan om voor mij te bidden." Gerhardt waste zijn handen in de kom die voor hem werd neergezet.

„Het is nooit te vroeg om Allah, de eeuwig-barmhartige God van het heelal te zoeken, ten behoeve van ons volk hier in Palestina." Hadj Amin schudde het water van zijn handen en droogde ze daarna af aan de handdoek die zijn bediende naar hem uitgestoken hield. Langzaam rees hij overeind. Gerhardt wachtte beleefd en ging staan.

„Wat voor nieuws is er over Hassan en Kadar?" vroeg Gerhardt.

De Moefti gebood met een handgebaar zijn bediende om te vertrekken. Hij glimlachte node. „Helaas, ik vrees dat Hassan de zaak verprutst heeft. Zijn prooi is ontsnapt. Dodelijk gewond, volgens Hassan. Leden van de Jihad Moqhades zijn op dit moment bezig heel de streek af te zoeken. Ze worden wel gevonden," zei hij overtuigend. Hij legde zijn slanke hand op Gerhardts rug. „Maar *u* bent onze generaal, is het niet? En wat u vanmorgen doet zal de wereld op haar fundamenten doen schudden."

„Laten we hopen dat de joden hun dwaasheid inzien en het opgeven."

Ze liepen naar de luxueuze woning van Hadj Amin. „En als ze dat niet doen maakt het weinig verschil. Wat was dat liedje ook al weer dat de Führer altijd zong? 'Verpletter de hoofden van het joodse volk en de toekomst, en de overwinning is aan ons.' Nou?"

De sterren schitterden helder aan de hemel en Gerhardt keek omhoog. „Dat waren nog eens tijden," zuchtte hij.

„En het wordt nog beter, dat zult u zien. Weet u zeker dat u geen tijd voor koffie hebt?"

„Ik ben werkelijk zeer vereerd. Maar de vrachtwagens staan al klaar. Binnenkort wordt het al licht."

Hadj Amin knikte begrijpend. „Dit is voor ons nog maar het begin, Gerhardt. Doe uw best, en u zult het nog ver brengen."

Moshe leunde zwaar op Howard terwijl het ezeltje het graf van Rachel voorbij ploeterde. Ze hadden ongeveer anderhalve kilometer gelopen, en achter een scherpe bocht in de weg kon je de torens van het Mar Elyas klooster al zien. Het leek wel of er kleine lichtjes op de hellingen rondom het klooster dansten, en toen ze over de scherpe toppen van de kalksteenrotsen vlak voor het klooster heen waren, zagen ze een meter of vijfhonderd verderop een groot vuur dat de weg blokkeerde.

„Hassan heeft geen tijd verspild," zei Howard hardop.

Moshe keek naar het oosten. „Zometeen wordt het licht. Dan is het met ons gebeurd."

Het eerste dagen tekende een dunne lijn van licht rond de puntige, zwarte heuvels. Hassan had duidelijk zijn val goed in elkaar gezet. Hij was naar de Arabische vesting Talpiyoth gegaan, waar jonge Jihad Moqhades gretig de eerste oproep van Hadj Amin hadden beantwoord. De mannen waren sterk en taai, en kenden dit gebied op hun duimpje. „Jij hebt het voordeel van de leeftijd," mompelde Howard tegen zichzelf. „Jij oude dwaas, na achtentwintig jaar naar oude potten wroeten ken jij het hier heus wel beter dan zij!"

„Wat zeg je?" vroeg Moshe zwakjes.

„Niets," antwoordde hij. „Leun op me." Ze bleven nog een paar meter op de weg lopen. Howard keek grimmig naar de lichten voor hem. „We moeten van de weg af, Moshe. Kun je het schokken verdragen?"

„Ja," zei Moshe en kromp in elkaar toen Howard de ezel een schuinte naar een greppel liet aflopen.

Howard legde de rollen op de grond en hielp vlug Moshe van de ezel af. „Buk je, tegen de zijkant aan," droeg Howard op. Daarna draaide hij de kop van de ezel weg uit de schijnwerpers van de auto die aan kwam rijden, zodat zijn ogen niet door de koplampen verblind zouden worden. Hij ging plat op de grond achter de ezel liggen en wachtte. Hij durfde nauwelijks adem te halen toen de motor in de tweede versnelling ging om de lange schuine helling naar de groep wachtende Jihad Moqhades te nemen. Even scheren de lichten op de zijkant van de greppel achter hen. Howard deed zijn ogen dicht en bad terwijl de schaduwen rond hem heen dansten. Toen verdween de rode gloed van de achterlichten in een opdwarrelende stofwolk. De motor gierde naar boven.

Howard ging staan en bond het touw van de ezel aan een tak van een struik vast. Hij knielde naast Moshe neer. „Ben je er nog bij, kerel?" vroeg hij.

„Ik kàn niet meer," antwoordde Moshe haperend.

„Natuurlijk kun je dat." Howard ging met zijn hand over zijn mond heen en slikte de angst weg die hem de keel dichtkneep. „Je moet gewoon doen of je het wel kunt." Hij keek wild om zich heen. Er kwamen nog drie lichtjes hun richting uit. Eén stak ver boven de rand van de aarden wal uit en verlichtte de rotsen en struiken nog geen honderd meter verder dan waar zij lagen. Zijn mond werd droog toen hij de kreten hoorde:

„Yehudah! Yehud!"

Moshe lag met zijn hoofd tegen de aarden zijkant. In het donker zag zijn gezicht even wit als de kalkstenen. „Ga alsjeblieft verder, Howard. En neem de rollen mee."

Howard deed Moshes arm om zijn schouder en trok hem overeind. „Heb ik je wel eens over de tijd in de Argonne verteld?" hijgde hij. „De Duitsers gooiden gaspatronen in de loopgraven en zelfs de ratten renden weg." Hij bukte zich en sloeg de zak met rollen over zijn schouder. „Ik was mijn gasmasker kwijt. Ik dacht dat ik er geweest was." Hij fluisterde meer tegen zichzelf dan tegen Moshe. „Ik dacht dat ik van mijn leven niet meer zo bang kon worden." Hij liet Moshe tegen de ezel staan en duwde hem vervolgens over zijn rug. Moshe schreeuwde het uit en werd toen stil. Howard voelde hem verslappen, dankbaar dat hij in ieder geval geen pijn voelde. Het leek of de lantarens op het geluid reageerden en sneller in hun richting op en neer dansten.

„Yehudah!"

Howard krabbelde over een hoop puin heen en liep naar het oosten toe, waar de spleet daglicht steeds breder werd. Met vaste tred volgde de ezel hem door de struiken en over een klein heuveltje heen. Howard keek om zich heen. Over vijf minuten zouden ze een gemakkelijk doelwit zijn. Hij keek naar het noorden, waar het klooster opdoemde, en terug naar Betlehem. Toen sloeg hij zich om zijn eigen domheid tegen het voorhoofd. Hij stond nog geen vijfentwintig meter van de archeologische opgraving waar hij nog maar drie maanden geleden had gewerkt. Vlug nam hij Moshe over zijn eigen schouder, verbaasd over het lichte gewicht. Hij haalde de halster van de kop van de ezel af en zweepte het dier in een doodsbange galop naar de naderende mannen toe. Hij draaide zich om en zijn best doend om niet over rotsen en struikgewas te struikelen, klauterde hij zo vlug hij kon naar een rotswand van ongeveer vijf meter hoog.

„Hier ergens–" Hij zocht zijn weg langs de wand, met zijn hand steun zoekend tegen de ruwe steen. Aan de onderkant van de wand zocht hij naar een kleine opening, zestig centimeter in het vierkant, die naar een ondergrondse grafkelder uit de eerste eeuw leidde. Tijdens de opgraving had het archeologische team, ook Moshe, voorgesteld om die ingang in ieder geval gedeeltelijk door struiken verborgen te houden, zodat dieven en mensen die naar kunstschatten zochten de zaak niet konden plunderen. Howard stootte op een grote hoop keien en puin. Hij was de verkeerde kant opgegaan. Twintig meter, misschien meer.

Hij keek ongerust naar de lantarens die zich nu pal tegenover hem in een kring op de weg bevonden. Hij draaide zich om en krabbelde langs de rotswand naar het noorden, met nog steeds Moshe en de rollen over zijn schouders. Hij telde de voetstappen vanaf de hoop puin. „Vijftien, zestien." Bezorgd keek hij naar de zon. Hij hoopte dat ze hun schuilplaats zouden vinden voordat het daglicht het duister zou verdrijven, en hen als open doelwit voor het vuurpeleton tegen de wand zou blootgeven. „Vierentwintig, vijfentwintig, zesentwintig. Je bent er al voorbij." Hij draaide zich om en liep langzaam de laatste zes stappen terug. Op het laatst liet hij zich op zijn knieën vallen. Moshe legde hij op de grond neer. Al tastend zocht hij naar de opening. *God. O, Here God, waar is het?* Hij stak zijn hand uit en opeens verdween die in een gat pal naast de plek waar hij had gelopen. Eerst liet hij de rollen erin vallen. Met een doffe klap kwamen ze neer. Daarna sleepte hij Moshe er naar toe, zodat eerst zijn benen, vanaf zijn knieën, in het gat bungelden.

„Ik ga eerst," fluisterde hij. „Daarna trek ik jou naar beneden."

Moshe gaf een gekreun als antwoord. Howard krabbelde over zijn lichaam heen en liet zich op het moment dat de eerste lichtstralen de nacht als een explosie uit elkaar reten in het voorvertrek van de graftombe vallen. Hij greep Moshe beet en trok uit alle macht. Daglicht flitste over het land en viel opeens de schacht binnen, waar zij op de zachte aarde neertuimelden.

David wreef over zijn pijnlijke hoofd en keek naar de beslagen ruiten van de auto. Het eerste morgenlicht filterde naar binnen, vergezeld van het gestage gebrul van de zware vrachtwagens. „Waar ben ik?" zei hij hardop. Hij ging overeind zitten en voelde de whisky van de vorige avond in zijn hoofd beuken. Hij maakte een klein kijkgaatje op de ruit en gluurde naar buiten toen een pantserwagen kreunend langsreed, gevolgd door twee grote, Britse legerwagens. David probeerde de auto te starten, maar steeds als hij het sleuteltje omdraaide hoorde hij een harde klik. Hij had gisteravond de lichten laten branden. De accu was leeg. Hij veegde de voorruit met zijn mouw schoon en moest om zichzelf lachen toen hij de bekende winkels van Ben Yehuda en het nog steeds flikkerende neonlicht van het Hotel Atlantica drie blokken verder herkende. De legerwagens stopten voor het hotel; versnellingen schakelden terug en motoren kwamen sputterend tot stilstand. David fronste zijn wenkbrauwen en knipperde eens met zijn ogen. „Wat gebeurt er?" vroeg hij hardop.

Opeens vlogen de portieren van de vrachtwagens open. Vier mannen sprongen naar buiten en renden naar de pantserwagen toe. „Wel alle...!" Ze klauterden de pantserwagen in, die brullend met een vaart wegreed. David greep naar de deurkruk en bleef toen van schrik stokstijf zitten met de zekerheid van wat er zou gebeuren. „Ze blazen ons op!" schreeuwde hij. Hij gooide zijn portier wijd open en sprong op de straat. „Een bom! Het is een bom!" riep hij in de ochtendstilte. Even later explodeerden allebei de vrachtwagens met een felle lichtflits. Twee ton dynamiet zond honderden metaalscherven door de muren van het gebouw en haalden ze als voetzoekers in een kaartenhuis neer. David zag alleen maar het licht; hij hoorde niet de ontploffing die de mensen in de Ben Yehudastraat en het Hotel Atlantica op Kerstochtend uit elkaar reet.

Howard vond bij wat achtergelaten spullen een kaars die hij aanstak. Hij rommelde door de rugzak en vond een Cola en een verrotte sinaasappel. Hij gooide de sinaasappel op de grond. Hij rolde door de schacht naar beneden en kwam in de grote grafruimte neer.

„Wat is dat?" ademde Moshe.

„De restanten van Tommy's middageten." Hij pakte een in papier verpakt stukje kaas en haalde het papier eraf. „Hm. Gaat nog wel."

„Dorst," zei Moshe moeizaam.

„Daar heb ik wel wat tegen." Hij hielp Moshe door een kleine opening de schacht doorglijden. Ze kwamen in een stoffige halfduistere ruimte van drie meter in het vierkant en 1.20 meter hoog terecht. In het midden van de grafkamer was een ovale put, waar je rechtop kon staan. Het museum had al heel lang geleden de beenderen weggehaald van de christenen uit de eerste eeuw die hier begraven hadden gelegen. Nu restten slechts zes grafkamertjes waarin de lichamen werden verzegeld tot het vlees was vergaan. De kaars flakkerde met een griezelig schijnsel. Howard liet wat hete was op de grond druppen en zette de kaars daarin vast. Hij zette Moshe tegen een van de wanden aan en liep terug naar de schacht om de boekrollen op te halen.

Hij keek omhoog naar het felle zonlicht dat door de opening naar binnenstroomde. „God helpe ons," fluisterde hij; hij pakte de schatten op en gleed terug naar de grafkamer.

Hij schrok terug toen hij weer het lijkbleke gezicht van Moshe zag en hoorde hoe oppervlakkig zijn ademhaling ging. Hij schudde bezorgd zijn hoofd en liep toen verder de ruimte in.

„Net of je thuis bent," zei hij opgewekt en zette de zak met boekrollen naast Moshe neer. Hij pakte het flesje Cola uit de rugzak en wipte tegen de rand van de graftombe de dop eraf. Zijn eigen keel schuurde van droogte, maar hij hield het flesje tegen Moshes mond aan en hielp hem kleine slokjes nemen. „Kalm aan," waarschuwde hij. „Niet teveel tegelijk."

Moshe zuchtte dankbaar en tuurde naar de kaars. „Bedankt." Howard deed de dop weer op het flesje en zette het tegen de muur aan.

„En jij?"

„Ik heb geen dorst. Je weet hoe ik over warme Cola denk!"

Moshe gaf geen weerwoord. In plaats daarvan keek hij Howard aan. „Je bent een echte vriend. Want je had ook alleen verder kunnen gaan. Het stikt buiten nu van de Jihad Moqhades. Wat als ze ons vinden?"

„Dan vinden ze ons maar." Howard haalde zijn schouders op. „Wat is dit? We kunnen er in ieder geval een paar met ons meenemen, zeg."

„Vijf kogels." Moshe deed zijn ogen dicht. „Drie voor hen en twee voor ons."

„Hou je mond, Moshe, of je krijgt niets meer van me te drinken. Een beetje teveel Cola gehad zeker!"

Moshe glimlachte en deed zijn ogen dicht. „Howard, als ik het niet haal–"

„Je haalt het wel," zei Howard, maar hij zette een vraagteken bij zijn eigen woorden.

„Als ik het niet haal – ik had nog zoveel willen zeggen. Tegen Ellie–" Hij stopte. „Tegen Rachel. Maar Howard, ik wil dat je weet dat jij voor mij mijn broer bent die er niet meer is."

„We halen het allebei, Moshe. Ga nou eerst maar slapen. Hou je mond en ga slapen."

„Als ik ga slapen heb ik het gevoel of ik nooit meer wakker zal worden." Hij klonk als een klein jongetje dat langzaam in slaap sukkelt.

Terwijl Moshes ademhaling dieper en rustiger werd keek Howard de grafkamer eens rond. „Als ik afdaal in het graf, dan vind ik daar God," zei hij zachtjes. Toen pakte hij de boekrollen op en bracht ze naar een grafkamertje dat door een grote, platte steen was afgesloten. Hij duwde de steen opzij en grabbelde in het gat. Hij wist dat achterin een uitsparing zat waarin hij de rollen veilig kon opbergen. Als Moshe en hij samen in dit graf moesten sterven, zouden de rollen in ieder geval onbereikbaar voor de Moefti zijn! En als er op een goede dag vrede in Palestina zou heersen, en het Amerikaanse Instituut zijn deuren weer zou openen, zou er vast en zeker wel weer een archeoloog naar het terrein van de opgraving komen en de boekrollen vinden. Hij schoof de steen weer voor de opening en bleef er een hele tijd naar zitten staren. Hij voelde wat in de harten van de mannen had geleefd die de boekrollen bijna tweeduizend jaar geleden in de grotten hadden verborgen. „U was er toen ook, Heer," zei hij, zonder angst de dood in de ogen ziend. „Maar als U er iets aan kunt doen zou ik toch wel graag nog een tijdje langer blijven."

Onder de mannen van Hassan ging een luid gejuich op toen ze in de verte hoog boven Jeruzalem de grote rookkolom zagen opstijgen. Ze staakten hun zoeken en verzamelden zich naast de wegversperring bij het klooster.

„De oorlog om Jeruzalem is begonnen!" schreeuwde de leider van de mannen uit Talpiyoth.

„We hebben lang genoeg naar twee onbelangrijke mannen en waardeloze ballast gezocht," riep iemand anders. „Ze hebben ons in de stad nodig, dat kan een kind zien!" Er ging een ontevreden gemompel door de groep toen alle ogen van de Jihad Moqhades zich naar de Heilige Stad richtten.

Hassan sprong bovenop de wegversperring en trok zijn pistool. Woedend schoot hij in de lucht. „De Moefti wil dat de dieven worden gevonden," riep hij. „Hun hoofden zijn meer waard dan heel de buit van Jeruzalem."

„Dat zeg je alleen maar om je hachje te redden!" schreeuwde de leider. „Door *jouw* stommiteit zijn ze ontsnapt. *Jouw* hoofd staat bij de Moefti op het spel."

De mannen gaven blijken van instemming met wat hun leider zei. Met opgeheven vuisten en wapens maakten ze hun ontevredenheid over Hassan duidelijk.

„We gaan naar de Moskee. Op naar Jeruzalem!" riep de leider.

„JIHAD! JIHAD! JIHAD!" kwam het opgewonden geroep van de mannen.

„Geef me tien mannen!" schreeuwde Hassan naar hun leider. „Met daglicht kunnen tien mannen het werk van honderd doen."

De leider wreef met zijn hand over zijn grijzende baard. „Misschien."

„Er is een grote beloning als de mannen worden gevonden. Op mijn erewoord."

„Tien. Tien mannen maar? Goed. Misschien dan." Hij wees naar een knorrig, ontevreden stelletje mannen die wat opzij stonden. „Jullie daar. Jullie blijven en helpen onze broeder Hassan met zoeken. Hij heeft een grote beloning van de kant van Hadj Amin in het vooruitzicht gesteld als ze worden gevonden."

Met een luid gejuich zwermden de honderd Jihad Moqhades langs de wegversperring heen, de weg naar Jeruzalem op.

14
De cavalerie

De ramen boven Ellies bed rammelden zonder ophouden. Saul sprong naast haar overeind en begon te janken. Nog met de handdoek om zich heen, want ze was na haar douche de vorige avond zo op bed neergevallen, deed Ellie haar ogen open en tuurde naar Davids cadeau. Het stond op haar ladenkast naast het met rood papier ingepakte pakje van Mirjam. Ze stak haar hand uit en krauwelde Saul achter zijn oren. „Vrolijk Kerstfeest, mormel," kraakte haar stem slaperig. Ze snoof eens en schoot met een ruk overeind toen ze zich Moshe en oom Howard herinnerde. Ze had hen gisteravond niet horen binnenkomen; en de hond zou vast wel zijn aangeslagen als ze thuis waren gekomen.

Ze vloog uit bed en schoot in haar ochtendjas. Vlug een borstel door haar verwarde bos haar halend rende ze naar beneden.

„Oom Howard!" riep ze hard. Ze gooide zijn deur open en zag een keurig opgemaakt bed en een wekker die op 5.45 uur stond.

Als ik nog niet thuis ben als het licht wordt stuur je de cavalerie maar.

Ellie gooide de borstel neer en rende naar haar kamer terug. In haar laden zocht ze naar schoon ondergoed en bedacht wie ze zou kunnen opbellen. Kapitein Thomas? Zijn dienst zat er nu vast en zeker op, en ze wist niet waar ze hem kon vinden. Haar hand ging over de camera heen. „David!" riep ze opgelucht en kleedde zich vlug verder aan. Ze knoopte haar jasje dicht en pakte, bij nader inzien, Mirjams cadeautje op en stopte het in haar zak. *Dat maak ik wel open bij het ontbijt*, dacht ze. „Kom mee, Saul," zei ze. Ze pakte het fototoestel op en deed er een filmpje in. Ze zou haar eerste foto's van David nemen terwijl hij slaapdronken uit bed kwam.

De hond kwam achter haar aan naar buiten en liep tegen haar benen op toen ze in het zachte ochtendgloren bleef staan en over de daken van de stad heenkeek. Uit het centrum van Jeruzalem ging een grote trechter rook de lucht in. „Lieve hemel," riep ze. Ze rende naar de Plymouth toe en sprong erin. Hadden haar ramen daarom zo gerammeld? Ze werd misselijk van angst om David bij het zien van al die rook. Ze had al eens eerder meegemaakt wat een bom kon uitrichten. „Alstublieft, Heer," riep ze toen de auto dichter in de buurt kwam, en achter ziekenauto's en politiewagens met loeiende sirenes voortraasde.

Een lijkbleke politieagent zwaaide met zijn armen en liet haar zes blokken van het centrum van de ontploffing stoppen. Ze rolde haar raampje naar beneden en schreeuwde hem toe:

„Wat is er gebeurd?"

„De Arabieren hebben Ben Yehudastraat gebombardeerd."

Ellie voelde alles om zich draaien. Ze legde haar hoofd op het stuurwiel en vocht om haar zelfbeheersing te behouden. Achter haar toeterden auto's en loeiden sirenes.

„Opzij, juffrouw! We moeten erlangs," schreeuwde de politieagent.

Haar adem kwam kort en hijgend. Eindelijk kreeg Ellie de auto in de versnelling en ze reed hem naar de kant van de straat. Daar liet ze haar hoofd tegen de stoelzitting achter zich vallen, niet in staat om haar benen te bewegen of haar hand naar de deurkruk te brengen. Saul jankte en besnuffelde haar voorzichtig. Uitroepen van politieagenten filterden door de raampjes naar binnen terwijl reddingsvoertuigen hard voorbij reden. „Ben Yehudastraat. Hotel Atlantica. De hele boel is met de grond gelijk gemaakt..."

Een golf van misselijkheid overspoelde haar. Ze draaide het raampje open en hapte naar frisse lucht. Toen ze voelde dat ze rustiger ademde, greep ze haar fototoestel, een zekere toegang tot het ramptoneel, en stapte de auto uit. Saul kwam pal achter haar aan en wankelend liep ze de stoep op, tegen de stroom overlevenden in die zich aan elkaar vastklampten en huilend van het bloedbad wegvluchtten.

„Er is niets meer over!" gilde een vrouw hysterisch. „Er is niemand meer – iedereen is dood! Ze zijn allemaal dood!"

De meeste mensen waren nog steeds in hun nachtgoed, en de kinderen huilden van de kou in de vorstige ochtendlucht. Drie blokken van de Ben Yehudastraat vandaan hield een politieagent haar tegen.

„U mag niet verder, juffrouw," zei hij.

Ze hield haar fototoestel omhoog. „Pers." Ze hoorde haar stem hol weerklinken. „Weekblad *Life*."

Hij liet haar door en hield een huilende moeder tegen die riep dat ze haar kind in de ravage was kwijtgeraakt. Ellie richtte haar camera en knipte af. Glas van de ruiten van winkels en appartementen knierpte onder haar voeten stuk. Bezorgd om de hond ging ze midden op de straat lopen. Daar liepen nog meer hysterische mannen en vrouwen dan op de stoep. Overal zag ze bloed: op het gesteven, witte nachtponnetje van een klein meisje dat kermend door een redder van de plaats waar de bom was ontploft werd weggedragen; op het gezicht van een man die in hevige pijn hinkend naar de medische noodpost liep. Een vrouw holde door de menigte heen. „Mijn man!" riep ze. „Help me mijn man zoeken!"

Niets in haar leven had Ellie voorbereid op de verwoesting die ze voor zich zag toen ze de straat inliep die eens de Straat der Joden was geweest.

Niets dan puin restte er van Hotel Atlantica. De gebouwen die nog overeind stonden vertoonden grote scheuren en groeven; hele muren waren weggeblazen. Je keek zo in de geruïneerde slaapkamers met lichamen van slachtoffers. Hier en daar klauterde een reddingswerker over het puin of groef naar een zwakke kreet om hulp. Van de ruïnes steeg rook op. Het lichaam van een oude man lag tegen een brandkraan aan. Brandweerlieden schoven het vlug naar de kant en bevestigden hun brandslang. Er was geen tijd om je druk te maken over de doden; de redders moesten om de mensen die nog leefden denken en kans liepen om levend onder het puin te verbranden naarmate er overal brandjes door de gebroken gasleidingen ontstonden. Smeedijzeren hekken bungelden van wat eens balkons waren geweest. Gescheurde kleding lag verspreid door de straat. Twee jonge mannen haastten zich voorbij met een verminkte man die ze zojuist vanonder het beton hadden vandaan getrokken. Zijn gekreun doorboorde de zware stilte die in de straat hing.

Ellie liet haar handen langs haar lichaam vallen. Tegengehouden door de band om haar nek schokte de Leica terug. Daar stond het restant van Michael Cohens auto – een enorm brok metaal had het dak verpletterd.

„David!" schreeuwde ze. De angst greep haar om het hart toen ze om zich heen keek. „David," schreeuwde ze nog eens en strompelde langzaam naar de plek waar het Hotel Atlantica had gestaan.

Vier vrijwillige brandweerlieden renden haar voorbij. Een kreet van vreugde weerklonk door de straat toen de redders nog een overlevende hadden gevonden. „Hier!" riepen ze van de andere kant van de straat.

Ellies lichaam schokte van het snikken en ze probeerde haar verdriet onder controle te krijgen. „David," zei ze zachtjes. Saul sprong tegen haar op en kwispelde met zijn staart. Hij draaide zich om en blafte.

„Els?" vroeg een zachte stem achter haar. „Els? Ben jij het?"

Ze draaide zich om naar de hese stem en zag David op kousevoeten op straat staan. Zijn kleren waren gescheurd, maar zijn stropdas zat nog steeds keurig om zijn nek. Hij bloedde hevig uit een snee op zijn voorhoofd en hij zag er versuft uit. „David," huilde ze en sloeg haar armen om hem heen. „O, lieveling, je leeft nog!"

„Help me," smeekte hij. „De jongens zijn nog steeds binnen. Ze waren binnen toen de vrachtwagens ontploften." Hij staarde naar de totaal vernietigde auto. „Ik was bijna in de auto blijven zitten." Hij sloeg zijn handen voor zijn gezicht. „De jongens zitten nog binnen," zei hij weer.

„Kom," Ellie pakte hem bij de arm en maakte aanstalten om naar de ruïnes van het hotel te lopen. „Je moet hier weg, David. We kunnen hier absoluut niets doen."

David negeerde haar en begon naar het hotel te lopen, verwoed naar een plek zoekend waar hij kon gaan graven. „Ik móet Michael vinden," zei hij alleen maar. Hij bukte zich en begon brokken puin naar opzij te gooien.

„David, toe nou," smeekte Ellie.

Saul rende naar de bovenkant van de hoop puin en begon als een wilde te blaffen. Ellie keek op en zei tegen David: „Misschien kan hij helpen. Misschien ruikt hij wel iets."

David liet een groot stuk hout uit zijn handen vallen en krabbelde naar Saul toe. „Wat is er, jongen," vroeg hij en knielde naast de hond neer. Saul bleef blaffen. David keek in de richting van zijn geblaf, aan de andere kant van wat er nog van het gebouw restte. Terwijl Ellie achter hem aan omhoog kwam klauteren, ging David langzaam staan en uitte een gesmoorde kreet. Toen verdween hij uit het gezicht.

„David?" riep Ellie toen ze bovenaan de hoop puin was gekomen. Beneden haar, huilend van geluk, omhelsde David Michael. Twee andere, ongeschoren mannen stonden dolgelukkig naast hen.

„We dachten dat je dood was," zei Bobby Milken.

„Ik dacht dat we er allemaal geweest waren." David veegde de tranen van zijn gezicht. „Man, wat ben ik blij dat ik je zie!"

„We hadden een glaasje teveel op en zijn de rest van de nacht in een of andere tent op de Julianus gebleven. Ben al mijn geld met dobbelen kwijtgeraakt," zei Michael.

„Ja," zei David en omhelsde zijn vriend nog eens. „Hè, wat ben ik blij dat ik jullie heb gevonden, kerels."

Half klimmend, half glijdend werkte Ellie zich naar beneden waar de mannen bij elkaar stonden. Met een enorm gevoel van opluchting maakte ze een foto van hun gelukkige ontmoeting.

„Gelukkig Kerstfeest, Els!" riep David. Maar toen Ellie begon te praten verdween de lach van zijn gezicht.

„David, ik heb hulp nodig. Het is afschuwelijk. Maar Moshe en oom Howard hadden al voor de ochtend terug moeten zijn. Ik maak me zorgen, David. Kun je me alsjeblieft helpen?”

Hij haalde diep adem in een poging zijn zelfbeheersing weer terug te vinden. „Ja natuurlijk,” zei hij hees. „Ja. Waar zijn ze?”

„Ergens op de weg tussen Betlehem en Jeruzalem. Meer weet ik niet. Iemand moet er met me heen om te proberen ze te vinden, David. Ik ben doodongerust.”

Michael en de anderen gingen de redders meehelpen en David nam Ellie bij de arm. „Je zult ze in een auto nooit vinden. Als ze in de problemen zitten, is het laatste dat ze willen dat jij er ook middenin zit. Ik vlieg er wel heen en ga poolshoogte nemen. Als ze op de weg zijn, kan ik landen en hen meenemen.”

„Ik ga mee, David. Goed? Ik ga mee.”

„Nee, je gaat niet mee. Het kon wel eens gevaarlijk worden.”

Hij rolde met zijn ogen toen hij de uitdrukking op haar gezicht zag. „Wat denk je dat het hier is?”

„Goed. Goed! Ik ga al mee. Waar is je auto?”

Hij liep achter haar aan door het puin, op zijn kousevoeten zorgvuldig het gebroken glas dat overal lag ontwijkend. Saul liep pal achter Ellie aan. Zo op een ganzerijtje liepen ze door het gedrang van menselijke ellende dat op auto’s wachtte om hen naar het Hadassah-ziekenhuis te brengen.

Ver boven de verwoeste Ben Yehudastraat richtte Ellie haar lens op de grijze rookpluim die uit de slachting daar beneden opsteeg en knipte af.

Langzaam helde David het vliegtuig en schudde in grimmig zwijgen zijn hoofd toen ze richting Betlehem gingen. „Het lijkt wel of een B-29 de volle lading daar gedropt heeft,” merkte hij op. „Ik dacht dat ik er in Europa genoeg van had gezien voor een heel leven. Ik had nooit gedacht dat ik er nog eens middenin zou komen te zitten.”

„Waarom ben je nog steeds hier, David?” Ellie legde haar hand op zijn arm.

„Omdat ik vind dat ik dat hoor te doen. En zo te zien is er nog iemand anders die dat ook vindt.”

Ze pakte een schone zakdoek uit haar zak en depte de snee op zijn voorhoofd. „Ik ben een paar weken geleden tot dezelfde conclusie gekomen,” zei ze.

„En er is nog iets anders.” Hij pakte haar hand beet.

„Wat dan?”

„Je houdt nog steeds van me.”

Ze trok haar hand terug.

„Hé, arrogante pummel! Waarom laat je mij dat zelf niet zeggen?"

„Goed dan. Zeg maar op." Hij grinnikte. In zijn gescheurde overhemd zonder kraag, met de stropdas nog om zijn hals zag hij er belachelijk uit. „Ik heb je gezicht gezien toen je dacht dat ik dood was. Waarom hou je niet op met spelletjes spelen en gaan we het eindelijk eens over de liefde hebben? Maar dat kost wel de nodige moeite en inspanning, weet je."

„Punt één: het kan me helemaal niet schelen wat jij zogenaamd op mijn gezicht zag. Natuurlijk speet het me dat je dood was. Ik dacht dat je dood was. Dat zou iedereen erg vinden. En punt twee:–"

„Zeg de waarheid nou maar, Els – God schrijft dit in de boeken neer, weet je. Vooruit, zeg dan dat je niet van me houdt." Vol verwachting trok hij zijn wenkbrauwen op. „Toe dan."

Ellie snoof. Ze stak haar hand naar achteren en begon Saul achter zijn oren te krauwelen. „Dat kan ik niet want ik weet het niet zeker," zei ze knorrig."

David haalde zijn schouders op. „God krijgt je nog wel," plaagde hij.

„Jij – je bent zó verschrikkelijk arrogant – Alles draait om jezelf–"

„Waarheidslievend, oprecht en trouw. Een echte padvinder. Ik doe zelfs elke dag een goede daad." Hij duwde de Stinson in een steile duikvlucht en zoemde over de Allenby barakken en het treinstation heen, tot hij op ongeveer honderdvijftig meter hoogte boven de weg naar Betlehem vloog. „Kijk goed uit je doppen," beval hij. „Als ik zometeen begin zal iedereen daar beneden omhoog kijken en dit vliegtuig vervloeken. Als ze daar beneden zijn, zul je ze zien."

Ellie tuurde naar mensen op de weg en moest lachen om de Arabische kameeldrijvers die woedend hun gebalde vuisten schudden, terwijl hun kamelen onder de schaduw van het vliegtuig begonnen te bokken en brullen.

„Problemen voor ons uit!" schreeuwde David en trok op. Brullend vloog het vliegtuig over de hoofden van een grote groep Jihad Moqhades heen.

Ellie dook instinctief weg toen de geweren in de aanslag werden gelegd en geweerlopen in hun richting flitsten. „Wat zijn dat voor kerels?" riep ze.

„Arabische guerilla's," zei David grimmig. „Je oom zit misschien meer in de nesten dan ik dacht."

Hij liet het vliegtuig overhellen en ging nog één keer over hun hoofden heen, deze keer hoog en hopelijk buiten schotsafstand. „Ze hebben allemaal geweren," zei Ellie. „Denk je dat ze oom Howard en Moshe hebben gevonden?"

Hij keek haar aan en schudde zijn hoofd. „Daar komen we gauw genoeg achter. Deze lui stoppen nooit om hun slachtoffers te begraven."

Angst en ontzetting stonden op Ellies gezicht te lezen. „Denk je dan dat ze dood zijn?" vroeg ze.

„Bind die hond vast daarachter," droeg David haar op. „Misschien moeten we wat kunsten uithalen, en het laatste dat we daarbij kunnen gebruiken is zo'n rondspartelend mormel."

Ellie schudde met haar hoofd heen en weer om helderder te kunnen denken en klauterde naar achteren om Sauls gerafelde touw aan een hendel aan de zijkant van het vliegtuig vast te maken. „Wat heb je hier allemaal voor spul?" schreeuwde ze boven het brullen van de motor uit toen ze de kratten met mineraalwater en whisky zag staan.

„Bommen," zei David. „Kom eens hier, ik geloof dat ik iets zie."

Hij bracht het vliegtuig laag boven de wegversperring op de snelweg, vlak voor het klooster. „Dat is de plek waar mijn oom opgravingen heeft gedaan," zei Ellie. „Mijn eerste drie maanden in Israël heb ik daar bij een oud graf zitten wroeten."

„Nou, er is wel iets aan de hand!" riep David. „Kijk die kerels eens!"

Ellie tuurde naar buiten en zag een klein groepje mannen die het gebied rond de opgraving afspeurden.

„Of ze hebben hun autosleuteltjes verloren, òf Moshe en Howard hebben zich daar ergens verborgen." Hij bracht het vliegtuig richting Jeruzalem en een kanonnade van geweerschoten werd in de lucht rond hen heen afgevuurd. „Daar gaat de autosleuteltjestheorie," zei hij.

„Wat kunnen we doen? Hoe kunnen we het vliegtuig aan de grond zetten met die mannen bij de opgraving?"

„Ik weet het niet." David keek bedenkelijk. „We gaan weer naar beneden. Kijk of je ze kunt tellen."

Ellie drukte haar gezicht tegen de ruit en tuurde naar het kale, rotsachtige landschap beneden zich. Ze telde zachtjes in zichzelf toen de geweren omhoog op de Stinson werden gericht. „Tien. Misschien meer," zei ze. „Ik zie er maar tien. Ze hebben de grafkelder nog niet gevonden."

„De grafkelder?"

„Ja. Dat zei ik toch net tegen je? Dat is de enige plaats waar ze kunnen zitten als ze daar beneden zijn, David. Ze kunnen nergens anders zijn."

„In ieder geval zijn ze niet dood."

„Hoe weet je dat?" vroeg ze hoopvol.

David keek haar geërgerd aan en tikte eens tegen de zijkant van zijn hoofd. „Dat mag ik nou zo graag in jou, Els. Er zit heel wat in die bovenkamer van je." Hij duwde het vliegtuig weer in een lichte duikvlucht. „Kijk maar naar die kerels daar beneden. Als ze je oom en Moshe hadden gedood, denk je dat ze dan overal naar hun lichamen aan het zoeken zouden zijn? Dan zouden ze precies weten waar ze lagen."

Weer werden ze, toen ze overvlogen, door een salvo van geweervuur begroet. David trok op en maakte een rondje boven Betlehem en vloog toen weer terug naar de opgraving. Ellie klauterde over haar stoel heen naar achteren naar de kratten.

„We moeten iets doen," zei ze. „Maar wat?"

Ze wrikte een kratje met flessen mineraalwater open.

„Wat ben je van plan?" riep David naar achteren, nog steeds rondcirkelend.

„Je zei dat dit bommen waren." Haar stem klonk gefrustreerd en boos terwijl ze probeerde een fles uit het kratje te wurmen.

„Nou en?"

Ze kreeg de dop van de fles eraf, waardoor een straal mineraalwater naar David toespoot. „Spuitwater!" riep ze vol afschuw."

„Doe me een lol, zeg," snauwde David en veegde met zijn hand langs de achterkant van zijn hoofd. „Heb je dan geen verbeelding, kind? Dit is een oorlog van verbeelding. Je hebt een bom in je handen. Een beetje respect alsjeblieft."

„Hou op met die lariekoek, David," schreeuwde ze. „Moshe en oom Howard zijn misschien wel dood en het enige dat we hebben zijn een paar kratten spuitwater. En jij–"

„Stil, luister eerst even!" beval hij. „Weet je nog dat ik je van die vriend vertelde die tijdens de oorlog een bar in San Francisco had?"

„Ja. Nou, en?"

„Hij bewaarde altijd de flesjes mineraalwater die bijna leeg waren. Weet je nog?"

„Ja."

„En weet je ook nog wat we er altijd mee deden?" Hij draaide zich om en grijnsde breeduit toen hij aan Ellies opgetogen gezicht zag dat ze het had begrepen.

„Je schudde ermee en gooide ze van het dak van het hotel als het licht uitviel!" riep ze.

„Ja, en dan leken het net gillende keukenmeiden, die op de grond ontploften. De stad had het niet meer van angst."

„O, David, denk je dat het werkt?" Ze schudde met het flesje en probeerde het raampje in de cockpit open te krijgen.

„Wat zou jij doen als je een bom uit de lucht naar beneden hoorde gieren?"

„Hard weghollen!" Het raampje ging open en ze begon de flesjes uit de kratten te halen.

„Precies. Ze kregen me in San Francisco nog bijna te pakken ook. Harold werd ontslagen. Laten we eens kijken wat voor schade we tussen die kerels daar beneden kunnen aanrichten." Hij bracht het vliegtuig in de richting van vier Arabieren die bovenop een hoge, stenen muur stonden. „Joepie, daar gaan we!" riep hij. Ze waren nog geen twee meter bij de ingang van de grafkelder vandaan, wist Ellie. „En nu goed opschudden," beval David haar. „Klaar?"

„Elk moment." Ellie zat op haar knieën bij het raampje, twee flesjes in haar hand. „Zeg maar wanneer."

„We zullen ze behoorlijk wat hoogte geven, zodat ze flink kunnen gieren voor ze de grond raken." David bracht de neus van het vliegtuig omhoog tot ze op een hoogte van honderdvijftig meter boven de Arabieren heenvlogen. „Oké, Els. Ik tel tot drie. Eén..."

Ellie bleef aan de flesjes schudden tot het schuim er bijna overheen liep. „Ik ben zover."

„Twee..."

De Arabieren brachten hun geweren in de aanslag en het geluid van geweerschoten vulde de lucht.

„Drie. Nú!"

Ellie liet een flesje naar beneden vallen en wachtte even voordat ze het volgende gooide. Het gieren van het ontsnappende spuitwater overstemde de knallen van de kogels en het geschreeuw van de Arabieren, die bij het geluid van vallende bommen ontzet opkeken. Ze gooiden hun wapens neer en sprongen van de muur af. Ze krabbelden over de grond om dekking te zoeken toen de flesjes de grond raakten en hoog opspuitend in gruzelementen uiteenspatten.

David en Ellie slaakten opgetogen, luide juichkreten.

„Het werkt!" riep Ellie en sloeg haar armen om Davids hals. „Je bent geweldig!"

„Dat probeer ik je de hele tijd al te vertellen!" lachte hij. „Hou je vast. We maken weer een duik." David stuurde het vliegtuig steil naar beneden, rakelings over de hoofden van de nu hulpeloze Jihad Moqhades. Ze doken achter een groepje rotsen weg en Ellie zag hun angstige gezichten omhoogkijken.

„We moeten ze hier weg zien te krijgen, David. Met hen in de buurt kunnen we niet landen."

„We gaan er nog een keer overheen, bommenrichter." Hij liet het vliegtuig steil omhoog stijgen en cirkelde naar de plek waar nog vijf Arabieren plat op de grond lagen. „Goed schudden."

Ellie had al vier flesjes uit het krat gepakt en was hard aan het schudden. „Zeg maar wanneer je klaar bent."

„Als je maar niet zo hard schudt dat ze hierbinnen al ontploffen, hoor!" Hij keek achterom.

Beneden, op de grond, grabbelden de Arabieren naar hun geweren en zochten een veilig plekje om zich voor de dreiging van het vliegtuig te verbergen. Ontzet hield Ellie haar adem in toen een Arabier gevaarlijk dicht in de buurt kwam van de plek waar de toegang tot de grafkelder was verborgen. „David," schreeuwde ze. „Ze vinden ze nog! Schiet op!"

„Eén... Twee... Drie. Droppen maar!"

Buiten zichzelf liet Ellie eerst één, toen twee en nog eens drie flesjes uit het raampje vallen. Er klonk een enorm gegier.

„Nu de andere!" schreeuwde David.

Onder hen renden de doodsbenauwde soldaten weg van de ingang naar de grafkelder, die het doel leek te zijn voor de gierende dood die op hen neerregende. Als mieren uit een uit elkaar gerakelde mierenheuvel renden ze weg van het geluid, van de ontploffing, van elkaar, en vluchtten terug naar Talpiyoth.

David liet de vleugeltippen nog eens overhellen toen hij weer gevaarlijk dicht over hun hoofden heenvloog. Ellie lachte blij en opgelucht toen de guerillasoldaten schreeuwend voor het vliegtuig dat op hen afkwam wegrenden. David steeg weer en maakte een laatste rondje, ervan overtuigd dat ze, in ieder geval voor het moment, de Arabische bende hadden verjaagd.

Howard keek omhoog naar het plafond van de grafkelder toen hij het gebrul van de vliegtuigmotor en het geluid van explosies boven hen hoorde.

„Wat is dat?" vroeg Moshe zwakjes.

„De cavalerie, hoop ik," zei Howard. Hij keek ongerust naar het met bloed doorweekte verband om Moshes arm.

Nog een keer en nog eens vloog het vliegtuig recht over hen heen met als reactie Arabisch geweervuur. Howard deed zijn ogen dicht en bad voor wie er in het vliegtuig zaten – en voor zichzelf en Moshe.

Eindelijk hield het vuren op, maar het vliegtuig bleef nog boven hen in de lucht ronken. „Ze zijn naar ons op zoek," zei Moshe vlak.

„Ik moet naar boven." Howard krabbelde naar de opening toe.

„Ik moet ze laten weten dat wij er zijn."

„Howard!" riep Moshe hem na. Howard stopte bij de ingang van de schacht. Hij draaide zich om en keek zijn vriend aan.

„We halen het òf met zijn tweeën, òf helemaal niet." Hij grijnsde naar Moshe en klauterde toen door de schacht heen naar het zonlicht toe. Voorzichtig stak hij zijn hoofd naar buiten. De schaduw van de Stinson schoof over hem heen en hij werkte zichzelf naar buiten. Daar trok hij zijn smerige Bedoeïenmantel uit en stond er onderaan de rotswand mee te zwaaien toen de glimmende zilveren vogel overhelde en nog eens overvloog. Ellie keek naar beneden. Dolblij zag ze daar beneden opeens de stevige gestalte die verwoed stond te zwaaien. „Het is oom Howard! Hij leeft!" huilde ze.

David vloog laag over hem heen en liet als groet de vleugeltippen hellen voor hij weer omkeerde en boven de weg ging vliegen die als landingsbaan zou gaan dienen.

Howard wierp een kushand in de richting van het vliegtuig en klauterde weer door de schacht naar beneden naar Moshe toe. „Ze gaan landen!" schreeuwde hij. „Moshe, kom op, man!" Hij liet zich de grafkelder in glijden en kroop vlug naar Moshe toe.

Moshe glimlachte mat naar hem. „Je cavalerie is dus toch gekomen."

„We moeten weg. Hassans mannen kunnen niet ver weg zijn." Hij sloeg een arm om Moshe heen en hielp hem naar de opening van de schacht. Van achteren gaf hij hem een zet omhoog. Voorzichtig tilde hij hem zo omhoog naar het zonlicht toe. Moshe kreunde toen zijn arm tegen de rotsen bij de ingang van de grafkelder stootte; hij bleef onder de struik liggen terwijl Howard over hem heen naar buiten klauterde.

Het vliegtuig kwam aantaxiën en stopte nog geen vijftig meter van de plek waar Howard Moshe overeind hielp. Lachend en breeduit zwaaiend stapte David het vliegtuig uit. Ellie kwam achter hem aan. Ze renden over het ruwe terrein naar de doodvermoeide vluchtelingen.

„Het werd wel tijd ook!" schreeuwde Howard, Moshe ondersteunend terwijl ze naar het vliegtuig strompelden.

„Oom Howard!" riep Ellie en sloeg triomfantelijk haar armen om hem heen.

„Moshe is gewond. Hij heeft veel bloed verloren. Dat gaf een spoor dat de Arabieren konden volgen. Ik dacht dat we er waren geweest," overdreef hij blij. David nam Moshe van hem over en hielp hem naar het vliegtuig toe.

„Maar jullie zijn er nog! Goddank dat jullie nog leven. O, God, dank u wel!" riep Ellie. Howard pakte een Arabisch geweer van de grond en legde het in de cockpit neer. Vervolgens hielp hij Moshe het vliegtuig in.

Opeens verbleekte Howard en draaide zich met een ruk naar de rotswand toe. „Lieve hemel!" riep hij uit. „De boekrollen! Ik vergeet heel de boekrollen!" Hij begon het stuk terug te rennen. David riep hem boos achterna.

„Hé, waar gaat hij heen? Hij zal ons nog allemaal om zeep helpen!"

„Oom Howard!" schreeuwde Ellie en holde achter hem aan.

Howard sprong de schacht in en gleed de grafkelder binnen. Hij schoof de steen voor het grafkamertje weg en kroop de bekrompen ruimte in. Hij stak zijn hand naar achteren en greep de leren zak en met de in linnen gerolde boekrol van Jesaja beet. Heel voorzichtig tilde hij ze op en wurmde zich weer terug naar de schacht en naar de open lucht toe. Voorzichtig legde hij de rollen bovenop de rand van de opening, werkte zich naar boven, naar buiten. „Ik heb ze!" riep hij blij. Maar de adem bleef hem in de keel steken toen een voet stevig op zijn arm stapte. De loop van een machinegeweer porde hem onder zijn kin en dwong zijn gezicht omhoog, naar het zonlicht, toe. Hij keek op in het grijnzende gezicht van Hassan.

„Bedankt, vriend, dat je mij m'n rechtmatige eigendom teruggeeft." Ellie en David stonden een paar meter verderop. Howard keek eerst naar hen en toen naar de boekrollen. „Het spijt me," zei hij zacht.

Ellie en David gaven geen antwoord. Ellies gezicht zag zo wit als een doek. David keek boos naar Hassan.

„Ga staan," beval Hassan. „En langzaam, alsjeblieft. En pak de rollen op."

Zorgvuldig gehoorzaamde Howard hem want voor het geweer tegen zijn hoofd had hij het nodige ontzag. Zijn ogen ontmoetten die van Ellie en probeerden een boodschap over te brengen. Ze gaf een klein knikje met haar hoofd.

„Naar het vliegtuig toe, jullie," Hassans stem had het minzame toontje van een man die uiteindelijk de beslissende overwinning heeft behaald. „Mijn metgezellen waren lafaards. Lafaards waren het. Maar ik ben hier achtergebleven," kirde hij. „Zoals mijn vader altijd zei, waar de gieren vliegen ligt het lichaam." Zijn alleenspraak scheen hem te amuseren.

„Onder welke tegel ben jij vandaan gekropen?" snauwde David, bij de vleugeltip van het vliegtuig aangekomen.

Hassan brulde van woede en liet de geweerloop met een klap op

Davids schouder neerkomen, zodat het sleutelbeen brak. David viel op zijn knieën neer. „Arrogante, lompe jood!" schreeuwde Hassan. „Arrogante, lompe jood! Maar nu ben ik, Ibrahim El Hassan, de overwinnaar." Zijn ademhaling ging zwaar van woede. Toen keek hij naar Ellie en Howard. Hij zag de stengun op de stoel van de open cockpit liggen. „Mevrouwtje," zei hij gladjes, „misschien wilt u zo vriendelijk zijn? Pak dat wapen daar voorzichtig weg en gooi het op de grond. Eén verkeerde beweging en u bent er geweest."

Zijdelings, met één hand boven haar hoofd, liep Ellie naar de deur toe. Ze pakte het geweer beet en legde het op de grond neer. Snuivend liep Hassan naar de deur. Hij keek naar Moshe die, bijna bewusteloos, over de breedte van twee stoelen achterin lag. „Zo, we ontmoeten elkaar dus nog een keer, Moshe," sneerde hij. „Deze keer misschien wel voor het laatst."

„De hel is niet groot genoeg voor je dat je je daar kunt verbergen, Hassan," kuchte Moshe. Saul gromde van achteruit de cabine.

Hassan deed vlug een stapje naar achteren, keek vervolgens naar de aangelijnde hond en glimlachte. „Dan komen we elkaar in de hel misschien wel tegen, m'n beste." Hij spande de haan en richtte het geweer op Moshes hoofd. Uit zijn ogen straalde pure haat. Toen liet hij de geweerloop zakken. „Nee. Jij gaat er het laatst aan. Zoals ik langzaam van binnen dood ben gegaan. Jij zult degenen van wie je houdt om je heen zien vallen en van pijn en doodsangst op de grond zien kronkelen." Hij draaide zich naar Howard om. „Op je knieën, dikke!" schreeuwde hij en gaf Howard een stoot die hem tegen de grond sloeg.

„Nee!" schreeuwde Ellie. „Niet doen alstublieft!"

„Jij bent de volgende, mens!" Hassan ging harder praten. Zijn stem kraakte van haat. Hij duwde Ellie ruw op haar knieën naast Howard en ging met de loop van zijn geweer omhoog. Saul sprong naar voren, tegengehouden door het touw. Opeens knapte het, vlak onder de knoop, doormidden. Met één sprong was de hond de cockpit uit en besprong Hassan precies op het moment dat deze de trekker overhaalde. Het schot ging lukraak af en met ontblote tanden wierp Saul Hassan tegen de grond.

„Help! Help!" riep Hassan. Howard grabbelde naar het geweer en sprong overeind. Ellie keek de andere kant op toen Saul de man die haar weken geleden had aangevallen bij de keel greep. Hassans geschreeuw stierf weg tot een gereutel. Saul stond trots boven het lichaam.

„Stap in," zei Howard met een nauwelijks hoorbare stem. „Kijk niet naar hem. Stap in."

Ellie dook onder het vliegtuig door en klom aan de andere kant naar binnen. Howard hielp David overeind. „Kun je dit ding nog wel vliegen?" vroeg hij.

David struikelde tegen hem aan. „Ik ben eens een keer met een kapot been helemaal naar Engeland gevlogen," hijgde hij terwijl Howard hem in het vliegtuig hielp en daarna de boekrollen naar binnen wierp.

„Laten we maken dat we wegkomen," zei Howard, met zijn blik gericht op vier Jihad Moqhades die op de rotswand naast elkaar stonden. Hij sprong naar binnen. Brullend sloeg de motor aan. Het vliegtuig kwam in beweging.

„Saul," riep Ellie. „Kom op, beest!"

De Arabieren legden aan en overal rondom de hond, die nog steeds boven zijn slachtoffer stond, sloegen de kogels in de grond. Ogenblikkelijk draaide het dier zich om en begon achter het vliegtuig aan te rennen. Howard hield de deur wijd open terwijl Saul naast het vliegtuig meerende. „Kom op, jongen! Je haalt het wel!" riep hij.

Met een machtige sprong liet Saul de grond onder zich en kwam pal op Howards schoot terecht.

De wielen van het vliegtuig gingen rakelings over het dak van het Mar Elyas klooster heen. Langzaam spiraalden ze omhoog, buiten het bereik van de kogels van de Jihad Moqhades.

Wachtend op de uitslag van Moshes operatie zat Ellie in een rustige gang in het Hadassah-ziekenhuis van haar koffie te nippen. Howard had Yacov en Rachel al bij hun grootvader vandaan mee naar huis genomen, want ze waren hard aan slaap toe. David lag in een kamer een verdieping lager te slapen.

Ellie voelde in haar zak naar een zakdoek, maar in plaats daarvan sloten haar vingers zich om het kleine pakje dat Mirjam haar had gegeven. Ze haalde het uit haar zak en legde het op haar bovenbeen neer. Daarna keek ze op haar horloge. Acht uur 's avonds. Ellie deed haar ogen dicht en haalde zich haar vader, moeder en broers voor ogen die bij de Kerstboom hun pakjes openmaakten. „Het is nog ochtend thuis," zei ze zachtjes. „Kerstochtend, Mirjam, en ik denk aan jou." Zorgvuldig haalde ze het cadeautje uit het papier. Met een glimlach keek ze naar de kunstige, uit olijfhout uitgesneden omslag van een klein bijbeltje. Met haar vinger ging ze langs haar naam die onderaan een kruis, bedekt met kleine rozeknopjes, was uitgesneden. Mirjam had het speciaal voor haar laten maken. Ze deed het bijbeltje open en herkende Mirjams dicht opeen geschreven schrift.

„Lieve Ellie, Deze Kerst ben je dus rustig en veilig thuis bij je familie. Ik wil je vandaag, terwijl je aan ons terugdenkt, graag een cadeau geven dat ikzelf al heel lang geleden heb gehad. Het is een belofte die nog nooit vervaagd is en nog nooit veranderd is. Je vindt die in Romeinen acht, vanaf vers vijfendertig tot achtendertig. Ik ben ook jong geweest, en had toen, net als jij, allerlei vragen. Nu ben ik oud. Ik twijfel niet meer. En daarom wil ik dit geschenk aan jou geven. Dit oude hart houdt van je, Ellie, en ik wens je een Gelukkig Kerstfeest. Mirjam."

Ellie glimlachte teder en ging met haar wijsvinger over Mirjams naam heen. Ze vroeg zich af hoe haar leven er nu had uitgezien als ze terug naar huis, naar het veilige Californië, was gegaan. Als oom Howard haar een kort briefje had gestuurd waarin hij haar vertelde van Mirjams dood; als ze niet op het dek van de *Ave Maria* had gestaan en had gehuild toen ze aan de grond liepen; als ze niet had gezien hoe Rachel het gezicht van Yacov aanraakte en „broertje" tegen hem zei. Zou ze dan ooit hebben geweten dat Gods liefde groter is dan de pijn in haar hart?

Ellie lachte hardop om haar dwaze gedachten. Eens had ze eraan getwijfeld of God ooit in een plaats als Jeruzalem kon wonen; nu vroeg ze zich af of zij Hem ooit in Los Angeles had zullen vinden. „Maar U bent ook in Los Angeles, hè?" fluisterde ze glimlachend. „Gelukkig Kerstfeest," zei ze terwijl ze haar kerstcadeau opensloeg en de belofte las.

Deel 2
De tocht naar de Oude Stad, 1 januari 1948

15
Jeruzalem

Het kleine stuk lamsvlees lag zielig en verloren midden in de grote, zwarte braadpan. Rachel veegde haar handen aan haar schort af en keek met een bedenkelijk gezicht naar de stukjes lamsvlees die ze met een pen aan elkaar had geprikt. Toen tuitte ze haar lippen, kneep de knoflookpers dicht en telde daarbij de druppels die op het vlees vielen. „Er blijft niet veel van dit lammetje over," lachte Rachel knipogend naar Yacov, die haar in vervoering aankeek. „Maar hoe klein het ook is, we moeten het toch met respect behandelen, hè? Als Ellie me naar het busstation rijdt, moet jij professor Moniger eraan helpen herinneren dat hij het af en toe met vet bedruipt, anders blijft er alleen maar een stukje schoenzool over!"

Yacov trok bij het idee vol afschuw zijn neus op en schoof zijn ooglap goed. „In ieder geval ben je nog lang genoeg hier om het vlees te braden," zuchtte hij. „Lekker en kosjer, zoals grootvader het lekker vindt. Wat een maal! Maar ik wilde dat jij ook kon blijven om met ons mee te eten. Lamsvlees met koolrolletjes en wit challebrood! Lekker! Dit heidense Nieuwjaar is een hele leuke feestdag! En straks heeft David ons ook nog een Amerikaans radioprogramma beloofd. Waarom kun je niet eerst bij ons blijven en pas later naar de Oude Stad gaan?"

Rachel pakte Yacovs gezicht bij de kin beet. Het leek haar inderdaad vreemd toe dat zij zo'n belangrijke, gevaarlijke opdracht had gekregen, terwijl ze eigenlijk alleen maar in de keuken wilde aanrommelen, voor Yacov zorgen en eindelijk in vrede leven. Als Moshe niet keek, staarde ze hem vaak met een peinzend verlangen aan. Haar hart verzachtte zich en vulde zich met dromen van hoe haar leven er uit had kunnen zien als ze dat brandmerk op haar arm en in haar hart niet had meegedragen. „Broertje," zei ze zacht en teder, „ik móet het doen. Ik móet dit voor mijn volk doen. En voor mezelf."

„Ja, grote zus." Hij schuifelde met de punt van zijn schoen over de tegelvloer. Zijn kin beefde enigszins. „Maar je komt toch wel terug, hè?"

„Ja hoor." Ze tilde zijn kin nog wat omhoog en gaf hem een lichte kus op zijn wang. „Ja, ik kom weer terug."

„Wanneer?"

„Al gauw."

„Morgen?"

„Heel gauw. Help jij de professor nu maar herinneren dat hij het vlees moet bedruipen. Beloof je dat?"

Yacov knikte. „Ik heb kapitein Luke Thomas horen zeggen dat het in de Oude Stad heel gevaarlijk is. Hij zegt dat het belangrijk is dat je heel gauw terugkomt."

„Jij moet niet luisteren naar gesprekken tussen kapitein Thomas en Moshe en de professor. Dat is helemaal niet goed voor je," berispte Rachel hem en ging weer verder met haar werk.

„Jij zei tegen me dat ik moest vragen of ze nog meer koffie wilden. Kan ik het helpen dat ze doorpraten waar ik bij ben terwijl ik wacht tot ze uitgepraat zijn?" Hij snoof en frutselde zenuwachtig aan zijn ooglap. „Ik heb gehoord wat de Engelse kapitein in het vlees en het brood en de kool voor je heeft meegebracht. Je moet heel voorzichtig zijn, Rachel. Ik zou het verschrikkelijk vinden als jij werd opgeblazen nu ik je pas weergevonden heb."

„Dat zou ik ook vreselijk vinden, broertje." Ze glimlachte en warrelde door zijn haar. Ze lachte hardop toen ze dacht aan alle dingen die kapitein Thomas had meegenomen, die hij had meegesmokkeld met alle eetwaren voor die avond. In de broden zaten twee gedemonteerde pistolen. De stukken lamsvlees verborgen een handgranaat en in de kolen zaten slaghoedjes. Over nog geen drie uur zou Rachel op Lijn Twee stappen. Dan zou ze als een koerierster wapens naar de bijna weerloze soldaten brengen die in de belegerde joodse wijk achter de oude muren van de Oude Stad van Jeruzalem stand hielden. Ze wilde ook nog andere dingen onder haar mensen voor elkaar krijgen. Maar dat waren heimelijke gedachten waarover ze niets aan Moshe had verteld. Ze kon ze ook niet aan het slimme joch dat nu naast haar in de keuken stond vertellen. „En wilden ze nog meer koffie, Yacov?" vroeg ze.

„Alleen de professor en Moshe. Kapitein Thomas heeft liever thee, als je dat hebt."

Zuchtend liet Rachel de ketel vollopen en liep toen vlug de gang door naar Howards studeerkamer, waar Luke, Howard en Moshe op fluistertoon over de verdediging van de Oude Stad spraken.

„Veertien geweren?"

„Dat is alles. En allemaal nog antiek ook, vrees ik."

„En hoe staat het met Israëls oudste wapens?" vroeg Howard aan Luke.

Luke schraapte niet op zijn gemak zijn keel. „Veilig. Pal onder hun neus verborgen." Hij aarzelde even en zei toen: „Volgens horen zeggen biedt zowel de Moefti als de Britse regering een paar honderdduizend pond voor de boekrollen."

Moshe lachte verbitterd. „De Britten zouden ze graag in Londen tentoonstellen, en de Moefti zou ze dolgraag op een moslimbijeenkomst verbranden, niet?"

Howard knikte. „We hebben bijna iedereen die er mee te maken heeft geloof ik van overtuigd dat de boekrollen die nacht in Betlehem verloren zijn geraakt."

„Goed," zei Luke zachtjes. „Ik bedacht opeens iets." Hij fronste zijn wenkbrauwen en draaide zenuwachtig aan zijn snor. „Ik heb er geen notie van wat dat soort dingen kosten, maar het is vast wel genoeg om een heel leger van wapens te voorzien."

Er viel een zware stilte in de kamer, totdat op het laatst Howard begon te praten. „Daar is geen sprake van, Luke. Ik weet dat je als soldaat een praktische oplossing voorstelt, maar..."

Luke kuchte en haalde zijn schouders op. „Het was maar een idee," zei hij verontschuldigend. „Hoe dan ook, Howard, over een paar maanden vertrek ik naar Engeland. Als je wilt zou ik ze dan in veiligheid kunnen brengen."

„Ik zie niet hoe we ze op een andere manier Jeruzalem kunnen uitsmokkelen," zei Moshe. „Volgens mij worden we in de gaten gehouden."

„Howard, mocht er iets met mij gebeuren voor ik naar huis terugga"– Luke ging zachter praten – „dan wil ik dat je weet dat mijn schelpenverzameling voor jou is."

Howard grinnikte. „Dat zou leuk in mijn vitrines staan."

Rachel aarzelde bij de half open deur. Teder bestudeerde ze de achterkant van Moshes hoofd. Zijn haar zat door de war en de badjas die hij aanhad ging over het dikke gipsverband om zijn arm heen. Ze kreeg er een warm gevoel van. Even stokte haar adem; toen keek ze de andere kant op, plotseling beschaamd over de emotie die ze voor deze vriendelijke man voelde. *Hij verdient beter dan een vrouw als ik*, dacht ze en kneep haar ogen stijf dicht. *Iemand die beter is dan ik*. Zachtjes klopte ze op de deur om te laten merken dat ze er was; toen liep ze vlug de kamer binnen. Ze waagde het niet Moshes kant op te kijken, hoewel ze zijn blik op zich gericht voelde.

„Jou hadden we precies nodig!" riep Howard enthousiast.

„Twee koffie? En thee voor u, kapitein Thomas?"

„Ja, dank je wel." Luke schraapte zijn keel en moest heimelijk lachen om het verlangen dat hij in Moshes ogen las.

Rachel zette de lege kopjes op een dienblad en liep vlug van de studeerkamer naar de nu lege keuken terug. Ze beefde en was buiten adem, alleen omdat ze bij Moshe in de buurt was geweest. Ze zette het dienblad op het aanrecht neer en keek naar het kopje dat, naar ze wist, van hem was. Langzaam pakte ze het beet, bracht het naar haar mond en raakte zachtjes met haar lippen de rand aan waar zijn mond had gedronken. „O, Moshe," fluisterde ze, en de tranen stonden haar bijna in de ogen. „Ik kan hier niet meer terugkomen. Ik mag je niet meer zien. Het kan nooit wat worden. Ik mag niet van je gaan houden. Nu niet en later niet."

16
De Sionspoort

Kapitein Luke Thomas zette de kraag van zijn zware, grijze overjas op en tikte ongeduldig met de loop van zijn stengun tegen zijn dijbeen. De zes Britse soldaten die hij onder zijn bevel had stonden koud en miserabel dicht bij elkaar onder de boog van de Sionspoort. Ze staarden naar de sneeuwvlokken die Jeruzalem als met een deken bedekten. Op de ruwe zijkant van de massief stenen muur om de Oude Stad heen kleefde de sneeuw vast en versierde de gebouwen van de Nieuwe Stad. Er lag al vijf centimeter sneeuw op de kinderhoofdjes in de straten van de Oude Stad en op de modderige weg vol geulen, die zich vanuit de Nieuwe Stad rond de Berg Sion wond en door het rotsige Kidrondal naar de poort liep waar Luke met zijn troepje mannen nu stond te wachten. *Onder die witte deken lijkt het in de Gelovige Stad nu kalm en vredig*, mijmerde Luke. *De bloedvlekken van joden en Arabieren zijn verborgen*. Waar nog maar een week geleden het geschreeuw en gehuil van de laatste bomslachtoffers had weerklonken, vermengden puntige hopen verwrongen metaal en stukken beton zich nu in stille harmonie met de zachte omtrekken van omringende gebouwen. Het was alsof God moe was geworden om te kijken naar de strijd van haat die jood, Arabier en Engelsman scheidde; naar die haat die het gezicht van de Heilige Stad waarover Hij had geweend verwrong.

„O, Jeruzalem, Jeruzalem," zei Luke zachtjes terwijl hij door het witte gordijn heen naar de Olijfberg keek. Hij zuchtte diep; nog maar even en deze blanke schoonheid zou weer rood bevlekt worden met het bloed van onschuldige mensen, getroffen in de gewelddadige strijd tussen joden en Arabieren die allebei het land wilden bezitten.

„Wat zei u, kapitein?" vroeg sergeant Hamilton met zijn norse stem. Vanwege zijn altijd rode gezicht en stevige postuur had hij de bijnaam „Ham" gekregen.

„Niets." Luke keek hem half glimlachend aan. „Niets," zei hij. „Ik dacht hardop."

„Prachtig is het, hè kapitein?" Het dikke sergeantje schoof de pet op zijn hoofd verder naar achteren en groef met de neus van zijn met spuug opgepoetste schoen in de rand sneeuw die om hun schuilplaats lag. „Zo heeft het er vast ook uitgezien toen *Hij* hier was, als u snapt wat ik bedoel, sir. Het is bijna niet te geloven dat de joden en Arabieren nu alweer druk met plannen bezig zijn om manieren te vinden om elkaar overhoop te schieten. En wij zitten er midden tussenin. Eén ding is zeker." Hij snoot zijn neus en veegde die met een schone, witte zakdoek af. „Er is onder ons niet één man die niet blij zal zijn als hij weer terug naar Engeland kan, weg van die bende hier, als u snapt wat ik bedoel, sir."

„Ja, ja," stemde een ander in. „Geef mij maar een potje bier in een Engelse pub."

„Nog maar vier maanden, man, dan gaan we weer op huis en op Engeland aan," zei Ham.

Van onder de boog klonk wat hoerageroep. „Thuis en Engeland," schreeuwden de mannen.

„God behoede de koning!" riep een ander.

„En de joden als wij er niet meer zijn, zo is het toch, kap'tein?" merkte Ham op. Hij ging naast Luke staan, die in de vallende sneeuwvlokken bleef turen.

„Daar is God zeker bij nodig, Ham," antwoordde Luke zachtjes. „Arabische guerilla's trekken het land binnen en het Opperbevel heeft het bloed van alle levende joden in Palestina opgeëist. Inderdaad, God behoede de joden. Op iets of iemand anders hoeven zij hun hoop niet te vestigen. Als wij eenmaal zijn vertrokken, vrees ik dat ze geen enkele bescherming tegen vijf gewapende, Arabische landen hebben."

„Niet met dat wapenembargo tegen hen. Niet dat ik vraagtekens zet bij de politiek, begrijp me goed, sir, maar vindt u het eigenlijk niet schandalig dat dit niet eens een eerlijk gevecht wordt? Ik bedoel, de arme stakkers hebben niet eens geweren."

„Helaas kan het joodse volk, zolang Engeland niet officieel vertrekt, geen soevereine natie worden. Wat inhoudt dat ze geen wapens kunnen kopen om zich te verdedigen. En als wij zijn vertrokken..."

„...is het te laat voor ze. Sam Baxter vertelde me dat bij de grenzen van alle Arabische landen al tanks en manschappen klaarstaan om zodra de laatste Britse soldaat naar huis vertrekt het land binnen te vallen. De joden hebben dan geen tijd om wapens te kopen, als u snapt wat ik bedoel, kapitein."

Luke knikte grimmig. Hij trok een rimpel in zijn voorhoofd toen hij dacht aan de woorden van de Moefti: *„We zullen de joden de zee indrijven."* Hadj Amin Hoesseini, Grootmoefti van Jeruzalem, had al een begin gemaakt met de oorlog tegen zijn meest gehate vijanden, de joodse bevolking van Palestina. Bevoorraad door de naburige Arabische landen, waren zijn Jihad Moqhades, de heilige krijgers van de Islam, al tot de aanval op de ongelovige joden overgegaan. Vanuit hinderlagen begingen ze terreurdaden en deden aanvallen. En de joodse terroristenorganisatie, de Irgun, beantwoordde elke dag als de lichamen van joden naar de Olijfberg werden gebracht om te worden begraven, dat geweld met geweld van hun kant tegen de onschuldige Arabische bevolking. *Oog om oog en tand om tand roepen zal Jeruzalem blind en tandeloos achterlaten*, dacht Luke. De vrome chassidische joden binnen de muren van de Oude Stad werden door vijandige Arabieren omringd en waren al praktisch van de rest van de Yishuv afgesneden. Er liep slechts één dunne reddingslijn van de Sionspoort naar de Nieuwe Stad.

Luke keek op zijn horloge. Hij moest turen om de wijzers in de blauwe schemer van die eerste avond van het jaar 1948 te kunnen onderscheiden. Het was half zes. Lijn twee, de laatste bus naar de Sionspoort, was al een half uur te laat. Het was de gevaarlijkste busrit in de hele stad. De verschoten blauwe, bepantserde bus verliet de veiligheid van het Egged station in het hart van joods Jeruzalem en wond zich door de Arabische wijken van de stad tot hij bij zijn uiteindelijke bestemming: de Sionspoort en de Oude Stad was aangekomen.

Lukes mannen stonden geërgerd onder de boog van de gesloten poort te mopperen. Het gepantserde Britse legerbusje dat Lijn twee escorteerde nam ook de aflossing van de wacht mee voor het bewaken van de enige ingang naar de joodse wijk van de Oude Stad. Als de bus te laat was, betekende dat ook dat ze te laat zouden eten en een half uur langer met koude voeten en neuzen moesten staan.

„Hoe lang nog, kap'tein? We zijn allemaal de kater van vannacht nog niet kwijt," kreunde Smiley Hitchcock met een ongelukkig gezicht.

„Dat kun je wel zeggen," waren de anderen het ermee eens. „Wat geeft die snuiters het recht om in onze vrije tijd zo om te treuzelen?"

Luke snoof eens en wreef met een gehandschoende hand over zijn koude wangen. „Rustig aan, mannen. Misschien zit de bus wel vast in de sneeuw."

Het idee dat de volgende groep soldaten misschien tot hun knieën in de opjagende sneeuw stonden om de bus met schoppen van het leger uit te graven, deed het kleine troepje goed. Ze stonden tegen de stenen ingang van de poort aangeleund, zwijgend en tevreden aan de benarde toestand van hun te late kameraden denkend. Hier stond je in ieder geval nog in de luwte.

„Hij kan beter op de heenweg dan op de terugweg vast komen te zitten!" Smiley huiverde bij de gedachte dat ze misschien een sneeuwjacht te lijf moesten gaan bij hun pogingen een joodse bus te bewaken die op weg naar de Sionspoort door vijandig Arabisch terrein heen moest.

„Zouden de Arabieren iets van plan zijn, kap'tein?" vroeg een jonge soldaat met roze wangen die Harney heette.

„Ach man, schiet op." Smiley gaf hem een harde por in zijn ribbenkast. „Je weet dat de Moefti zich gedeisd houdt sinds hij vorige week Ben Yehudastraat heeft opgeblazen. Hij gaat het nu heus niet riskeren om een onbenullige bus op te blazen, Harney. Niet nu heel de wereld op hem let."

„Nou," bemoeide Matthews, een stevige jongeman, zich ermee. „Ik ben ervoor dat we die grote sleutel die de kapitein in zijn hand houdt aan een spijker ophangen met een briefje aan de anderen: 'We zijn gaan eten.' Wat dacht u daarvan, kapitein?" Hij deed een stap naar voren.

„Dat kan altijd nog, jongens." Luke probeerde hen een beetje tegemoet te komen. Hij keek weer op zijn horloge. De vertraging gaf hem een ongerust gevoel.

„Ze zeggen dat de Moefti is gaan eten," kwam Ham.

„Hij zal eerder naar Cairo zijn gegaan, sergeant," voegde Smiley eraan toe. „En opgeruimd staat netjes zeg ik dan maar. Ik ben een hele dag bezig geweest om stukken van kinderen onder het puin in de Ben Yehudastraat vandaan te halen," zei hij bitter, zijn hoofd schuddend.

„Joden. Arabieren. Het is allemaal één pot nat," grauwde een jonge, grimmig kijkende kerel. Het was kapitein Stewart. Hij was nog maar twee weken geleden uit Engeland aangekomen en was als waarnemer bij de patrouille. In de dieper wordende schaduwen leken zijn ogen wel te smeulen.

„Wat heeft hij?" fluisterde Smiley tegen Ham.

Stewart spoog in de sneeuw en gromde: „Het is heus niet altijd die Moefti die de zaak opblaast. Waren jullie niet hier toen de joodse zwijnen van de Irgun de regeringsvleugel van het Koning David hotel opbliezen?" De mannen keken hem zwijgend aan.

„Daar zit wat in," knikte Smiley. „Daar zit wat in. Daar zijn een heleboel Engelsen en Arabische ambtenaren bij om het leven gekomen. Sergeant Ham en ik hebben stukken van mensen van de muren van het YMCA-gebouw aan de overkant van de straat moeten halen. Waar of niet, sergeant?"

Hij kreeg een stevige por in zijn ribben van Ham. „Zo is het wel genoeg, Smiley," zei hij zachtjes tussen zijn tanden door toen hij de lege, ontzette blik op het harde, jonge gezicht van Stewart zag.

„Het was een bloederige troep," ging Smiley door.

„Zo is het genoeg," onderbrak Luke.

„Maar sir, ik was het alleen maar met de kap'tein eens. Het was–"

„Nu is het afgelopen," bulderde Luke en stapte op Smiley af. Verward over het plotselinge ongenoegen van zijn superieur deed Smiley een stap terug tot hij tegen de muur stond. Hij klikte zijn hielen tegen elkaar en salueerde vlekkeloos.

„Ja, sir!" zei hij hardop en keek recht voor zich uit.

Luke beantwoordde zijn saluut en keek toen het snel invallende duister in, in de hoop dat hij de flauwe lichten van de bus zag.

Iedereen bleef Smiley aankijken. Hij bracht zijn hand weer naar beneden en keek toen in verwarring Ham aan. Ham boog zich naar de niet-begrijpende Smiley toe en fluisterde schor: „Sukkel! Stewarts broer is bij de bomexplosie van het Koning David Hotel omgekomen."

Met zweterige, bevende handen trok Ellie Warne met een ruk de handrem aan van de zwarte Plymouth personenwagen die al een dagje ouder werd.

„Ik heb er een hekel aan om door sneeuw te rijden!' Ze lachte even naar Rachel Lubetkin, die vol verbazing naar de zacht neervallende sneeuw keek.

„Joh, waar ik vandaan kom is dit maar een heel klein beetje sneeuw," zei ze met haar zware, Poolse accent. „Maar is het geen wonder dat het hier in Jeruzalem sneeuwt? Ik kan me maar één brief herinneren waarin grootvader schreef dat het had gesneeuwd. En toen mijn moeder het had gelezen, schudde ze haar hoofd en vertelde dat het hier maar één andere keer zo hard had gesneeuwd. Ze was toen nog een klein meisje. De jongens van de Yesjivaschool kregen toen vrij om buiten te spelen en God in de straten te loven."

„De volgende keer moet je er maar aan denken dat ik uit Californië kom. Dan nemen we een taxi, hoor." Ellie ging met haar hand over haar voorhoofd en slaakte een lange, langzame zucht.

„Volgens mij vinden de taxichauffeurs het ook niet zo leuk." Rachel keek naar de verwaarloosde joodse taxi's die stapvoets door de Jaffastraat reden naar het kleurloze, logge Egged busstation toe. Om de bocht, achter het verschoten blauwe bakbeest van buslijn twee, gingen taxiportieren open. Als circusclowns die in een miniatuurauto opgepropt hadden gezeten tuimelden de passagiers naar buiten. „En wie past er vandaag de dag trouwens nog in een taxi?"

Met een schuin oog keek Ellie naar de rij auto's. „Ik denk dat de banden even kaal zijn als van dit oude beestje." Scherp tuurde ze naar de banden van bus twee. „Rachel, kijk eens naar die banden. Weet je zeker dat je in dat ding mee wilt rijden? Ze zijn zo kaal als een biljartbal."

De topsnelheid voor een Eggedbus tegen de hellingen van Sion was op zijn best vijftien kilometer per uur. De zware ijzeren bepantsering vormde ook wanneer het mooi weer was een belemmering voor de motoren. Vanavond zou het al mooi zijn als de bus de Sionspoort haalde, vermoedde Ellie.

„Misschien denkt het Britse escorte er precies zo over." Rachel keek naar twee warm ingepakte soldaten, die eens op hun vuisten bliezen en met hun voeten stampten terwijl ze met de onvermurwbare chauffeur redetwistten. Boos, met een rood hoofd, wees de chauffeur naar de muur van de Oude Stad in de verte. Evenals Rachel en Ellie wist hij dat de vracht die hij naar de Oude Stad vervoerde per se vanavond de poort moest passeren. De soldaten die normaal de joodse passagiers op wapens fouilleerden hadden al aanzienlijke omkoopsommen van het Joodse Agentschap ontvangen. Vanavond, maar dan ook alleen vanavond, zouden ze de andere kant opkijken als de dertien jonge Haganah-leden, met pistolen en stenguns vastgebonden onder hun ruwe, volumineuze orthodoxe kledij, de bus instapten. Rachel, de enige vrouw in de groep, liep 'krom onder het gewicht', zoals oom Howard een uurtje geleden vanuit zijn gemakkelijke stoel had gezegd.

„Nu, er staat wel iets te gebeuren." Ellie zag nog twee Britse pantserwagens de Jaffastraat inrijden en abrupt voor het busstation tot stilstand komen. „Ben je zover?"

Rachel knikte. Ze stapte de auto uit en trok een klein, versleten koffertje naar buiten. Ze aarzelde even toen soldaten uit de pantserwagens klauterden en gevaarlijk glibberend over de gladde stoep door de draaideuren de betegelde hal inliepen. *Hebben ze alle mensen van het Britse mandaat omgekocht of gaan ze me fouilleren en arresteren, zoals ze met zoveel andere joden hebben gedaan die zich probeerden te wapenen tegen de komende Arabische aanslag?* vroeg ze zich af.

Ellie gaf haar een arm en liep met haar mee naar de ingang van het gebouw. „Wat is er, Ellie?" vroeg Rachel.

„Moshe heeft ons ervoor gewaarschuwd dat er misschien overal soldaten zouden zijn. Doe gewoon. Ik heb mijn trouwe camera en mijn perspas bij me. Niemand zal vervelend tegen je gaan doen als hij het risico loopt dat hij op de foto komt."

„Vervelend?"

„Ze zullen de mannen misschien fouilleren, maar deze jongens zullen zich er niet op laten betrappen dat ze een vrouw fouilleren. *Life* wordt tenslotte ook in Londen verkocht." Ze gaf een veelbetekenende knipoog. „Dacht je dat deze jongens willen dat hun moeder te weten komt dat ze voor hun dagelijkse boterham onschuldige, orthodoxe meisjes fouilleren? Ik blijf wel in de buurt tot je in de bus zit."

Allebei wisten ze in hun achterhoofd dat een jood die met een wapen wordt betrapt dat met de dood moet bekopen. Ondanks het feit dat Rachel niet de minste notie had hoe ze een stengun moest afvuren of de pen uit een handgranaat trekken, betrok alleen al het dragen van wapens haar bij de joodse, terroristische wreedheden die maar weinig onderdeden voor de verschrikkingen van de aanvallen waarvoor de Moefti opdracht gaf. Om die reden had de Haganah – de naam betekent „verdediging" – besloten om hun wapens uitsluitend ter verdediging te gebruiken. De heilige plaatsen van de Oude Stad waren verreweg het weerloost. Er woonden tweeduizend orthodoxe joden, van wie het enige levensdoel het vervullen van de wetten van de Torah was. De Oude Stad beschikte over slechts een stelletje ouderwetse geweren uit de Eerste Wereldoorlog. Nog geen honderd Haganah soldaten hadden zich als Yesjivastudenten voorgedaan om langs de Britse wachtposten bij de poorten te komen. Het werd met de dag moeilijker om mannen en voorraad de Oude Stad binnen te brengen. Rachel wist dat haar busrit misschien wel de laatste rit van Lijn twee naar de Sionspoort was.

Toen Ellie en Rachel bij de deur van het gebouw aankwamen, werd de stilte verscheurd door de loeiende sirene van een ziekenwagen. De buschauffeur en de twee escortesoldaten keken op en zagen over de weg het felle zwaailicht in hun richting komen.

„Waarschijnlijk zijn er doden en gewonden bij het konvooi van Tel Aviv," zei een lange, magere soldaat tegen de buschauffeur. „Durf je het wel aan met je passagiers nu de Arabieren weer wapens hebben?"

„De Arabieren mogen dan druk bezig zijn in Bab el Wad, maar Jeruzalem is Bab el Wad nog niet, hoor," zei de buschauffeur. Hij had het over de smalle kloof die vanuit het dal naar Jeruzalem liep. Sinds de Verenigde Naties een maand geleden Palestina in twee staten had verdeeld, waren joodse voertuigen die uit Tel Aviv kwamen onophoudelijk doelwit van Arabische guerillastrijders geweest. Jeruzalem, met zijn 100.000 joden, lag middenin Arabisch gebied. De nauwe bergengte Bab el Wad was de enige verbinding van de stad met Tel Aviv, en die verbindingslijn werd met de dag hachelijker.

Ellie keek in het rond naar de mannen en vrouwen die wachtten op bericht over vrienden en familie die vandaag naar Jeruzalem waren gereisd. Bij de deur stonden kleine groepjes bij elkaar. Hun gezichten stonden strak en betrokken van ongerustheid. Verloren op een harde, houten bank zat een jonge vrouw met haar handen voor haar gezicht te snikken. Naast haar zat een oudere man met een versleten, wollen trui aan en een visserspet op. Hij stak de ene sigaret na de andere op en staarde nietsziend naar de kapotte tegels op de grond. Britse soldaten stonden bij de muur bij het drinkfonteintje. Ook zij waren ongerust over hun kameraden die het konvooi uit Tel Aviv moesten begeleiden. Ze hadden het over „sluipschutters" en „landmijnen". Met hun geweer aan de draagriem over de schouder, letten ze niet op het vreemde stelletje Yesjivastudenten aan de andere kant van de grote hal, die wachtten om op Lijn twee te stappen. Met hun lange, zwarte jassen aan en breedgerande hoeden op, leken ze een wereld apart van de zwaar bewapende dienaren van het Britse mandaat. Toch waren ook zij soldaat en officier – maar dan van de Haganah. Ellie nam hen vlug op. Ze zou wel eens willen weten hoe goed en volledig ze de wapens die zij, dat wist ze, bij zich droegen, hadden verborgen. Stenguns zaten onder wijde broekspijpen aan hun benen vastgegespt. Onder hun hoge hoed hadden ze één, misschien twee, granaten en onder de franjes van de joodse gebedsmantel zaten patroongordels. Ellie probeerde niet te kijken toen een van de Haganah-mannen, een man met een baard en een bril op, rechtstreeks op de soldaten afstapte.

Hij liep tussen twee officieren door en dronk luid slurpend bij het drinkfonteintje, terwijl zij boven zijn hoofd verder praatten.

„Kijk, dat is nou natuurlijk,' fluisterde Ellie naar Rachel. Een meter of drie bij de Haganah-mannen vandaan vonden ze een plekje op een lege bank bij het loket.

Het korte mannetje bij het fonteintje veegde zijn mond met de rug van zijn hand af, schoof zijn hoed recht en wandelde op zijn dooie gemak terug naar de groep. Met een uitdrukkingsloos gezicht begon hij tegen een grote, stevige jongeman te praten die naar Ellies idee net een worstelaar leek. Ellie verstond de taal niet, maar de worstelaar trok zijn wenkbrauwen een stukje op en liet ze, zijn voorhoofd fronsend, weer zakken.

Rachel boog zich naar Ellie toe en fluisterde: „Hij praat in het Pools."

„Wat zei hij?"

„De Engelsen weten niet precies wat de schade van het konvooi uit Tel Aviv is. Er zijn gewonden. Vanuit het burgertransport werd er ook op de aanvallers geschoten. Ze zeggen dat ze iedereen die een wapen had om op de Arabieren af te schieten zullen arresteren."

„Hebben ze de Arabieren die aanvielen gearresteerd?"

Met haar vinger omhooggestoken maande Rachel haar tot zwijgen en luisterde naar wat de twee mannen zeiden. „De Arabieren sloegen op de vlucht toen de pantserwagen dichterbij kwam. Misschien zijn er ook Engelsen gewond, maar dat weten ze niet zeker."

Een golf van angst overspoelde Ellie terwijl ze het hoekige profiel van haar joodse vriendin bestudeerde. De orthodoxe kleding mocht dan de wapens verbergen, maar die verhulde niet de opvallende schoonheid van Rachel Lubetkin. En nu zou ook Rachel doelwit worden van de vijandigheid van de mohammedaanse Arabieren.

„Weet je wel zeker dat je dit wilt doen, Rachel?" vroeg Ellie.

Rachel leunde op de houten bank achterover en keek opgewekt lachend haar ongeruste vriendin met haar kastanjebruine haar in de ogen.

„Ellie," zei ze zachtjes en gaf een klopje op de hand met daarin een grote, zwarte camera. „Maak je over mij maar geen zorgen. Hoe zeg je het ook alweer in Amerika? Oké. Heus, ik ben oké."

Ellie knipperde bezorgde tranen weg. „Ja. Alleen wilde ik dat ze mij lieten meekomen."

Rachel trok één wenkbrauw iets op en bekeek haar duidelijk Amerikaanse vriendin eens zorgvuldig. Met haar blauwgroene trui en zwarte, wollen lange broek leek ze meer op iemand die op skivakantie ging. Rachel had er foto's van gezien in Ellies Amerikaanse tijdschrift. „Jij weet niet hoe orthodoxe joden zich gedragen, Ellie." Ze gaf een klopje op de effen, marineblauwe hoofddoek die de satijnen glans van haar zwarte haar bedekte. „In Polen hoorde ik al heel jong bij de Chassidiem. Mijn vader was rabbijn. Ik zal mijn volk heel goed dienen en jij, beste meid, zult mijn volk op een andere manier helpen." Haar diepblauwe ogen keken naar het fototoestel op Ellies schoot.

„Maar Rachel, het is op het ogenblik zo gevaarlijk in de Oude Stad. Lever je handeltje af en maak dat je wegkomt." Ellie kromp ineen bij de gedachte aan alle dingen die de paar mensen die waren uitgekozen om de heilige plaatsen in de joodse wijk van de Oude Stad te verdedigen zouden kunnen overkomen. Haar ogen gleden over Rachels fijnbesneden gezicht; kobaltblauwe ogen beantwoordden warm haar blik. „Zelfs met die kleren aan–" ze trok aan de revers van Rachels versleten overjas. „Als ze je pakken terwijl je de Oude Stad binnengaat is er heus wel een of andere Arabier die je opmerkt. Dacht je dat je veilig bent als de Oude Stad valt? Toe, Rachel, heb je nog niet genoeg meegemaakt? Waarom sturen ze geen dikke moeke als ze iemand een boodschap willen laten overbrengen?"

Onbewust ging Rachels hand naar haar onderarm, waar nog steeds die afschuwelijke tatoeage stond: *Nur für Offiziere*. Eens betekende het dat ze eigendom van een nazi-bordeel was. „Juist omdat ik zoveel heb gezien en het er levend van heb afgebracht moet ik het doen. Moshe en ik hebben er heel lang over gepraat. Hierin is hij het met me eens. Het is mijn mitzwah, mijn plicht, om mijn mensen in de Oude Stad te waarschuwen. Je bezorgdheid om mij kan dat niet veranderen." Ze fronste haar voorhoofd en keek de drukke hal door. „Ik wil alleen graag dat je één ding voor me doet."

„Zeg maar wat." Ellie leunde al naar voren.

„Nu mijn grootvader hier in de Nieuwe Stad in het Hadassah-ziekenhuis ligt, en ik naar zijn huis in de Oude Stad ga, zie ik hem misschien wel nooit meer terug." Ze stopte even en keek Ellie aan.

„Volgens de artsen wordt hij weer beter," zei Ellie opgewekt.

„Dat geloof ik ook wel." Ze wachtte tot ze het begrip in Ellies ogen zag komen. Het was een besef dat het feit onderstreepte dat Rachel elk moment in gevaar zou verkeren. „Als ik niet terugkom, en als er op een goede dag geen joodse wijk meer is waarnaar grootvader en mijn kleine broertje kunnen terugkeren, en je weet dat ik hen in dit leven nooit meer terug zal zien, zou ik graag willen dat jij op de een of andere manier..." Haar stem begaf het. Ellie stak haar hand uit en legde een vinger tegen Rachels mond.

„Niet zeggen." Haar stem trilde. „Je bent–" Ze haalde diep adem en begon opnieuw, bijna overmand bij de gedachte dat dit misschien de laatste keer was dat ze haar vriendin in het gezicht kon kijken. „Voor mij beteken je ook iets bijzonders, hoor. Dus je zorgt er maar voor dat je aan één stuk terugkomt. Goed?"

„Ja, maar..."

„Niks geen gemaar."

„Maar als het niet lukt, moet je me beloven dat je ze zult helpen. Grootvader is al zo oud. En Yacov is nog maar zo klein. En we hebben elkaar nog maar net weergevonden. Ik moet weten dat jij, mijn gojse vriendin, zijn zus zult zijn als ik er niet meer ben."

Ellie knikte. Een tijdlang kon ze geen woord uitbrengen. „Ik wilde alleen dat Moshe me samen met jou naar binnen wilde laten gaan."

„Heb je geen belangrijker werk te doen?" Rachel tikte Ellies fototoestel weer aan. „Is het jouw mitzwah niet om de ogen voor de wereld te zijn en onze strijd hier te laten zien? Moeten de mensen niet zien dat dit ons laatste houvast is in een wereld die zoveel... zoveel anderen heeft omgebracht? Ellie, als mijn volk deze plek, dit land niet mag hebben, is er nergens een plek waar we ooit veilig zullen zijn. Jij moet het de mensen laten zien. Met je foto's. Dan zullen ze zien dat er ook nu nog mensen zijn die ons willen vernietigen." Ze legde even haar hand op Ellies arm. „Dat is toch een heel belangrijk werk."

Ellie knikte aarzelend. „Dan wilde ik in ieder geval dat Moshe gezond genoeg was om met je mee te gaan. Wie ken je allemaal in de Oude Stad, Rachel?"

„Ik ben de kleindochter van rabbi Shlomo Lebowitz. Dat is genoeg. Ik zal het met de andere rabbijnen hebben over zijn toestand en over zijn wens dat zij hun assistentie geven aan degenen die de Oude Stad zullen helpen redden." Haar hand gleed in haar zak naar de brief die de oude man voor haar had geschreven vanaf zijn ziekenhuisbed, waar hij van zijn hartaanval lag te herstellen. „En als ze niet luisteren, heb ik in ieder geval al het mogelijke gedaan." Ze keek peinzend bij de gedachte aan Moshe, die nog verzwakt was van zijn verwonding door een Arabische kogel. „En wat Moshe betreft, als hij weer beter is heeft hij denk ik wel wat beters te doen dan voor mij te zorgen."

„Volgens mij wil hij niets liever dan dat," zei Ellie, haar wenkbrauwen optrekkend.

Vlug keek Rachel de andere kant op. Ze hoopte dat Ellie de uitzichtloosheid in haar ogen niet had gezien. „Hij is een goed mens. Een fatsoenlijk mens. Hij verdient wel wat beters dan ik," zei ze, zich ervoor generend dat Ellie had gemerkt dat er iets tussen haar en Moshe was. „Het is mijn lot niet om een man lief te hebben en liefde terug te ontvangen. Dat weet jij allemaal niet. Jij weet niet wat er allemaal met mij is gebeurd. Maar ik ben je heel dankbaar dat je me met ogen beziet die niet oordelen."

„Hoe kan iemand je nou veroordelen om wat er in de handen van de nazi's met je is gebeurd, Rachel?"

„Mijn eigen oordeel verklaart me schuldig. Dat begrijp je misschien niet. Maar ik zal niet van Moshe houden. Ik ga niet trouwen en ik zal van geen enkele andere man houden."

Haar stem klonk heel definitief, heel vastbesloten. Het gaf Ellie een gevoel van hulpeloosheid. Op de een of andere manier wist ze dat Rachel gevraagd had om koeriersdiensten naar de Oude Stad te verrichten, niet alleen om de oude, heilige joodse plaats veilig te stellen, maar ook om zichzelf te verliezen. „Luister," zei ze streng. „Ik wil dat je aan één ding denkt. Soms is het moeilijker om te leven dan om te sterven. Vergeet dat niet. En dan heb ik het niet over ademhalen en rondlopen. Ik bedoel echt leven. En dat betekent dat je moet beseffen dat mensen jou ook nodig hebben, ongeacht hoe jij over jezelf denkt."

De man achter het loket riep hard: „Passagiers voor Lijn twee nu instappen!"

Rachel stond meteen overeind. Zenuwachtig ontweek ze Ellies smekende gezicht. „Ik moet..."

„Heb je gehoord wat ik zei, Rachel?" Ellie pakte haar bij de schouder. „Als je daar naar binnen gaat, dan kom je ook weer achter die muur vandaan – levend en wel. Omdat een heleboel mensen jou nodig hebben. En *leven*, niet doodgaan, is jouw mitswah."

Langzaam schudde Rachel haar hoofd. Met een treurige glimlach keek ze in het intense gezicht van haar vriendin. „Dank je wel, sjikse. Voor alles wat je voor me hebt gedaan."

„Je stapt niet in die bus voor je me vertelt dat je begrijpt wat ik je zeg. We hebben je nodig. We houden van je."

Rachel knikte nog een keer en ging toen achteraan de rij Yesjivastudenten staan die naar de deur en naar Lijn twee schuifelden. Ellie bleef bij de houten bank in de hal staan. Toen Rachel zich omdraaide en nog een keer haar hand omhoogstak om te zwaaien, fluisterde Ellie een gebed of haar vriendin zichzelf op de een of andere manier mocht vinden en vergeving vinden, zodat ze weer kon gaan leven.

17
Het feest

Ongemakkelijk door de beugel die hij droeg, boog David zich moeizaam in zijn stoel naar voren en legde zijn oor tegen de luidspreker van Howard Monigers antieke Philco radio. De band knapte en kraakte en David draaide zo voorzichtig als een brandkastkraker die een bank wil beroven aan de afstelknop.

„Toe nou," vleide hij en tikte ongeduldig met een voet die ver onder zijn te korte broek uitstak op de grond.

Howard wreef met een pannelap over zijn kale schedel en overzag het bizarre tafereel in zijn keuken eens. Van het kleine groepje dat daar bij elkaar was om met elkaar het ongetwijfeld laatste gebraden lamsvlees in joods Jeruzalem op te eten, was hij de enige die normaal gekleed ging – met uitzondering van zijn van een theedoek geïmproviseerde schort. Hij had zijn eigen lange broek aan met een blauw-wit geruit overhemd. Zijn kledij paste echter wonderwel bij die van Moshe en David. Allebei hadden ze een blauw-wit geruite badjas aan die Ellie voor hen had gekocht. De kaki broek die ze van Howard geleend hadden, was om hun middel veel te wijd en in de lengte veel te kort. Verder was Howard de enige van het gezelschap zonder verband – met uitzondering van Saul, de hond, wiens trouwe hondeogen treurig naar David en Yacov keken die in elkaar gedoken voor de radio zaten. Moshes arm en bovenste deel van zijn borstkas zaten in dik gipsverband. Davids nek en arm werden stevig door een beugel op hun plaats gehouden om ervoor te zorgen dat zijn gebroken sleutelbeen niet kon bewegen. Yacov had nog steeds zijn zwarte piratenooglap voor. Howards sneden en kneuzingen waren al aan het genezen, en de lelijke snijwond op Sauls voorpoot reageerde zo te zien prima op de likbehandeling die Saul trouw toepaste.

Sinds de gebeurtenissen van vorige week waren David en Moshe allebei uit het ziekenhuis ontslagen. Op Ellies aandringen waren ze allebei naar het huis van de Monigers gebracht om verder te herstellen. De mannen hadden zo'n zorgzaamheid nog nooit meegemaakt. In de tijd dat Rachel blintzes voor het ontbijt bakte, had Ellie hen 's morgens met warm water geschoren. De gezichten van de jongemannen in zijn keuken zaten nu vol sneetjes. Howard huiverde ervan. Nadat hij die tedere zorg een paar ochtenden had doorstaan, had Moshe er ten slotte op gestaan de komende weken een baard te laten staan – dan zou hij zich beter kunnen identificeren met de chassidische joden met wie hij ongetwijfeld zou samenwerken. David volgde al spoedig zijn voorbeeld, maar had niet zo'n diplomatiek excuus bij de hand. Hij had gewoon gezegd dat hij bang was dat ze hem op een ochtend de keel zou afsnijden.

Met een baard van drie dagen op hun onregelmatige, aantrekkelijke gezichten leken zijn jonge gasten net een stelletje avonturiers – rabauwen van wie beslist de broek moest worden uitgelegd.

„Zo te zien verdienen jullie de Purple Heart-medaille," zei Howard hardop.

Moshe ging met zijn hand over zijn kin met een kuiltje erin. „Wel een paar zou ik zeggen."

„Voor mij niet, bedankt." Aandachtig bleef David aan de knop draaien. „Ik heb mijn Purple Heart al in de afgelopen oorlog gekregen. Nee, ik heb alleen een aspirientje nodig en wat echt ouderwets, Amerikaans nieuws."

„Maar ik snap niet waarom je zo nodig naar de Amerikaanse legerradio moet luisteren. Je kunt de Engelse uitzendingen van de BBC in Palestina veel beter ontvangen." Met een vragende uitdrukking op zijn gezicht leunde Moshe achterover in zijn stoel. Davids pogingen om een station aan de andere kant van de Middellandse Zee te ontvangen frustreerden hem.

Howard haalde glimlachend zijn schouders op. Met een klap deed hij de ovendeur open. Luidruchtig schoof hij het dampende, gebraden stuk lamsvlees eruit en proefde van het armetierige stukje vlees. „Dit was een kleintje, hoor," zei hij fluisterend. „Veel vlees zit er niet aan, jongens, maar we kunnen er feest mee vieren."

„Sst! zachtjes!" beval David, Moshes opmerking negerend. „Het moet stil zijn."

Yacov zei niets, maar keek aandachtig naar David. Frans uit Marokko en Arabisch uit Cairo kwam uit het gekraak naar voren, tot eindelijk vaag het nasale Amerikaanse accent in de verte hoorbaar werd. „vertraging... uitzending... Times... zijn... New York... en... Guy Lombar... zijn orkest..."

David sloeg zich met zijn goede hand op zijn knie en gaf een opgetogen kreet. „Joepie! We hebben het hem gelapt, Yacov, kerel! Guy Lombardo en zijn orkest. Dat noem ik pas feest. New York! Times Square! En wat geeft het dat het inmiddels een paar uur later is?"

Yacovs gezicht was een en al nieuwsgierigheid. „Dansen ze op het Amerikaanse Nieuwjaar? Vieren ze feest?”

„Nou en of. Parades zijn er. De Rose Parade. En er is rugby. Waar of niet, Howard? De Rose Bowl.”

„Denk je er even aan dat ik al uit Amerika ben vertrokken toen deze Lombardo waarschijnlijk nog maar in de luiers lag? Waarschijnlijk was hij nog niet eens oud genoeg om een rugbybal vast te houden.”

„Nee! Nee! Nee!” riep David, van ergernis met zijn ogen rollend. „Lombardo is dirigent van een orkest.”

De flarden van een orkest dat hevig de hik had sputterden uit de radio. „Dat is neem ik aan jouw Guy Lombardo?” vroeg Howard terwijl hij het lamsvlees weer bedekte en terug in de warme oven schoof.”

„Hij had nooit van het rugby moeten afstappen,” merkte Moshe geamuseerd op.

„Jullie móeten hem horen!” protesteerde David. „We hebben kleerhangers nodig. Metalen kleerhangers, een heleboel. Howard, de kast in mijn kamer hangt er vol mee. Mag ik?”

„Ga je gang.”

„Kom mee, joh.” David streek met zijn hand door Yacovs haar en liep de keuken uit. Saul liep er achteraan.

Nu Davids enthousiasme naar een ander deel van het huis ging, leek opeens of al het leven uit de keuken was verdwenen. Het bleef een hele tijd stil bij de radio. Howard en Moshe zwegen. Moshe trommelde zenuwachtig met zijn vingers op tafel. Howard rommelde wat in de keuken aan. Hij deed keukenkastjes open en dicht, alsof hij naar iets zocht maar niet precies wist naar wat.

„Ellie zal zometeen ook wel terugkomen,” zei Moshe ten slotte.

„Het is jammer dat Rachel niet met ons kon meeëten.” Howard pakte een glas uit een kastje en hield het onder de kraan. „Vooral omdat zij heeft gekookt. Ellie kan nog geen ei koken, en sinds Mirjam er niet meer is, moet ik het zonder hulp in de huishouding stellen.”

„Het kon niet anders.” Moshe tuurde grimmig naar de versleten pantoffels aan zijn voeten en frutselde aan de ceintuur van zijn badjas.

„Ik weet het, Moshe. Maar toch is het jammer.” Howard probeerde vergeefs opbeurend te klinken.

„Nog een dag langer... een uur langer en het kan al te laat zijn om de Oude Stad nog binnen te komen.”

„Nou ja, in ieder geval blijft ze er niet lang. Maak je niet ongerust. Luke zorgt er wel voor dat ze ongedeerd op haar plaats van bestemming komt. En er weer uitkomt."

„Ik hoop alleen dat de rabbijnen naar haar zullen luisteren."

„De brief van haar grootvader is een behoorlijke introductie, Moshe. Maak je nou maar geen zorgen. Over een paar dagen is ze weer hier."

„Ja," zei Moshe met een strak, bezorgd gezicht.

„Kom op, man," zei Howard berispend. „Laat je hoofd niet zo hangen. Denk eraan in wiens handen Rachel is."

Moshe keek Howard dankbaar aan. „Dat is ook het enige waaraan ik kan denken; sinds we hebben besloten om haar te laten gaan, is dat het enige waarom ik bid. Ze is nu heel kwetsbaar, Howard, zoals alle anderen van mijn volk," voegde hij eraan toe.

„Nou, maar ik denk toch dat ze voor jou iets meer dan de anderen betekent. Of is dat alleen maar verbeelding van een oude man?"

Moshe aarzelde en lachte toen wat verlegen. „Zo oud ben je nog niet, vriend."

„Ze is een heel lief meisje, Moshe, maar ik moet je toch zeggen dat ik het wel een beetje jammer vind dat je geen familie van mij wordt."

„Ellie en ik hebben de afgelopen dagen heel wat met elkaar afgepraat, Howard. Ze houdt niet echt van mij. En ze heeft nooit van me gehouden, geloof ik. We zijn zo anders," eindigde hij zwakjes.

„Even goed blijft het jammer. Ook al heb ik het zelf een paar weken geleden uitgevonden."

Met hun armen vol kleerhangers kwamen Yacov en David opgewekt door de tochtdeur gestormd. Saul kwam pal achter hen aan en kon zich nog net door de deur heen wurmen voor die dichtviel.

„...En voor die wedstrijd was ik precies in Pasadena, kerel. Ik ben aan de Universiteit van Los Angeles afgestudeerd, snap je. Ellie en ik hebben daar allebei gestudeerd." legde David enthousiast uit terwijl ze de metalen kleerhangertjes op de tafel voor Moshe deponeerden. „De UCLA Bruinen. Niet te verslaan."

„En heeft de UCLA de Rose Bowl dit jaar gewonnen?" vroeg Yacov.

„Nou." David beet op zijn onderlip. „Het was afgesproken werk."

„Dat betekent dat ze het hebben verloren," zgrinnikte Moshe.

„Slechte scheidsrechters. Ze bevoordeelden Illinois, dat is alles." David begon aan de achterkant van de radio te prutsen. Hij bevestigde een kleerhanger aan de antenneuitgangen, en haakte de kleerhangers vervolgens aan elkaar tot de ontvangst beter werd. „De Rose Bowl van dit jaar tussen Michigan en USC belooft een wedstrijd te worden waarbij de krachten een stuk gelijkmatiger verdeeld zijn. Vorig jaar hakte Illinois de UCLA Bruinen in een ongelijk verdeelde wedstrijd de pan in, met een ongelooflijke eindstand van 45 punten voor Illinois tegen UCLA 14..." schetterde de radio.

„Een uitstekende ontvangst." Moshe zag hoe chagrijnig David opeens keek, terwijl hij door bleef gaan de hangers aan de deurknoppen van de kast op te hangen.

„Slechte scheidsrechters?" vroeg Yacov schelms.

„Vraag het maar aan Ellie. Zij was er bij, kleine garnaal."

Yacov tikte tegen zijn slaap en keek Moshe aan. „Die is mesjogge, hè?"

Moshe knikte van ja.

David negeerde hen. Hij pakte een stoel en ging dichtbij de radio zitten. „Over Els gesproken," zei hij opeens ernstig. „Had ze niet zo ongeveer terug moeten zijn?"

„De bus heeft ongetwijfeld vertraging vanwege het weer. Ze zal wel bij Rachel hebben gewacht. Tussen het station en hier is er geen echt gevaar." Howard pakte een stapel borden van de plank.

„Ze moet toch wel voor donker terug zijn." David keek het raam uit naar de sneeuw, die nog steeds in dichte vlokken naar beneden dwarrelde. „Ik had ze erheen moeten brengen."

„Beste jongen," begon Moshe minzaam. „Jij bent evenmin als ik in een conditie om auto te rijden."

Beide mannen zaten in hun badjas, met een versleten broek en pantoffels aan. Als David zijn hoofd omdraaide, ging zijn hele lichaam mee. „Je zult wel gelijk hebben. We zijn aardig goede kandidaten voor de RVLD."

„Zoals ik al eens eerder heb uitgelegd, David" – Howard liet de juslepel in zijn hand zakken en kneep zijn ogen dicht – „ben ik uit Amerika vertrokken toen de mensen nog Engels spraken. ."

„RVLD. De re-va-li-datie. Gewonde soldaten die gewond zijn en van hun compagnie gescheiden zijn geraakt, moeten daar wachten tot ze een nieuwe bestemming krijgen. En dit is de Rehavia-RVLD."

„Nou ja, het klinkt aardig – vind je ook niet, Moshe?' Howard herhaalde het een paar keer.

„Ja hoor, beslist." Ondanks zijn bezorgdheid voor Ellie en Rachel kon er nog een lachje af. „We moeten het maar in het Haganah-handboek zetten. Zodra we zo'n ding krijgen, tenminste."

De muziek van Guy Lombardo speelde op de achtergrond verder, terwijl de mannen het over de betrekkelijke waarde van uitdrukkingen uit de oorlog hadden die in de loop der eeuwen verloren waren gegaan. David zei een woord, en dan moesten Moshe, Howard en Yacov proberen te raden wat het betekende. Het traditionele radioprogramma van de Amerikaanse strijdkrachten ging vanuit hun radiostation in Rome nog bijna een half uur verder voordat het werd onderbroken.

Howard hief zijn hand op om stilte en het grimmige nieuws kwam de kamer binnen. „...Na bijna een week rust in Palestina zijn er opnieuw vijandelijkheden uitgebroken. Uit Jeruzalem komt zojuist telegrafisch bericht dat een burgerkonvooi vanuit Tel Aviv op weg naar Jeruzalem bij de pas Bab el Wad in een hinderlaag is terechtgekomen. Britse strijdkrachten hebben de Arabische aanvallers kunnen verdrijven. Daarbij zijn echter een aantal joden en Britten gewond geraakt en om het leven gekomen..."

18
Lijn twee

Goed tegen het weer beschermd door de gestolen laarzen en de zware regenjas van een Brits officier, vervloekte Gerhardt nog steeds de kou en nattigheid die hem en zijn slordige, dronken metgezel verkleumde.

„Nog een slok, Gerhardt," brabbelde de Britse deserteur, „anders laat ik heel dit gore zaakje aan jou over. Ik zie je nog niet in je eentje al die draden neerleggen."

„Je krijgt wat te drinken als we klaar zijn, niet eerder," gromde Gerhardt. Hij was er niet bepaald mee ingenomen dat de Moefti hem samen met deze boerenpummel op zo'n belangrijke missie had gestuurd.

De deserteur gaf luidkeels blijk van zijn ongenoegen en liet de schop vallen. „Dan hou ik het voor gezien, maat. Je kunt niet van iemand verwachten dat hij een gat in bevroren grond graaft. En zonder ook maar één druppel om zijn bloed warm te houden." Hij draaide zich om en wankelde terug naar de weg toe.

„Nog één stap en je bent er geweest," waarschuwde Gerhardt kil. Een dronken deserteur uit het Britse leger die in de bars van Jeruzalem rondhing mankeerde er nog maar aan. Dan zou het nieuws van deze mijn die voor Lijn twee naar de Sionspoort bestemd was de voorpagina van de *Palestina Post* al bereiken voordat de bus van het station vertrokken was. Gerhardt trok zijn Luger en richtte die op de weglopende man.

„Ach, waai op," zei de deserteur. „Vecht je eigen oorlog maar, als je zo'n stuk beton voor je hoofd hebt!"

Zonder enige aarzeling haalde Gerhardt de trekker over. Zijn mond krulde zich iets in afkeer toen de kogel van achteren in het hoofd van de deserteur drong. De man zakte als een hoop op de grond ineen.

Gerhardt zuchtte bij het vooruitzicht dat hij nu de koude avond zonder aanspraak moest doorkomen, terwijl hij moest wachten tot hij de hendel op de mijn die vlak onder het wegoppervlak lag kon indrukken. Hij laadde zijn Luger weer en liep toen naar de deserteur die levenloos in zijn eigen bloed lag. Met een harde schop schoof hij het lichaam van de weg af zodat het in de diepte van de Hinnomvallei naar beneden duikelde.

Door de sleuven in de pantserplaten op de bus flikkerde wat licht naar binnen. De zwarte kledij van de chassidische passagiers vervaagde in het schimmige licht in de bus. Ze liepen een voor een het gangpad door, zochten een lege plaats en borgen hun versleten tas weg; voorzichtig wurmde Rachel zich langs hen heen. Haar ogen keken over de breedgerande, zwarte hoeden heen terwijl ze instinctief het verste plekje in de bus uitzocht. De gezichten van de mannen aan weerskanten van haar zagen er met hun berijpte baarden bijna spookachtig uit. Hun adem wolkte rond hun bleke gezicht en de donkere, sombere ogen pasten er wel voor op dat ze haar blik niet kruisten.

Ogen konden meer zeggen dan woorden, wist Rachel. Tijdens die eerste, eindeloze reis naar de nazi-kampen was dat ook zo geweest. Een hart dat troost zocht door liefdevol een familielid of vriend aan te kijken, werd vaak gebroken door verdriet wanneer die ogen de waarheid verrieden dat dit een reis was waarvan de meesten nooit zouden terugkeren. Ogen zeiden woordeloos vaarwel; vroegen geluidloos om vergeving voor fouten; liefkoosden zonder aan te raken – dat alles gebeurde toen Duitse soldaten mannen van hun vrouwen scheidden, kinderen van moeders weghaalden. En steeds als ze elkaar voor het laatst zagen, was het alsof ze elkaar voor het eerst echt helemaal goed zagen. Nazi-geweerlopen en geschreeuw *„Schnell! Schnell Jude! Schiet op, jood!"* weerklonk en maakte tenslotte een eind aan die welsprekende vaarwels.

Rachel ging bij het gangpad zitten. Ze zette haar gerafelde boodschappentas op de lege stoel voor het raampje naast zich neer en weerstond de verleiding om door de smalle spleet naar Ellie te kijken die op het besneeuwde trottoir van het Egged station stond. Ze tuurde recht voor zich uit. Ze wist dat Ellies ogen de pantserplaten om haar heen afzochten. Maar ze keek niet naar buiten om voor het laatst de liefdevolle blik van haar vriendin te zien. Deze reis zou ze alleen maken. Ze wilde zelfs geen laatste afscheidsgroet meenemen. Daarvan had ze er in haar leven al te veel gehad.

Het rode zwaailicht bovenop de Britse pantserwagen die de bus escorteerde flitste aan en goot een spookachtige, rode gloed over de bleke gezichten van de passagiers. Binnensmonds mopperend sprong de chauffeur naar binnen en sloeg met een klap de zware, ijzeren deuren dicht. Met handschoenen aan schoof hij de grendel hard dicht en ging toen, zonder ook maar naar de passagiers achter zich te kijken, achter het stuur zitten. De motor kreunde en steunde en al schuddend kwam de bus luid ronkend tot leven. Ver over het stuurwiel gebogen keek de chauffeur naar opzij, en gluurde naar de escorte vóór de bus.

„Nou, waar is het wachten nog op!" riep hij. „Op de engel Gabriël soms?" Het remgeknars deed Rachel denken aan het oude paard voor de kar van de boekenventer in Warschau. Het tandengeknars van het dier had bijna harder geklonken dan het geluid van zijn hoeven op de klinkers. „Nou, rijden maar!" schreeuwde de buschauffeur door de sleuf in het raampje voor zich. „Als ze nog langer wachten kunnen de Arabieren een skivakantieoord op de berg Sion neerzetten! Oj Gewalt!"

Toen de bus eindelijk in beweging kwam schoven de passagiers zenuwachtig op hun stoel heen en weer. De gladde banden gierden over het glibberige asfalt. Langzaam voegde de bus zich tussen de stroom voorzichtig rijdend verkeer. Pas toen stond Rachel zichzelf toe om naar buiten, naar de stad te kijken. De schemer viel al in. Ze herkende het rode, stenen gebouw van de *Palestine Post*, waar ze nog maar een week geleden samen met Ellie, bij het lawaai van de drukpers en de klanken van de *Ouverture 1812* op de grammofoon, slaghoedjes bij een onschuldig uitziend mannetje had opgehaald. Sindsdien hadden Ellie en Rachel het gebouw in de Hasollelstraat, vlakbij het Sionsplein, heel goed leren kennen. De foto's die Ellie niet naar *Life* stuurde had ze aan de *Post* verkocht. Uitgevers vonden het werk van de jonge Amerikaanse die precies wist wanneer ze op de juiste plek moest zijn prachtig. Rachel glimlachte toen ze eraan dacht hoe Ellie had geprotesteerd nadat het besluit was gevallen dat ze niet met haar de Oude Stad binnen mocht.

De buschauffeur sloeg voorzichtig naar zuidelijke richting af, naar de Ben Yehudastraat, waar berijpte barricaden en rollen prikkeldraad een dichte doornhaag leken. Er kletterde een motorfiets voorbij richting hoofdbureau van de Palestijnse politie. De bestuurder met zijn passagier in het zijspan zaten allebei in elkaar gedoken van de kou. Vlak erachter aan kwamen twee politiewagens. Het geluid van een sirene kwam dichterbij en verdween een zijstraat in. De zwijgende puinhopen van de Ben Yehudastraat stonden achter nog weer een barricade. Met sneeuw bedekt puin sprak duidelijk over de taak die voor hen lag. Als zoiets al in de Nieuwe Stad, het hart van joods Jeruzalem kon gebeuren, wat zou dan niet het lot zijn van het kleine joodse steunpunt in de Oude Stad?"

„Schnell Jude! Jood, schiet op!" Het puin scheen met hun reis de spot te drijven. *Weer gaan we met spoed op onze eigen vernietiging*

af, dacht Rachel. Moshe had haar zorgvuldig uitgelegd dat de officieren van de Haganah met de meeste ervaring de joodse wijk van de Oude Stad onverdedigbaar hadden verklaard. De Britten hadden aangeraden de hele buurt te evacueren en het Arabische Opperbevel had dit vereist. David Ben Goerion had het idee geweigerd.

Toen de bus voorbij de licht gekleurde, stenen gebouwen van het Joodse Agentschap rammelde, zag Rachel in gedachten Ben Goerion voor zijn raam naar de voorbijrijdende bus kijken.

„We geven geen centimeter joodse grond prijs! Nog geen korrel zand!" had de oude man gezegd terwijl Moshe in zijn kantoor aandachtig de plattegrond van de Oude Stad aan het bestuderen was.

Maar toch hadden al een paar honderd inwoners van de Oude Stad de moed verloren. Zij hadden hun huizen en de oude plaatsen waar ze altijd bijeenkwamen inmiddels verlaten. In haar jaszak voelde Rachel naar de brief die haar grootvader in zijn beverige handschrift had geschreven.

„Die geef je af aan het college van rabbijnen," had hij haar opgedragen. „Waarschuw hen dat het advies van Akiva niet deugt. Laat ze blijven. Spreek uit mijn naam."

Voor een tweede keer ging Rachel onvermijdelijk af op muren en uitkijktorens van steen, langs hele stukken met prikkeldraad, naar een geliefde gevangenis op de heiligste grond ter wereld. *„Schnell, Jude!"* Maar deze keer ging ze haar gevangenis gewillig, hoopvol binnen. Zij gingen zich insluiten om degenen die hen voorgoed zouden vernietigen buiten te sluiten. Omringd door duizenden Jihad Moqhades die in hun Heilige Oorlog dagelijks om het bloed van de joden riepen zou zij zich, samen met de paar anderen die zwijgend met haar dezelfde reis maakten, bijna zeker ter slachting op het altaar leggen.

„Geef de boodschap van je grootvader af en zorg daarna dat je wegkomt," had Moshe haar opgedragen. „Kapitein Thomas zal je helpen. Je blijft in geen geval in de Oude Stad, Rachel. Is dat duidelijk?"

Ze had geknikt. Ja, ze had het heel goed begrepen. Maar hoe kon ze tegen anderen vertellen dat zij in het gevaar moesten blijven terwijl ze zichzelf even later in veiligheid bracht? Die zonde had ze al eens begaan, en daar was ze aan onderdoor gegaan. Terwijl de mensen van haar volk om haar heen de dood vonden, had zij als een gebruiksvoorwerp, voor het plezier van haar vijanden, geleefd.

„Ja, Moshe," had ze gezegd terwijl ze al die tijd wel wist dat ze niet uit vrije wil weer terug door de Sionspoort zou gaan. Hij had geknikt en erin toegestemd dat ze met het kleine troepje Haganah-soldaten zou meereizen. Als eenmaal tot hem was doorgedrongen dat ze helemaal niet van plan was om de Oude Stad te verlaten, zou hij haar niet meer kunnen tegenhouden. Zou hij boos op haar zijn?

Rachel keek naar de op en neer bewegende hoofden van de mannen in de bus. De kleine, chassidische jood met het brilletje leunde over het gangpad heen en sprak op fluistertoon tegen de worstelaar. Die haalde zijn schouders op en keek vervolgens gespannen door de raamspleet naar het laatste avondlicht dat nu verdween. De bus reed door de bekende joodse wijk Rehavia en door Talbieh, waar ook Arabieren woonden. Op een vreemde manier was Rachel niet bang. Zometeen zouden ze in het Hinnomdal aankomen en de langzame, gevaarlijke klim tegen de hellingen van de Berg Sion naar hun bestemming beginnen. Rachel wist dat de vriendelijke Britse kapitein bij de Sionspoort in de sneeuw stond te wachten. Deze keer zouden er geen geweren en knuppels zijn om hen in hun heilige gevangenis te dwingen. Rachel vroeg zich alleen af of ergens langs de donkere weg mannen met geweren hen stonden op te wachten om hen buiten die gevangenis te houden.

19
Aankomst en vertrek

Ellie keek op haar horloge toen het zwart geblakerde konvooivoertuig vol kogelgaten uit Tel Aviv het Egged busstation binnenhobbelde. Drie Britse escortepantserwagens kwamen er achteraan, en Ellie richtte haar fototoestel toen een Britse soldaat moeizaam uit de geschuttoren klauterde en riep: „Stuur een ambulance voor de gewonden!"

Met de opgevouwen brancard tussen hen in renden de brancardiers naar de plek waar het transport uit Tel Aviv tot stilstand kwam. Met strakke, bezorgde gezichten verdrongen mannen en vrouwen die twee lange uren op hun familieleden hadden gewacht zich voor de nog steeds gesloten deur.

Mannen draaiden met hun voet hun sigarettepeuk uit. Vrouwen huilden openlijk en wrongen zich in de handen of hielden hun kinderen tegen zich aangedrukt terwijl ze zich rekten om te zien wie het eerst zou uitstappen.

De metalen deuren schoven veel te langzaam open en terwijl de passagiers uit Tel Aviv naar buiten wankelden klonk er geroep.

Een vrouw schreeuwde: „Eli! Daar heb je mijn man, laat me erdoor!" De menigte liet haar door en ze rende naar de bus en stak haar handen uit om een zakenman van middelbare leeftijd te helpen. Zijn dubbelrij's kostuum zat onder het bloed en zijn hoofd was verbonden met de restanten van een met bloed doorweekt overhemd. Maar hij riep hardop: „Met mij is alles in orde! Maar er zijn hier gewonden! Vlug een beetje! Er zijn gewonden!"

Grimmig keek hij vanonder zijn noodverband naar de mensen. Hij stapte verder naar beneden en sloeg zijn armen om zijn snikkende echtgenote heen; toen schreeuwde hij weer: „Haal een dokter! We hebben gewonden." De ambulanceverpleger wilde hem helpen, maar hij schudde hem van zich af. „Ik zei toch dat ik in orde was!"

De namen van de verwachte passagiers werden op de lippen van de wachtende mensen tot wanhopige kreten tussen hoop en angst in.

„Opzij! Opzij!" schreeuwde iemand toen de artsen zich tussen de vrienden en familieleden doorwerkten en de bus instapten. De zweetdruppels stonden op Ellies voorhoofd terwijl ze foto na foto afknipte. Een voor een strompelden de gewonde passagiers naar beneden of werden gedragen en op de grond van de stationshal neergelegd. Het bloed liep uit hun wonden over de tegels heen en hun gekreun, vermengd met het geschreeuw van hun familieleden, gaf het tafereel iets griezeligs, iets onaards. *Hier zal ik nooit aan wennen,* dacht Ellie terwijl haar maag in opstand kwam bij wat ze om zich heen zag. *Nooit.*

Er waren negen passagiers bij de gewonden en nadat zij naar buiten waren gebracht kwamen de anderen. Doodmoe en ongewassen stapten de overlevenden de deur uit. Hun ogen gleden over de hysterie voor hen. Vreugdekreten weerklonken als op het eerste gezicht geen verwondingen werden ontdekt. „Ik ben niet gewond! Het was verschrikkelijk, maar ik ben niet gewond." Schoenen maakten een spoor door het bloed en lieten afdrukken op de grond achter toen de niet-gewonden naar de wachtende menigte toeliepen en hun familie omhelsden en God dankten dat Hij hen bewaard had. „Niet huilen, puk." Een jonge, zongebruinde Sabra nam een huilend kind in zijn armen. „Papa heeft zich geen pijn gedaan."

Ellie nam een foto van hun hereniging met vreugdetranen. *Zij hebben geluk*, dacht ze en keek weer naar de lege uitgang. Het duurde een hele tijd voor er weer nieuwe gezichten verschenen. Er stonden nog steeds gezinnen te wachten. „Ze brengen de doden het laatst buiten," fluisterde iemand achter haar. Toen, terwijl Ellie toekeek, verscheen er uit de donkerte in de bus een bekend, geteisterd gezicht.

„Daarom ben ik nou naar zee gegaan! Op zee kun je tenminste nog overboord springen en zwemmen of snel verdrinken!" klonk vol afkeer de stem van Ehud Schiff. „Mij krijg je niet weer in zo'n rijdend blik, hoor!" Hij stapte uit de gewapende transportwagen en werkte zich door de menigte heen. Zijn stem klonk schor en boos boven het lawaai uit. „O, nee! Je zult Ehud Schiff niet meer als schietschijf voor die Arabische zwijnen krijgen."

Ellie liet haar fototoestel vallen dat werd tegengehouden door de riem om haar nek. Blij riep ze Ehuds naam en terwijl ze oppaste dat ze niet in het kleverige drab op de grond stapte, wurmde ze zich naar de ruwe maar vriendelijke zeekapitein toe. „Ehud," riep ze hard. „Ehud Schiff!"

Met een ruk draaide hij zich om en probeerde tussen de mensen door te kijken. Eindelijk ontdekte hij haar en ondanks zijn boosheid grijnsde hij breeduit en zwaaide naar haar. Naast hem klonk een schrille kreet. Een jonge vrouw in een blauwe japon zakte in elkaar toen ze zag dat het lichaam van haar man naar buiten werd gedragen. Ehuds lach verdween toen hij haar probeerde op te vangen. „Dokter!" riep hij en ging met haar in zijn armen op zijn knieën zitten. „Laat iemand deze vrouw helpen!" Ogenblikkelijk stonden er mensen om haar heen en terwijl een andere jonge vrouw haar over haar hoofd streelde, hield een magere, bezorgd uitziende man reukzout onder haar neus.

Ehud kwam langzaam overeind en keek de stationshal door. Hij hield zijn lippen stijf op elkaar. Zijn ogen waren ontzet over wat hij om zich heen zag. Hij schudde zijn hoofd, pakte Ellies arm en liep met haar naar buiten, naar het besneeuwde trottoir, weg van de tragedie daar binnen.

„Ehud..." begon Ellie. Ze vroeg zich af waar hij vandaan was gekomen en waarom hij in Jeruzalem was.

„Kun je me naar Moshe toebrengen?" vroeg hij zachtjes. „Heb je een auto? Natuurlijk heb je een auto als Moshe je gestuurd heeft om me op te halen."

„Maar Ehud..."

„Goed zo." Diep ademde hij de frisse buitenlucht in. „Gelukkig ben ik nog aan één stuk nu ik je zie. Ik dacht dat niemand die trip zou overleven. Het waren Arabieren. Ze vielen ons vlak voorbij Latrun aan. Waar ze altijd aanvallen, nietwaar. Zoals Jozua ook vanaf de hoogten die over het dal uitkijken aanviel. Nou, we hadden Jozua vandaag best kunnen gebruiken! Vandaag waren het de Arabieren die de zon stil lieten staan. Totdat de zon begon onder te gaan leken de minuten wel te kruipen. En de Britten... Ze hebben moedig voor ons gevochten, anders zou er denk ik niemand meer in leven zijn geweest. Nou, ze hóren ook voor Ehud te vechten. Zij hebben tenslotte mijn dierbare *Maria* vernietigd."

Ellie knikte en glimlachte bij de gedachte aan het kleine schip de *Ave Maria*, het lekke vaartuigje waarom Ehud nog steeds treurde. „Maar we wisten helemaal niet dat je kwam, Ehud." Eindelijk kon ze er een woord tussen krijgen.

„Wat?" riep hij. „Maar we hebben bericht aan Moshe in zijn appartement gestuurd."

„Moshe is bij ons thuis, in Rehavia, geweest."

„Ben je dan niet gekomen om me op te halen? Hoe komt het dan dat je hier bent?"

„Ik heb Rachel naar het station gebracht. Zij gaat naar de Oude Stad toe."

„Rachel? Dat kleine bleke ding dat Moshe uit de zee heeft gered? Die knappe meid?"

„Ja," berispte Ellie. „Die je gebruikte om me af te leiden toen ik op het punt stond om het bij een potje schaak van je te winnen."

„Eh, o ja. Dat herinner ik me. Maar hoe kent ze jou dan?"

„Door Moshe."

„En hoe is ze in Jeruzalem gekomen? Is ze met de bus uit de vluchtelingenkibboets hierheen gekomen?" Hij pakte haar weer bij de arm beet en ze liepen tussen twee ziekenwagens door en staken de weg over naar de auto toe.

„Wel uit kibboets Netanya, maar niet met de bus. Een vriend van mij heeft haar in zijn vliegtuig meegenomen."

„Dat is ook een stuk veiliger dan met de bus, denk ik. Een schip in de lucht, hè? Nou, je zult mij niet nog een keer via Bab el Wad naar Jeruzalem zien komen terwijl de Moefti zijn gif in de Arabieren spuit die langs de weg wonen."

„Met z'n hoevelen waren ze?"

„Honderd misschien. Ik weet het zo niet. Er lag een landmijn. De voorste auto is opgeblazen. Twee Britten dood, geloof ik. De Arabieren riepen 'Yehuda! Yehuda!' en vuurden toen hun wapens door de spleten in de ramen af. We hebben uren vastgezeten, totdat de Britten met meer mannen en meer pantserwagens kwamen. Een paar Haganah-soldaten in het transport gebruikten wapens. Die zijn nu gearresteerd. Iemand die ik niet kende sprong van het transport af terwijl het nog door de buitenwijken van de stad reed en vluchtte weg. De Engelsen hebben hem niet gezien, of voelden er weinig voor om achter hem aan te gaan, wat in hun voordeel spreekt."

„Ehud" – Ellie kreeg een warm gevoel bij het zien van de behaarde, goedhartige zeeman – „ik ben blij dat ik je zie."

„En ik ben vanavond blij dat ik leef, kleintje."

Lijn twee zwoegde langzaam de smalle weg met diepe sporen naar de Sionspoort omhoog. Modder van de banden van de Britse pantserwagen die voorop reed spetterde op het radiatorscherm en de koplampen. Zacht neerdwarrelende sneeuwvlokken smolten op het moment dat de wind ze tegen de zware metalen platen waaide. Het zachte sneeuwen ging over in een flinke hagelbui. De hagel kwam in vlagen naar beneden en roffelde boos op het dak boven hen, ratelend als de uitbarstingen van machinegeweren. Als de wielen door een diepe kuil gingen sijpelde modderwater door de roestige naden op de vloer naar binnen. Moshe had aan Rachel uitgelegd dat de bussen van de Egged-busdienst als de huid van een vreemd, oeroud beest met een harde buitenlaag beschermd waren. Alleen de buik was zacht en onbeschermd. Terwijl haar schoenzolen vochtig werden en de koude nachtlucht om haar enkels floot, begreep ze waarom het wezen waarover hij het had gehad was uitgestorven. „En met ons joden is het precies hetzelfde," had Moshe gezegd. „De wereld beschouwde ons als hard en onbuigzaam. En altijd hebben ze ons aan de haak gehangen, hebben ze ons met de buik naar boven gedraaid en ons gespietst. We mogen onze zwakke plek niet meer aan de wereld laten zien, Rachel, want de volgende keer betekent dat misschien wel het einde."

Zwijgend had ze geknikt, zich volledig bewust van haar eigen wapenrusting en de grote kwetsbaarheid van haar ziel. *Nooit meer, want dat zal het einde zijn*, dacht ze. Ze dacht aan Ellie en Moshe. Ze schenen allebei zoveel om haar te geven. *Geen van beiden zou me met opzet pijn doen, dat weet ik zeker*. Ze was niet bang voor hen, en ook niet voor Yacov en grootvader. *Maar als ik ze nog maar zopas heb weergevonden, waarom wil ik dan zo hard wegrennen?* vroeg ze zich af. Ze keek naar de andere mensen in de bus die ze niet kende en schoof haar eigen wapenrusting weer voor haar hart. In het verleden had vertrouwen haar uitgeleverd, had liefde haar doorboord. *Nooit meer.*

Schreeuwend en vloekend draaide de buschauffeur als een wild jongetje dat doet alsof hij in de stilstaande auto van zijn vader rijdt aan het stuurwiel. Ondanks de ijzige wind die door de kleine raamspleet naast hem waaide, gutste het zweet hem over het gezicht. Voor de honderdste keer ging hij over in een andere versnelling en trapte op de rem toen de achterkant van de bus weer begon te slingeren. Banden draaiden en wielen gierden in de uitsparing voor het wiel vlak voor Rachels stoel en overstemden het gevloek van de buschauffeur. Heel even waagde ze een blik naar buiten naar de zachte berm naast de weg. In het zwakke licht van de koplampen kon je de berm nauwelijks onderscheiden, maar ze wist dat waar de weg ophield de hellingen van de Sionsberg steil naar beneden naar het Hinnomdal liepen. Ze deed haar ogen dicht. Angst kneep haar maag samen. Ze ging met haar gezicht vlak naast de spleet zitten, en liet de natte wind op haar wangen bijten tot ze weer helder kon denken.

Ze herinnerde zich de verhalen die haar vader over het Hinnomdal had verteld. De ouden hadden de plaats Gai Hinnom genoemd, wat een ander woord voor hel was geworden. Als kind had ze onder de gestikte deken alleen al bij de gedachte aan het dal waar „de koningen van Juda kwaad deden in de ogen des Heren" moeten huiveren. Rachel herinnerde zich de gezichten van haar kleine broertjes in het lamplicht, terwijl ze zaten te luisteren naar verhalen over koning Manasse, „die zijn zonen door het vuur deed gaan in het dal Ben-Hinnom." Hun glinsterende ogen hadden zich opengesperd en ze hadden angstig gekeken toen papa de verschrikkelijke God Moloch had beschreven, wiens uitgestrekte armen de offers van kleine kinderen afwachtte om de brullende vlammen in zijn koperen buik te voeden. En terwijl de kinderen door deze god met een stierekop werden verslonden klonk luid tromgeroffel om hun angstkreten te overstemmen. De zonden van Gai Hinnom vormden de oorsprong van het Hebreeuwse woord *gehenom*, een woord dat voor Rachel werkelijk een angstaanjagende hel was geworden als ze de schoorstenen van Auschwitz hun zwart rokende offers in de lucht zag uitbraken.

De eetlust van de antieke god leek klein in vergelijking met die in de nazi-kampen. Kanonnen en starre ontkenning van de rest van de wereld had een tijdlang de noodkreten van zes miljoen onschuldige mensen verborgen, maar Rachel hoorde hun geschreeuw nog steeds in de wind die uit het Hinnomdal omhoog gierde en rond de bus joeg. Ze huiverde en deed haar ogen dicht. Ze probeerde de herinnering aan de onverzadigbare nazi-Moloch buiten te sluiten, die eerst de mensen van wie ze het meest hield had verslonden en daarna haar eigen hart had verorberd terwijl ze zelf aan de kant hulpeloos stond toe te kijken.

De bus slingerde en gleed met een hard, schrapend geluid en een schok tegen de zachte aardwal aan. Drie passagiers vlogen tegen de grond.

„Voorzichtig, Yosi!" schreeuwde de worstelaar tegen een jonge chassidische jood met iets van een baard, die weer omviel toen hij overeind probeerde te krabbelen. „Wil je ons opblazen, man?"

Rachel keek als gebiologeerd toe toen Yosi's zware overjas open viel. Ze zag de drie granaten die gevaarlijk met de pennen over een leren patroongordel waren bevestigd. Boos greep de worstelaar hem bij de voorkant van zijn overhemd beet en trok zijn gezicht naar zich toe.

„Idioot," fluisterde hij. „Wat als er eentje was losgegaan? Welke idioot draagt granaten aan de pin bij zich?"

„Ik – ik wilde voorbereid zijn. Op sluipschutters en zo," stamelde de jonge man.

„Bah! Sluipschutters, in dit weer? Je wil een held zijn. Een granaat gooien, hè?" De worstelaar duwde Yosi in zijn stoel. „Je zult ons eerder opblazen. Deze zijn om te verbergen en de Oude Stad in te brengen, halve gare!"

„Ik dacht misschien als er sluipschutters waren..." probeerde hij hulpeloos uit te leggen.

„Bah!" sputterde de worstelaar.

Yosi hield zijn kostbare vrachtje stevig onder zijn jas vast. Met afstandelijke belangstelling keek Rachel naar zijn bleke, benauwde gezicht. Fragiel en stijf, waarschijnlijk nog niet eens achttien, zag hij er niet uit alsof hij iets had moeten dragen dat zwaarder was dan de Torah. Daarom was hij misschien ook wel uitgekozen om wapens te smokkelen. Hij zag er lijdend uit. Deze jood der joden had vast geen wapens bij zich; een Yesjivaleerling, een jood. *Kwam hij uit de kampen?* vroeg Rachel zich af. *En als dat zo was, hoe was hij dan in leven gebleven?* Hoeveel jongens, precies zo als deze jongen, waren al op het perron doodgeschoten, nog voor de dodentreinen zich vulden? Gevoelig, idealistisch, jong genoeg om nog steeds te hopen, hadden ze het gewaagd om hun overmeesteraars met een blik, een gemompeld oneerbiedig woord uit te dagen. En dus moesten ze sterven; ogenblikkelijk of langzaam, werden ze in de Uiteindelijke Oplossing weggewist. Rachel staarde naar Yosi's handen die hij tegen zijn middel gedrukt hield alsof de ontdekking van zijn diepste verlangen hem pijn deed. *Je kunt het ze niet betaald zetten, Yosi,* dacht ze. *Je kunt het ze nooit betaald zetten.*

Langzaam ging de bus door een scherpe bocht en boven het lawaai uit schreeuwde de buschauffeur opeens: „Allemaal achterin de bus! Iedereen naar achteren over de achteras heen! We hebben achterin meer gewicht nodig! Vlug een beetje!"

Terwijl het klimmen een glibberig omhoogkruipen werd, wankelden elf van de twaalf chassidische joden naar de plek toe waar Rachel zat. Yosi bleef zitten waar hij zat. Zwijgend staarde hij naar de lege stoelen voor zich. Zich aan de stoelen en aan elkaar vastgrijpend, struikelden de mannen naar de laatste rijen voorbij de achteras toe. Rachel hield haar boodschappentas tegen zich aan gedrukt en schoof zover ze kon de andere kant op. Zwaar leunde ze tegen de koude, metalen wand toen de worstelaar zich naast haar wurmde. Hij keek haar van opzij aan, heel even nieuwsgierig naar de enige vrouwelijke passagier in de bus. Toen volgden zijn ogen haar blik naar Yosi.

„Yosi!" schreeuwde hij terwijl de andere leden van de groep een plekje zochten. „Idioot! Kom hierheen!"

Even leek het of de jonge man hem niet hoorde.

„Yosi!" riep de worstelaar weer. „Ben je doof, man?"

Terwijl Yosi opstond en zorgvuldig het glibberige gangpad afliep, riep een andere, veel oudere man: „Nou, wanneer we bij de Sionspoort aankomen mogen we wel een dronk op de chauffeur uitbrengen! Dat hij zijn vrouw en kind in levenden lijve mag weerzien, Amen!" zei hij lachend.

„Amen," herhaalde het groepje mensen.

„Amen," herhaalde de buschauffeur grimmig.

Yosi hield de granaten stevig tegen zich aan gedrukt terwijl de bus zwaaiend en schokkend tegen de heuvel opging. Hij hield zijn ogen neergeslagen en zei niets toen de anderen „amen" zeiden.

Rachel voelde opeens wrevel voor de grote, zware man naast haar. *Hij heeft hem vernederd en had er nog plezier in ook,* dacht ze.

Opeens uitte de chauffeur een gesmoorde kreet. Een griezelig helle lichtflits kwam door de voorruit naar binnen. Wanhopig draaide hij aan het stuurwiel. De hele bus schokte in een hevige, dronken, vertraagde slip. De worstelaar viel tegen Rachel aan en Yosi schreeuwde het uit en viel voorover. Door de kracht van zijn val schokte een granaat vrij van de pin.

Heel even zag Rachel zijn hand naar de bol met uitsteeksels zoeken. Angst en wanhoop stonden op zijn gezicht te lezen. Toen, terwijl er weer, en nog eens, lichtflitsen verschenen, vloog de granaat uit zijn handen en kwam met een harde bons pal voor het groepje chassidiem terecht. „Granaat!" schreeuwde Yosi en krabbelde er naar toe.

„Mijn hemel! Lieve God!" Luide kreten echoden door de rondspinnende bus.

Precies op het moment dat de bus op twee wielen terechtkwam en een gevaarlijke slingerbeweging begon te maken, zoals het eeuwenoude, gewonde beest uit Moshes verhalen, pakte Yosi de granaat die op scherp stond op. Boven het misselijkmakend gekraak van buigend metaal hoorde Rachel Yosi's kreten toen hij de granaat tegen zich aan drukte. De harde klap van de explosie verbrijzelde het stalen chassis van de bus onder hem.

20
Gai Hinnom

Toen de sneeuw in regen overging, viste Ellie oom Howards regenjas onder de stoelzitting vandaan en trok hem aan.

„Het duurt wel eventjes, Ehud," waarschuwde ze terwijl ze naar het helder verlichte gebouw keek waar de *Palestine Post* in huisde. „Ik moet twee filmrolletjes ontwikkelen. Je kunt beter mee naar binnen gaan."

De kapitein fronste zijn voorhoofd en snoof. „Hebben ze daar koffie?"

„Ja, wat dacht je. En onder het wachten kun je de krant lezen."

„Vanavond kan ík het nieuws schrijven," zei hij zuur.

Ellie sprong de auto uit en rende de paar traptreden op, de bekende hal van de *Post* in. Ehud kwam achter haar aan sjokken en stampte hard met zijn voeten op de tegelvloer in de hal.

„Ellie!" riep de stevige receptioniste. „We probeerden net je te bereiken. De telefoon doet het nergens meer. Morrie kon Dieter ook niet krijgen. Er is iets verschrikkelijks gebeurd. We hebben een fotograaf nodig."

„Ik heb het verhaal al." Ellie hield twee rolletjes film op. „Ik moet ze alleen nog ontwikkelen. Ik ben praktisch door mijn papier heen."

„Heb je het echt?" vroeg de vrouw ongelovig.

„Ja, hier is het. In ieder geval wat er in het busstation is gebeurd. En als je iemand wilt hebben die het hele verhaal kent–" Ze draaide zich om naar Ehud. „Kom hier, Ehud. Haal Morrie erbij. Ehud zat in het konvooi zelf."

„Jazeker." Ehud stapte naar voren. „Maar geef me eerst maar eens een bakje koffie, dan zal ik u daarna alle gruwelijke details vertellen. Te land is er geen enkele plek veilig, weet u. Dus die Arabieren zeggen dat ze ons tot in de zee zullen opdrijven en ik zeg nou, laat ze maar! Laat ze maar! Want op het land ben je nergens veilig."

De receptioniste wist niet precies wat ze ervan moest denken, en liep vlug weg om de koffie te halen. Uit een kantoor achterin de hal kwam Morrie Rudnick, de redacteur, te voorschijn en stak zijn hand naar Ellie uit. „Dus je hebt het verhaal al? Nou, je bent een goeie, hoor. Altijd op het juiste tijdstip op de verkeerde plaats. Pas maar op dat ze jou op een goede dag niet neerschieten. Alleen voor het plaatje."

„Ik wil er een paar voor *Life* reserveren, maar omdat dit de reddingslijn van Jeruzalem aangaat, vond ik dat ik ze eerst aan jou moest laten zien."

„En ik was je juist aan het bellen om voor Dieter in te vallen. We hoorden het nog maar zopas op de kortegolf." Hij hield de deur wijd open voor Ehud en Ellie. Ehud pakte de koffie van de nog steeds onzeker kijkende receptioniste aan.

„Nog maar net?" bulderde Ehud. Hij voelde zich nu belangrijk. „Het duurde de hele dag, man. De Arabieren vielen vlak voorbij Latrun aan. Zoals Jozua vanachter de bergkammen. Alleen leek het of zij de zon stil deden staan..."

Morrie bleef ter plekke staan en draaide zich om. De opwinding verdween van zijn gezicht. „Latrun zegt u? Latrun?"

„Ja. Ze bleven maar aanvallen totdat de Britten–"

„Ik heb foto's van de aankomst van het konvooi op het busstation, Morrie," legde Ellie uit.

„Jullie hebben het over het konvooi van Tel Aviv naar Jeruzalem?"

„Ja, wat dacht je anders." Ellie glimlach verdween.

„Dat vroeg ik me af." Morrie kneep zijn mond dicht. „Vandaag was het geen beste dag voor het joodse vervoer. We hebben al uren geleden over de aanval op het transport uit Tel Aviv gehoord, Ellie."

„Wat is er dan–"

„Lijn twee. De bus naar de Sionspoort. Er is een afschuwelijk ongeluk gebeurd. Op de kortegolfradio zeiden de Britten dat er waarschijnlijk geen overlevenden zullen zijn."

Al twintig minuten geleden hadden Luke Thomas en zijn mannen vanuit hun ijzig koude wachtpost bij de Sionspoort de kleine lichten van Lijn twee en de pantserwagens zien aankomen, tegen de helling opkruipend. De mannen vloekten toen de verzengende lichtflits van Gerhardts landmijn de weg tussen de voorste pantserwagen en de voorthotsende bus openscheurde. Toen Luke met vier anderen naar zijn pantserwagen rende, hoorde hij boven de neervallende hagel het zwakke geratel van lichte mitrailleurs.

Nu stond Luke naast de zwaar beschadigde bus. Verbijsterd door wat hij zag wreef hij over zijn voorhoofd. De voorkant van de bus stond enigszins schuin op de weg. De achterkant hing gevaarlijk over de rand van de aardwal heen. In de onderkant van de bus zat een gapend gat en toen Luke met een zaklantaren naar binnen scheen, zag hij de verwrongen lichamen van twee mannen als ledepoppen liggen. Bij elke windvlaag kreunde de bus en zwaaide boven het dal heen en weer.

„Ik kon niets meer doen," zei de buschauffeur handenwringend. Hij liep achter Luke aan die zijn mannen bevelen gaf. „Ik probeerde de landmijn te ontwijken, begrijpt u."

Luke zette een bedenkelijk gezicht toen kluiten modder van de aardwal afbraken en weggleden. De bus kreunde en verschoof een beetje. „Trek hem weg, mannen!" riep hij. Zijn mannen wonden kabel van de lier van hun jeeps af en keken waar ze die het beste aan de bus konden vastmaken.

„Kap'tein, als hij wegglijdt neemt hij de auto's mee!" riep sergeant Ham terwijl hij om het gapende gat dat de mijn had gemaakt heenklauterde.

„Waar wachten jullie op?" klonk boos een mannenstem uit de bus. Als een wipwap die te zwaar was kreunde de achterkant van de bus weer en zwaaide heen en weer. Luke zag het voorwiel langzaam omhoog gaan en het chassis begon knarsend naar de vergetelheid te schuiven.

„We houden het niet, kap'tein!" riep Ham.

De wind kreunde als het gezucht van duizend doden. Er voer een koude rilling door Luke toen hij zag hoe strak de kabels zich spanden.

„Hij trekt de auto's mee, kap'tein!" riep een jonge soldaat en krabbelde weg uit de glibberige, kronkelige slip van de bus. Twee andere soldaten sprongen uit de auto's en maakten dat ze in veiligheid kwamen.

Lieve God! dacht Luke. *Er zitten nog mensen in!* Hun angstige geschreeuw weerklonk in zijn oren; zonder nadenken vloog hij naar zijn pantserwagen. Even over zijn schouder kijkend naar het schuivende beest dat vastbesloten leek zichzelf te vernietigen, schoof Luke het donker van zijn auto binnen en startte met een brullend geluid de motor. Hij voelde hoe hij naar achteren werd getrokken toen hij in de versnelling ging en de motor sneller liet lopen. Modder van de banden spatte de mannen die hulpeloos aan de kant stonden onder. Na een korte aarzeling riep sergeant Ham: „Ik doe mee, kap'tein!" en hij struikelde naar de tweede auto om hetzelfde te doen wat Luke deed. Nu beide wagens trokken bleef de bus even op zijn plaats. „Kom op, kerels," mompelde Luke, die zijn post nu niet kon verlaten. „Maak nog een kabel vast. Maak hem aan dat rotsblok vast."

Even bewoog er niemand; toen, alsof ze de gefluisterde bevelen van hun moedige kapitein hadden gehoord, liepen drie mannen uit de modderige zijlijn vandaan en maakten met bevroren vingers eerst één, daarna nog een kabel aan de bus vast. Er waren nog maar een paar minuten verlopen sinds Luke naar zijn pantserwagen was gerend, maar het leken wel uren.

Luke keek op in het blije gezicht van Smiley Hitchcock die breed lachend op hem neerkeek. „Stap maar uit, kap'tein," zei hij. „Het rotsblok houdt hem, maar ik weet niet voor hoe lang. En het zou me niets verbazen als de hele achterkant nog afbreekt ook. Die bus ziet er niet al te stevig uit, sir, en die Jidden daarbinnen beginnen te protesteren dat ze naar buiten willen!"

Naast Rachel lag een man in een plas bloed. Hij kreunde hard en onophoudelijk, in vlagen, als de wind. Gedeeltelijk onder het zware gewicht van de worstelaar en gedeeltelijk onder het gewicht van een andere man zat Rachel in een heel vervelende houding, maar tot haar grote verbazing was ze niet gewond. Nog maar net geleden, toen de zware man probeerde zijn gewicht van haar weg te nemen, was hun compleet vernietigde bus begonnen te kreunen en zwaaide nu heen en weer. Angstkreten weerklonken tegen de metalen wanden. Met uitzondering van de ongelukkige Yosi scheen iedereen in de bus nog in leven te zijn. De worstelaar, die een bloedende snee in zijn voorhoofd had, had met moeite appel gehouden. Zwak klonken alle namen, met een opmerking of soms het zinnetje „hij ademt nog, goddank," of „ik zag dat hij zich verroerde."

Vier mannen waren bewusteloos. Eén zat geluidloos te huilen terwijl hij zijn handen over zijn bloedende oren hield. Twee anderen schreeuwden het bij de minste beweging uit en nog een ander zei dat zijn been waarschijnlijk verbrijzeld was, maar dat hij geen pijn had. Behalve Rachel schenen er slechts drie andere mensen niet gewond te zijn en helder te kunnen denken. Voor hen was de realiteit van de afgrond onder zich misschien wel het meest beangstigend.

„Laat me sterven!" riep de man die het dichtst bij Yosi was geweest toen de granaat was ontploft. Hij wiegde zijn hoofd in zijn handen heen en weer.

„Kop dicht, Amos!" barstte de worstelaar los. „Je verzoekt God als je zo bidt."

„Laat me sterven," herhaalde Amos.

„Hij kan je niet horen," riep een stem. „Zijn trommelvliezen zijn gebarsten."

„Luister niet naar hem, God," riep de worstelaar hard. „Hier spreekt Chaim. Luister niet naar Amos!"

Rachel voelde een onweerstaanbare drang om te grinniken om deze reus van een kerel die naast haar in het duister riep. Het hoopje mens naast haar kreunde nog eens en ze probeerde haar oren dicht te stoppen. *Luister niet naar Amos, God,* dacht ze. *Hij heeft alleen maar pijn en de dood lijkt genadig voor hen die pijn lijden.* Hoeveel keer had ze zelf niet gebeden om te sterven? En al die keren had de hemel met een doodse stilte geantwoord. Maar vanavond wist ze dat haar eigen gebed van pijn eindelijk misschien wel verhoord zou worden. Misschien zou het niet lang meer duren.

De kleine man, wiens bril al lang door het gat onder hem was verdwenen, probeerde de grote, zware man gerust te stellen. „Je maakt je zorgen om een gebed van Amos?" vroeg hij met humor in zijn stem. „Amos bidt om rijkdom, maar hij is arm. Hij bidt om een vrouw; niemand wil hem hebben. Hij bidt om naar Amerika te mogen; en hier zit hij, in Jeruzalem. Wees gerust, Chaim. Als Amos bidt om te sterven, blijf dan dicht bij hem in de buurt. Hij is de eerste die wordt gered."

„Heet u Chaim?" vroeg Rachel.

De worstelaar gromde een antwoord.

„Chaim. Leven. Dat is een goede naam voor vanavond–"

„En wanneer we vrij zijn," viel de kleine man in de rede, „drinken we op Chaim! Op het leven!"

„Kop dicht. Wil je het boze oog soms in verleiding brengen?" riep Chaim.

„God heeft me niet zover gebracht om hier te sterven," zei het kleine mannetje.

„Dan moet je God maar vertellen dat Hij de bus vleugels geeft," zei de worstelaar.

„Chaim," vermaande de kleine man. „Je weet toch wel beter! Als God had gewild dat bussen vlogen..."

Tot Rachels verbazing antwoordde de dikke man met een luid gegrinnik. Langzaam ademde hij in en gaf een diepe zucht. „Nou, waar wachten ze daar buiten op? Op Winston Churchill soms?" zei hij.

Een lichtschijn doorboorde het duister en een vreemd opgewekte, Britse stem riep: „Oké, luitjes, nog even en we hebben jullie eruit. Het spijt me voor het ongemak, maar we proberen even ervoor te zorgen dat de bus niet naar beneden tuimelt."

„Zie je wel, Chaim. Het is bijna Winston Churchill. Dus hou nou maar op met je geleuter," zei de kleine man.

Rachel vroeg zich af wat voor angst achter zijn eigen opmerkelijke zelfbeheersing school. Zij kon wel lachen en huilen tegelijk, en ze wilde het gewicht van de gewonden wel van zich wegduwen, zich niet bekommerend om het gevaar voor de bus. *Paniek. Dit heb ik al eens meegemaakt. In de veewagens, toen ze ons als haringen in een ton inpakten.* Op hun reis van twee dagen naar de kampen waren de mensen die oud en zwak waren op de plek waar ze stonden doodgegaan. En toen Rachel dacht dat ze in het gedrang gek werd, had haar moeder haar gekalmeerd. *„Nog even, Rachel, kindje. We krijgen zometeen water, hebben ze beloofd.”* Maar het water was pas aan het eind gekomen. En daarna had de belofte van water en brood na een douche de duizenden in de gaskamers gelokt. En nog geen twee uur nadat ze uit de trein waren gestapt was hun reis in de crematoria geëindigd.

„Ik heb dorst,” zei Rachel opeens.

„Doe je mond dan open,” gromde de worstelaar. „God is niet zuinig geweest met de zegen van water.”

Verbouwereerd hield Rachel het kommetje van haar hand onder een straaltje water dat door een rafelige spleet in het plaatwerk van de bus naar binnen stroomde. Ze bracht haar hand naar haar mond en nipte van het ijzige vocht alsof ze de dorst van haar herinneringen wilde lessen.

„Maar mama,” had ze gehuild, *„ik wil met jou mee.”* Ze had zich naar de bewaker omgedraaid en gesmeekt of ze alsjeblieft met haar moeder mee mocht.

„Wil je een beetje water, kind?” gromde hij. *„Heb je dorst? Kom hierheen!”* had hij bevolen. Toen liep hij naar achteren en nam een opscheplepel vol water uit een grote metalen ton op het perron. Haar tong lag gezwollen in haar mond en ze kon niet meer slikken.

„Ik wil met mama mee,” had ze weer geroepen en haar moeder om haar middel vastgegrepen.

„Dat mag je ook,” zei hij, nu iets zachter. *„Vrouw, zeg haar dat ze hier moet komen,”* gaf hij opdracht aan Rachels moeder.

Rachel had vragend in haar moeders opgejaagde ogen gekeken. *Het is maar een beetje water,* schenen ze te zeggen. Maar haar moeder had niets gezegd. Langzaam had Rachel haar losgelaten en zich naar de bewaker omgedraaid, die lachend een druipende beker water in zijn hand ophield.

„Zie je wel, meisje,” zei hij toen ze temidden van de zich opdringende mensen die uit de trein wankelden stond te drinken. *„Het is gewoon water.”* Hij had nog twee keer water voor haar gepakt. Maar toen ze nog een keer een beker water pakte om aan haar moeder te geven, bleek haar moeder, toen ze zich omdraaide, te zijn ver-

dwenen. Ze was alleen tussen de bange en de beestachtige mensen die hun rol die middag op het perron vervulden. Ze had haar moeder nooit meer teruggezien.

God, laat me doodgaan, had ze gedacht. *Laat me alsjeblieft doodgaan.* Maar ze was blijven leven.

Rachel herkende de rustige stem van kapitein Luke Thomas. „Jullie zitten nu veilig vastgehaakt, maar even goed is het belangrijk dat er zo weinig mogelijk beweging is. We laten een draagriem aan een touw zakken." Rachel keek toe terwijl hij het touw over het kapotte gangpad naar hen toeschoof. „Vrouwen en gewonden het eerst," gaf hij opdracht.

„Ik kan niet," riep Rachel naar hem terug. „Ik zit helemaal achterin en er moeten eerst een paar anderen uit." Er klonk een paniek in haar stem door waarvan ze zich niet bewust was geweest.

„Goed," zei hij kalm en geruststellend. „Dan komt u zodra het kan. Alles komt in orde, juffrouw Lubetkin."

„Kent hij u?" vroeg de kleine man.

„Hij is een vriend. Hij heeft mijn grootvader, die rabbijn in de Oude Stad is, geholpen," antwoordde Rachel verdedigend.

„En hoe heet u verder?" vroeg het mannetje onschuldig.

„Rachel," antwoordde ze en trok haar wapenrusting dichter om zich heen.

„Ik heet Dov." Hij beantwoordde een vraag die niet was gesteld. „Als mensen zo intiem zijn dat ze misschien met elkaar gaan sterven, mogen ze ook wel elkaars naam weten, vindt u niet?"

Dov leek een gekke naam voor zo'n klein mannetje – in het Hebreeuws betekent het „beer". Opeens schoot zijn moed toen hij vlak bij de Britse soldaten een slok water ging halen Rachel weer in gedachten. *Misschien is Dov voor iemand die zoveel moed heeft toch wel een goede naam,* dacht ze. „Ik dacht altijd dat namen er weinig toe deden als je dood was," antwoordde ze.

„Nou, dan moeten we er misschien voor zorgen dat we niet doodgaan." Hij pakte het touw beet en werkte de draagriem voorzichtig onder de oksels van een man die bewusteloos naast hem lag. „Er zijn nog elf anderen hier achterin," riep hij. „Waar wacht je op, Winston Churchill?"

De wind gierde door de opengereten buik van de bus terwijl gewonde en bewusteloze passagiers een voor een naar buiten schoven. Rachel kneep haar ogen stijf dicht toen kreten van pijn in de ijzeren ruimte weerklonken. Toen het gewicht bij hen vandaan werd getrokken, leek het of de achterkant van de bus nog heviger zwaaide en nog harder kreunde. De hagel die op hen neerviel ratelde nog harder neer. Rachel wist nog niet zo zeker of God haar niet hier had gebracht om te sterven. Haar leven was ten slotte nogal zinloos geweest; waarom zou het dan ook geen zinloze dood worden?

Amos hield het touw met zijn ene hand vastgeklemd, met zijn andere hield hij zijn oor beet terwijl hij in veiligheid werd getrokken.

„Zie je wel, Chaim," zei Dov. „Als je wilt leven, laat Amos dan maar aan God vragen of hij ons allemaal ombrengt!"

Er zaten nu nog vier van de niet-gewonde passagiers in de bus. De worstelaar schoof weg van Rachel en Dov reikte haar de draagriem aan. „Vrouwen eerst, nietwaar," zei hij.

„U zit voor me. Het is gemakkelijker..."

Onhandig schoof Dov de draagriem over haar hoofd heen. „Verhoort God uw gebeden?" vroeg hij half glimlachend.

„Nee," antwoordde Rachel.

„Nou, bid dan maar dat we doodgaan. Dan zal God vast zeggen: 'Dat is Rachel daar. Luister maar niet naar haar.' "

Ze hapte naar adem toen ze met een ruk aan het touw over de kapotte stoelen en gapende bodem van de bus werd heengetrokken. Onder zich zag ze het naakte gezicht van Gai Hinnom en voelde ze de gure wind die haar naar het dal wilde meetrekken.

Het laatste stukje naar de uitgang van de bus kroop ze. Lampen en fel licht verblindden haar bijna. Ze keek in het grimmige gezicht van Luke. Hij knikte even en ging toen verder met de taak om de drie mannen die nog in het nu hachelijk zwaaiende voertuig vastzaten te bevrijden.

„Een van de kabels begeeft het bijna, kap'tein," riep een klein sergeantje.

„Dan maak je er nog één vast!" snauwde Luke met een voor hem ongewone ergernis. „Laat een van jullie juffrouw Lubetkin naar een droog plekje brengen. In mijn auto ligt wel een deken voor haar."

Met knikkende knieën leunde ze tegen een soldaat zonder gezicht aan. Hij bracht haar naar een pantserwagen toe. Ze nipte hete koffie uit een thermosfles en keek hoe een ambulance met een escorte de helling afreed, naar het Hadassah-ziekenhuis toe. Toen op het laatst Chaim, Dov en een oudere, geleerd uitziende man op een kluitje bij elkaar op vaste grond stonden, stapte Rachel uit en liep langzaam naar de lichtplek waar de mannen op fluistertoon met Luke stonden te praten.

„Met mij komt het wel in orde," zei Chaim en depte zijn voorhoofd. „Het is niet Gods wil dat we zover komen en het dan niet kunnen..."

„En wat de gewonden betreft," voegde Dov er ernstig aan toe,

„dat was niet de opzet. Maar ik kan niet terug."

„Hier hoor ik thuis," zei de oudere man. „Ik ga niet terug omdat we de pech hadden dat we op een landmijn terechtkwamen. Mij hebben ze ook nodig."

Rachel stapte de lichtkring binnen. „Ik wil ook niet terug, kapitein Thomas. Ik weet nog niet hoe, maar ik ben te ver gekomen om het zo te laten eindigen. Ik moet een boodschap afleveren. Voor mijn grootvader."

Hoog bovenop de brede muur van de Oude Stad stond Gerhardt kalm onder de paraplu van Britse makelij, die door een huiverende Jihad Moqhade werd opgehouden. Hij hield de veldkijker voor zijn ogen en stelde hem scherp op de vier Engelsen onder het wrak van Lijn twee. Hij moest bijna om de uitdrukking op hun gezicht lachen toen ze de slappe lichamen van de deserteur en de verminkte jood in zakken deden. Maar hij gaf de veldkijker door aan Ram Kadar.

„Hij was toch alleen maar Engels uitschot," zei hij terwijl hij Kadar aanwees waar het lichaam lag. „De joden zullen nu zeggen dat de Engelsen de landmijn hebben geplaatst, en de Engelsen zullen zeggen dat de joden de Engelse deserteur gedood hebben."

„Nu Hadj Amin in Cairo is, kan dat ook maar beter zo blijven. Niemand zal morgen zeggen dat onze strijdkrachten er ook maar iets mee te maken hebben gehad. Dat was goed werk, Gerhardt. Hadj Amin, de Moefti, zal je er rijkelijk voor belonen." Kadar tuurde naar het wrak onder zich.

„Ik heb mannen nodig. Moedige mannen die ik kan trainen."

„Mannen kun je hier wel vinden. Dat zal Hadj Amin je niet ontzeggen."

„En geld. Voor de soukhs van Damascus, waar je alles kunt vinden om ongedierte uit te delgen."

„Je weet heel goed dat ik het niet helemaal met je methoden eens ben. Maar als dit" – en Kadar maakte een breed gebaar – „de stroom mannen naar de Oude Stad tegenhoudt, dan zal ik een goed woordje bij Hadj Amin voor je doen. Kun je mannen leren hoe ze met explosieven moeten omgaan?"

„Zo goed als ieder ander in de SS."

Kadar glimlachte vaag en gaf de veldkijker aan Gerhardt terug. „De mannen van de Führer hebben de oorlog verloren. Daarom zitten we met dit probleem. Misschien moet je je mannen als moslim trainen en niet als Duitser."

Gerhardt keek Kadar met vonkende ogen aan en spoog toen boos op de stenen onder zijn voeten. „Mijn vader was Duitser, maar mijn moeder heeft me in de voetsporen van de profeet grootgebracht. Je denkt kennelijk min over me, maar ik zeg je, ik had mijn eerste jood al gedood voordat Hitler kanselier werd. In dienst van de Moefti en in dienst van Allah, heb ik hier, in de straten van de Oude Stad, voor het eerst gedood."

Kil nam Kadar de boze jongeman naast zich op. Gerhardts ijzig blauwe ogen brandden in het duister en zijn mond vertrok van haat. Kadar mocht de halfbloed gunsteling niet, maar je kon niet tegenspreken dat hij succes had. Ben Yehuda-straat was met de grond gelijk gemaakt, en door heel de stad heen leefden de joden in angst en beven. „Ja, hier in de Oude Stad heb je voor het eerst gedood. Maar je hebt toch ook een Duitse officier om een joods meisje om zeep geholpen? En daarvoor heb je als straf vijf maanden in een concentratiekamp gezeten. Het is dat de Moefti een beroep op de Führer heeft gedaan, anders zou je met diezelfde mensen die je nu vernietigt in de gaskamers zijn omgekomen. Ik heb dat altijd een interessante wending gevonden, Gerhardt."

„Het meisje was een hoer. Alleen maar een hoer!" schreeuwde Gerhardt. „En de idioot die ik heb gedood wilde haar voor zichzelf houden. Ze waren er voor het plezier van ons allemaal. Hij was een egoïst. Hij verdiende niet beter. Ik voelde niets voor die vrouw. Ik kan een joodse vrouw net zo gemakkelijk als een man doden. En dat heb ik ook gedaan."

„En dat heb je ook gedaan," zuchtte Kadar. „En dat zal je ongetwijfeld weer doen. Ik zal je morgen bij de Moefti aanbevelen en hem vertellen wat je vraagt. Hij is zelfs bezig de financiën in orde te maken voor het soort *activiteiten* als van jou."

„En mannen. Zeg hem dat ik mannen nodig heb. Een eigen commandogroep. Onder mijn bevel. Zeg hem dat wanneer je hem ziet."

Kadar maakte een lichte buiging. „Salaam. Moge Allahs zegen je in onze strijd vergezellen."

„Salaam." Gerhardt boog kortaf en keek toen weer naar het tafereel daar beneden op de helling. Kadar liep de trappen af en verdween in het donker van de Arabische wijk.

Gerhardt richtte zijn kijker weer op de koortsachtig werkende Engelse soldaten. Als hij een geweer had, kon hij er met gemak een paar neerschieten, wist hij. Maar de Moefti had bevel gegeven dat zijn mannen niet de vijandigheid van de Britten mochten opwekken. *Laten de joodse terroristen dat maar doen.*

Een voor een werden de gewonde chassidiem in de gereedstaande vrachtwagens gelegd. Ondanks het feit dat hij de mijn een fractie van een seconde te vroeg had laten ontploffen, zodat hij de bus niet helemaal had vernietigd, vond Gerhardt dat hij een prestatie had verricht terwijl hij zo het tafereel overzag. Hij richtte zijn blik op de drie chassidiem die met de lange Engelse kapitein stonden te praten die hij zo vaak in de straten van de Oude Stad was tegengekomen. De dikke jood depte zijn bloedende voorhoofd terwijl het kleine mannetje het woord voerde. De oudere man zag eruit als een rabbijn. *Vannacht heeft het ongedierte een rabbijn nodig,* dacht Gerhardt. En bijna buiten de groep stond een vrouw met haar rug naar hem toe. Hij zag alleen maar haar handen, teer en blank in het felle licht. Haar haren hingen in vochtige pieken naar beneden en ze knikte terwijl de anderen praatten. *Draai je om,* fluisterde Gerhardt. Hij richtte zijn kijker weer op haar en bleef een hele tijd kijken. Toen, op het moment dat hij het wilde opgeven, draaide ze zich om en zag hij haar profiel. *Jong. Deze jodin is jong en knap,* dacht hij. *Haar huid lijkt zo zacht als de borst van een duif.* Toen de vrouw uit de lichtcirkel stapte liet Gerhardt zijn kijker zakken. Hij draaide zich om en raakte het brandmerk van Ravensbrück op zijn onderarm aan toen hij zich het gezicht van de joodse hoer om wie hij had gedood voor de geest haalde.

21
Rachels keuze

Toen twee ambulances en een legervrachtwagen snel, maar voorzichtig van de gladde helling af hun richting opkwamen, ging Ellie helemaal rechts van de weg rijden. De rode zwaailichten verlichtten blikkerend de rotsen en de kale bodem aan weerskanten van de weg. Ellie voelde afgrijzen toen de auto's hen op een haarbreed na passeerden. Ze draaide haar zijraampje naar beneden en riep naar de chauffeur van de eerste ambulance: „Hebt u een gewonde vrouw bij u?" De man stopte niet en reageerde niet, en terwijl de hagel op de auto neerratelde, sloeg ze in frustratie haar vuist op het stuur. *„Rachel,"* zuchtte ze en in het woord klonk al haar verdriet door. *Lieve God...* Haar gebed bleef onuitgesproken en vol verdriet.

„In dit weer komen we niet boven, juffrouw," snoof Ehud en deed zijn portier open. „Kom. We moeten verder lopen. Of bent u bang?"

Ellie pakte haar laarzen van de achterbank en trok ze aan. De hagel negerend schoot ze oom Howards regenjas aan en zette de regenkap op. Ze zette een stap in de sneeuwbrij. Haar fototoestel had ze veilig onder haar regenjas; zelfs toen de scherpe hagel op haar wangen prikte, wenste Ellie dat ze de opdracht niet had aangenomen. „Ik had meteen naar het Hadassah moeten rijden!" schreeuwde ze tegen Ehud die een paar stappen voor haar uit ploeterde. Ehud bleef staan en staarde naar de verwrongen bus en de auto's die te hulp waren gekomen eromheen. Al vanaf een afstand van vijftig meter kon je het gerafelde gat in de bodem zien.

„Wat heeft een ziekenhuis bij zoiets voor zin?" zei hij bitter. „Wie kan zo'n ontploffing overleven?"

Ver beneden de bus, in het licht van de bermlampen, legden soldaten in canvas gewikkelde lichamen op brancards en sleepten ze een stukje de heuvel af waar een andere bestelwagen stond te wachten.

Op de grens van het duister zag Ellie doorweekte soldaten waakzaam met hun stenguns in de aanslag staan. Het duizelde haar van de beelden van de dood die ze had gezien sinds ze naar Palestina was gekomen. Rachel, fluisterde ze weer terwijl ze bleef staan. Ze staarde naar de bus. Doelloos liet ze haar handen langs haar lichaam vallen. Met de zekerheid over het lot van haar vriendin beet ze op haar onderlip.

„Wil je deze waanzin nog verder doorvoeren?" vroeg Ehud, „of gaan we nu naar het huis van je oom en naar Moshe?"

„Ik móet het weten." Ellie zwoegde tegen de wind in en dwong zichzelf die laatste paar meters verder naar de plek waar een modderige, jonge soldaat in het lege duister stond te turen.

„Halt!" riep hij bij hun nadering.

„Ik ben Ellie Warne," stamelde ze. „Ik ben fotografe. Weekblad *Life* en de *Palestine Post.*"

„Identificatie."

Ellie frommelde in haar zak naar haar perskaart. „Zo, van *Life*, hè?" De houding van de jongeman veranderde ogenblikkelijk van houding. „Wilt u een foto van me hebben?"

„Hoeveel doden waren er?" vroeg Ellie.

„Ik weet het niet zeker. Ze hebben daar beneden een paar lichamen opgeraapt. Niet bepaald een leuk karwei, als je het mij vraagt. Ik sta liever dag en nacht in dit soort weer –"

„Was er een vrouw bij?"

„Geen idee. Ze hebben al een vrachtje weggebracht, dat weet ik wel. Wilt u geen foto van me, juffrouw? Soldaat op wacht?" Hij zag de boos kijkende, omvangrijke gestalte van Ehud die een lelijk gezicht trok en de Brit dreigend aankeek. „En wie mag dit zijn?"

„Hij hoort bij mij." Ellie greep Ehuds arm beet en liep de soldaat voorbij.

„U neemt wel risico's juffrouw," riep de soldaat hen na. „Je weet niet hoeveel er nog zitten. Zeker weten dat u geen foto van me wilt?"

Een nieuwe golf van paniek scheen Ellie naar het wrak toe te trekken. Kabels die net naaigaren leken, zo breekbaar, hielden de reusachtige brok metaal op de rand van de aardwal tegen. Ellie zocht onder de mannen die doelgericht hun gang gingen koortsachtig naar een bekend gezicht. „Hebben jullie kapitein Luke Thomas gezien?" vroeg Ellie aan een man van middelbare leeftijd die er volledig in beslag genomen uitzag.

„Jazeker. Hij staat aan de andere kant van de bus."

Ellie trok aan Ehuds mouw en spetterde door de modder naar de voorkant van de bus. Vlug dook ze onder de kabels door en riep naar de grimmig kijkende kapitein: „Luke! Luke Thomas!"

Hij draaide zich van het groepje mannen waarmee hij stond te praten om en hield zijn hand voor zijn ogen tegen het felle licht van de koplampen. „Ellie Warne!" riep hij. „Weet je oom wel dat je hier middenin de nacht in zulk hondeweer bent?"

„Rachel!" riep Ellie. Opeens zag ze haar vriendin en vloog de kapitein voorbij, recht in de armen van haar vriendin. „O Rachel! Is alles goed met je? Ik ben doodongerust geweest. We hoorden op de *Post* dat er een ongeluk was gebeurd. Ik was er voor de foto's van het Tel Aviv konvooi, en toen zeiden ze dat er een ongeluk was geweest."

Regen vermengde zich met vreugdetranen toen de bezorgdheid wegsmolt. Rachel klopte haar op de rug. „Je moet hier helemaal niet zijn. Het was geen ongeluk. Er zijn een heleboel gewonden en Moshe zal niet bepaald staan te juichen dat je hier in je eentje bent heengekomen."

„Ik ben niet alleen gekomen. Ik heb Ehud meegebracht. Herinner jij je Ehud Schiff? Kapitein Schiff?"

Een vleug van herkenning ging over Rachels gezicht. „In Jeruzalem?"

„Ik wist niet dat hij kwam. Hij stapte uit het Tel Aviv transport, en daar stonden we. Hij zei dat hij had geprobeerd om Moshe te bereiken."

„Dus dit is kennelijk niet de dag voor joodse konvooien," zei Ehud, het toneel om zich heen opnemend. „Er waren drie doden en negen gewonden op de weg van Tel Aviv naar Jeruzalem."

„En hier zijn er twee doden. En slechts vier van de dertien passagiers zijn in een conditie dat ze verder kunnen reizen," zei Luke. „Er zijn een paar ernstig gewonden, maar toen ze vertrokken haalden ze nog steeds adem."

„Je zet dus door?" Ellie pakte Rachels hand in de hare. „Zelfs nu zet je door?"

„Wat voor keus hebben we, Ellie?" Rachel keek haar niet in de ogen. „Er is niemand anders meer die kan gaan."

Luke ging zachter praten. „Zeg tegen Moshe dat alles in beslag is genomen of verloren. Alleen deze vier mensen zijn er nog om spullen voor ons mee te nemen. Naar alle waarschijnlijkheid zullen er geen bussen meer naar de Sionspoort vertrekken. Dit alles is hoogstwaarschijnlijk door één, hoogstens twee mannen gedaan" – hij zwaaide met zijn hand. „Het was een mijn. We hebben de draden gevonden. Ze liepen naar een hendel achter deze rotsen toe. Als alleen één man al zoveel schade kan toebrengen–"

„Hoeveel is er verloren?" vroeg Ellie.

„Alles, behalve wat we bij ons dragen. We kunnen niet meer meenemen," antwoordde Rachel. „De jongemannen voor de verdediging zijn allemaal gewond."

„Ik ben ook nog niet zo oud, hoor." Ehud stapte de lichtcirkel binnen. „En ik ben sterk. Even sterk als willekeurig welke zeeman langs de kust. Moet ik voor jullie wapens de Oude Stad binnenbrengen? Ik wil jullie wel helpen, hoor."

Dov bekeek zwijgend de nieuwkomer. Hij kneep zijn lippen op elkaar en keek bedachtzaam. „Bent u Ehud Schiff? Van de voormalige *Ave Maria*?" vroeg hij.

Ehud boog even.

Chaim sloeg zijn handen in elkaar. „Ja, nu herinner ik me u!" riep hij en omhelsde Ehud met zijn machtige armen. „Een moedige kerel! Een goeie kapitein, ook al was ik misselijk van de reis."

„Vroegere passagiers?" Ehud grijnsde breeduit. „Ik heb jullie niet in een veilige haven gebracht, zie ik."

Dov sloeg hem op de rug. „We zouden ons vereerd voelen als u met ons meedeed, kapitein Schiff."

„En ik?" vroeg Ellie hoopvol, nog steeds Rachels hand stevig vasthoudend.

Aller ogen keken haar in ongelovige stilte aan. „Huh!" riep Ehud. „Me dunkt van niet."

„Alleen maar voor vanavond. Ik heb–" Ze stopte en ging zachter praten. „Ik heb al eerder wapens gesmokkeld."

„Moshe zou het niet goedvinden," zei Rachel koeltjes en trok haar hand terug.

„Wat is er met jóu aan de hand?" Ellie voelde zich boos worden. „Moshe is er nu niet en dit is niet iets dat ik nog nooit eerder heb gedaan."

„Maar ik ben er wel," zei Luke, vriendelijk maar streng. „En ik vind het niet goed. Ja, u bent inderdaad al eerder achter de stadsmuren geweest, maar nu is dat geen plaats voor u."

Rachel slaakte een zucht van opluchting dat de kapitein haar onstuimige, impulsieve vriendin onder zijn bevel had genomen.

„Maar ik–" begon Ellie.

„Nee, juffrouw Warne. Ik ben ook een vriend van uw oom en het is mijn plicht om te zorgen dat u veilig thuis komt."

Duidelijk verslagen bleef Ellie even teleurgesteld zwijgen. Het begon opnieuw te stortregenen. Toen trok ze haar regenjas uit en gaf hem aan Rachel. „Hier, neem jij die dan ook maar," zei ze pruilend.

Half glimlachend pakte Rachel de waterdichte regenjas van Ellie aan en trok hem over haar eigen doorweekte jas aan. „Bedankt."

„Wil je mijn laarzen ook?" Ellie nam haar bij de arm en liep met haar naar een pantserwagen toe. Ehud liep mee naar een klein voorraadje wapens dat ze uit het wrak van de bus hadden gehaald.

Binnen, in de betrekkelijke warmte van de auto trok Ellie de zware laarzen van haar voeten en gaf ze aan Rachel, die zonder iets te zeggen naast haar zat.

„Ik wil dat je toch iets weet, Rachel," begon Ellie en de emotie klonk door in haar stem.

„Ja?"

„Ik heb uitgedokterd wat je van plan bent. Als je je boodschap en de wapens hebt afgeleverd, kom je niet meer terug. Je hebt besloten om in de Oude Stad te blijven. Dat is toch zo, hè?"

Rachel hield haar ogen neergeslagen. „Ik moet doen wat ik kan om te helpen."

„Maar je hebt toch besloten om niet meer terug te komen?"

„Ja."

„En daarom wil je mij er niet bij hebben. Dat is het."

„Ja."

„Omdat ik je zal dwingen om terug te komen."

„Nee. Je zou me niet kunnen dwingen. Ik doe dit omdat ik het zelf wil, Ellie."

„Goed dan. Waarom wil je dan niet dat ik meega?"

Rachel zocht naar woorden, boos dat ze rekenschap van haar werkelijke gevoelens moest geven. „Ik weet het niet."

„Waar ben je bang voor, Rachel?" vroeg Ellie. „We zijn toch vriendinnen? Maar toch wil je niet dat ik of wie dan ook weet wat er in je omgaat. Jouw muren zijn dikker en zwaarder dan de muren van de Oude Stad, dat kan ik je wel vertellen."

Rachel slikte hard. Verdriet gaf haar een brok in de keel. „Je bent boos op me," zei ze met een klein, kinderlijk stemmetje. „Daarom kon ik het niet aan je vertellen."

„Ik ben niet boos. Maar waarom wil je niet dat ik met je mee de Oude Stad stad inga? Ik kan net als ieder ander wapens dragen."

„Ik... ik ben bang."

„Waarvoor?"

„Dat je... gewond raakt of zoiets. Ellie, ik kan echt niet nog een keer afscheid nemen. Onverschilligheid is beter. En het is beter om alleen te leven en alleen te sterven."

„Daar is het nu een beetje te laat voor, Rachel. Je hebt Yacov en je grootvader en Moshe –"

„Nee. Moshe niet. Zoiets mag je niet zeggen!" zei ze emotioneel.

„Jawel, Moshe. Wat denk je dat het voor hem zal betekenen als er nu iets met je gebeurt?"

„Moshe niet," hield Rachel vol.

„Net wat je wilt. Maar of je het gelooft of niet, Rachel, die man houdt van jou."

„Er is niets van mezelf meer om lief te hebben. Ik moet mezelf hier, achter deze muren vinden, Ellie. Niemand kan dat voor me doen, niemand kan me erbij helpen."

Een scherp getik tegen het metalen portier onderbrak hen.

„Juffrouw Lubetkin." De stem van kapitein Thomas weerklonk hol. „Juffrouw Lubetkin."

Ellie keek diep in Rachels ogen. „Ik neem aan dat ik niets meer kan zeggen."

Rachel haalde haar schouders op en probeerde geruststellend te lachen. „Nee."

„Nou, vooruit dan maar," zuchtte ze. Rachel deed het portier open en de huilende storm vulde de auto weer met zijn kou. Ze keek Ellie nog één keer aan en zette een voet naar buiten.

„Wacht even," riep Ellie en trok Rachel naar zich toe. „Zorg dat ze je niet doden, Rachel. Laat je alsjeblieft niet door hen doden."

Rachel legde haar hoofd tegen Ellies schouder. Ze gaf haar een klopje op de rug en knikte.

„Juffrouw Lubetkin," herhaalde Luke. „Rachel, we moeten vertrekken."

22
Bijeenkomsten in de Oude Stad

Achter elkaar liepen de negen rabbijnen een voor een de eetkamer van Rabbi Akiva, de burgemeester van de Oude Stad, binnen. Boven de lange, mahoniehouten tafel hing slechts één kleine olielamp. Rond de barokke elektrische kroonluchter, die een maand geleden, drie dagen na het uitspreken van de scheiding, van zijn krachtbron was afgesneden, kringelde een dun rooklint. Akiva's huis was het enige huis dat te lijden had gehad van het feit dat de elektriciteit was afgesneden, aangezien niemand anders in de Oude Stad die luxe bezat. De eminente burgemeester bezat ook één van de twee telefoons in de wijk, een privilege dat hij dankte aan zijn rang als burgemeester en belangrijkste tussenpersoon tussen het Arabische Opperbevel, het Britse Mandaatbewind en de burgers van de oude joodse wijk. De telefoon deed het in ieder geval nog, met een rechtstreekse lijn naar het hoofdkwartier van de Britse regering in Palestina.

Rabbi Akiva zat in een majestueus stilzwijgen aan het hoofd van de tafel. De mannen die hij bij elkaar had geroepen maakten een lichte buiging en namen op volgorde van leeftijd aan weerszijden naast hem hun plaats in. Sneeuwwitte baarden en haarlokken zaten het dichtstbij, daarna grijzend, gevolgd door zwart met grijs, en ten slotte pikzwart haar. Grimmige gezichten keken recht voor zich uit in plaats van dat ze afgunstig de weelderige, met mahoniehout betimmerde kamer rondkeken.

Yehudit, Akiva's zeventienjarige dochter, zag er mager en iel uit. Ze schonk thee in ragdunne kopjes die vóór de rabbijnen op de tafel stonden. Middenop het wit kanten tafelkleed stond een schaal met Armeens baklavah gebak, maar niemand durfde er een stukje van te nemen. De joodse wijk was dan misschien belegerd, maar het huis van rabbi Akiva was dat niet. Ondanks het feit dat de militante zionisten zijn kleine imperium waren binnengevallen had hij in de naburige wijken nog steeds vrienden en buren.

Akiva trok eens aan zijn baard, haalde vervolgens zijn gouden zakhorloge uit zijn vest en legde het open op de tafel neer. „Nu, heren, we zijn hier met zijn tienen. We hebben een minjan en kunnen beginnen."

Op het dressoir stond een bronzen klok die luid tikte. De mannen van Akiva's minyon schoven lawaaierig in hun stoel heen en weer en nipten aan hun thee. Donkere, sombere ogen rustten op het gezicht van die man die nu wanhopig vocht om de zeggenschap over zijn stad te behouden. „Ja, mijne heren." Akiva keek op en stak zijn kin naar voren met de houding van iemand die het heft in handen heeft. „Ik heb u, de voornaamste en beste Yesjivageleerden, hierheen geroepen om samen met u een probleem te bespreken. Het is het grootste, dringendste probleem waarmee we sinds jaren te maken hebben gekregen–" Een oude rabbijn aan zijn rechterkant schraapte zijn keel en zei, naar de kroonluchter wijzend: „Ik zie dat uw licht het sinds de ramp nog steeds niet doet."

„Nee, rebbe Raumgarten. Nadat de scheiding is afgestemd is het nog niet weer aangesloten."

„Dat is toch jammer. Zo'n dure lamp die geen licht geeft."

De andere rabbijnen keken naar de nutteloze lamp en waren het met de oude man eens. „Wat een verspilling! Oy! Wat jammer!"

Akiva schraapte zijn keel nog eens en gaf een zucht. „Vergeleken met de problemen waarmee we hier in de Oude Stad zijn geconfronteerd sinds het Joodse Agentschap ons met deze Haganah-zionisten heeft opgescheept, is het maar een kleinigheid."

„Zijn die er dan niet voor onze bescherming, rebbe Akiva?" vroeg de man met de zwarte baard aan het andere eind van de tafel snel. Alle ogen richtten zich op hem en hij keek beschaamd op zijn handen neer om zijn vrijpostigheid.

Akiva's mond vertrok. Hij spande zich in om zijn zelfbeheersing niet te verliezen. Kalm antwoordde hij de onverstandige jonge rabbijn: „Ons probleem is niet dat we tegen onze buren moeten worden beschermd. Wij hebben bescherming nodig tegen degenen die onze vrede verstoren. Bent u het met me eens, rebbe Gruen?"

De man met de grijze baard halverwege de tafel knikte. „We hebben het altijd zelf gered. In de schaduw van de Tempelmuur. In de schaduw van het gevaar bevinden we ons onder het oog van de Eeuwige God."

Een koor van „Goed gesproken! Amen!" weerklonk in de eetkamer.

„We hebben jarenlang in vrede met onze buren geleefd," begon Akiva.

„Nou, zoveel jaar was het nu ook weer niet," mompelde de rabbijn met de witte baard rechts van hem.

„Wat is dat?" vroeg Akiva. Zijn stem klonk geërgerd.

De oude man antwoordde met een tandeloze glimlach. „Ik bracht alleen in herinnering dat het nog niet eens zo heel lang geleden is sinds zovelen van ons bij de rellen om het leven zijn gekomen."

„Maar het geweld werd altijd door buitenstaanders meegebracht. Wij zijn mannen die vrede zoeken en vrede nastreven."

Hoofden knikten ijverig van ja. „Goed gesproken, rabbi."

De oude man hief zijn hand een stukje omhoog en snoof. „Precies wat uw vader zaliger zei, moge hij rusten in vrede. Amen. Maar nog in 1929 en opnieuw in 1931, 1932 en 1936 begroeven wij onze doden op de Berg Sion en raapten we de snippers van de in stukken gescheurde Torahrollen op. Vaak is het niet genoeg om vrede te zoeken. En je kunt de vrede ook op andere manieren nastreven dan door te sterven, noeh?"

Weer echode een koor van „Goed gesproken, rabbi!" rond de tafel.

„Ja, dat is waar," glimlachte Akiva grimmig. „Maar het geweld werd altijd door buitenstaanders ingebracht. En nu hebben we weer buitenstaanders in ons midden. Ze komen met geld van het Joodse Agentschap en nemen onze sociale programma's over. Zij verspreiden het voedsel dat door de Britse konvooien de wijk is binnengebracht. Zij verstoren de studies van onze jongemannen en geven hen bezemstelen die ze meedragen alsof het geweren zijn. En ze jagen onder onze christelijke en mohammedaanse buren diegenen weg die al die jaren in vrede met ons hebben geleefd."

De rabbijn met de witte baard stak bedachtzaam zijn onderlip naar voren en trok eens aan zijn baard. „Dat is waar. Mijn Sjabbesgoj, de vriendelijke, christelijke heer die tijdens de sabbat altijd mijn lampen kwam opsteken, is deze week ook vertrokken. Maar hij vertelde me dat het evenzeer was uit angst voor de mannen van Hadj Amin als uit angst voor de Haganah."

„De Moefti vreest dat zijn mensen in het zionistische kruisvuur zullen terechtkomen. En datzelfde vrees ik ook voor mijn mensen. Niet de geweren houden ons in veiligheid, maar het gezonde verstand."

„Heeft het verstand dat niet altijd al gedaan?"

„Wij zijn mannen van vrede, neh? En toch hebben wij leden van de Haganah onder ons. Volgens zeggen hebben enkele rabbijnen hen zelfs toestemming gegeven om onze rituele baden te gebruiken." Hij staarde doordringend naar de jonge rabbijn aan het andere eind van de tafel.

„Nou en," gniffelde de rabbijn met de witte baard. „Is dat dan zo verschrikkelijk? Zolang ze hier zijn kunnen ze maar beter niet stinken, neh?"

Akiva's stem klonk hardnekkiger. „Maar ze brengen alles wat we hier hebben in gevaar. En richten zij zich tot de Messias dat Hij ons zal verlossen?"

„Ik heb ze niet horen zeggen dat ze dat niet doen," kwam een stem vanachter een zwart met grijze baard.

„Zij zoeken bevrijding door middel van geweerlopen die ze in plaats van voedsel naar binnen hebben gesmokkeld. Ze dragen de mantel van Yesjivageleerde, maar ze komen hier om te vechten en onschuldige mensen te doden."

„Misschien krijgen ze ook nog wel een paar sluipschutters te pakken, rebbe Akiva," zei een man met een grijze baard die links van hem zat.

Met zijn handpalmen op de tafel gesteund kwam Akiva overeind. Zijn sombere ogen keken onderzoekend de gezichten rond de tafel aan. „Enkelen onder ons willen maar al te graag geloven dat de Haganah ons bescherming biedt. Velen geven onderdak aan deze vreemdelingen. Menige student heeft zijn studie van de Torah opgegeven om hen na te volgen. Maar tenzij ze aan de Britse autoriteiten worden overgegeven, zeg ik u dat ze verwoesting over onze huizen en synagogen zullen brengen. Vrienden, wij hebben deze overweldigers niet nodig om ons te beschermen. Ons te beschermen tegen wat? Wensen onze buren de vrede niet evenzeer als wijzelf? Wij mogen niet toelaten dat de zionisten ons in de Oude Stad komen opruien. We moeten eraan blijven denken dat er slechts Eén is die Israël naar de vrijheid kan brengen, en die Ene is onze Messias."

De meningen waren verdeeld toen de rabbijnen de jassen van de tengere Yehudit aanpakten. Een voor een liepen ze langs de zware deur naar buiten, de koude nachtlucht in. Yehudit schoof de deur achter hen op de grendel en liep naar haar vader terug die nors en afkeurend zat te kijken.

„Zullen ze u helpen, vader?"

„Een paar misschien. Niet iedereen begrijpt dat het belangrijker is om de Oude Stad te redden dan die zionistische dwazen die zich bij ons hebben gevoegd te herbergen..." Hij trommelde met zijn dikke vingers op het tafelblad. „Jij kunt me helpen, Yehudit."

„Ja, vader." Haar melancholieke gezicht lichtte op bij zijn woorden. „Zoek die Haganah-mensen op. Ga eens bij Tipat Chalav kijken wanneer ze voedsel uitdelen, neh? Zie dat je met hen bevriend raakt en zoek dan uit wat ze van plan zijn."

Rachel ging dichter langs de levenloze winkels van de joodse wijk van de Oude Stad lopen om de waterstralen die van de dakgoten naar beneden stroomden te ontwijken. De stortregen die van de daken naar beneden neerstroomde, op de keien waarover zij met haar vier metgezellen liep, had de sneeuw snel doen wegsmelten. Vanuit een groot huis aan de Chaimstraat scheen uit een raam op de eerste verdieping een zwak lichtschijnsel.

„Daar heb je het huis van Rabbi Akiva," zei de rabbijn. „Van hem hoeven we geen hulp te verwachten."

„Dan zullen we het hem niet vragen," bulderde Ehud.

Onwillekeurig raakte Rachel haar jaszak aan waar grootvaders brief wachtte om aan de juiste persoon te worden afgeleverd. Ze keek naar de zware poort die de tuin van Akiva afsloot. Het was precies zo als Yacov haar had verteld. *Om de tuin staat een grote, hoge muur. Het huis van Akiva is het mooiste in heel de stad. De deur is met rozen uitgesneden en binnen! Nou, joh! Zo'n huis heb je nog nooit gezien. Maar ze wonen er maar met z'n tweetjes. Rebbe Akiva en Yehudit. De mannen lopen achter haar aan omdat haar vader rijk is, maar ik zou haar niet willen hebben, hoor. Ze is lang niet zo mooi als jij, grote zus.* Ze glimlachte bij de gedachte aan Yacovs woorden; toen stak ze haar hand uit en raakte de poort aan; Yacov en grootvader hadden dat vast en zeker ook heel vaak gedaan.

„Hoe ver is het nog," hakkelde Chaim. Zijn hoed was doorweekt en water drupte op zijn gezicht. „Ik ben aan een kop gloeiend hete thee toe."

„Bah! Deze storm stelt nog niets voor." Ehud praatte zoals iemand die eraan is gewend om boven de wind uit te schreeuwen. „Dit is nog niet genoeg om de mast van mijn mooie *Maria* te schudden. We hebben nog wel erger meegemaakt dan dit, met het ruim vol vracht en geen vuur om water voor de thee te koken."

„Tipat Chalav is vlak om de hoek," moedigde de rabbijn aan. „En ze zullen maar al te graag een kop thee geven voor de vracht die we bij ons hebben, ook al is het niet zo veel."

Dat ze de handgranaten en kogels die ze in haar boodschappentas had weggestopt was kwijtgeraakt kon haar niet half zoveel schelen als het feit dat ze schone, droge sokken en warme kleren was kwijtgeraakt. Wat ze aanhad waren de enige kleren die ze bezat. Ze was dankbaar voor Ellies hoge, leren laarzen, maar ze wilde dat ze eraan had gedacht om haar wandelschoenen ook mee te nemen. Ze keek op toen de rabbijn opgewekt riep: „Kijk, daar is het! Daar heb je Tipat Chalav, de Druppel Melk! Ik kwam hier voor het eerst als baby in de armen van mijn moeder. En dat geldt voor de meesten die hier hun hele leven hebben gewoond."

Uit de ramen van het gebouw dat twee verdiepingen hoog was en diende als voedseldistributiecentrum voor de hongerige kinderen van de wijk, scheen het licht warm naar buiten. „Luister," riep de rabbijn weer. „Horen jullie het ook?"

Rachel spitste haar oren om boven het gehuil van de storm uit iets op te vangen. Ze hoorde de zwakke klanken van een orkest uit het gebouw komen.

„Het is dinsdagavond," legde hij uit. „Leah Feldstein komt dinsdagsavonds altijd haar grammofoon laten spelen. Rachmaninoff, *Het eerste pianoconcert in F-groot*, geloof ik." Hij glimlachte breed toen de muziek duidelijker klonk. „Juist, ja."

Rachel glimlachte bij de herinnering aan wat Yacov haar had verteld over deze Leah en haar grammofoon. *Ze is onderwijzeres. Vroeger, vóór de oorlog, speelde ze cello in een groot orkest in Wenen. Soms speelt ze cello voor ons. Ze noemt hem Vitorio, en ik mocht een keertje de strijkstok vasthouden en een noot spelen. En dinsdagsavonds...*

Toen Rachel het verlichte raam voorbijliep, keek ze door de beregende ruiten de kamer in die haar broertje even goed kende als zijn eigen huis. Bovenop een houten tafeltje stond Leah's gehavende, met de hand opgewonden grammofoon. Kleine kinderen zaten er in een kluitje op de grond omheen en jonge en oude vrouwen zaten op harde, houten stoelen verspreid door de kamer. Naast de grammofoon zat een jonge vrouw met haar kin wat naar voren gestoken en haar ogen in vervoering gesloten naar de muziek te luisteren. Haar rug was kaarsrecht en haar handen lagen ineengeslagen op haar knieën. Ze had lichtbruin, kortgeknipt haar dat een rond, aantrekkelijk, bezield gezicht omlijstte. Ze had een versleten, camel jas aan met een zwarte sjaal eroverheen. *Dat is Leah*, dacht Rachel met in haar hoofd de beschrijving van Yacov over de vrouw die altijd zo aardig tegen hem was. Opeens werden de verhalen die hij haar over de Oude Stad en de mensen uit de wijk had verteld werkelijkheid voor haar. Hier kwam haar familie vandaan – haar vader en moeder, grootvader en Yacov; hier hadden ze gewoond, liefgehad, een stukje grond voor zichzelf gemaakt. Ze was thuis!

Ze stond buiten met haar kin tegen de sponning van het raam geleund, en dronk dorstig het tafereel voor zich in. Beelden die haar moeder haar zo lang geleden had gegeven kwamen nu tot leven. *Daar, bij de keukendeur, had haar vader voor het eerst met haar moeder gesproken. En aan die tafels hebben Yacov en grootvader menig keertje gegeten terwijl Saul, de hond, naast de deur, op straat, zat te wachten...*

Dovs stem bracht haar weer tot de werkelijkheid van het moment terug. „Rachel!" Hij riep vanaf de trap voor Tipat Chalav. De rabbijn gooide de deur wijd open en stapte naar binnen. „Schiet op! Kom uit die plensregen vandaan. We zijn er, neh?"

De deur vloog open en ze vielen de warmte van de grote kamer in het buurthuis binnen. Iedereen draaide zich om en keek nieuwsgierig naar de vijf druipnatte vagebonden achterin de kamer. Leah deed haar ogen open en legde haar vinger tegen haar lippen om de roezemoezige kinderen die in kleermakerszit op de grond voor haar zaten tot stilte te manen. Toen ging ze staan en liep rustig om het kleine publiek heen naar de plek waar de vijf stonden. Leah's jas viel van voren open en ze liep met de wiegende gang van een zeeman. *Hé, ze is in verwachting!* dacht Rachel verrast. Dit was het enige detail over Leah Feldman dat Yacov niet had genoemd. Rachel probeerde niet naar haar dikke buik te kijken. *De baby komt al bijna,* dacht ze.

Met een vriendelijke glimlach op haar ronde gezicht kwam Leah met uitgestrekte handen op Rachel aflopen. Plotselinge paniek beving Rachel toen ze merkte dat Leah alleen haar aankeek. Ze trachtte haar verbijstering voor Leah te verbergen en glimlachte terug naar deze vrouw die deed alsof ze Rachel altijd al had gekend. Leah pakte Rachels koude handen beet. „Jij bent de kleindochter van rabbi Lebowitz," zei ze hartelijk.

„Ja – maar hoe–"

„Ik was er die keer ook. Die keer in de synagoge, op de galerij, toen je naar hem op zoek was. Is alles goed met hem? We hebben helemaal niets gehoord, snap je, ook al hebben we elke dag voor hem gebeden."

„Hij... hij haalt het wel." Rachel was bijna overdonderd door het ogenblikkelijke welkom van Leah.

„En Yacov? Hoe gaat het met Yacov?"

„Hij is in de Nieuwe Stad. Hij moet voor zijn herstel bij professor Howard Moniger en zijn nicht blijven–"

„De vrouw met het rode haar die op die avond bij je was?"

„Ja. Ellie heet ze."

„Ik heb heel even met haar gepraat toen je grootvader op de grond lag. Het lijkt me een heel aardige vrouw. Ze maakte zich zo te zien nogal bezorgd over de veiligheid van Shimon, mijn man, die toen boven in de stellingen in de koepel van de synagoge naar sluipschutters zat te speuren." Ze hield nog steeds alletwee de handen van Rachel stevig vast. „Jullie zullen wel bevroren zijn." Eindelijk keek ze op naar de vier druipnatte mannen die, verbaasd om de begroeting die Rachel kreeg, een stapje naar achteren hadden gedaan. „Willen jullie thee?" vroeg Leah.

„Zei ik het niet?" straalde de rabbijn. „Het doet ons goed om je te zien, Leah. Sommige dingen veranderen niet, neh?"

„Alleen maar sommige dingen, Rabbi Vultch." Ze gaf de mannen een hand. „Neemt u me mijn manieren niet kwalijk. Maar om de kleindochter van rabbi Lebowitz te ontmoeten... God is genadig."

„Je hebt ons niet verteld wie je was, Rachel!" riep rabbi Vultch. „Rebbe Lebowitz is mijn leraar in Yesjiva geweest. En je moeder–" Hij keek haar vriendelijk aan. „Ik heb haar goed gekend. En je vader ook. Nu ik naar je kijk zie ik dat je op haar lijkt. Ze was een schoonheid. Ik hoop dat je ook wat karakter betreft op haar lijkt."

Vlug sloeg Rachel haar ogen neer en tuurde naar het plasje water dat zich rond haar laarzen had gevormd. „Ik heb altijd gehoopt dat ik later zoals zij zou worden," zei ze. Toen glimlachte ze naar Leah, die haar nog steeds blij aankeek. „Yacov heeft me alles over u verteld. Over Vitorio, uw cello, en de concerten op dinsdagavond."

„Ik heb een tante in New York, in Amerika. Zij stuurt me deze RCA Victor grammofoonplaten van het symfonieorkest op," legde ze uit. „En zo te zien vinden de kinderen het prachtig."

„Nou, maar de volwassenen ook, hoor." Rabbi Vultch keek eens in het rond naar de bewoners van de Oude Stad die vol aandacht naar de muziek zaten te luisteren.

Met een bedenkelijk gezicht keek Leah naar de snee op Chaims brede voorhoofd. „Maar u bent gewond! Zijn er problemen geweest?"

„Een ongeluk. Er waren een paar gewonden," antwoordde Dov snel.

„Waar zijn de anderen?" vroeg Leah.

„Die zullen inmiddels wel in het Haganah-ziekenhuis zijn gearriveerd." Voorzichtig betastte Chaim zijn voorhoofd.

„Gaan jullie maar naar beneden, naar het souterrain," gaf Leah opdracht. „De mannen wachten daar op jullie komst. Zijn jullie je kleren ook kwijtgeraakt? Hebben jullie niets droogs om aan te trekken?"

„Wat we aan bagage hadden ligt nu onderin het Hinnomdal," zei rabbi Vultch. „Naast Yosi, een jonge knul." Hij wierp snel een blik op Chaim. „De Moloch heeft weer een leven opgeëist, vrees ik," mompelde hij.

„O, wat erg!" Leah pakte weer Rachels hand beet, maar haar ogen gingen de gezichten langs. „Het is dus door Gods genade dat jullie hier zijn gekomen, begrijp ik."

„Ja. Door de genade van de Eeuwige," zei Dov met gefronst voorhoofd.

„Goed. We moeten eerst zien dat jullie wat droge kleren aankrijgen, anders zijn jullie morgenvroeg misschien ziek. Rachel, kom maar met mij mee terwijl ik thee ga zetten, dan kijken we of we iets voor jou kunnen vinden dat je kunt aantrekken."

23
De thuiskomst

Het was bijna één uur in de ochtend toen Moshe eindelijk het BBC-programma van Palestina uitdraaide. Davids verlate radiouitzending van de Nieuwjaarsviering in de Verenigde Staten had al uren geleden plaatsgemaakt voor herhaalde nieuwsuitzendingen over de twee aanvallen op joodse transporten. Howard was een uur geleden naar bed gegaan, met de slapende Yacov in zijn armen; vervolgens had David, luid geeuwend, welterusten gezegd. Nu zat alleen Ellie nog in de keuken toe te kijken terwijl Moshe in de kleine ruimte heen en weer ijsbeerde. Zenuwachtig trommelde hij met zijn vingers op het harde gips om zijn arm.

„Moshe," zei Ellie terwijl ze nog een slok koffie uit het kopje nam. „Wat dacht je ervan om het op te geven en nu ook maar naar bed te gaan?"

„Ik kan toch niet slapen," zei hij. „Dat weet ik zeker."

„Teveel koffie." Ze zette haar kopje neer en keek naar het drab onderin. „Je lepeltje blijft erin staan, zo sterk is deze koffie." Moshe bleef heen en weer ijsberen. „Kom op, joh, hou het nu maar voor gezien."

„Pas wanneer ik iets van Luke heb gehoord. Hij heeft toch tegen jou gezegd dat hij zou langskomen om te vertellen dat ze goed zijn aangekomen? Ga jij maar naar bed, Ellie. Ik blijf nog op."

„Nee." Ze nam nog een slok koffie en trok haar neus op. „Ik kan ook niet slapen."

Het bleef even stil; toen zei Moshe, zijn gezicht een masker van grimmige ontzetting: „Heeft ze nog iets anders gezegd?"

„Wat dan?"

„Nou, over mij misschien?"

Ellie glimlachte wat en trommelde met haar vingers op het tafelblad. „Ze zei..." begon Ellie, maar ze bedacht zich. Wat Rachel over Moshe had gezegd, en het feit dat ze nooit van een man zou kunnen houden, kon ze toch niet herhalen. Moshe had het moeilijk, dat kon een kind zien. Vanavond moest hij niet ook nog eens Rachels gevoelens van hopeloosheid op zijn schouders krijgen.

„Ja? Wat? Wat zei ze dan?"

„Wat ik je zojuist vertelde. Ze komt niet terug. Ze vindt dat haar plaats in de Oude Stad is."

„Had je haar niet kunnen tegenhouden?"

„Denk je soms dat ik bovenop haar had moeten gaan zitten? Ze is geen klein kind meer, Moshe–"

„Nee, dat klopt. Maar in veel opzichten is ze nog heel kinderlijk."

„Ze zei wel iets over je, Moshe–"

Hij trok een stoel naar achteren en ging tegenover Ellie zitten. Bijna smekend keek hij haar aan om het hem te helpen begrijpen. „Ja? Wat dan..."

„Ze zei dat je op het ogenblik wel wat beters te doen had dan op haar te passen."

„Zei ze dat? Maar dat wil ik juist wel doen." Hij tuurde naar beneden, naar de grond voor zich.

„Ik geloof niet dat zij dat nu wil."

Met een ruk keek hij omhoog, naar Ellies gezicht. „Maar waaróm dan niet?"

„Ze is erheen gegaan om zichzelf iets te bewijzen. Ze zoekt iets. Ik denk dat ze vergeving zoekt."

„Maar er valt niets te vergeven – ze was nog maar een kind, niet meer dan een kind. De dingen die haar zijn aangedaan waren niet haar schuld."

„Nee, maar het zijn wel haar herinneringen geworden. Ze vertelde me gisteren dat er zo verschrikkelijk veel mensen zijn omgekomen, en dat ze maar niet kon begrijpen waarom zij niet was doodgegaan. Zij had verschrikkelijk graag dood willen gaan.'

„Ja, ik weet het," knikte Moshe ellendig.

„Ze zei dat ze zich een verraadster voelde omdat ze nog steeds leefde. Ze probeert dat volgens mij op de een of andere manier te compenseren."

„Zelfs als het haar leven betekent? Als het haar dood betekent?"

„In zekere zin betekent het haar dood – voor al die dingen die er met haar zijn gebeurd. Zij zoekt naar een liefde die groter is dan die welke jij of ik haar kunnen geven. Ik weet het. Ik ben ook op dat punt geweest. O, Moshe, ze heeft het soort liefde nodig dat haar helpt zichzelf te vergeven. Geen mens kan maken dat ze die liefde accepteert, of zelfs maar gelooft dat die bestaat voordat ze er zelf klaar voor is. Ze denkt nog steeds dat ze het op de een of andere manier kan compenseren, dat zij persoonlijk kan boeten voor de schuld die ze meedraagt omdat zij in leven is terwijl haar ouders en broertjes zijn omgekomen. Ik heb ook mijn pakje meegedragen weet je, ik had mijn fouten die ik weer goed wilde maken. Heel lang heb ik gedacht dat ik dat ook zelf kon. Nu zie ik in dat alleen Gods liefde mijn wonden kon genezen, Moshe. En alleen Gods liefde kan Rachels hart weer heel maken. Ze moet hier alleen doorheen. Jij kunt het niet voor haar doen. En wanneer ze zover is dat ze het antwoord hoort, houd dan van haar en zorg dat je er dan bent."

Moshe wreef over de doffe pijn die in zijn achterhoofd klopte. „Wat ik voor haar ben gaan voelen is geen geheim meer, neem ik aan."

„Nee, voor niemand, behalve voor haar," zei Ellie glimlachend. Ze was dankbaar en blij dat haar liefde voor Moshe zo moeiteloos in vriendschap was overgegaan.

„Wat bedoel je?"

„Heb je het wel eens tegen haar gezegd?"

„Hoe moest ik dat dan doen?"

Geërgerd rolde Ellie met haar ogen. „Kijk me aan." Ze zei elk woord overdreven langzaam. „Dan doe je die mond van je open en zeg je 'IK HOUD VAN JE, RACHEL!' "

Ondanks zichzelf moest Moshe lachen. „Je bent geweldig, weet je dat? Toen ik je nog maar pas had ontmoet vond ik het fantastisch dat je niet zo diep nadacht. Je was altijd blij en opgewekt. Maar nu zie ik dat je werkelijk een ander kunt peilen."

„Dat is een compliment, neem ik aan."

„Je bent geweldig. Die David van jou is een gelukkig mens."

„Nou, dat zullen we nog wel eens zien. Er moet nog heel wat worden bepraat..."

„Jouw vriendschap met Rachel heeft haar ergens geraakt waar ik haar niet kon raken. En daarom hou ik van je."

„Daar! Zie je nou wel hoe gemakkelijk het is?"

„Zulke dingen kun je tegen een zus zeggen. Maar met Rachel..."

„Het is moeilijk omdat ze het op dit moment eigenlijk niet zou geloven. Ze houdt niet van zichzelf en kan zich niet voorstellen dat iemand anders dat wel kan."

Hij knikte en wreef eens over zijn voorhoofd. „Ik moet naar haar toe, Ellie. Ik kan hier niet blijven zitten terwijl er zoveel te zeggen is. Ik dacht dat ze terug zou komen en dat er dan tijd zou zijn." Zijn stem klonk spijtig. „Als ik haar mijn gevoelens had verteld had ze misschien iets gehad om naar terug te komen."

„Of misschien nog iets om voor weg te lopen. Denk eraan, Moshe, dat jouw liefde haar misschien naar de liefde van God leidt, maar dat alleen Hij haar hart kan genezen. Jij kunt het voor haar niet allemaal beter maken. Dat moet zij samen met God doen."

Moshe knikte weer en trok een frons in zijn voorhoofd. Hij kon het niet uitstaan dat hij zich zo gefrustreerd en hulpeloos voelde. Ten slotte keek hij op. „Je hebt natuurlijk gelijk. Deze reis moet ze zelf maken. Ik kan dat niet voor haar doen. Maar ik wil toch bij haar zijn, met haar meelopen. En als ze aan het eind van de reis is gekomen wil ik daar ook zijn. Ik zal met Luke praten. Misschien kan hij me helpen om de Oude Stad binnen te komen."

„Zijn orders waren dat niemand anders er heen gaat. Ik hoorde het over de kortegolf. Hij negeerde dat bevel en heeft Rachel en de anderen door de Sionspoort laten gaan. Maar het zal hem zijn kop kosten. Je kunt maar beter een andere manier zoeken."

„Misschien in het voedselkonvooi."

Ellie tikte tegen het gips op zijn arm. „Ja hoor, je kunt vermomd als gekookt eitje gaan. Moshe, op het ogenblik kun je eigenlijk alleen maar voor haar bidden. En zorg dat je weer gauw de oude bent. Op het ogenblik is er absoluut niets dat je voor haar kunt doen. Dat is mijn conclusie, want anders had ik haar waarschijnlijk niet zo gemakkelijk laten gaan."

Het ging Ellie aan het hart om te zien hoe beroerd haar vriend zich voelde. Ze keek hem een tijdlang liefdevol aan, zag hoe zijn gezicht betrok om zijn hulpeloze bezorgdheid voor de vrouw van wie hij hield.

„Ik wilde alleen dat ze me had verteld dat ze niet meer terugkwam," zei hij langzaam.

„Als ze dat had gedaan, had je haar dan laten gaan?"

Hij schudde van nee. „Nee," zei hij simpelweg. „Nee, nooit."

Rachel deed haar ogen open. Het was donker. Ze luisterde naar het gesis en gespetter van het Primuskacheltje. Even kon ze zich niet herinneren waar ze was; toen, alsof een gordijn openging, werd ze pas goed uit haar onrustige slaap wakker. Ze pakte het grote glas water op het nachtkastje naast haar en dronk met grote slokken. Ze ging weer liggen en snoof de zwakke geur van grootvaders tabak en de muffe lucht van de vochtige, stenen muren van de kamer op. De oude veren van het bed van de oude man kreunden en zakten door toen ze zich op haar zij omdraaide en naar het zwakke licht keek dat door de luiken naar binnen sijpelde.

„Je moet in grootvaders bed slapen," had Yacov haar verteld toen hij haar de roestige, ijzeren sleutel naar het appartement in het souterrain had gegeven. „En onder zijn bed staat een doos waarin hij een paar dingen van mama heeft bewaard. Kijk er maar in. Op bijzondere dagen kijken we er soms samen naar. En je komt nu thuis, neh? Nou, dat is een bijzondere dag."

Een paar uur geleden had Rachel, met een stapel kleren van Leah over haar arm, de deur naar het lege appartement opengedraaid. Ehud had de petroleumkachel voor haar aangestoken en was toen vlug vertrokken. Rachel had een hele tijd naast de kachel naar de punt van de doos zitten kijken die van onder het bed uitstak. Zo had ze zich haar thuiskomst niet voorgesteld. Ze had zich altijd voorgesteld dat grootvader tegenover haar zat en een glas cognac met de zegen „Op het leven! L'Chaim! M'n kind," zou heffen. Maar ze had daar naar de onaangeraakte doos vol herinneringen zitten staren. Daarna had ze zich uitgekleed en was tussen de kille lakens gekropen.

Rachel stak haar hand uit en raakte Yacovs lege bed aan. Ze probeerde zich in te denken hoe het voor hem moest zijn geweest om bij grootvader op te groeien. Ze deed haar ogen weer dicht en verbeeldde zich dat zij er al die tijd ook bij was geweest, dat ze zelfs de gelijkmatige ademhaling van haar broertje hoorde en het diepere geluid van grootvaders ademhaling, die van profeten en de Torah en het machtige Jeruzalem in zijn glorietijd droomde.

Ze voelde zich verschrikkelijk eenzaam en slaakte een diepe zucht. Na jaren van haar eigen dromen had ze eindelijk het gezicht van grootvader aangeraakt en haar broertje in haar armen gehouden; toch was ze nu nog steeds alleen.

Ze mogen nooit te weten komen wat ik heb gedaan, dacht ze, *want dan zouden ze wensen dat ik ook dood zou zijn*.

Ze herinnerde zich de woorden en de vijandige blikken van de mensen die tegelijk met haar van het vluchtelingenkamp naar het dek van de *Ave Maria* waren vertrokken. Voor hen was zij die nazi-vrouw geweest, de hoer die leven boven kuisheid had gesteld.

Op de *Ave Maria* had ze eerst met Moshe gepraat. „Ik ben anders dan de rest," had ze gezegd. „Ik heb nog familie." Hij had geglimlacht en gezegd dat ze geluk had. Hij had al vanaf het begin vriendelijk tegen haar gedaan. Maar toch, toen ze vertrouwen in hem begon te krijgen, had ze zich van hem teruggetrokken en was van hem weggelopen – ze was van iedereen weggelopen. Ze wist wat ze zouden zeggen als ze wisten hoe diep ze was gevallen. En in het diepe duister wist ze dat er niemand was die werkelijk de ernst begreep van hetgeen ze had misdaan. Zelfs hier zocht ze naar haar thuis.

Warme tranen prikten op haar wangen en rolden naar beneden. „Mama," fluisterde ze de donkerte in. „Mama, kunt u me horen? Mama, ik heb nog steeds zo'n dorst." Ze stak haar armen uit en greep in de leegte boven zich. „Mama, hou me vast. Alsjeblieft, mama, hou me vast." Als enige antwoord klonk het gesuis van de petroleumkachel. Ten slotte draaide ze zich om en begroef haar gezicht in het kussen en treurde om de dorst die niet kon worden gelest.

Mama. Geen kind zou haar ooit zo noemen. Met haar hand streek Rachel over haar platte buik en volgde de ronding van haar borsten. En ze herinnerde zich: *Ik had zoveel melk toen ze de baby uit mijn buik hadden weggehaald. O, als ik haar maar had kunnen vasthouden. Al was het maar heel even.* Ze had toen ook gehuild.

„Begrijp je het niet, kind?" had de jonge majoor haar gevraagd. „Je kunt niet zwanger zijn van dit kind want dan word jij gedood en je kind wordt in de vlammen gegooid. Het zijn de regels. Jullie zullen allebei een afschuwelijke dood sterven."

Natuurlijk wist ze het wel. Ze had wel honderd keer de vrouwen met het merkteken *Nur für Offiziere* gezien terwijl ze hun zwangerschap trachtten te verbergen. En toch, zij had haar geheim vijf maanden meegedragen, tot de zachte zwelling van haar buik en de lichte bewegingen in haar lichaam haar met zowel blijdschap als doodsangst hadden vervuld. Toen had ze het aan de majoor verteld. Hij had vriendelijk tegen haar gedaan. Hij had haar chocola en extra rantsoen gegeven. Misschien zou hij wel helpen. In het kwellende duister van de nacht had hij haar naar een dokter in de stad gebracht. „Hij wordt er goed voor betaald. Niemand zal het te weten komen." Toen waren die kleine bewegingen opgehouden, en na uren van pijn was het volmaakte lichaampje van een meisje opgepakt en snel in de armen van Moloch weggedragen.

Rachel was naar haar plekje in het huis teruggekeerd. De majoor was weer naar het front vertrokken. Tientallen anderen kwamen in zijn plaats, maar nooit meer had ze die fijne, lichte bewegingen in haar buik gevoeld. Het enig onschuldige in haar dat nog over was had ze geofferd.

Ze veegde haar wangen droog en stak de lamp op het tafeltje naast het bed aan. Flakkerende schaduwen vulden de kamer en Rachel lag alleen met haar herinneringen. Wat had ze vaak van het babytje gedroomd! Tikvah had ze haar genoemd: Juweeltje. O, wat verlangde ze ernaar om haar dromen in haar armen vast te houden! Ze sloeg de gestikte deken om zich heen, kroop uit bed en knielde naast het bed neer. Voorzichtig trok ze de versleten, kartonnen doos onder de spiraal vandaan. Bijna bang om het deksel op te lichten, bleef ze er een hele tijd naar turen. Toen raapte ze haar moed bij elkaar om de realiteit onder ogen te zien.

Bovenop de keurig in stapeltjes vastgebonden brieven lag een vergeelde foto van mensen met allemaal blije gezichten. Keurig net, met een rechte rug, zat mama met Yacov als babytje in haar armen. Papa zat trots op zijn jonge gezin naast haar. En achter papa stonden haar twee broers. Rachel bracht de foto dichter naar haar gezicht om het kleine meisje dat tussen hen in stond beter te bestuderen. „Zag ik er zo uit?" zei ze hardop, verbaasd om de ogen die zo gelukkig en onbezorgd keken. „O, God," kreunde ze en drukte de foto tegen zich aan. Stijf kneep ze haar ogen dicht. Ze probeerde de tranenvloed die zich door haar keel wrong en bovenop de pakjes in de doos neerdruppelde tegen te houden. Ze vocht om haar zelfbeheersing te houden en legde de foto op zijn kop op het bed neer. Ze pakte een pakje enveloppen met mama's fijngetekende handschrift erop. Ze hield het pakje tegen haar wang aan en snoof diep, in een poging om de zoete geur van mama op te vangen. Maar de geur was vervaagd en met de jaren verdwenen. Ze knoopte het touwtje los en maakte de eerste brief open. 16 april 1936, stond er boven. Ze probeerde zich te herinneren wat ze op die dag allemaal had gedaan, maar het was als een lang-vergeten deuntje dat ergens in haar achterhoofd speelde. Onduidelijk en moeilijk te vangen kon ze de melodie niet thuisbrengen.

„Lieve, lieve Papa," begon de brief. Met haar vinger volgde Rachel de sierlijk gekrulde letters. Toen las ze hardop wat mama had geschreven.

„Weer is er een Seder voorbijgegaan en nog steeds verlangen we naar u en zeggen: 'Volgend jaar in Jeruzalem.' Misschien komen de immigratiepapieren nu gauw, en zien we u echt voor het eind van het jaar.

We hebben een heel fijne Seder gehad. De jongens hebben zo goed hun best gedaan en u zou staan te kijken van Rachel. Ze kan al heel goed koken. Ze heeft dit jaar in de keuken meegeholpen. Als het zover is dat ze gaat trouwen, zal Reuven blij verrast zijn dat zijn bruid, als hij de sluier oplicht, behalve dat ze mooi is, ook lekker kan koken. Bij het opdienen morste ze een beetje van de gefilte Fisch en ik dacht dat ze zou gaan huilen. Maar rabbi Voher zei dat de vis van de schaal was gesprongen, en daar moest ze om lachen..."

Rachel leunde tegen het ledikant aan en probeerde het zich voor de geest te halen. „Ze had een wit jurkje aan met kant aan de mouwen..."

Ik had vlechten in mijn haar met strikken van lichtblauw lint.

„Ons kleine dochtertje van Sion zou Salomo's oog nog hebben getrokken. De rabbijn zei..."

En de rabbijn zei tegen me dat Reuven vast heel erg blij zou zijn als hij me voor het eerst zou zien...

„...net zoals Jakob in de dagen van onze vaderen het prettig vond om naar Rachel te kijken. En Rachel bloosde en morste bijna de soep..."

Rachel legde de brief op haar knieën. Ze kon niet verder lezen. De jongen aan wie ze zou worden uitgehuwelijkt had haar nooit gezien. Met de anderen uit Lod was hij in het getto omgekomen.

Als we het maar geweten hadden, dacht Rachel en sloeg haar handen voor haar gezicht. *Als we het maar geweten hadden.* Opeens werd wat zo gewoon had geleken net een heilige rite, een heilige handeling van de stervenden op de avond voor hun dood.

Deel 3
De aankomst
januari 1948

„Als je kinderen in de wieg hebt,
leef dan in vrede met de wereld."

Oud Jiddisch spreekwoord

24
Verbindingen uit het verleden

In Gerhardts kale, ongezellige kamer hing vanuit het midden van het plafond een kaal peertje aan een lang snoer naar beneden. Zijn vermommingen hingen keurig aan een metalen stang in de hoek. Hadj Amin had hem woonruimte aangeboden die meer met zijn post in overeenstemming was, maar opoffering en eenvoud maakte betere soldaten van mannen die misschien door gemak en comfort verleid zouden kunnen worden. Gerhardt ging prat op de onzelfzuchtige eenvoud van zijn eigen bestaan. Sinds zijn terugkeer naar Palestina, vermomd als joodse vluchteling, had hij gezworen om slechts voor één doel te leven: de dood van de vijanden van Allah en diens dienstknecht Hadj Amin.

Hij keek omhoog naar het plafond vol kringen van lekkages en dacht aan de vrouw die hij bij de bus had gezien. *Het gezicht was vast en zeker een hersenschim, een demon die me van mijn doel moet afbrengen,* dacht hij. Opeens schoot hij overeind en trok een houten kist naar het bed toe. Daar, tussen stapels papier met tekeningen van nieuwe verschrikkelijke wapens, waren schetsen van gezichten die hij in de kampen had gezien, slachtoffers die hij met zijn eigen handen had gedood. Deze van pijn verwrongen gezichten met in doodsangst wijd opengesperde ogen en monden waren in de lange, slapeloze nachten sinds zijn verblijf in het interneringskamp zijn metgezellen geworden. Koortsachtig zocht hij naar het gezicht van de nazi-kolonel die hij om deze vrouw, deze duivelin die hem volkomen uit zijn evenwicht had gebracht, had gedood.

Bijna onderop de stapel vond hij de vergeelde uitbeelding van het tafereel dat het begin van zijn kwelling had gemarkeerd. Tussen zijn donkere pennekrassen stond het gezicht van de nazi-officier. Zijn ogen puilden uit en zijn mond stond wijdopen in een geluidloze schreeuw. Gerhardts handen zaten stevig om de hals van de officier geklemd. Ja, alsof het gisteren was voelde Gerhardt diezelfde woede nog. Zijn blik ging naar de rechterbovenhoek van het papier. Daar, vervormd door zijn klungelige pogingen om haar af te beelden, stond het gezicht dat hij bij de bus had gezien, de jodin voor wie hij had gedood en om wie hij al zo lang leed. Ze was heel knap.

Een minder toegewijde man zou ze misschien van zijn doel kunnen afbrengen, maar – Gerhardt zwoer het voor de honderdste keer – hem zou ze niet zover krijgen.

Hij bladerde door zijn tekeningen heen en keek naar de vijftig gekrabbelde caricaturen van haar. 's Nachts was het haar gezicht dat in zijn dromen tot hem kwam om te smeken, bidden, beschuldigen, en te getuigen en dat hem ten slotte tot de levende dood van Ravensbrück had veroordeeld.

„Mij houd je niet tegen!" zei hij hardop. „Je bent een demon, een droom uit het zwarte duister van de hel. En ik krijg je nog wel. Ik krijg jullie allemaal nog wel!"

Hij gooide de tekeningen op een hoop en mikte ze in een metalen blik dat bij het hoofdeinde van zijn bed stond. Toen hield hij één laatste tekening van Rachel in de hoogte en stak een lucifer aan. Met opzet hield hij de lucifer er zo ver van af dat het papier eerst alleen maar schroeide; de bleekwitte huid schroeide bruin weg, tot op het laatst de ogen vlam vatten. Toen wierp hij het papier bovenop de andere vellen, tot de vuurtongen hoog opvlamden en de afbeeldingen zwart maakten.

„Ik zal jullie allemaal wel krijgen," zei Gerhardt zachtjes terwijl hij met zijn ogen dicht op zijn bed achteroverleunde om haar gezicht nog weer voor zich te zien.

Rachel haalde een borstel door haar haar toen er opeens een roffel op de deur klonk.

„Rachel! Ik ben het, Leah," klonk het opgewekt. „Doe maar open!"

Rachel trok haar omslagdoek om zich heen en deed de deur een stukje open, net ver genoeg om Leah binnen te laten en de ochtendkilte buiten te houden.

„Wat leuk dat je langs bent gekomen!" Rachel nam Leah eens op. Haar buik leek nog meer dan gisteravond naar voren te steken.

„En – heb je goed geslapen? Ik bedacht opeens dat je misschien niets hebt om te ontbijten, aangezien Yacov en je grootvader er niet meer zijn."

„Ik heb een stukje kaas gevonden." Rachel wees naar het muffe stuk harde kaas op tafel. „Het is hier zo koud geweest dat het nog niet bedorven is, denk ik."

Leah trok een vies gezicht en keek de sobere kamer door. „Ehud zei dat het gisteravond hier ijskoud was. Maar nu is het lekker warm. Ben je klaar?" vroeg ze.

„Klaar waarvoor?"

„Eerst ontbijt, als we opschieten. Het is alleen maar warme pap, maar de kinderen schrapen altijd hun bord leeg. Tipat Chalav geeft het grootste deel van de kinderen uit de wijk te eten. Nu de poorten door de soldaten van de Moefti worden bewaakt, hebben we alleen maar poedermelk. We moeten er flink wat water doorheen doen, maar daar hebben we dan ook genoeg van. De waterreservoirs zitten goed vol; van dorst zullen we niet omkomen."

„O, maar ik wil het eten van de kinderen niet opeten." Rachel deinsde terug bij de gedachte dat zij zou opeten wat de kinderen misschien nodig hadden.

„Onzin," snoof Leah. „Ze vinden het niet eens lekker. Maar honger maakt rauwe bonen zoet..."

Rachel kleedde zich verder aan terwijl Leah opgewekt doorpraatte; vervolgens trok ze haar lange jas aan over de jurk die ze van Leah had geleend, en liep achter haar aan het trapje op de straat op.

Kinderen lachten en speelden en doken tussen de Yesjivageleerden en kromgebogen rabbijnen door die op weg waren naar de Yesjivascholen en synagogen die je overal in de Oude Stad aantrof. Gehaaste vrouwen met rieten manden aan de arm riepen afvallige jongens na die maakten dat ze buiten bereik kwamen.

„Je kunt je bijna niet voorstellen dat het hier niet zoals anders is, vind je niet?" merkte Leah op terwijl Rachel achter haar aan kwam.

„Dat kun je wel zeggen," was Rachel het ermee eens. Ze keek langs Leah's uitgestrekte wijsvinger naar de Britse soldaat die hoog bovenop de muur in een nestje van zandzakken zat. „Hij kijkt naar hen." Ze wees naar een groep mannen van de Haganah die op een lager gelegen dak op wacht stonden. „En zij speuren naar de Arabieren."

Rachel knikte. Ze zag de stengun in de armen van de Britse soldaat. „En wie kijkt er naar hem?"

„Wij. En de kinderen." Leah ging zachter praten. „De kinderen stelen zijn kogels wanneer hij eventjes niet kijkt. Eén kind leidt hem af en een ander kind pakt de kogels weg. Zelf hebben we in de wijk natuurlijk maar twee stenguns, maar kogels zijn toch belangrijk, neh?"

Rachel herkende de brede schouders van de worstelaar en Dovs kleine gestalte naast hem. „En waar zijn de geweren van de Haganah?" Ze keek naar opzij en tuurde onderzoekend naar de vier mannen die onder het waakzame oog van de soldaat zaten te kaarten.

„Sst!" Leah hield haar vinger voor haar mond. „Onder de tegels op het dak hebben Dov en Chaim sinds half zes vanmorgen op wacht gestaan. Je vriend Ehud heeft vannacht de hele nacht uitgekeken."

Leah grinnikte. „Hij zei dat het hem aan de zee deed denken. Toen de wind ophield te huilen, wilde hij pas naar beneden komen. Hij slaapt nu in een kamer in de Warschauwijk."

Rachel keek naar de lucht terwijl ze de trappen van de straat die naar Tipat Chalav ging afliep. Dikke, grote wolken met vegen van licht en schaduw dreven naar de azuurblauwe bergen van Moab. Als kleine, schone raampjes naar de hemel toe schenen er kleine stukjes blauw doorheen. „Ehud zal teleurgesteld zijn als de storm voorbijgaat voor hij weer wacht moet staan."

„Het wordt een mooie dag. Na zo'n storm vind ik het altijd heel lekker ruiken." Leah snoof diep de lucht in.

Toen ze bij Tipat Chalav aankwamen was Leah duidelijk buiten adem. „Nog maar drie weekjes, dan komt de baby."

Rachel glimlachte vaag en keek de andere kant op. Ze kon het niet verdragen om over het kind dat Leah bij zich droeg te horen, daarvoor waren haar eigen herinneringen nog te vers.

„Zij geven er niet om hoe de wereld eruit ziet, ze komen toch. Mijn man zegt dat baby's Gods manier zijn om optimistisch te zijn." Toen ze alle treden hadden gehad legde ze haar hand op haar buik. „En schoppen dat hij al kan! Hij wordt nog officier in de Haganah!"

Binnen in het gebouw was het lekker warm. De ruimte zat vol moeders met kinderen. Lepels klikten lawaaierig tegen de metalen kommetjes en de kleintjes hielden hun bekers met twee handjes vast terwijl ze hun met water verdunde melk opdronken. De hoofden keken nauwelijks op van het karige ontbijt, maar hier en daar klonk er van de tafels een opgewekte groet voor Leah. Bij de deur van de gaarkeuken stond een lange rij mensen te wachten en Rachel en Leah liepen naar het achtereind toe. Onderwijl stelde Leah Rachel voor aan de mensen in de rij: „Dit is Rachel Lebowitz, de kleindochter van rabbi Lebowitz. Ze is zojuist uit Europa aangekomen."

Rachel zag vragende gezichten, maar goede manieren verborgen die algauw en stelden er andere vragen, over hoe het met Yacov en grootvader ging, voor in de plaats. Hier zag ze de minachting die ze onder de andere overlevenden had niet. Hier was er respect onder de vrouwen die haar begroetten. Ze kon bijna hun gedachten lezen: *O, is dat nou de dochter van rebbe Lebowitz. Ik dacht dat Yacov de enige was die was overgebleven. Misschien is deze ontsnapt, misschien heeft ze in het verzet gezeten. Ze ziet er niet als een vluchteling uit. Misschien heeft ze in het getto van Warschau tegen de nazi's gevochten.*

„We zijn blij dat je hier bent," zouden de vrouwen onvermijdelijk zeggen. „God is goed dat hij je veilig in Jeruzalem heeft thuisgebracht." De oudere vrouwen zouden haar hand aanraken en vriendelijk zeggen: „Ik heb je moeder nog gekend, God zij haar genadig. En nu mag ik dan ook nog de dochter zien!"

Van mond tot mond ging door de rij dat Rachel achteraan stond. Vlakbij waar het eten werd opgediend stonden een paar vrouwen op fluistertoon met elkaar te praten. Een jonge vrouw met een baby op de arm liep bij het groepje weg en kwam verlegen naar het eind van de rij waar Rachel stond.

„Dit is Rachel Lubetkin," begon Leah.

„Ja, dat weten we al." De jonge vrouw knikte en bloosde. „We dachten misschien dat ze het prettig zou vinden..." Ze haperde. Volgens Rachel was ze niet ouder dan een jaar of achttien. Het meisje begon weer en keek Rachel aan. „Wilt u niet vooraan komen staan? We dachten dat u misschien wel honger zou hebben."

Verbaasd keek Rachel even Leah aan. „O nee, bedankt hoor, maar dat kan ik niet doen."

„Doe het maar," stootte Leah haar zachtjes aan.

„O, maar jij ook, Leah!" hield het meisje vol.

„Maar er zijn nog zoveel mensen vóór me," protesteerde Rachel, niet wetend hoe ze op dat vriendelijke gebaar moest reageren.

Het meisje ging zachter praten. „U bent een verdediger, neh? U bent toch gisteravond met de Haganah meegekomen? Wij laten de mensen die voor ons strijden altijd eerst eten."

Knikkend en glimlachend naar de gezichten vol respect liep Rachel achter Leah en de jonge moeder aan naar het begin van de rij.

„Als we hebben gegeten gaat Rachel naar de Raad van Rabbijnen in de synagoge toe," legde Leah fluisterend uit, alsof ze een groot geheim verklapte.

Ogen gingen open van verbazing dat een vrouw voor de Raad zou staan, en als een lopend vuurtje ging het geheim door de zaal. Even later staarden zelfs kleine kinderen Rachel, de kleindochter van rabbi Lebowitz, vol verwondering aan, terwijl ze van hun pap bleven dooreten.

„En wat heeft ze de Raad dan te vertellen?" was de vraag die terugkwam.

„Ze heeft een boodschap en een brief van rebbe Lebowitz."

Verbaasde ogen keken haar onderzoekend aan, en Rachel knikte bevestigend. „Ik ben alleen maar een boodschapper. Voor mijn grootvader die de vergadering niet kan bijwonen nu hij ziek is." Ze probeerde iets van het ontzag dat haar missie opriep weg te nemen.

„En u hebt de aanval op de bus gisteravond overleefd?" vroeg een jongetje haar. „En u bent ook levend uit Warschau gekomen?"

„Sst!" berispte zijn moeder hem. „Niet zo nieuwsgierig, jij!"

„Maar u zei–"

„Wees niet zo nieuwsgierig, zei ik!" siste de vrouw. „Ik zei dat de kleindochter van rabbi Lebowitz heel erg moedig is, en de Eeuwige is haar ongetwijfeld goedgunstig geweest omdat ze zo moedig haar volk heeft geholpen."

Rachel antwoordde niet maar pakte dankbaar haar bord van de oudere vrouw achter de tafel aan. Ze had een geroosterde boterham met een klontje boter erop dat al wegsmolt extra, zag ze, en ernaast een roerei. Ze had nog bij niemand een ei op het bord gezien. „Een ei!" zei Rachel en probeerde het bord terug te geven. „Nee, echt, dank u wel, maar iemand anders heeft misschien extra voeding nodig."

„Neem dan toch," riep de vrouw en weigerde het bord aan te pakken. „Je moet iets goeds te eten krijgen, noeh? Kijk eens hoe mager je bent! En wat is één ei nu helemaal!"

De vriendelijkheid van de mensen om haar heen maakte dat Rachel wel wilde terugrennen naar grootvaders huis. Ze had het gevoel of ze elk vriendelijk woord, elke glimlach onder valse voorwendselen accepteerde. *Als ze eens alles wisten*, dacht ze. *Als ze me echt kenden zouden ze me wegjagen.*

Ze ging naast Leah op een harde bank zitten en deed haar uiterste best om haar beschaamdheid niet te laten blijken. Terwijl Leah druk praatte, tuurde zij op haar bord.

„...Rabbi Vultch heeft ze verteld dat je gisteravond bij een ernstig busongeluk betrokken bent geweest, en dat je pas wilde uitstappen nadat de gewonden eerst waren weggehaald. Ze staan ervan te kijken dat je levend uit het wrak bent gekomen en ze zijn nog meer onder de indruk van het feit dat jij, een vrouw, na een ervaring als gisteravond, nog de moed hebt om de Oude Stad binnen te komen. De Eeuwige heeft je bewaard, neh?"

Rachel knikte en probeerde van onderwerp te veranderen. „Leah, waar is je man?"

„Hij is onderwijzer. Hij geeft les aan de kleine jongens in de Yesjivaschool. Je zult hem binnenkort wel ontmoeten. Na de bijeenkomst met de rabbijnen." Leah keek op toen de deur open ging en haar gezicht betrok toen ze het meisje zag dat binnenkwam.

Rachel volgde haar blik. „Wat is er?" vroeg ze terwijl ze het iele, grauwe figuurtje van het meisje dat schichtig de zaal doorkeek opnam.

„Sst. Dat is Yehudit Akiva. De dochter van de rabbijn die het meest tegen de aanwezigheid van de Haganah in de wijk is gekant.

De kans is groot dat ze hier is om voor haar vader te spioneren."

Rachel keek toe terwijl Yehudit langs vrouwen liep die haar de rug toekeerden of snel, in het voorbijgaan, gedag zeiden. Iets in het gezicht van het meisje wekte Rachels medelijden op. Misschien was het omdat zij ook vaak degene was geweest die werd gemeden. Eén ogenblik ontmoetten haar ogen die van Yehudit. Het meisje sloeg meteen haar ogen neer en kwam op Leah en haar toelopen.

„O nee, ze komt hierheen!" fluisterde Leah. „Zeg niets tegen haar. Ik praat wel."

Yehudits mond vertrok even in een glimlach, maar haar ogen lachten niet mee. „Daag, Leah," zei ze zachtjes.

„Hallo, Yehudit." Leah's stem klonk vlak.

Yehudit keek Rachel aan en toen weer naar Leah. „Het leek me een goed idee om met de kleindochter van rebbe Lebowitz kennis te maken."

Leah antwoordde niet en er viel een ongemakkelijke stilte. „Daag," flapte Rachel eruit. „Ik ben Rachel Lubetkin. Kende je mijn grootvader?"

„Ja, heel goed!" antwoordde Yehudit gretig. „Hij is heel vaak bij mijn vader te gast geweest. Ik ben Yehudit Akiva." Trots stak ze haar kin naar voren en keek Leah aan, die gewoon doorat.

Leah legde haar lepel neer en stootte Rachel weer aan. „Ben je al klaar? Je mag niet te laat voor de vergadering komen." Ze ging tussen Rachel en Yehudit in staan. „Leuk om je te zien, Yehudit," zei ze zonder emotie, „maar we moeten nu weg."

Zonder Rachels antwoord af te wachten pakte Leah de borden op en liep naar de keuken toe.

„Ik vond het leuk om kennis met je te maken, Yehudit," zei Rachel. Ze had medelijken met dat bleke gezicht met de donkere ogen die Leah triest nakeken.

„Bedankt," mompelde Yehudit. Toen draaide ze zich om en liep naar de deur toe, naar buiten.

25
De Raad van rabbijnen

Het complex van vier sefardische synagogen waar de Raad met Rachel als gast bij elkaar zou komen, leek veel op de eenvoudige huizen op het Tiferet-Yerushalayimplein.

„Tiferet betekent *glorie,*" vertelde Leah terwijl ze Rachel voorging op de houten trap onder het straatniveau naar de ingang van de synagoge toe. „Van de buitenkant is er niet veel eer aan deze gebouwen te behalen, want de bouwers mochten niet hoger dan een moskee bouwen. Joden en christenen mochten van de Ottomaanse autoriteiten geen nieuwe bedehuizen bouwen om God in het openbaar, volgens onze „dwaze traditie" zoals zij het noemden, te aanbidden. Daarom zien ze er van buiten heel gewoon uit. We willen de wraak van de moslims niet over ons afroepen!" Ze knipoogde en duwde de zware, houten deur links van de trap open.

De lange hal had drie gewelven. Aan weerskanten van de bema, het platform waar de Torah werd gelezen, stonden lange banken. Tegen de oostelijke muur aan zag je de twee boogdeuren van een barokke ark en Leah wees naar een vierkant raam hoog in de muur rechts van de ark.

„Daar is onze glorie," zei Leah. „Zie je de kruik olijfolie en de *sjofar*? Die zijn nog overgebleven uit de tijd dat de Tempel nog bestond. En op deze sjofar zal worden geblazen om de komst van de Messias aan te kondigen. Zou het niet fijn zijn als Hij nu tot ons zou komen?"

Rachel knikte. Haar maag kromp samen bij de gedachte dat ze zometeen voor de Raad zou staan.

„Waar zijn de rabbijnen?" vroeg Rachel. Haar stem echode tegen de gewelven van de lege ruimte.

„Deze kant op." Leah liep naar de deur in de muur tegenover de vensternis waar de oude sjofar stond. „Ze verwachten je in de Centrale synagoge. Die heet Kehal Tsion, omdat er volgens zeggen een tunnel loopt naar de graftombe van koning David buiten de stadsmuren op de hellingen van de Berg Sion."

Rachel trok haar wenkbrauwen op. „En is dat waar?"

„Nee, het is maar een legende," fluisterde Leah. „Deze ruimten zijn vol legenden, maar zeg niet tegen de oude mannen dat het legenden zijn."

Gegons van mannenstemmen kwam Rachel en Leah tegemoet toen ze de lange, smalle zaal van Kehal Tsion binnengingen. Het gesprek stokte toen de deur achter hen dichtviel en de nieuwsgierige ogen van de leidende rabbijnen van de sefardische, chassidische en Centraal- en Oosteuropese gemeenten, de Ashkenaziem, keerden zich nieuwsgierig in Rachels richting. Zenuwachtig frommelde ze met de brief die grootvader haar had gegeven in haar handen. Haar ogen flitsten van gezicht naar gezicht van de dertig mannnen die daar waren bijeengekomen.

„Maak je niet zenuwachtig," fluisterde Leah.

„Waarom niet?" antwoordde Rachel zachtjes. Ze bleef een hele tijd bewegingloos staan. Toen stapte een grote, dikke, chassidische rabbijn met een gouden ketting over zijn vest en een dreigend gezicht het platform op.

„Zo, kind," zei hij ongeduldig tegen Rachel. „Zie je niet dat we druk bezig zijn?"

„Wees maar niet bang," fluisterde Leah weer terwijl Rachel een stap naar voren deed. „Spreek maar Pools, ik vertaal je wel."

Luid klikten Rachels voeten op de harde, marmeren vloer. Ze was blij dat Leah nog andere schoenen voor haar had gevonden zodat ze Ellies hoge laarzen niet aan hoefde.

Met bevende handen maakte ze de brief van grootvader open. „Ik ben Rachel Lubetkin, de kleindochter–"

„Ja, ja. We weten wie je bent. We hebben je immers hier ontboden?" zei Akiva. „Ik ben rabbi Akiva, burgemeester van de Oude Stad."

Een oude, fragiele Ashkenazi met een witte baard ging staan en zei met beverige stem: „Moet u zo hard tegen het meisje doen, rebbe Akiva? Ze heeft een heleboel doorgemaakt voordat ze hier voor ons stond."

Een gemompel van instemming ging door de Sefardiem en de Ashkenazi heen. De Chassidiem bleven voor het merendeel zwijgend zitten en keken Akiva niet aan.

„Een beetje vriendelijkheid graag. Niet zo hard. Dus het is niet de gewoonte dat een vrouw spreekt? Zal hetgeen zij te zeggen heeft ons soms doden?"

Leah fluisterde: „Dit is de opperrabbijn van de Ashkenazi. Naar hem luisteren ze wel."

„Uiteraard is het belangrijk dat we horen wat de kleindochter van rebbe Lebowitz ons te vertellen heeft," gaf Akiva zich gewonnen.

Om zijn lippen speelde een flauwe glimlach. „Natuurlijk kan de rabbijn zelf, een gerespecteerd lid van onze Raad, om redenen die alleen de Eeuwige God kent, niet persoonlijk bij ons zijn. We zullen hopen dat zijn ziekte, God verhoede het, niet door een of andere overtreding wordt veroorzaakt. En ofschoon we Gods wegen niet kennen, kunnen we slechts hopen dat Hij in zijn genade heeft verstaan waarom onze broeder de sjabbes heeft gebroken." Weer gonsde het in de Raad van stemmen toen de leden zich herinnerden dat grootvader precies de week voordat hij de hartaanval kreeg de sjabbes had gebroken om naar de Nieuwe Stad te gaan.

Een golf van verontwaardiging ging door Rachel heen toen ze de beschuldiging hoorde die Akiva zojuist tegen grootvader had gemaakt. „Zeer geachte rabbijnen," flapte ze eruit, verbaasd hoe sterk haar stem klonk. „Zoals u wel weet reisde mijn grootvader op de sabbat omdat de Moefti het reisverbod om buiten de stadsmuren te gaan alleen op sabbat ophief. Dat de Moefti dat deed was een belediging voor God. En aangezien hij weet dat de Wet uit Leviticus eist dat de wetten van de liefde voorgaan, heeft mijn grootvader gereisd om een klein, ziek jongetje troost te brengen. God heeft rabbi Lebowitz daar niet voor gestraft, maar hem juist beloond."

De oude Ashkenazi-rabbijn ging staan. „Goed gesproken, dochter van Sion. Goed gesproken! De Eeuwige heeft onze goede vriend rebbe Lebowitz inderdaad beloond door hem met jou te verenigen. Al deze jaren heeft hij pijn geleden omdat hij al diegenen die hij liefhad heeft verloren. Alleen Yacov was er nog. En nu sta jij hier voor ons. Het is een wonder! En wij willen graag de woorden van rebbe Lebowitz horen die hij je heeft meegegeven."

De leden van de Raad gaven met een zacht handgeklap van hun instemming blijk. „Goed gesproken, rabbi!" Alleen Akiva bleef in zwijgende afkeuring zitten. Met kille minachting nam hij Rachel op.

Rachel hield de brief omhoog en begon luid en duidelijk te lezen. *„Beste Vrienden en zeer geachte Raadsleden, Wat zou ik graag bij u zijn geweest. Maar de Eeuwige heeft het in zijn wijsheid goed gedacht dat deze oude ogen iemand zouden zien die uit het graf naar mijn huis is teruggekeerd. Zij zal voor mij spreken. Luister naar haar, want haar ogen hebben veel gezien..."* Rachel stopte. Haar stem haperde. Ze had niet verwacht dat grootvader zulke dingen in zijn brief zou zeggen. *„Haar moeder bad om vrede. Haar vader bad om vrede en sprak in oprechte hoop met degenen die ten slotte de moordenaars van zijn gezin werden. Zij hebben niet in verdediging de hand omhoog geheven maar in plaats daarvan,"* de hapering in Rachels stem werd één brok emotie, *„in plaats daarvan de mooie woor-*

den van hun beulen geloofd. Hun stemmen roepen ons toe dat wij deze geheiligde stenen niet weer om valse beloften zullen verlaten. Zij die ons en onze aanbidding van de Eeuwige trachten te onteren zijn dezelfde mensen die de naam van de Almachtige bespuwen. Geloof niet in valse beloften maar help degenen die u zullen helpen opdat uw bedehuizen, uw vrouwen en kinderen niet onteerd zullen worden. Met de waarheid die de Eeuwige mij heeft gegeven opdat ik zie schrijf ik u deze woorden. Luister nu naar Rachel Lubetkin. Jong als ze is kan ze u nog meer vertellen," – ze aarzelde – *„dan deze bejaarde rabbijn."*

Langzaam liet Rachel het papier zakken. Ze voelde dat iedereen naar haar keek en ze keek pas op toen ze de moed en de kracht had gevonden om verder te praten.

„En, Rachel?" vroeg de vriendelijke Ashkenazi. „Wat hebben je ogen gezien dat ons zou kunnen helpen om hier tot een beslissing te komen?"

Ze stak haar kin naar voren en keek hem aan, alleen hem en niet de negentwintig anderen die haar met hun blik ondervroegen. „Ik heb de Derde Verwoesting gezien," zei ze zachtjes. „In Warschau, waar we alleen maar in vrede wilden leven en het woord van onze God bestuderen, is er van de miljoen joden die daar woonden niet één meer over. Wij leefden in valse hoop en met gebroken beloften. Zij hielden ons binnen muren, zonder voedsel, zonder brandstof voor warmte. Zij brachten er duizenden joden uit het hele land naar toe, in de hoop dat we allemaal zouden verhongeren."

Rachel knipperde tranen weg. „We leefden verder. Er waren scholen, we voerden toneelstukken op. Onze musici speelden concerten voor ons – alleen joodse liederen, omdat we geen muziek van Duitse componisten mochten spelen. In de winter lagen de bevroren lichamen op straat. En altijd dachten we dat zij ons, als we gewoon bleven doorleven, uiteindelijk met rust zouden laten."

Ze stopte even en gaf een langzame zucht. „Maar dat gebeurde niet. Eerst kwam de registratie voor werk. Mensen met vaardigheden die zij konden gebruiken kregen een gele kaart. Die kaart betekende dat de jood die hem bij zich droeg nuttig was voor het Reich. Het betekende leven. Mensen doodden om die gele kaart. Als iemand een kaart had mocht hij twee van hem afhankelijke kinderen bij zich houden, veilig voor de deportatie. Niemand zei wat hij moest doen als hij vijf in plaats van twee kinderen had. Mensen moesten keuzen maken over wie moest vertrekken en wie mocht blijven. De nazi's zeiden: 'Morgen moeten er vijfduizend mensen op het Plein voor deportatie klaarstaan. De bejaarden en kleine kinderen.' Daarna, zo beloofden ze, zouden ze ons alleen laten. Daarna zouden er geen deportaties meer komen.

Onze leiders wilden dat geloven en dus werden er vijfduizend mensen uitgekozen. Een paar dagen later waren ze er weer en zeiden: 'Tienduizend op het plein, dat is alles. Daarna niet meer.' " Ze haalde diep adem en keek in het rond naar de mannen wier beslissing het lot van de joodse wijk zou bepalen. „Een hele tijd later was er niemand meer over. Toen kwamen degenen die zich in de souterrains en de riolen hadden verstopt te voorschijn en vochten. Wekenlang hielden ze de Panzers tegen, heb ik gehoord. Langer dan het hele Poolse leger de eerste aanvallen van de Blitzkrieg had weerstaan. De Duitsers kwamen met hun tanks en namen ons onder vuur totdat er niets meer van onze huizen in Warschau over was dan puin en dood. Ze hadden het ons beloofd. Ze hadden het beloofd, en stukje bij beetje schoten wij het leven er bij in, omdat wij wilden geloven dat het verstand zou zegevieren. Maar dat deed het niet. Ik sta hier vandaag voor u en ik zeg u dat er geen verstand, geen rede in te vinden was."

Zwaar hing een bedachtzwaam zwijgen in de vergaderkamer. „Nu heb ik gehoord dat u onderhandelt met een man die bij Hitler aan tafel heeft gegeten, met Hadj Amin Hoesseini, de Moefti van Jeruzalem. En hij belooft dat u uw huizen mag behouden als u zich niet verdedigt. Hij belooft, en dan spreekt hij over het einde van alle joden. In Europa rest ons niets meer. Hitler heeft met zijn beloften alles vernietigd. Er zijn geen bedehuizen meer, geen kleine jongens in de Yesjiva. Dit is de laatste plek. De enige plaats die we nog op aarde hebben." Haar stem was een en al emotie. „Geloof die valse beloften niet. Koester geen valse hoop. Help de mannen die hier komen om te behouden wat er nog van ons rest. Onderhandel niet met de duivel, want het kost u uw ziel."

Volkomen uitgeput door haar emotie liet Rachel haar hoofd zakken en zuchtte alsof een grote last op haar was komen rusten. Onverschillig en met weerzin zat Akiva bij haar woorden rond te kijken. De rest van de Raad staarde haar in perplex zwijgen aan, verslagen door de waarheid. Op het laatst begon de oude Ashkenazi te praten.

„Goed gesproken, dochter," Hij schuifelde naar haar toe en keek op haar gebogen hoofd neer. Met zijn benige hand raakte hij haar op haar schouder aan en gebaarde Leah om haar uit Kehal Tsion weg te brengen. „Moge de zegen van de Eeuwige je vergezellen," zei de oude man, „en met ons allen zijn."

26
Oproep tot gebed

Met zijn veldkijker om zijn nek bungelend sprong Gerhardt de trappen op van de hoge minaret op de grens van de joodse wijk, die hoog boven de machtige Hurva synagoge uittorende.

Terwijl hij de wenteltrap opliep, kon hij de heldere roep van de mu'ezzin horen, die al meer dan dertig jaar de gelovigen vanaf deze toren tot het gebed opriep. Gerhardt kende de oude man goed, en toen hij klaar was met de gebeden, was hij bereid opzij te gaan en plaats te maken voor de jonge Jihad Moqhades met hun geweren en granaten. Er waren maar weinig plaatsen in de Oude Stad die zo'n duidelijk zicht op de straten van de joodse wijk boden.

Misschien zie ik in het daglicht het gezicht dat me achtervolgt wel, dacht Gerhardt, *misschien zie ik wel iemand die lijkt op de vrouw die me als een schaduw volgt.*

Ademloos kwam hij op het platform onder de uivormige koepel van de minaret aan. De oude mu'ezzin lachte breeduit, waardoor zijn tandeloze kaken zichtbaar werden. Toen boog hij en tikte met zijn hand als groet tegen zijn voorhoofd.

„Salaam! Dit is een zeer vererend bezoek!" prees hij. „Terwijl onze mensen zich in gebed buigen bent u altijd waakzaam en oplettend."

„Salaam." Gerhardt beantwoordde de groet. „Ik speur in de straten van de joodse wijk of ik iemand zie die de plannen van onze genadige heerser Hadj Amin el Hoesseini wil ruïneren."

„Moge Allah zoiets voorkomen!" De moëddzin trok een bedenkelijk gezicht en schudde zijn hoofd. „Ik let al jaren op die honden daar onder me en ik wilde dat de wegen van de Profeet in deze stad in zuiverheid en zonder bezoedeling konden worden uitgeleefd. Sommigen van ons gaan vrijelijk met hen om, maar ik hoor hun ongelovige gebeden uit hun tempels omhoogrijzen en bid dat Allah en de zonen van de Profeet hen zullen neerslaan. Kijk eens daarheen." Hij wees over de joodse wijk naar de koepel van de Nissan Bek synagoge. „Ze denken misschien dat deze oude ogen niet kunnen zien, maar als ik 's nachts hier kom zie ik de schim van een jood op de houten planken liggen en vanachter het traliewerk naar ons gluren.

De koepel ligt bijna even hoog als deze minaret en daarvandaan kun je, denk ik, onze straten even goed zien als ik in de joodse wijk kan rondkijken."

Gerhardt had zijn veldkijker al voor zijn ogen en begon naar de gestalten en gezichten van de joodse vrouwen onder zijn uitkijkpunt te speuren. Zorgvuldig keek hij de straten door, systematisch blok voor blok afspeurend.

„Misschien is het gezicht dat ik zoek slechts een geest, een demon," mompelde Gerhardt.

„Dat geldt voor alle ongelovigen, meneer," kwetterde de oude man. „Dat geldt voor iedereen die onze verheven heer, de Grootmoefti, in de weg staat."

„Natuurlijk," zei Gerhardt afwezig.

Na een paar minuten liet Gerhardt de kijker vol afkeer zakken.

Het gezicht van de oude man was een en al nieuwsgierigheid. „Hebt u de man gevonden die u zo serieus onder de joodse honden zoekt?"

Gerhardts kaak leek nog verder uit te steken terwijl hij de drukte in de wijk onder zich verder afspeurde. „Nee," zei hij alleen maar. Hij voelde in zijn zak en gaf de mu'ezzin een muntstuk.

„Moge Allah's zegen met u zijn!" riep de oude man opgetogen uit. Hij keek even naar de munt terwijl Gerhardt zonder iets te zeggen naar de wenteltrap liep. De ogen van de man lichtten op bij een idee dat hem misschien een nog grotere beloning zou bezorgen. „Zeer vereerde heer," riep hij, „zou ik niet als uw ogen kunnen dienen? Als u deze oude man zou vertellen hoe uw vijand eruitziet, dan zou ik misschien..."

Gerhardt bleef ter plekke staan en draaide zich naar de mu'ezzin om. Een lach krulde om zijn mond. „Natuurlijk! Een uitstekend idee!" Hij pakte de veldkijker van zijn nek en liep gedecideerd naar het kleine platform terug. „De vijand die ik zoek heeft het lichaam van een vrouw en de ogen van een engel..."

De laatste borden van het middagmaal waren afgewassen.

Het gezicht van rabbi Vultch straalde en hij lachte Rachel over de gebutste, houten tafel heen toe. „Slechts vijf rabbijnen uit de Raad kozen de kant van Akiva," vertelde hij aan de groep die in het souterrain van Tipat Chalav bij elkaar was gekomen om het nieuws te vernemen. „Ik geloof dat hun mening door hetgeen Rachel Lubetkin heeft gezegd veranderd is in pro verdediging."

Ehud, Chaim en Shimon, Leah's jonge, potige echtgenoot, sloegen elkaar op de rug.

„Goed gedaan, Rachel!" riep Leah en pakte Rachels hand beet. „Goed gedaan!"

„Ze zijn er meer dan twee uur over bezig geweest," ging rabbi Vultch verder. „Het is natuurlijk ergens een compromis. Van de raadsleden die niet aan Akiva's kant stonden, waren er twaalf vierkant vóór actieve bewapening van de wijk. De andere twaalf hielden het midden van het compromis."

„En wat zijn die compromissen dan?" vroeg Dov.

„Dat de Britten en de Arabische guerilla's de konvooien blijven doorzoeken."

„Daar kunnen we niet omheen," zei Dov.

„We zullen heel slim en vindingrijk moeten zijn," zei Chaim.

„Wat dat betreft zitten we goed onder de pannen," baste Ehud. „Moshe Sachar is de contrabandekoning onder de Haganah. Hij is iemand die onze spullen zo goed kan verbergen dat zelfs wij onze zakken met bloem moeten doorsnuffelen om ze te vinden, waar of niet?" en hij stootte Rachel aan. Ze gaf een licht knikje met haar hoofd en keek de andere kant op toen Moshes naam werd genoemd. „Vertel het ze dan, Rachel! Vertel ze hoe hij de Britse patrouille om de tuin heeft geleid die ochtend dat jij aan het strand aanspoelde!"

„Ja," zei Leah zachtjes en ze fronste haar voorhoofd toen ze zag dat Rachels handen licht beefden. „De faam van Moshe Sachar is legendarisch."

Rachel gaf geen antwoord, maar bleef in haar half lege kopje koffie turen.

„De rabbijnen in de Raad waren woedend dat de Arabische guerilla's ons voedsel hadden gestolen. Als er voedsel uit de konvooien wordt gestolen, dan zal alle slimheid niet genoeg zijn om de joodse wijk te redden. Akiva belooft dat hij met het Arabische Opperbevel zal praten en zeggen dat er een eind aan de diefstallen moet komen. Hij zegt dat het een kwestie van goede trouw is; dat wij ook iets moeten opgeven."

„Maar waarom zouden wij iets moeten opgeven als zij ons het eten onder de neus wegstelen?" bromde Chaim.

„Zo is dat," zei Shimon. „Inderdaad, waarom?"

„In ruil daarvoor," legde de rabbijn uit, „mogen wij niet langer onze mannen in de synagogen trainen. De rabbijnen zijn bang dat we onze heilige bedehuizen daarmee ontwijden."

„Dat is één overwinning voor de Moefti," zei Shimon grimmig.

Leah legde haar hand op zijn arm. „Dat geeft niet, joh. Er zijn toch nog andere plaatsen?"

„Maar toen de training in de synagogen en de Yesjivascholen

plaatsvond leek het net of de rabbijnen hun zegen eraan gaven," zei Shimon. „En daarom voelden de Britten er niet zo verschrikkelijk veel voor om bedehuizen op wapens te doorzoeken, of een man met een gebedskleed over zijn hoofd te arresteren."

„Zelfs niet als hij een pistool onder zijn talliet heeft, hè?" lachte Ehud.

„Het doet er niet toe," zei rabbi Vultch gedecideerd. „Er zijn genoeg plaatsen in de wijk waar we in het geheim de jongemannen kunnen trainen. Ze komen toch wel."

„Zelfs als ze alleen maar bezemstelen hebben om mee te schieten?," merkte Chaim bitter op.

„Ik weet zeker dat mijn vriend Moshe wel een manier vindt om ons geweren te bezorgen als ze nodig zijn," zei Ehud enthousiast.

„Maar nu gaat het er even om dat Rachel de Raad om heeft gekregen," glimlachte Dov naar haar. „En ofschoon de meeste raadsleden hun plaats tussen verzoening en verdediging innemen, zijn ze bereid om de aanwezigheid van de Haganah onder hen te aanvaarden."

„Wij zijn mensen van het Boek." De rabbijn nam een slok van zijn koffie en wreef toen bedachtzaam over zijn voorhoofd. „Ergens in het midden tussen verzoening en geweld is Gods wet, nietwaar? Vrede zoeken en navolgen is een rechtmatig doel. Maar als we vrede ten koste van ons eigen leven en het leven van onze gezinnen zoeken, dan zoeken we de vrede van een man die eerst zijn kinderen doodt en zich vervolgens zelf het leven beneemt. De meeste rabbijnen erkennen de noodzaak van zelfverdediging. Maar toch blijven ze allemaal bidden om vrede zonder dat de dingen die de Eeuwige in onze zorg heeft gegeven worden bezoedeld. Voor geleerde mannen is dat een moeilijke scheidslijn."

„Maar ook voor ons," zei Leah. Ze gaf een klopje op Rachels schouder. „Je hebt ons nog niets verteld. Ik weet dat dit een heel moeilijke dag voor je is geweest, maar over de dingen praten die je hebt gezien ging je goed af. Veel mensen willen geloven dat alles goed zal gaan en dat we ons niet tegen de Moefti zullen hoeven te verdedigen. De mensen die binnen deze muren leven zijn gekomen om te bidden en Gods woord te bestuderen en niet om te vechten. Je hebt naar hun hart gesproken. Dit is voor ons werkelijk de laatste plaats."

„Is het niet vreemd dat ons volk tweeduizend jaar geleden uit deze plaats verdreven werd om de wereld in te trekken?" zei Dov zachtjes, „en nu kunnen we alleen nog maar terug naar waar we vandaan kwamen."

„God heeft over deze tijd gesproken," zei Shimon. „De haftaralezing voor de Dag van de Deling was uit Psalm 137: *'Hoe zouden wij des Heren lied zingen op vreemde grond? Indien ik u vergete, o Jeruzalem, zo vergete (mij) mijn rechterhand; mijn tong kleve aan mijn verhemelte; als ik uwer niet gedenk, als ik Jeruzalem niet verhef boven mijn hoogste vreugde.'*

En dat heb ik ook aan de jongens in de Yesjiva voorgelezen, en ik moest eraan denken dat mensen die zelf geen jood zijn in de Verenigde Naties hebben besloten wat het lot van Jeruzalem zou zijn. Ik zei tegen mezelf, 'Shimon, de meesten hebben Sion nog nooit gezien, hebben nog nooit op deze heilige berg gelopen of bij de muur gebeden. En toch beslissen zij door stemming van landen met één pennestreek dat Jeruzalem geen deel zal zijn van de joodse staat die zij hebben gecreëerd.' En daarna hoor ik de Arabieren dreigementen schreeuwen en zeggen dat er helemaal geen joden meer zullen zijn. Als ik de keus had wilde ik niet vechten. Maar ik wil ook dat mijn kinderen een plek hebben die zij hun thuis kunnen noemen." Hij pakte Leah's hand beet. „Ik wil bij degenen horen die het lot van de stad van mijn vaderen bepalen. Ik wil me hier, op deze bodem, staande houden en die veilig maken voor alle kinderen die God willen zoeken. Als ik nu niet vecht, zal er nooit meer veiligheid zijn."

„Als wij geen lijn trekken en tegen de vijanden van de vrede zeggen *'Tot hier en niet verder,'* moet het kind dat ik bij me draag op een goede dag misschien een vijand bevechten die duizend keer zo sterk is als de vijand met wie ik nu te maken heb," zei Leah instemmend. Ze praatte zacht. „Wij hadden naar Amerika kunnen gaan," ze glimlachte. „Misschien had ik dan niet zoveel moeite gehad om snaren voor mijn cello te vinden. Maar als ik niet hierheen gekomen was, wie had het dan wel gedaan? En als we nu niet voet bij stuk houden, wanneer kunnen we dan wel tegen het kwaad ingaan? Dat is de reden waarom wij zijn gekomen."

„De rest van ons had geen keus," zei Dov. „Wij kwamen omdat de rest van de wereld er in hun immigratiequota geen enkele jood bij kon hebben. Maar nu ik hier ben blijf ik ook!"

„Ik was bij een schoenmaker in de leer," voegde Chaim eraan toe. „Vóór de oorlog keek ik altijd naar de Poolse boeren op hun akkers en dan was ik altijd een beetje jaloers op ze. Wij mochten vanouds niet boeren of land bezitten, weet je. Hoe dan ook, ik heb altijd willen zaaien en de bodem willen bewerken. In de kampen begroef ik de doden van ons volk in de grond van het Reich. Ze kozen mij daarvoor uit omdat ik sterk was, het werk zou een kleiner iemand de rug breken. Bij mij was alleen mijn hart gebroken." Er viel een lange stilte in de groep. „Ik wil nog eens boer worden. Ik wil de woestijn weer laten bloeien en de kinderen te eten geven. Maar eerst gaat de oorlog tegen het Reich denk ik nog een tijdje door. Een kleine Hitler loopt door de straten van Gods Heilige Stad, en wij moeten voorgoed een eind aan zijn plannen maken."

Rachel bestudeerde het gegroefde gezicht van de worstelaar. In zijn ogen stond pijn te lezen, maar toch sprak hij over hoop en verwachting, over dromen. Ieders hart om die tafel had een doel dat boven alleen overleven uitsteeg. Ieders hart, alleen het hare niet. *Welke hoop leeft in mij?* vroeg ze zich af. *Wat kan mijn doel in het leven zijn behalve gewoon maar ademhalen? Chaims hart is gebroken, maar dat zal mettertijd weer helen. Mijn hart is in mij gestorven. Waar is de hoop dat het ooit weer tot leven komt?*

„Rachel, vertel ons eens waarom jij naar ons toe bent gekomen om te vechten, terwijl je op zoveel andere veiliger plaatsen had kunnen zijn?"

Een tijdlang zei ze niets, bijna bang voor haar eigen antwoord. „Alles was verloren – heel mijn ik was verloren. Ik was... Ik was naar iets op zoek. Eerst dacht ik dat het misschien een deel van mijn vader of van mijn moeder was.

Maar nu ik hier ben vind ik van hen alleen maar schaduwen van wat eens leefde en ademde. Op de een of andere manier dacht ik dat ik zocht naar mijn leven zoals het had moeten zijn. In plaats daarvan heb ik alleen maar wat er is. Ik weet niet meer waarnaar ik zoek of waarom ik hierheen ben gekomen. Als ik het antwoord vind, zal ik het echter aan u komen vertellen, rabbi." Een treurig glimlachje speelde om haar mond. Ze haalde haar schouders iets op en keek de andere kant op, niet op haar gemak onder zijn blik.

Eindelijk begon Leah te praten. „Nou, Rachel, ik kan je in ieder geval vertellen dat het goed is dat je hier bent. Geen ander had zijn woordje voor de Raad beter kunnen doen. Misschien gaan ze het nu door wat jij hebt gezegd beter begrijpen."

Rabbi Vultch leunde op zijn ellebogen naar voren. „Je grootvader, rebbe Lebowitz, zal heel trots op je zijn."

„Dank u wel," zei Rachel beleefd, heimelijk aan zijn woorden twijfelend. „Ik heb alleen maar gezegd wat waar is."

Leah stak haar onderlip naar voren bij het verdriet dat ze in Rachels ogen zag. Ze schraapte haar keel en veranderde van onderwerp in een poging de aandacht wat van Rachel af te leiden. „En hoe reageerde rabbi Akiva op de beslissingen van de Raad?"

„De damp sloeg van hem af als van wierook in een Griekse kerk!" lachte de rabbijn. „Het is voor hem nog niet afgedaan, daar kun je van op aan. Sinds de zeggenschap over de liefdadigheidsinstellingen van de wijk van hem in de handen van de Haganah is overgegaan, is hij heel erg boos. Hij is een man die macht liever heeft dan de waarheid. De enige macht die voor hem nog rest is het voorrecht om door de Arabische wijk heen naar de Klaagmuur te gaan om daar te bidden. En dat voorrecht is uiteraard verleend door de Moefti en het Arabische Opperbevel. Degenen in onze Raad die nog geen partij hebben gekozen, hebben geaarzeld om hun onverdeelde steun aan de Haganah te geven, omdat ze bang zijn dat ze dat voorrecht kwijt zullen raken. Bidden bij de Westelijke Muur brengt je het dichtst voor het altaar van God. Kennelijk geeft het voorrecht dat hij op zo'n heilige plaats mag bidden Akiva de nodige macht. Geen wonder dat sommigen aarzelen om het met zijn waarschuwingen oneens te zijn."

„Je vraagt je af wat hij op zijn beurt aan de Moefti heeft gegeven voor een veilige doorgang naar de muur," mijmerde Shimon. „De Moefti heeft dit recht heus niet gegeven omdat hij de rabbijnen zo vriendelijk en goedgunstig gezind is."

„Vrijdags gaat er een groep van tien mannen door de Arabische buurt om voor de muur te bidden. Volgens Akiva bidden ze alleen om vrede."

27
Ontdekking

Akiva zoog op een pepermuntje en tuurde op het witte vel papier dat voor hem op het groene vloeiblad op zijn bureau lag. Hij schoof zijn lamp iets dichterbij, doopte zijn pen in de inkpot en kraste de zin door.

Yehudit klopte zachtjes op de deur van zijn studeerkamer, opende daarna de deur op een kier en gluurde schuchter om de hoek.

„Ja, Yehudit." Akiva keek niet op van zijn werk.

„Het zijn de rabbijnen, vader. Ze zijn er. Ze zitten in de ontvangkamer te wachten."

„Uitstekend." Hij ging door met schrijven. „Zeg hen dat ik er zometeen aankom."

Yehudit deed de deur weer dicht en Akiva maakte de brief af. Met een zwierig gebaar zette hij er zijn handtekening onder. Hij kneep zijn dikke lippen op elkaar, zette de bril op zijn neus recht en bestudeerde nog eens zijn dicht op elkaar geschreven handschrift.

„Sehr gut," zei hij en strooide een beetje fijn zand op de natte inkt om vlekken te vermijden. Vervolgens vouwde hij de brief een paar keer dubbel, tot het slechts een klein pakketje was. Hij liet het, met zijn gebedenboek met zilveren beslag, in zijn zak glijden en kwam overeind om de groep van negen rabbijnen te begroeten die waren gekomen om hem op zijn wandeling naar de Klaagmuur te vergezellen.

Gerhardts veldkijker was voor de oude mu'ezzin een symbool van gewichtigheid geworden. Elke dag wandelde hij een uur vroeger dan anders naar zijn minaret toe. Hoofden knikten vol respect in het voorbijgaan. Hij bleef lang in de koude toren met de veldkijker voor zijn ogen de straten onder zich afspeuren. Nauwgezet zocht hij naar het gezicht van de vrouw op de tekening die Gerhardt hem had gegeven. „Ik zal die ongelovige vrouw vinden, zo Allah wil," zei hij elke morgen.

Hij riep de gelovigen om vier uur op vrijdagmiddag op voor het gebed en pakte daarna meteen weer de veldkijker en begon weer te speuren. Beneden hem, op de grond, haastten de mensen zich om op tijd voor de joodse sabbat klaar te zijn. Hij kon hun gezichten duidelijk onderscheiden. Vrouwen maakten een praatje met elkaar en hij probeerde hun lippen te lezen.

Opeens ademde hij scherp in. Iets voorbij een groep rabbijnen die op een hoek stonden, kwam een slanke vrouw het trapje vanuit een souterrain omhoog. Hij durfde zijn ogen niet van haar weg te nemen. Ze zwaaide naar twee jonge jongens die iets naar haar riepen. Ravenzwart haar. Volle lippen. Witte tanden. Helderblauwe ogen.

Ze was jong en mooi, zoals Allah in het begin van de schepping had gewild dat vrouwen zijn. *De gestalte van een vrouw en de ogen van een engel. Maar ze is een demon.* De oude man herinnerde zich de woorden van Gerhardt. Hij keek haar aan terwijl ze de straat uitliep, totdat ze een hoek omging en uit het gezicht verdween; toen richtte hij de kijker terug naar de plek waar hij haar het trapje op had zien komen. Dit zou een grote beloning voor hem worden. Hij frommelde in zijn zak en haalde een blocnootje en een stompje potlood te voorschijn. Met de gretigheid van iemand die zojuist een grote schat heeft ontdekt, schreef hij de herkenningspunten neer voor Rachels appartement in het souterrain. Er was geen vergissing mogelijk. Dit was de vrouw.

Hij keek nog even snel de straat door, toen rende de man zo snel zijn oude benen hem konden dragen de trappen af. Hij drong zich door de drukke soukhs heen, niet in staat zelfs om de bewonderende blikken van de kooplieden op te merken aan wie hij het geheim van zijn belangrijke missie had verteld.

Toen hij ten slotte bij het haveloze appartementengebouw aankwam waar lange lappen wasgoed boven zijn hoofd wapperden en Arabische moeders uit de ramen naar hun kinderen schreeuwden, was hij buiten adem en kon geen woord meer uitbrengen. Hij liep de donkere, stinkende hal binnen en leunde tegen de gebroken trapleuning aan. Een andere man met een broek vol vlekken aan schuifelde langs hem heen. „Ik zoek Gerhardt, dienaar van de Moefti," zei de mu'ezzin.

De oude Arabier wees naar boven. „Eerste deur," mompelde hij.

De mu'ezzin greep naar zijn hart dat als een razende klopte; toen sleepte hij zich naar boven, naar de verschoten groene deur van Gerhardts kamer. Hij klopte hard tegen de afgebladderde verf. Geen antwoord. Hij klopte nog eens, dringend. Weer geen antwoord. Hij keek eens naar beneden in de drukke, stinkende hal en zijn enthousiasme verdween voor een groot deel. *Mijn eigen onderkomen is beter dan dit hier. Wat voor beloning kan ik hier nu vinden?* vroeg hij zich af.

Maar hij herinnerde zich de glimmende munt die Gerhardt hem had toegeworpen, en hij raakte de veldkijker om zijn nek aan. Hij liet zich op de grond zakken en ging zitten wachten tot de dienaar van de Moefti thuiskwam om zijn goede nieuws te ontvangen.

28
De sabbatzegen

Het kleine appartement van Leah en Shimon bevond zich boven een kruidenierswinkel die als ontmoetingsplaats voor de vrouwen uit de wijk fungeerde waar ze een praatje met elkaar konden maken en nieuwtjes uitwisselen. Hun stemmen en gelach filterden door de planken vloer van het éénkamerappartementje omhoog.

Rachel stond voor het raam naar de klanten te kijken die vlug de winkel in- en uitliepen, de boodschappentas bijna even leeg als toen ze binnengingen.

„Ze komen nog gauw iets kopen," zei ze terwijl Leah het mooie, kanten tafelkleed over de ruwe houten planken legde die als tafel dienden.

„God alleen weet wat er nog te koop is," antwoordde Leah zachtjes. „Is het geen schande dat ik je uitnodig om Sabbat met ons te vieren terwijl ik in de hele wijk nog geen appel heb kunnen vinden om strudel te maken?" Ze legde haar handen op haar dikke buik en keek met een zucht op het tafelkleed neer.

„Kom, ga zitten, Leah." Rachel liep bij het raam weg en pakte het bestek op dat op een klein tafeltje bij de kachel lag.

„Wat? Ik voor een sabbatsmaal gaan zitten? Jij bent mijn *oyrech auf Sjabbes**, ik niet de jouwe!"

„En wilde jij je sabbatsgast een zegen onthouden?" vroeg Rachel en gaf haar een knipoog.

„Nee natuurlijk niet!" zei Leah. „Wat voor zegen dan?"

„Ik wil je meehelpen. Je ziet er moe uit. Ga eventjes zitten. Ik kan de tafel wel dekken."

Rachel had het al overgenomen. Ze zette zorgvuldig de borden op tafel en legde het bestek ernaast neer. „Nou, eventjes dan misschien..." zei Leah en ging aarzelend zitten.

„Je bent altijd bezig iets voor anderen te doen. Shimon en jij allebei. Volgende week sabbat zijn jullie bij mij te gast, hoor. Hoewel ik niet precies weet wat grootvader heeft om de tafel mooi te dekken." Ze hield een dun, kristallen wijnglas tegen het licht en keek er door heen. „Prachtig," zei ze. „Prachtig is het."

„Het zijn huwelijkscadeaus. Alles hier hebben we gekregen. Ons servies heeft de reis vanuit Oostenrijk niet overleefd. Het enige dat we nog hadden waren vier borden. Het bestek was er nog wel, natuurlijk, maar we hebben er wat van moeten verkopen voordat Shimon werk bij de Yesjiva had gevonden. Al met al hebben we goed van dit zilver gegeten, alleen heb ik nu nog maar precies genoeg bestek over voor vier mensen."

Rachel keek in de eenvoudige kamer rond. In de hoek stond Leah's cello en daarnaast haar grammofoon. Tegen de muur aan de andere kant stond achter een blauw gebloemd gordijn een bed met daarnaast een babyledikantje.

„Jij bent een van de gelukkigste vrouwen die ik ken, Leah," zei ze zachtjes. „Een gezellig huis"– ze keek naar de tafel die voor de sabbat gedekt was – „En een fijne man en straks een baby. Ja, God heeft het goed met je voor gehad."

„En ik hoop dat ik nog weer eens met het symfonieorkest kan meespelen. Dan zou het leven volmaakt zijn, noeh?"

Rachel wreef een mes met een servet op. „Wil je iets voor me spelen? Yacov heeft me verteld dat je als een engel speelt."

Leah's gezicht klaarde op. „Nu?"

„Nu moet je rustig blijven zitten."

„We hebben nog tijd voordat het sabbat is." Leah was al bezig de hoes van het instrument af te halen. „En nu ga *jij* zitten!"

Rachel pakte een stoel en ging met haar handen in haar schoot zitten luisteren. Leah was bezig de cello te stemmen. Het ging een beetje moeizaam vanwege haar dikke buik. „De baby vindt het mooi," glimlachte Leah. „Als ik speel danst hij."

„En als het een meisje is?"

„Dan danst *zij*. Dan heb ik een kleine ballerina." Langzaam streek ze met de strijkstok over de snaren. Zachte, warme geluiden vulden de kamer en weefden zich tot een ingewikkeld tapijt van melodie ineen. Rachel vergat de lege muren en de kale vloer. Leah's muziek was sierlijk en vol, even vol als de rijkst beladen sabbatstafel. Rachel keek naar de uitdrukking op Leah's gezicht. Ze had haar ogen dicht; de muziek kwam uit haar handen. Beneden, in de winkel, werd het stil toen de klanten meeluisterden hoe Leah de sabbat met haar muziek verwelkomde.

Vol melancholie omringde de melodie Rachel met herinneringen. In het getto in Warschau had de muziek de enige verzachting voor haar gewonde hart betekend. Nu Leah speelde deed Rachel haar ogen dicht en dacht terug aan de koude winteravonden in Warschau, toen er bijna geen eten meer was en praktisch alle hoop was vervlogen.

„Maar we kunnen altijd nog hopen," had mama tegen mevrouw Rabinski gezegd. „Misschien komen onze papieren en kunnen we toch naar Jeruzalem."

Bitter had de vrouw geantwoord: „Wanneer er niets meer over is om onze kinderen te eten te geven, voeden we ze met hoop tot ze er ziek van worden en sterven door de waanzin van het geheel. Hoop kan ze niet voeden."

Mama hield haar lippen stijf op elkaar geklemd, herinnerde Rachel zich, *en ze keek naar de kleine Yacov. Ze gaf geen antwoord. Die avond aten we het laatste beetje soep op; toen pakten papa en mama ons in en gingen met ons door de sneeuw naar het buurthuis. Mama hield Yacov in haar armen en haar gezicht glansde toen ze de muziek hoorde. Toen zei ik: „O, mama, dat is het mooiste dat er bestaat," en ze pakte mijn hand en zei „Rachel, kindje, jij bent mooier. Mijn kinderen zijn het mooiste dat er is."*

Samen hadden ze geluisterd terwijl de beste concertmusici uit Europa voor hen speelden en hun voedsel voor hun hart gaven. Rachel had de magere, broze armen van de vrouw gezien die die avond cello speelde. Ondanks haar talent verhongerde ook zij, omdat ze joodse was. Op het eind had zelfs haar muziek haar niet kunnen redden.

Toen we die avond na het concert weer naar huis gingen had ik nog steeds honger, herinnerde Rachel zich, *maar ik voelde me gelukkig omdat ik naar iets moois had geluisterd. En mama zei: „Wanneer we allemaal bij God zijn, zal er zelfs in de lucht muziek weerklinken."*

Leah haalde nog één laatste keer de strijkstok over de snaren. Het leek of die laatste noot nog heel lang in de lucht bleef hangen. Pas toen alle klanken waren weggestorven begon Rachel te praten.

„Ja, Yacov had gelijk, je speelt als een engel," zei ze. „Voor mij is het misschien alles wat ik van de hemel kan proeven."

Leah keek verlegen naar de grond. „Vind je het mooi?"

„Prachtig, Leah, daar kan de rijkst gedekte sabbatstafel niet tegen op. Als de wereld op muziek kon dineren, zou er geen honger zijn."

Leah knikte en maakte aanstalten om de cello weer op te bergen. „Weet je wat ik dacht toen ik uit Oostenrijk weg moest, en ik later hoorde wat er van mijn vrienden was geworden die waren gebleven? Dat dezelfde muziek in de oren van jood en heiden kon klinken, en dat ze allebei konden zeggen 'wat prachtig'. En dat dan de ene man zich tegen de andere kon keren en hem doden – en ook degene doden die de muziek voor hem had gespeeld. Het is een mysterie, Rachel. God heeft ons allemaal geschapen. En Hij heeft alle mensen weer anders geschapen. Maar de mensen proberen altijd om van iedereen hetzelfde te maken. Zoals ze zelf zijn. Als ik op iemand anders wilde lijken, wie wilde er dan hetzelfde zijn als ik?"

„Omdat God allemaal verschillende mensen van ons maakte betekent dat nog niet dat de mensen dat leuk vinden. Mijn vader zei altijd: *'Als God op aarde woonde, zouden de mensen zijn ruiten ingooien.'* Als je lang genoeg leeft verbaas je je niet meer over wat mensen elkaar kunnen aandoen."

„Heb jij zolang geleefd, Rachel?"

„Misschien niet." Rachel draaide zich om en keek naar het babybedje. „Maar vriendelijkheid verbaast me nog steeds, Leah. En muziek."

Leah ging naast Rachel zitten en keek haar onderzoekend aan. „Zijn je wonden dan zo diep?"

Rachel keek de andere kant op. „Ja. Zo diep zijn ze. Maar toch is er nog een derde ding dat me verbaast." Ze frommelde met de rand van haar schort. „Soms verbaas ik mezelf omdat ik wil hopen. Ik wil nog steeds zo verschrikkelijk graag hopen."

„Dan zul je ook hoop vinden, Rachel. Zoals ik die ook heb gevonden; en Shimon. Er is een tijd in mijn leven geweest dat ik niets had. Ik loog en ik stal om uit Europa weg te komen. Ik ontkende mijn geloof en mijn volk en ik liet mijn vrienden achter om te sterven. Ik dacht dat er voor mij niets meer was om voor te leven. Nu heb ik Shimon. En de baby."

„Heb je dat echt allemaal gedaan?" vroeg Rachel vol verbazing. „En kun je nu toch met jezelf leven? Weet je, dat kan ik nou niet. Ik kijk elke dag in de spiegel en dan vraag ik me af waarom ik eigenlijk nog leef. Als ik nog leef." Rachel sloeg haar ogen neer.

„Ja, ik begrijp het." Leah raakte haar hand aan. „Ik heb hetzelfde gezegd. Ik heb bij een gezin van rechtschapen, niet-joodse mensen ondergedoken gezeten. Zij hebben me een heleboel over vergeving en liefde geleerd. Gods liefde voor mij en mijn liefde voor mezelf. Er is geen zonde zo groot–"

„O, jawel, Leah. Die is er wel. Als jij het leven van het kind dat je nu bij je draagt gaf, zou je wel anders denken."

Leah beet op haar lippen en fronste haar voorhoofd. „Wil je erover praten, Rachel? Kun je zo lang vertrouwen in vriendelijkheid hebben dat je erover kunt praten?"

Rachel keek in het glanzende gezicht van Leah. Het leek wel of haar ogen liefde en hoop uitstraalden. „Je doet me denken aan een vriendin van mij, Ellie. Zij is ook christen. Zij geeft ook liefde en vriendschap. Maar toch kon ik mezelf er niet toe brengen om haar toe te vertrouwen wat er in me omgaat."

„Ik begrijp het."

„Ja. Jij bent er ook geweest. Jij weet hoe het was."

„En ik ben ook eens bang geweest om te sterven en daarna bang om te leven."

Even wankelde Rachel, toen pakte ze stevig Leah's hand beet – de hand die zulke mooie muziek maakte, die zo hard voor de kinderen uit de wijk werkte. Bijna een uur lang praatte en huilde Rachel samen met Leah en vertelde over haar moeder en baby Tikvah. Toen ze op het laatst zweeg, hing de zon laag aan de hemel. De sabbat zou zometeen beginnen.

Leah veegde langs haar ogen en hield Rachel als een klein kind vast. „Blijf vannacht bij ons slapen. Als we ons sabbatmaal hebben gegeten zullen Shimon en ik je ons verhaal vertellen. God kent ons allemaal en toch is zijn liefde voor ons zo groot. Voor mij is je moed als een symfonie, echt waar. Misschien is de muziek nog niet helemaal geschreven, maar eens zal de muziek van je hart nog vele levens beroeren, lieve Rachel."

„Zoals jij mijn hart aanraakt."

Als tweeling Gullivers onder de Lilliputters liepen Ehud en Shimon naar huis toe met een stuk of twintig kinderen uit de wijk achter hen aan. Kleine jongens liepen om Ehud heen en trokken aan zijn dikke, eeltige vingers, aan de gerafelde zoom van zijn jekker, zelfs aan de franje van zijn talliet.

„Vertel ons nog een verhaal, rebbe Ehud" riepen ze. En ze zeiden tegen Shimon: „Laat hem nog een verhaal aan ons vertellen!"

„Jullie moeten naar huis toe, jongens," antwoordde Shimon. „Het is al bijna sabbat. Straks gaat je moeder jullie nog zoeken! Hebben jullie je al gewassen?" Hij warrelde door het haar van een van de jongens en zette toen zijn yarmulke* recht op zijn hoofd. „Kijk eens hoe jullie eruitzien! Het is al bijna sabbat en jullie zijn nog niet eens gewassen. Jullie moeder zal nog zeggen dat we van jullie een stelletje paskudnyaks hebben gemaakt!"

Twintig smoezelige gezichten keken elkaar in afschuw aan. Konden ze worden aangekeken voor paskudnyaks, de soldaten die zich zelfs op sabbat niet wasten en te laat waren voor de heiligste en beste maaltijd van de hele week?

„God verhoede dat!" baste Ehud. „God verhoede dat deze kleine soldaten zich vergeten te wassen en te laat voor de sabbat komen!"

„Op naar huis dus, mannen," zei Shimon en trok de slippen van zijn jas los uit de handen van een paar vasthoudende fans van Ehud. „Sabbat sjaloom!"

„Sabbat sjaloom! Sabbat sjaloom! Sabbat sjaloom! Sabbat sjaloom!" echode het de smalle steegjes door toen de kinderen met tegenzin naar huis en de wastobbe wandelden.

„Nou, ik wil wedden dat er wel een paar oorvegen worden uitgedeeld als ze thuiskomen," zei Ehud.

Shimon moest er uitgebreid om lachen. „Daar kun je zeker van zijn. Ik ken hun moeders! Als een kind te laat komt voor de sabbat is dat een snelle manier om de ouderdom te vermijden. Die jochies zijn banger voor hun moeder dan voor God zelf! Je kunt te goed verhalen vertellen, Ehud! Ik vergeet de tijd ook en Leah is met mij even streng wat betreft de sabbat als mijn eigen moeder zaliger."

„Zo! Dus Leah wordt ook een joodse moeder, en dat allemaal door jou, waar of niet?"

Ehuds brede lach vervaagde toen hij de grimmige gezichten zag van de tien rabbijnen die hun richting opliepen. Akiva liep voorop. Hij stak zijn kin naar voren en keek langs zijn lange neus neer op Shimon en Ehud.

„Ze gaan naar de muur om te bidden," fluisterde Shimon. „Dat doen ze elke vrijdagmiddag."

„Als God naar de mensen die ontroostbaar en terneergeslagen zijn luistert, luistert hij vast en zeker naar deze mannen. Je zou nog bang worden om te lachen!"

„Sabbat sjaloom, rebbe's!" riep Shimon opgewekt toen ze langs de zwarte entourage liepen.

Er kwam geen antwoord ook al liepen ze vlak langs elkaar heen. Ze gingen elk hun kant op.

„Misschien zijn zij ook wel te laat voor de sabbat," grinnikte Ehud.

„Als ze er geen andere mening op na gaan houden, wordt het voor ons hier misschien wel nooit meer sabbat," zei Shimon zachtjes. „De oude Akiva is het eens met het spreekwoord dat je beter een slechte vrede kunt hebben dan een goede oorlog."

„Ha! Als je naar hem kijkt zou je denken dat zijn lievelingsgezegde was *Beter blo Jan dan do Jan!*"

„Hij vindt dat hij gelijk heeft." Shimon trok aan zijn zijlokken en keek even de kleiner wordende gestalten van de rabbijnen na. „Van ver houdt hij iedereen voor de mal, maar van dichtbij houdt hij alleen zichzelf voor de gek."

„Nou, God daarboven," riep Ehud, „let dan maar niet op die oude dwaas. Doe wat uzelf goedvindt, God!"

„Wij zijn immers het uitverkoren volk? Ik vraag me alleen af waarom God ons de sabbat als zegen heeft gegeven als hij de Arabieren de sleutel van de kruidenier gaf! Als de sabbat nadert is er nog maar nauwelijks genoeg in de kast voor een klein hapje."

„Nou en? Kun je me alleen maar op sabbat te eten vragen? Ik eet de rest van de week ook, hoor!"

Ze liepen de hoek om en Shimon ging hem voor het steile trapje op naar het appartement waar hij met Leah woonde.

29
De boodschap

De muur lag bijna een kilometer buiten de joodse wijk. Als Akiva niet met de Moefti en het Arabische Opperbevel had onderhandeld, zou het onmogelijk zijn geweest erheen te gaan. Het feit dat ze naar zijn stem alleen hadden geluisterd, was genoeg om veel mensen in de joodse wijk te doen weifelen; misschien had hij inderdaad gelijk door vol te houden dat het in feite de Haganah was die voor de Arabische dreiging zorgde. Maar het waren hun Arabische buren zelf die geloofwaardigheid aan de opkomende twijfel over Hadj Amin en diens bedoelingen gaven. Met honderden tegelijk hadden de Arabische christenen als identificatie een rode fez bij de Arabische hoedenmaker gekocht voor het geval ze zouden worden aangevallen door de gewelddadige vreemdelingen die op zoek naar joden nu de straten afstroopten.

Maar Akiva had op dit moment het gevoel dat hij met zijn mannen niets had te duchten. Terwijl hij door de straatjes en steegjes voorbij de barricaden wandelde en ten slotte voor de stenen van de westelijke tempelmuur stond, was hij onder bescherming van de Moefti in hoogst eigen persoon. De muur torende boven hem uit. Elke barst en gleuf zat vol met kleine papiertjes: de gebeden van degenen die bij de heiligste plek in Jeruzalem waren komen bidden.

Akiva tilde de gebedsdoek over zijn hoofd heen en stak zijn hand uit om de stenen aan te raken. Zijn stem zwol aan en zwierf weg in gebed onder de rabbijnen die met hem waren meegekomen. Hij opende zijn gebedenboek en las uit de Hallel. Met z'n allen baden ze om de vrede van Sion. Ze baden om de komst van de Messias naar Jeruzalem. Ze baden of Hij hen van de boze mensen wilde bevrijden.

Toen de stad ten slotte in het duister werd gehuld, pakte Akiva zijn kleine stukje papier uit zijn jaszak. Eerbiedig stopte hij het tussen de stenen helemaal aan het eind van de muur.

Vanuit de donkerder wordende schaduwen op de trappen van de Rehov Hakotelsteeg stond Ram Kadar naar de joden te kijken. Toen ze klaar waren met bidden deden ze hun gebedsdoeken bijna tegelijkertijd af. Tegen de massieve stenen die naast hen omhoog rezen zagen ze er breekbaar uit, leek het of ze in het niet verzonken. „Allah's hulp ligt verder buiten hun bereik dan de stenen bovenop de muur," merkte een van de drie Arabische guerilla's op die bij hem waren.

Kadar gaf geen antwoord. In plaats daarvan stak hij een sigaret op en keek met belangstelling toe wat rabbi Akiva precies deed. Hij zag hoe hij langzaam en precies het papiertje wegstopte, net onder een grote pluk mos die op de heilige muur groeide. Hij glimlachte toen Akiva zich omdraaide en in de schaduwen tuurde of hij enig teken van Kadars aanwezigheid kon bespeuren. Kadar nam een diepe trek aan zijn sigaret. De rabbi zou vast en zeker het oranje opgloeien zien voordat hij de terugtocht door de bochtige steegjes naar de joodse wijk zou maken.

„Ze zijn weg." Een van zijn mannen begon de trappen die naar de muur toeleiden af te lopen.

„Wacht," snauwde Kadar. Hij gooide zijn sigaret op de grond en draaide hem met zijn voet uit. „Er staat veel te veel op het spel om zo gehaast te doen."

Schemer ging over in diepe duisternis. Toen pas liep Kadar de trappen af. Het holle geluid van hun schoenen op de stenen echode in het steegje dat voor de muur liep. Hij stak zijn linkerhand uit en ging met zijn vingertoppen over het ruwe oppervlak van de heilige joodse schrijn heen. Hij keek langs de stenen boven zich of hij de pluk mos kon zien die net een schaduw leek. Toen reikte hij omhoog en raakte de briefjes aan die in de spleten waren achtergelaten, tot hij ten slotte het papiertje pakte dat Akiva daar had weggestopt. Hij keek of hij het merkteken zag, maar gaf zich niet de moeite het briefje open te maken. Hij stopte het in een zak van zijn fladderende mantel en liep met grote passen weg. Allah keek inderdaad goedgunstig neer op de plannen van Moefti Hadj Amin Hoesseini.

Het was maar een klein stukje lopen naar Bab el Silsileh, de Straat van de Keten, die naar de Bab Da'udpoort leidde, de ingang naar de Tempelberg pal naast de woning van Hadj Amin.

Een koepeldak overdekte de straat en in de lucht hingen de geuren van de specerijwinkeltjes. De handelaren in specerijen stonden in groepjes rond de vuren die in ijzeren vaten waren aangemaakt. Toen Kadar hun winkeltjes voorbijliep, gingen ze vol respect staan en begroetten de man die de Moefti zo goed en trouw diende. Kadar gaf hen een knikje terug en zijn hand sloot zich om het stukje papier in zijn diepe zak. Op de gezichten van veel mensen lag de schaduw van de angst; veel winkeltjes waren dicht en stevig achter ijzeren tralies beveiligd. *Als Jeruzalem en Palestina eindelijk helemaal in de greep van Hadj Amin zijn, komt alles weer goed,* dacht hij. *En dat is al heel gauw.*

„Een geschenk! Een geschenk aan de kapitein van Hadj Amin!" riep een oude man uit zijn specerijenwinkeltje. Kadar bleef even staan en snoof de geur van peperkorrels en kaneel naar binnen, terwijl de verkoper zich naar hem toehaastte met een glazen pot vol kostbaar, geel saffraanpoeder in zijn hand.

Kadar maakte een kleine buiging en tikte aan zijn voorhoofd. „Dat is heel vriendelijk van u; Allah zal het u belonen," zei hij rustig terwijl de man hem een briefje overhandigde.

„Denk terug aan het winkeltje van Ismael Ibn Da'ud, kapitein. Breng uw nederige dienaar onder de aandacht van uw meester Hadj Amin el Hoesseini."

Het tafereel herhaalde zich drie keer, en met elk geschenk kreeg Ram Kadar een stukje papier overhandigd dat hij van de petitionaris naar de moefti moest brengen. Door de jaren had Hadj Amin met een handgebaar land en banen in de civiele dienst weggegeven. Even moeiteloos waren zijn vijanden doodverklaard. Alleen de Arabische intelligentsia keek neer op het bewind van Hadj Amin – en zou boeten voor de onnozele ideeën dat het volk zou moeten regeren. Kadar keek omhoog naar de verduisterde ramen van Khaladi's huis.

De eerste moslimheersers waren in de tijd van Saladin, in de zevende eeuw, naar Jeruzalem gekomen. Vanaf die tijd had de familie Khaladi onder de verschillende heersers posities met hoog aanzien en respect bekleed. En toch hadden zij hun huis verlaten om in een andere stad veiligheid te zoeken. Te lang hadden zij, even sterk als ze afkerig stonden tegenover de zionistische leer, bezwaren gemaakt tegen de methoden van Hadj Amin. Nu waren ze vertrokken – samen met de meeste intellectuelen die zich tegen een heilige oorlog hadden uitgesproken. Hadj Amin had wel duizend boeren willen inruilen voor hun steun, maar hij kon hen met geen enkele gunst of eerbetoon voor zich winnen. Nu volgden de kooplieden de handelaren en de onwetende dorpelingen. Op dit fundament van saffraan, petities en kleine omkoopsommen was het koninkrijk van Hadj Amin gebouwd.

Ze gingen door nog een overdekt straatje heen en kwamen toen op een pleintje aan het eind van de straat uit, vóór de poort naar de Tempelberg.

Kadar gaf de armvol kleine omkoopmiddelen aan zijn mannen en waste vervolgens zijn handen in de fontein tegenover de poort. Hij glimlachte toen hij de inscriptie las dat de fontein door Soeleiman de Grote was gebouwd: *Onze meester, de verheven heerser, koning van naties, kracht van de Islam, verdediger van de heiligdommen...* Hoe vaak had hij Hadj Amin niet in diezelfde fontein zijn handen zien wassen voor hij de Tempelberg betrad om zijn volk op te zwepen tot de Jihad, de heilige oorlog! En altijd gingen de ogen van zijn leider over de inscriptie van Soeleiman heen, *de kracht van de Islam.* De Koran eiste dat de joden werden uitgeroeid, maar was Allah geen God van vrede? Deze poort heette „Poort van de Vrede," maar wanneer Hadj Amin door de poort ging was er geen vrede. Kadar duwde de twijfels die in zijn hoofd opkwamen weg. Hij veegde zijn handen droog aan zijn mantel en pakte het briefje van Akiva uit zijn zak voordat hij de villa van Moefti Hadj Amin binnenging. De mannen die hem hadden vergezeld bleven buiten wachten en gingen op de lange, stenen banken aan weerskanten van de grote, zware deur zitten. Kadar liet zijn omkoopwaren bij hen achter en met een sierlijke buiging ging hij de enorme, met mozaïek versierde hal van het huis binnen.

Het huis zelf was een en al geschiedenis van de stad. Het leek Hadj Amin juist en goed toe dat hij in een huis woonde dat gebouwd was op de fundering van het gebouw waar het vroegere Sanhedrin, de Hoge Raad van de Joden, eens in rechtszitting bijeen was geweest. De oostelijke muur van het huis lag tegen de westelijke muur, waar de joden hun God om genade en bevrijding baden, aangebouwd. Kadar had Hadj Amin menig keer horen zeggen dat ze maar liever wat vaker tot hem moesten bidden, omdat hij hun lot in zijn hand hield. „Zo Allah beschikt," zei Kadar zachtjes terwijl hij de kamer rondkeek.

Gerhardt zat lui in een luxueus beklede stoel tegenover de dubbele deuren van een kamer waar twee lange, zwarte, Soedanese lijfwachten op fluistertoon met elkaar praatten. Ze keken op toen Kadar binnenkwam, en gingen door met hun gesprek terwijl ze wachtten tot hun meester aan de andere kant van de gesloten deuren klaar was met zijn zaken.

Kadar zuchtte. Hij wreef over zijn nek terwijl hij omhoogkeek in de schaduwen van het koepeldak.

„Zeg hem dat ik terug ben," zei hij tegen een lijfwacht. „Ik heb, volgens zijn instructies, de lange route genomen."

„De Moefti mag niet worden gestoord," zei de lijfwacht met een sterk accent.

„Zeg het hem."

De lijfwacht negeerde hem en Gerhardt lachte verbitterd.

„Hij zal u nu niet ontvangen," zei Gerhardt dreigend. „Hij is nog moe van zijn reis naar Cairo, zeggen ze, en heeft nog een heleboel te doen. Hij zal u nu heus niet ontvangen."

Kadar snoof en keek Gerhardt minachtend aan. „Je bedoelt dat hij *jou* niet zal ontvangen." Kadar klopte zachtjes op de deur. Even later deed een kleine bediende met een tulband op zijn hoofd de deur op een kier open en nam Kadar van top tot teen op. Toen deed hij de deur weer dicht. Gerhardt bulderde in zijn stoel van het lachen, totdat de deur weer openging en de bediende aan de kant ging staan om Kadar de koninklijk ingerichte kamer binnen te laten.

Hadj Amin zat achter een groot bureau een stapel papieren die voor hem lagen te bestuderen. Hij ging niet staan toen Kadar voor hem stond, maar gaf met een handgebaar te kennen dat Kadar in een van de leren stoelen voor het bureau kon gaan zitten Hadj Amin bleef nog wel vijf minuten door de paperassen bladeren. Toen schoof hij ze met een diepe zucht opzij en keek Ram Kadar aan. Zijn ijsblauwe ogen waren het erfgoed van een onbekende voorvader die kruisvaarder was. Nu stonden er lijnen van vermoeidheid om zijn ogen.

„Je hebt in onze afwezigheid goed werk verricht, Ram," zei Hadj Amin kalm en rustig. „Jij en Gerhardt. Ofschoon het niet aan onze aandacht is ontsnapt dat jullie één ding gemeen hebben "

„Wat is dat dan, Hadj?" vroeg Kadar.

„Jullie haat voor elkaar. En voor de joden, uiteraard."

Kadar keek neer op het briefje van Akiva. „Ja."

„Gerhardt zit in de hal te wachten, is het niet?"

Kadar knikte. „Hij schijnt er hoogst ongelukkig mee dat hij moet wachten."

„Een ongeduldig mens, die Gerhardt. Maar jij – geduld is je beste eigenschap. Ofschoon jij en Hassan ons één keer hebben teleurgesteld, zijn we nog steeds redelijk en we stellen mannen die redelijk zijn op prijs. En mannen die geduld hebben. Wij bezitten ook geduld. Allah ziet immers goedgunstig neer op hen die geduldig wachten. Wij hebben lang gewacht op hetgeen spoedig in onze handen zal worden overgeleverd. We discussiëren en argumenteren met onze Arabische broeders in Egypte, Jordanië en Syrië en dat is geen gemakkelijke opdracht. Ze zijn nu echter zover dat ze naar gezond verstand luisteren." Hadj Amin leunde in zijn stoel achterover en klapte twee keer in zijn handen. De bediende naast de deur sprong in de houding.

„Laat onze vriend Gerhardt binnen," beval hij, „en breng ons dan koffie."

De bediende boog en liep achteruit uit Hadj Amins aanwezigheid weg. Kadar keek niet op toen Gerhardt statig de kamer inliep.

„Waarom laat u hem vóór mij binnenkomen en zitten?" Gerhardts stem klonk verontwaardigd. „Ben ik niet geslaagd waar hij gefaald heeft? Maar mij laat u wachten terwijl u met hem praat."

Hadj Amin bleef glimlachen. „Salaam. Vrede, alsjeblieft. Je bent een ongeduldig mens, Gerhardt. Dat heeft je al vele keren bijna het leven gekost–"

„Het heeft vele joden het leven gekost," viel Gerhardt in de rede.

De ogen van Hadj Amin vlamden vuur. „Je valt me in de rede!" Hij bleef zwijgen terwijl Gerhardt onder zijn blik de ogen neersloeg. „Zoals we zeiden, ben je een man die moet leren om te wachten, Gerhardt. Je komt wanneer je daartoe opdracht krijgt en niet eerder. Je handelt alleen op ons bevel, en op geen enkel ander. Is dat duidelijk?"

Gerhardt knikte. Zijn mondhoeken wezen boos naar beneden.

Hadj Amins neerbuigende glimlach speelde weer om zijn mond. „Goed. Dan begrijpen we elkaar dus?" Hij wachtte even. „Jullie bent allebei trouwe dienaren. We zijn ingenomen met jullie werk – enkele kleine missers daargelaten."

Hij pauzeerde lang genoeg om Kadar in verlegenheid te brengen bij de herinnering aan Moshe Sachars ontsnapping met de oude boekrollen, nog geen twee weken geleden. „Dank u, Hadj."

De vingertoppen van zijn elegante handen tegen elkaar aan duwend ging Hadj Amin verder. „We hebben nu het geld van onze Arabische broeders om je volledig te bewapenen, Gerhardt, voor het soort oorlog dat jij het best kunt voeren."

Gerhardt glimlachte zelfvoldaan en keek naar Kadar. „En voor troepen. Ik heb mannen nodig, die onder mijn bevel staan."

„Een redelijk verzoek. Maar we hebben nog wel een klein lijstje van dingen die je eerst voor ons moet doen." Hadj Amin gaf een vel papier aan Gerhardt. „Dat moet toch niet te moeilijk zijn, dacht ik."

„De hoofdwaterleiding?"

„We weten dat je liever joden doodt, maar je moet denken aan het effect op de lange termijn, Gerhardt. De watertoevoer naar de joodse delen van de stad afsnijden is een overwinning."

„Schitterend!" zei Kadar enthousiast, opgelucht dat er een adempauze in de terroristische activiteiten zou komen.

„We moeten ervoor zorgen dat onze eigen watervoorraad niet in het geding komt. Dat is jouw werk, Kadar."

„Zo Allah beschikt, Hadj."

Hadj Amin keek Gerhardt weer aan. „De andere dingen op de lijst liggen meer in de richting van waarvoor je getraind bent. En wat de joodse wijk van de Oude Stad betreft, verzekert rabbi Akiva ons dat de Haganah er binnenkort zal worden uitgezet."

Kadar schraapte zijn keel en schoof het briefje over het bureau naar Hadj Amin toe. „Hier is nog een boodschap van Akiva. Hij heeft het vanavond op de gebruikelijke manier achtergelaten."

Hadj Amin keek naar het opgevouwen papier voor zich. „Lees het aan ons voor, Kadar. Laten we maar eens zien wat voor vredige beloften de dwaas ons vanavond te bieden heeft."

Kadar vouwde de brief laag na laag open, tot hij het dicht op elkaar geschreven schrift van de rabbijn voor zich zag.

„Hooggeëerde Moefti, Hadj Amin Hoesseini:

We hebben samen een grote verantwoordelijkheid – namelijk voorkomen dat op de heilige stenen binnen deze muren verder bloed wordt vergoten. Er zijn onlangs enkele tragische voorvallen geweest die onze situatie alleen maar moeilijker maken. Ik heb uw mannen toestemming gegeven om de voedselkonvooien naar Haganah en wapens te doorzoeken, zoals u hebt verzocht; uw mannen stelen echter voedsel. Dat veroorzaakt onder mijn mensen veel onrust. Velen gaan denken dat onze wijk inderdaad in gevaar is. Deze week nog is er een jonge vrouw in onze wijk gekomen die de aanval op de bus op de Berg Sion heeft overleefd. Het is een knappe vrouw die alom bewondering oogst." Kadar stopte even toen Gerhardt gespannen naar voren boog. Hij keek Gerhardt van opzij aan en keek vervolgens naar de Moefti, die Gerhardt met een nieuwsgierige geamuseerdheid opnam.

„Ga verder," beval Hadj Amin.

Kadar schraapte zijn keel en ging verder. „Ze heet Rachel. Ze is de kleindochter van een van de rabbijnen hier, en een overlevende van de kampen. De mensen hebben naar haar geluisterd. Zij zegt dat verdediging noodzakelijk is, en ik zeg u dat de hele wijk misschien naar haar zal luisteren als het niet uit is met die kruimeldiefstallen. Met de meeste hoogachting–"

Hadj Amin viel hem in de rede. „Wat is er, Gerhardt? Je ziet wit. Je hebt duizenden mensen gedood, maar dit briefje over kruimeldiefstallen door onze mannen bij de voedselkonvooien, geschreven door een dwaas die zichzelf misleidt dat hij zijn mensen zal redden–"

Gerhardt greep zijn stoelleuning beet. „Ik heb haar gezien," zei hij grimmig. „Ik heb die vrouw gezien waar hij het over had. Ik zag haar die nacht toen ik de bus heb opgeblazen."

„Is ze echt zo mooi?" Hadj Amin keek geamuseerd.

„Ja. Ze is echt zo mooi. Het is de joodse hoer, de joodse hoer van de Commandoschool."

Hadj Amin verborg zijn verrassing. „De vrouw voor wie jij in het kamp hebt gezeten?"

Gerhardts ogen knepen zich samen. Hij gaf een kort knikje. „Hij schrijft over haar, over die hoer. Ik heb haar gezien. Eerst wist ik het nog niet zeker, maar later herinnerde ik me haar gezicht."

Kadar legde de brief op Hadj Amins bureau. De Hadj pakte hem op en keek glimlachend de brief vluchtig nog eens door. „Je bent onschatbaar voor ons, Gerhardt. Allah is ons goedgunstig gezind. We zullen deze dwaze rabbijn geven wat hij nodig heeft om nog iets langer te overleven. En daarvoor zal hij ons geven wat we willen – de Haganah."

„Hoe pakken we dat dan aan?" vroeg Kadar. Hij zag werkelijk niet wat de Hadj voor ogen had.

„Het moet niet moeilijk zijn om het meisje dat kennelijk voor hem een bedreiging vormt in diskrediet te brengen. Gerhardt, is er een manier waarop je kunt bewijzen dat zij de vrouw is die je denkt dat ze is?"

Gerhardt wees op zijn onderarm. „Op haar arm. Aan de binnenkant staat het SS-teken en de woorden *Nur für Offiziere.*"

Hadj Amin sloeg zijn handen in elkaar. „Prachtig! En zo eenvoudig. Hiervoor zul je worden beloond, Gerhardt. Als Akiva ons inderdaad hierom helpt, zul je worden beloond."

Gerhardt wreef zijn vingertoppen in afwachting tegen elkaar. Zijn bokkigheid verdween bij het geluk dat hem in de schoot was gevallen. „Ik wil het meisje," zei hij slechts. „Geef mij het meisje."

30
Grootvaders sabbat

Rabbi Shlomo Lebowitz zat pal rechtop in zijn bed in het Hadassah-ziekenhuis. Zijn sabbats-jas had hij keurig dichtgeknoopt over zijn nachthemd aan en een grote, zwarte hoed schermde zijn ogen af van het felle licht van de lamp op zijn nachtkastje terwijl hij zijn sabbatsgebeden opzegde.

Yacov zat op zijn bed en de anderen stonden er ernstig in een kring omheen. David, Howard, Ellie en kapitein Thomas vertegenwoordigden de ongelovigen. De yarmulke op Moshes hoofd wilde maar nauwelijks op zijn hoofd blijven zitten. Onrustig schoof Moshe van zijn ene voet op de andere.

Grootvaders stem klonk deze sabbat veel sterker dan de vorige keer, stelde Yacov met voldoening vast. De oude man bad:

„Met eeuwigdurende liefde hebt Gij uw volk uit het huis Israëls liefgehad: Wet en geboden, goddelijke geboden en oordelen hebt gij ons geleerd. Daarom, o Eeuwige, o God! Wanneer we nederliggen en wanneer we opstaan zullen we van uw geboden vertellen en ons voor eeuwig verheugen in de woorden van uw wet en uw geboden. Want zij zijn ons leven en de lengte onzer dagen..." Grootvaders ogen stonden weer levendig en onder zijn witte baard lag er een glimlach om zijn mond. Hij werd weer beter. Yacov zuchtte opgelucht.

„HOOR, ISRAëL, DE EEUWIGE IS ONZE GOD: DE EEUWIGE IS EEN!" zei de oude man met krachtige stem.

Moshe en Yacov herhaalden zijn woorden terwijl de rest van het kleine groepje zich afvroeg wat zij moesten zeggen.

„En gij zult de Here, uw God, liefhebben met geheel uw hart, en met geheel uw ziel, en met geheel uw verstand..."

Dank u wel, God, dat U grootvader weer beter maakt, bad Yacov stilletjes, *Maak dat we weer gauw naar huis kunnen gaan. En zegen ook Rachel op deze sabbat. En God, zegen ook deze ongelovigen, die mijn vrienden zijn. Het zijn aardige mensen, goede mensen ook al zijn het geen joden.*

„AMEN!" zei grootvader luid. Hij trok eens aan zijn zijlokken en keek Ellie ernstig aan. „Heb je eraan gedacht om de kaarsen mee te nemen, jongedame?"

Enthousiast haalde Ellie een bruine papieren zak uit haar tas en legde de kaarsen op het bed. „Nou en of! Precies zoals u zei."

„En ga je ze zo op mijn bed aansteken? Dat zal me een sabbat worden! Je zult het ziekenhuis nog tot de grond toe afbranden, met deze oude rabbijn erbij!" plaagde hij haar.

Vlug trok Howard het nachtkastje naar het voeteneinde van het bed. Ellie zette de zilveren kandelaars met de witte kaarsen erin neer. „Is het zo beter?"

„Oké!" zei grootvader. „Zo zeg je het toch, hè Yacov? Oké!" De oude man keek het groepje rond. Zijn ogen bleven op kapitein Thomas rusten. „Zo, dus u hebt beloofd dat u een de keer sabbat met ons zou vieren? Ja, dat herinner ik me. Hebt u de challe meegenomen?"

Luke hield een zak met twee lange, gevlochten wittebroden erin naar voren. „Nee, ik ben mijn belofte niet vergeten, rabbi Lebowitz, maar ik was even een paar dagen bang dat u het was die er vandoor zou gaan en uw belofte zou vergeten!"

„Wie, ik? Wat zou God met zo'n oude man als ik moeten? Ik heb nog veel te veel te doen." Hij snoof eens en tikte op zijn borst. „Mijn schuldeisers zouden me tot aan de hemelpoort achterna zitten. Ik ben God iets schuldig voor mijn ziel en de slager voor het vlees, waar of niet? Ze zouden komen en de hond van Yacov weer terugnemen!"

Luke legde de challe naast de kandelaars neer en Moshe haalde een laatste pakje onder zijn jas vandaan. „We moeten dit niet vergeten!" Hij gaf het kleine tasje aan grootvader, die met één oog gluurde wat erin zat.

„Toe maar!" riep hij opgetogen. „Wat een wijntje heb je daar voor de sabbat meegenomen, Moshe! Magen David nog wel! Ik heb geen wijn meer gesmaakt sinds ik in deze gezondheidsgevangenis wakker ben geworden. En wie heeft er glazen meegenomen?"

Howard haalde zijn schouders op en trok een wenkbrauw omhoog. Toen pakte hij nog een tas van de grond op. „Ik dacht al dat we misschien iets nodig hadden om uit te drinken."

„*U*, oom Howard?" vroeg Ellie stomverbaasd.

„Voordat je te opgewonden raakt..." Howard haalde een klein flesje Coca-Cola te voorschijn. „Yacov en ik kunnen samen delen!"

„Het is niet bepaald een eersterangssabbat, maar het kan ermee door," lachte grootvader. „Het kan ermee door." Hij keek Ellie aan. „Zo, jij bent nu de vrouw des huizes, om zo te zeggen. Jij moet nu de kaarsen aansteken, noeh?"

„Wacht even!" Ellie zocht in haar tas. „Ik ben de lucifers vergeten."

Zelfverzekerd tastte David in de zak van zijn vliegeniersjack en haalde een klein doosje lucifers te voorschijn. „Zoiets dacht ik al," zei hij grijnzend.

Ellie hief haar ogen ten hemel en pakte de lucifers aan terwijl hij haar een knipoog gaf.

„Nog niet meteen aansteken!" beval grootvader. „Ik zal jullie eerst nog iets vertellen." Hij keek het groepje rond. „Sommigen hier zijn met de sabbat opgegroeid en weten dus wat voor dag het is. En nu we onze sabbat samen met jullie vieren, is het goed dat jullie het ook weten." De oude man tuitte bedachtzaam zijn lippen en trok weer aan zijn zijlokken. „Sabbat is een dag waarop zelfs een arme man koning is en zijn vrouw koningin. Dit is de dag dat God speciaal aandacht voor ons heeft. De sabbat herdenken is het vierde gebod, een gebod dat God niet voor Zichzelf gaf, maar voor de mens. Zes dagen zult gij arbeiden, maar op de zevende dag zult gij rusten, zoals God heeft gedaan. Op die dag gedenken we wie ons heeft geschapen, noeh? Zijn er nog vragen?" Hij wachtte even. Iedereen schudde van nee. „Zijn het geen slimmeriken, Yacov? Goed, dan mag je nu de jaloezieën omhoogtrekken."

Yacov klauterde van bed af en trok de jaloezieën omhoog. In de invallende schemering zag je de glanzende koepel van de Tempelberg. De Oude Stad daarbeneden lag sereen en stil.

„Prachtig," fluisterde Howard terwijl rood en goud op de stenen van de stad weerkaatste.

„Elke vrijdagavond bij zonsondergang daalt de sjechina, de goddelijke aanwezigheid, neer in onze huizen en op zijn heilige stad, zoals vanouds," ging grootvader verder. „En de engelen komen naar beneden en wandelen onder ons." Zijn stem klonk zachter toen de zon achter de horizon verdween. „En, jongedame?"

„Ja?" Ellie knikte.

„Wees niet ongeduldig. Het is bijna jouw beurt, hoor. Doe de sjaal over je hoofd."

„Het is Rachels sjaal," zei Ellie. „Dat leek me passend toe."

„Het is inderdaad passend." De oude man glimlachte naar haar terwijl zij de glanzende satijnen sjaal losjes om haar hoofd knoopte. „De Talmoed zegt dat de ziel Gods kaars is. En als je de kaarsen aansteekt, ga je met je handpalmen over de kaarsen heen, altijd naar jezelf toe. En dan zeg je deze woorden: *Gezegend zijt Gij, O Heer, onze God. Koning van het heelal, die ons hebt geheiligd door uw geboden en ons hebt bevolen het sabbatslicht te ontsteken.* Kalmpjes, hè. En dan vraag je Gods zegen over je geliefden."

Hij keek over de rand van zijn bril naar Ellie. „Denk je dat het lukt? Begin dan maar."

Ellie keek naar buiten. Het duister viel snel in. Ze stelde zich Rachel voor, die ergens achter de muur sabbat vierde. Ze zuchtte en streek een lucifer aan. Het vlammetje hoog in haar hand leek heel even het stralendste wat er op de wereld was, en ze dacht aan haar eigen ziel, de kaars van God; ze bracht het vlammetje eerst naar één kaars en daarna naar de volgende.

„*Gezegend zijt Gij, O Heer, onze God. Koning van het heelal*" – ze ging met haar hand over de vlammen heen – „*die ons hebt geheiligd door uw geboden en ons hebt bevolen het sabbatslicht te ontsteken.*" Ze boog haar hoofd en haalde diep adem terwijl ze zich afvroeg welke zegeningen ze moest vragen voor het groepje rond het bed van de oude rabbijn. Ze schraapte haar keel en begon: „Heer, U ziet onze kleine vlammetjes hier in het duister. En daar ben ik blij om, ik ben blij dat U mijn hart kunt zien. U hebt ons in uw Woord beloofd dat U een smeulende lamp niet zult doven en een gekneusde tak niet zult afbreken. Dank U voor uw liefde voor ons. En voor hen om wie ik zoveel ben gaan geven." Ze deed haar ogen open. Ze keek over de Oude Stad uit en dacht aan Rachel. „Voor hen die U in mijn leven hebt gebracht vraag ik of U met hen wilt zijn en hen wilt bewaren op een manier zoals ik het niet kan. Zorg voor de kleine kaarsjes die voor U en uw koninkrijk zo graag helder willen branden. Vervul ons met uw liefde voor elkaar. Dat vraag ik in de naam van uw zoon Jezus die voor mijn zonden en voor de zonden van de wereld is gestorven. Amen."

Ellie deed haar ogen open en keek in de verbaasde gezichten van de oude rabbijn en Yacov. Luke en Moshe grinnikten achter hun hand en David lachte openlijk. „Dat was niet bepaald een oecumenisch gebed, Els," merkte David op.

„Het was een goed sabbatsgebed, jongedame!" riep grootvader uit, David het zwijgen opleggend. „Dus jij denkt dat de moeder van Jezus de sabbatskaarsen niet heeft aangestoken, David? Voor een ongelovige, een christen, is dit het beste sabbatsgebed dat er is. Dus zeg ik daar OMEIN! op."

Het gelach stierf weg en het woord *amen* rimpelde door het groepje.

„En nu is het Moshes beurt om kaddisj te zeggen voordat we de wijn drinken en het brood eten. Deze oude, zwakke stem laat het aan een jonger iemand over." Hij gaf zijn gebedenboek met het zilveren beslag aan Moshe, die het dichtbij het kaarslicht hield. Ook hij kon alleen maar aan Rachel denken. Zijn stem klonk dichtgeknepen van emotie.

„Gezegend zijt Gij, de Eeuwige, onze God..." Hij slikte hard en keek naar buiten naar de omtrekken van de synagogen van de kleine, joodse wijk ver onder de Scopusberg. *Heer, bewaar haar veilig voor me,* bad hij stilletjes. *Houd haar hart in uw tedere hand,* „...en liet zijn goedgunstigheid op ons rusten, en gaf ons zijn heilige Sabbat in liefde en genegenheid, als gedenkteken aan zijn scheppingswerk; want die dag komt op de eerste plaats..." *Maak haar weer heel, Heer. U hebt alles gemaakt, u kunt alles. Ik vraag u om een wonder voor Rachel, mijn Rachel.* „Want ons hebt ge uit alle natiën uitverkoren en geheiligd..." *In de naam van Jezus de Messias, bid ik u.* „...Gezegend zijt Gij, O Eeuwige! Die de sabbat heiligt!"

„AMEN!" zei het kleine groepje uit volle borst.

„Je had rabbijn moeten worden!" riep grootvader naar Moshe toen ze van de wijn hadden gedronken en van de galle hadden gegeten. Moshe knikte en bleef treuzelen terwijl de anderen de gang van het Hadassah-ziekenhuis inliepen. Yacov omhelsde de oude man nog eens.

„Ik zou u graag even spreken, reb Lebowitz," zei Moshe.

Grootvader wachtte totdat Yacov de deur achter zich had dichtgetrokken en ze alleen in de kamer waren. „Gaat het over mijn kleindochter, Moshe? Over Rachel?"

„Ja."

Grootvader zuchtte en deed zijn bril af. „Dan kun je misschien beter even gaan zitten."

Moshe ging onhandig op de punt van zijn stoel zitten en probeerde een begin te maken.

„Wil je eerst wat over koetjes en kalfjes praten?" vroeg grootvader, eindelijk de stilte doorbrekend. „Hoe gaat het met je arm?"

„Al iets beter. En hoe gaat het met uw hart?"

„Heel wat beter als ik wist dat mijn kleindochter een goede, joodse man had die voor haar zou zorgen."

„Nou, over koetjes en kalfjes praten gaat u niet slecht af, reb Lebowitz."

„Na zoveel jaar heb ik niet zoveel tijd meer om om de hete brij heen te draaien, noeh? Dus. Heb je iets te zeggen?"

„Ik zou heel erg graag... Ik bedoel, ik ben heel veel voor uw kleindochter gaan voelen. Ik zou me zeer vereerd voelen als ik om haar hand mag vragen." Moshe veegde over zijn voorhoofd.

„Wat?" riep de oude man. „Vraag je zonder koppelaar om de hand van mijn kleindochter?" Hij glimlachte. „Er zijn eerst nog een paar dingen die je misschien moet weten."

„Natuurlijk."

„Ze is arm. Ze heeft geen bruidsschat."

„Ik verdien goed."

„Hmm. Ja. Ik herinner het me. Je zit in die handel van oude boekrollen, hè?"

Moshe haalde zijn schouders op. „U ook."

„Goed gesproken." De oude man trok eens aan zijn baard. „Nu zal ik je iets ernstigs vertellen. Mijn zoon" – hij trok een rimpel in zijn voorhoofd en keek buiten naar de omtrek van de stad – „ze is gewond. Heel diep. Ik kan niet zeggen hoe ik deze dingen weet, want we hebben er in de korte tijd dat ze bij me was niet over gesproken. Maar mijn hart weet dat ze te veel heeft gezien. Misschien is wat je vraagt heel riskant. Zowel voor jou als voor haar. Ik heb brieven die me over Rachel als jong meisje vertellen. De jonge vrouw die is thuisgekomen is niet dezelfde persoon. De Duitsers hebben mijn enige dochter, Rachels moeder, gedood. Ze hebben ook Rachels twee broers en haar vader gedood. Ik dacht dat alleen Yacov in leven was gebleven, en nu is Rachel teruggekomen – van een weg die haar naar de hel en weer terug heeft gebracht. Haar hart is nog steeds geschroeid door de rook van die plek. Ik weet niet wat ze met haar hebben gedaan."

Moshe keek naar de punten van zijn schoenen. „Dat weet God alleen, rebbe Lebowitz. Ik weet genoeg. Dat heeft geen invloed op wat ik voor haar voel. Ik houd van haar. Zoals God van zijn bruid Israël houdt."

„Goed dan," zuchtte de oude man. „Israël heeft te veel gezien en is ver afgedwaald. Toch houdt God nog van haar, noeh?" Hij ging met zijn knokige vingers over de omslag van zijn gebedenboek. „Als het je diepste hartewens is *...en de hare*, heb je mijn toestemming om te trouwen."

Het vervolg van de gebeurtenissen in de *Kronieken van Sion* is te lezen in *Een dochter van Sion, De terugkeer naar Sion* en *Rouw over Sion.*

Verklaring van enkele in dit boek voorkomende begrippen

asjkenazi's = joden afkomstig uit Europa (letterlijk: uit Duitsland)

blintzes = deeggerecht met kaas en kruiden

Chanoekka = Joods feest van het licht, gevierd in min of meer dezelfde periode als het christelijke Kerstfeest

dreidel = draaitolletje met vier letters op een schijf, dat tijdens Chanoekka als een huisspelletje wordt gebruikt

kasjroet = het geheel van de joodse spijswetgeving (vandaar: kasjroet houden of volgen)

mu'ezzin = religieuze functionaris bij de moslims, die de gelovigen vijf maal per dag tot het verplichte gebed oproept

oyrech auf (of: uf) Sjabbes (jidd.) = speciale, hooggewaardeerde sabbatsgast (lett.: bezoeker voor de sabbat)

sefardiem = joden, afkomstig uit Spanje-Portugal en uit niet-Europese landen

sjikse = benaming bij joden voor een niet-joodse vrouw

talliet = gebedsmantel

Toldos Yeshu (jiddisch, in Hebr.: Toledot Yeshu) = vroeg-middeleeuws joods werk, waarin diverse legenden en verhalen over het leven van Jezus zijn verzameld en samengesmolten; oorspronkelijk anti-christelijk van opzet; latere versies proberen met name het tragische mislukken van Jezus' leven en intenties te schetsen

yarmulke = Pools-joods woord voor de *keppel*, de hoofdbedekking voor joodse jongens yesjiva = vorm van voortgezet onderwijs in de Talmoed en de joodse godsdienst voor joodse jonge mannen (tegenwoordig soms ook voor meisjes)